ハリー・ポッターと謎のプリンス

下

J.K.ローリング
松岡佑子＝訳

静山社

ハリー・ポッターと謎のプリンス　下

J・K・ローリング
松岡佑子＝訳

Harry Potter and the Half-Blood Prince

静山社

ハリー・ポッターと謎のプリンス ✶ 目次

主な登場人物

✴ハリー・ポッター
主人公。ホグワーツ魔法魔術学校《まほうまじゅつがっこう》の六年生。緑の目に黒い髪《かみ》、額には稲妻形《いなずまがた》の傷《きず》

✴ロン・ウィーズリー
ハリーの親友。兄にチャーリー、ビル、パーシーと双子のフレッドとジョージ、妹のジニーがいる

✴ハーマイオニー・グレンジャー
ハリーの親友。マグル（人間）の子なのに、魔法学校《まほうがっこう》の優等生《ゆうとうせい》

✴ドラコ・マルフォイ
スリザリン寮《りょう》の生徒。ハリーのライバル

✴アルバス・ダンブルドア
ホグワーツの校長先生

✴セブルス・スネイプ
ホグワーツの先生。不死鳥《ふしちょう》の騎士団《きしだん》のメンバー

✴半純血《はんじゅんけつ》のプリンス
ハリーが学校の本棚《ほんだな》から借りた教科書『上級魔法薬《じょうきゅうまほうやく》』のかつての持ち主。プリンスの書《か》き込《こ》みは有効《ゆうこう》なアドバイスとなる

✶ホラス・スラグホーン

「魔法薬学《まほうやくがく》」の新しい先生。お気に入りの生徒を集めた「スラグ・クラブ」をつくり、お茶会やパーティを開くのが趣味《しゅみ》

✶ラベンダー・ブラウン

ハリーのクラスメートで、ロンのガールフレンド

✶アラゴグ

ヒトの言葉が話せる巨大《きょだい》な蜘蛛《くも》、アクロマンチュラ

✶マールヴォロ・ゴーント

ヴォルデモートの祖父《そふ》。ゴーント一族はスリザリンの末裔《まつえい》

✶メローピー・ゴーント

マールヴォロの娘。息子《むすこ》を産んですぐに息を引き取った

✶モーフィン・ゴーント

マールヴォロの息子《むすこ》。メローピーの兄

✶フェンリール・グレイバック

残酷《ざんこく》な狼人間《おおかみにんげん》の死喰い人《しくいびと》

✶シビル・トレローニー

「占《うらな》い学《がく》」の先生

✶ヴォルデモート（例のあの人）

最強の闇《やみ》の魔法使《まほうつか》い。多くの魔法使《まほうつか》いや魔女《まじょ》を殺した

To Mackenzie,
my beautiful daughter,
I dedicate
her ink and paper twin

インクと紙から生まれたこの本を、
双子の姉妹のように生まれた
私の美しい娘
マッケンジーに

Original Title: HARRY POTTER AND THE HALF-BLOOD PRINCE

First published in Great Britain in 2005
by Bloomsbury Publishing Plc, 50 Bedford Square, London WC1B 3DP

This book is published in Japan by arrangement with
the author through The Blair Partnership

第十六章　冷え冷えとしたクリスマス

「それじゃ、スネイプは援助《えんじょ》を申し出ていたのか？　スネイプが、ほんとうに、**あいつに援助《えんじょ》を申し出ていたのか？**」

「もう一回おんなじことを聞いたら」ハリーが言った。「この芽キャベツを突《つ》っ込《こ》むぞ。君の――」

「確《たし》かめてるだけだよ！」ロンが言った。

二人はウィーズリーおばさんの手伝いで「隠《かく》れ穴《あな》」の台所の流しの前に立ち、山積みになった芽キャベツの外葉をむいていた。目の前の窓《まど》の外には雪が舞《ま》っている。

「**ああ、スネイプはあいつに援助《えんじょ》を申し出ていた！**」ハリーが言った。

「マルフォイの母親に、あいつを護《まも》ると約束したって、『破《やぶ》れぬ約束《やくそく》』とかなんとかだって、そう言ってた」

「『破《やぶ》れぬ誓《ちか》い』？」ロンがドキッとした顔をした。

「まさか、ありえないよ……確《たし》かか？」

「ああ、確《たし》かだ」ハリーが答えた。

「なんで？　その誓《ちか》いってなんだ？」

「えー、『破《やぶ》れぬ誓《ちか》い』は、破《やぶ》れない……」

「あいにくと、それくらいのことは僕《ぼく》にだってわかるさ。それじゃ、破《やぶ》ったらどうなるんだ？」

「死ぬ」ロンの答えは単純《たんじゅん》だった。

「僕《ぼく》が五つぐらいのとき、フレッドとジョージが、僕《ぼく》にその誓《ちか》いをさせようとしたんだ。僕《ぼく》、ほとんど誓《ちか》いかけてさ、フレッドと手を握《にぎ》り合《あ》ったりとかしてたんだよ。そしたらパパがそれを見つけて、めっちゃ怒《おこ》った」

　ロンは、昔を思い出すような遠い目つきをした。

「パパがママみたいに怒《おこ》るのを見たのは、そのとき一回こっきりだ。フレッドなんか、ケツの左半分がそれ以来なんとなく調子が出ないって言ってる」

「そうか、まあ、フレッドの左っケツは置いといて――」

「何かおっしゃいましたかね？」

　フレッドの声がして、双子《ふたご》が台所に入ってきた。

「あぁぁー、ジョージ、見ろよ。こいつらナイフなんぞ使ってるぜ。哀《あわ》れじゃないか」

「あと二か月ちょっとで、僕《ぼく》は十七歳《さい》だ」ロンが不機嫌《ふきげん》に言った。

「そしたら、こんなの、魔法《まほう》でできるんだ！」

「しかしながら、それまでは」ジョージが台所の椅子《いす》に座《すわ》り、テーブルに足をのせながら言った。

「俺《おれ》たちはこうして高みの見物。君たちが正しいナイフの――うぉっとっと」

「おまえたちのせいだぞ！」

ロンは血の出た親指をなめながら怒《おこ》った。

「いまに見てろ。十七歳《さい》になったら――」

「きっと、これまでその影《かげ》すらなかった魔法《まほう》の技《わざ》で、俺《おれ》たちをくらくらさせてくださるだろうよ」

フレッドがあくびした。

「ところで、ロナルドよ。これまで影《かげ》すらなかった技《わざ》といえば」ジョージが言った。

「ジニーから聞いたが、何事だい？　君と若《わか》いレディで、名前は――情報《じょうほう》にまちがいがなければ――ラベンダー・ブラウンとか？」

ロンはかすかにピンクに染《そ》まったが、芽キャベツに視線《しせん》を戻《もど》したときの顔はまんざらでもなさそうだった。

「関係ないだろ」

「これはスマートな反撃《はんげき》で」フレッドが言った。

「そのスマートさをどう解釈《かいしゃく》すべきか、とほうに暮《く》れるよ。いや、なに、我々《われわれ》が知りたかったのは……どうしてそんなことが起こったんだ？」

「どういう意味だ？」

「その女性《じょせい》は、事故《じこ》か何かにあったのか？」

「えっ？」

「あー、いかにしてそれほどの脳障害《のうしょうがい》を受けたのか？　あ、気をつけろ！」

ウィーズリーおばさんがちょうど台所に入ってきて、ロンが芽キャベツ用のナイフをフレッドに投げつけるところを目撃《もくげき》した。フレッドは面倒《めんどう》くさそうに杖《つえ》を振《ふ》って、それを紙飛行機に変えた。

「**ロン！**」おばさんがカンカンになった。

「ナイフを投げつけるところなんか、二度と見せないでちょうだい！」

「わかったよ」ロンが言った。

「見つからないようにするさ」芽キャベツの山のほうに向きなおりながら、ロンがちょろりとつけ足した。

「フレッド、ジョージ。リーマスが今晩《こんばん》やってくるの。それで、二人には悪いんだけどね、ビルをあなたたちの部屋に押《お》し込《こ》まないと」

「かまわないよ」ジョージが言った。

「それで、チャーリーは帰ってこないから、ハリーとロンが屋根裏部屋《やねうらべや》。それから、フラーとジニーが一緒《いっしょ》の部屋になれば――」

「――そいつぁ、ジニーにとっちゃ、いいクリスマスだぞ――」フレッドがつぶやいた。

「――それでみんなくつろげるでしょう。まあ、とにかく全員寝《ね》る所だけはあるわ」

ウィーズリーおばさんが少しわずらわしげに言った。

「じゃあ、パーシーが仏頂面《ぶっちょうづら》をぶら下げてこないことだけは、確実《かくじつ》なんだね？」フレッドが聞いた。

ウィーズリーおばさんは、答える前に背《せ》を向けた。

「ええ、あの子は、きっと忙《いそが》しいのよ。魔法省《まほうしょう》で」

「さもなきゃ、世界一のまぬけだ」

ウィーズリーおばさんが台所を出ていくときに、フレッドが言った。

「そのどっちかさ。さあ、それじゃ、ジョージ、出かけるとするか」

「二人とも、何するつもりなんだ？」ロンが聞いた。「芽キャベツ、手伝ってくれないのか？ちょっと杖《つえ》を使ってくれたら、僕《ぼく》たちも自由になれるぞ！」

「いや、そのようなことは、できませんね」フレッドがまじめな口調で言った。

「魔法《まほう》を使わずに芽キャベツのむき方を学習することは、人格形成《じんかくけいせい》に役に立つ。マグルやスクイブの苦労を理解《りかい》できるようになる――」

「――それに、ロン、助けてほしいときには」ジョージが紙飛行機をロンに投げ返しながら言い足した。「ナイフを投げつけたりはしないものだ。後学のために言っておきますがね。俺《おれ》たちは村に行く。雑貨屋《ざっかや》にかわいい娘《こ》が働いていて、俺《おれ》のトランプ手品がすんばらしいと思っているわけだ……まるで魔法《まほう》みたいだとね……」

「クソ、あいつら」

フレッドとジョージが雪深い中庭を横切って出ていくのを見ながら、ロンが険悪《けんあく》な声で言った。

「あの二人なら十秒もかからないんだぜ。そしたら僕《ぼく》たちも出かけられるのに」

「僕《ぼく》は行けない」ハリーが言った。

「ここにいる間は出歩かないって、ダンブルドアに約束したんだ」

「ああ、そう」ロンが言った。

芽キャベツを二、三個《こ》むいてから、またロンが言った。

「君が聞いたスネイプとマルフォイの言い争いのこと、ダンブルドアに言うつもりか？」

「うん」ハリーが答えた。

「やめさせることができる人なら、誰《だれ》にだって言うし、ダンブルドアはその筆頭だからね。君のパパにも、もう一度話をするかもしれない」

「だけど、マルフォイが実際《じっさい》何をやっているのかってことを、聞かなかったのは残念だ」

「聞けたはずがないんだ。そうだろ？　そこが肝心《かんじん》なんだ。マルフォイはスネイプに話すのを拒《こば》んでいたんだから」

二人はしばらくだまり込《こ》んだが、やがてロンが言った。

「みんながなんて言うか、もち、君にはわかってるよな？　パパもダンブルドアもみんなも？　スネイプは、実はマルフォイを助けるつもりがない。ただ、マルフォイのたくらみを聞き出そうとしただけだって」

「スネイプの言い方を聞いてないからだ」ハリーがピシャリと言った。

「どんな役者だって、たとえスネイプでも、演技《えんぎ》であああはできない」

「ああ……一応《いちおう》言ってみただけさ」ロンが言った。

ハリーは顔をしかめてロンを見た。

「だけど、君は、僕《ぼく》が正しいと思ってるだろ？」

「ああ、そうだとも！」ロンがあわてて言った。「そう思う、ほんと！　だけど、みんなは、スネイプが騎士団《きしだん》の団員《だんいん》だって、そう信じてるだろ？」

ハリーは答えなかった。ハリーの新しい証拠《しょうこ》に対して、真っ先にそういう反論《はんろん》が出てきそうだと、ハリーもとうに考えていた。今度はハーマイオニーの声が聞こえてきた。

「ハリー、当然、スネイプは、援助《えんじょ》を申し出るふりをしたんだわ。何をたくらんでいるのかマルフォイにしゃべらせようという計略《けいりゃく》よ……」

しかし、この声はハリーの想像《そうぞう》にすぎなかった。ハーマイオニーには、立ち聞きの内容《ないよう》を教える機会がなかったのだから。ハリーがスラグホーンのパーティに戻《もど》ったときには、ハーマイオニーはとっくにそこから消えていたということを、怒《おこ》ったマクラーゲンから聞かされた。談話室にハリーが帰ったときには、ハーマイオニーはもう寮《りょう》の寝室《しんしつ》に戻《もど》ってしまっていた。翌日《よくじつ》の朝早くロンと二人で「隠《かく》れ穴《あな》」に出発するときも、ハーマイオニーに「メリークリスマス」と声をかけ、休暇《きゅうか》から戻《もど》ったら、重要なニュースがあると告《つ》げるのがやっとだった。それでさえ、ハーマイオニーに聞こえていたかどうか、定《さだ》かではなかった。ちょうどその時ハリーの後ろで、ロンとラベンダーが、完全に無言のさよならを交《か》わしていたからだ。

それでも、ハーマイオニーでさえ否定《ひてい》できないことが一つある。マルフォイは絶対《ぜったい》に何かたくらんでいる。そしてスネイプはそれを知っている。だから、ロンにはもう何度も言ったセリフだが、ハリーは、「僕《ぼく》の言ったとおりだろ」と当然言えると思った。

ハリーが、魔法省《まほうしょう》で長時間仕事をしていたウィーズリーおじさんと話をする機会もないまま、クリスマスイブがやってきた。ジニーが豪勢《ごうせい》に飾《かざ》り立《た》てて、紙鎖《かみぐさり》が爆発《ばくはつ》したようなにぎやかな居間《いま》に、ウィーズリー一家と来客たちが座《すわ》っていた。フレッド、ジョージ、ハリー、ロンの四人だけが、クリスマスツリーのてっぺんに飾《かざ》られた天使の正体を知っていた。実は、クリスマス・ディナー用のにんじんを引《ひ》き抜《ぬ》いていたフレッドのかかとにかみついた、庭小人《にわこびと》なのだ。失神呪文《しっしんじゅもん》をかけられて金色に塗《ぬ》られた上、ミニチュアのチュチュに押《お》し込《こ》まれ、背中《せなか》に小さな羽を接着《せっちゃく》されて上から全員をにらみつけていたが、ジャガイモのようなでかいはげ頭にかなり毛深い足の姿《すがた》は、ハリーがこれまで見た中で最も醜《みにく》い天使だった。

大きな木製《もくせい》のラジオから、クリスマス番組で歌う、ウィーズリーおばさんごひいきの歌手、セレスティナ・ワーベックのわななくような歌声が流れていた。全員がそれを聞いているはずだったが、フラーはセレスティナの歌がたいくつだと思ったらしく、隅《すみ》のほうで大声で話していた。ウィーズリーおばさんは、苦々しい顔で何度も杖《つえ》をボリュームのつまみに向け、セレスティナの歌声はそのたびに大きくなった。「大鍋《おおなべ》は灼熱《しゃくねつ》の恋《こい》にあふれ」のかなりにぎやかなジャズの音に隠《かく》れて、フレッドとジョージは、ジニーと爆発《ばくはつ》スナップ・ゲームを始めた。ロンは何かヒントになるようなものはないかと、ビルとフラーにちらちら目を走らせていた。一方、以前よりやせてみすぼらしいなりのリーマス・ルーピンは、暖炉《だんろ》のそばに座《すわ》って、セレスティナの声など聞こえないかのように、じっと炎《ほのお》を見つめていた。

ああ、わたしの大鍋《おおなべ》を混《ま》ぜてちょうだい

ちゃんと混《ま》ぜてちょうだいね
煮《に》えたぎる愛は強烈《きょうれつ》よ
今夜はあなたを熱くするわ

「十八歳《さい》のときに、私《わたし》たちこの曲で踊《おど》ったの！」

編《あ》み物《もの》で目をぬぐいながら、ウィーズリーおばさんが言った。

「あなた、覚えてらっしゃる？」

「ムフニャ？」みかんの皮をむきながら、こっくりこっくりしていたおじさんが言った。

「ああ、そうだね……すばらしい曲だ……」

おじさんは気を取り直して背筋《せすじ》を伸《の》ばし、隣《となり》に座《すわ》っていたハリーに顔を向けた。

「すまんね」おじさんは、ラジオのほうをぐいと首で指しながら言った。セレスティナの歌が大コーラスになっていた。「もうすぐ終わるから」

「大丈夫《だいじょうぶ》ですよ」ハリーはニヤッとした。「魔法省《まほうしょう》では忙《いそが》しかったんですか？」

「実に」おじさんが言った。

「実績《じっせき》が上がっているなら忙《いそが》しくてもかまわんのだがね。この二、三か月の間に逮捕《たいほ》が三件《けん》だが、本物の死喰《しく》い人《びと》《デス・イーター》が一件《けん》でもあったかどうか疑《うたが》わしい――ハリー、これは他言無用だよ」

おじさんは急に目が覚めたように、急いでつけ加えた。

「まだ、スタン・シャンパイクを拘束《こうそく》してるんじゃないでしょうね？」ハリーが尋《たず》ねた。

「残念ながら」おじさんが言った。「ダンブルドアがスタンのことで、スクリムジョールに直接抗《ちょくせつこう》議《ぎ》しようとしたのは知っているんだが……まあ、実際《じっさい》にスタンの面接《めんせつ》をした者は全員、スタンが死《し》喰《く》い人《びと》なら、このみかんだってそうだという意見で一致《いっち》する……しかし、トップの連中は、何か進《しん》展《てん》があると見せかけたい。『三件逮捕《けんたいほ》』と言えば『三件誤認逮捕《けんごにんたいほ》して釈放《しゃくほう》』より聞こえがいい……くどいようだが、これもまた極秘《ごくひ》でね……」

「なんにも言いません」ハリーが言った。しばらくの間、ハリーは考えを整理しながら、どうやって切り出したものかと迷《まよ》っていた。セレスティナ・ワーベックが「あなたの魔力《まりょく》がわたしのハートを盗《ぬす》んだ」というバラードを歌いだした。

「ウィーズリーおじさん、学校に出発するとき駅で僕《ぼく》がお話ししたこと、覚えていらっしゃいますね？」

「ハリー、調べてみたよ」おじさんが即座《そくざ》に答えた。「私《わたし》が出向いて、マルフォイ宅《たく》を捜索《そうさく》した。何も出てこなかった。壊《こわ》れたものもまともなものもふくめて、場ちがいなものは何もなかった」

「ええ、知っています。『日刊予言者《にっかんよげんしゃ》』で、おじさんが捜索《そうさく》したことを読みました……でも、今度はちょっとちがうんです……そう、別のことです……」

そしてハリーは、立ち聞きしたマルフォイとスネイプの会話の内容《ないよう》を、おじさんにすべて話した。話しながら、ルーピンが少しこちらを向いて、一言ももらさずに聞いているのに気づいた。話し終わったとき、沈黙《ちんもく》が訪《おとず》れた。セレスティナのささやくような歌声だけが聞こえた。

　ああ、かわいそうなわたしのハート　どこへ行ったの？
　魔法《まほう》にかかって　わたしを離《はな》れたの……

「こうは思わないかね、ハリー」おじさんが言った。「スネイプはただ、そういうふりを――」

「援助《えんじょ》を申し出るふりをして、マルフォイのたくらみを聞き出そうとした？」ハリーは早口に先取りした。「ええ、そうおっしゃるだろうと思いました。でも、僕《ぼく》たちにはどっちだか判断《はんだん》できないでしょう？」

「私《わたし》たちは判断《はんだん》する必要がないんだ」

ルーピンが意外なことを言った。ルーピンは、今度は暖炉《だんろ》に背《せ》を向けて、おじさんをはさんでハリーと向かい合っていた。

「それはダンブルドアの役目だ。ダンブルドアがセブルスを信用している。それだけで我々《われわれ》にとっては充分《じゅうぶん》なのだ」

「でも」ハリーが言った。「たとえば——たとえばだけど、スネイプのことでダンブルドアがまちがっていたら——」

「みんなそう言った。何度もね。結局、ダンブルドアの判断《はんだん》を信じるかどうかだ。私《わたし》は信じる。だから私《わたし》はセブルスを信じる」

「でも、ダンブルドアだって、まちがいはある」ハリーが言《い》い張《は》った。

「ダンブルドア自身がそう言った。それに、ルーピンは——」

ハリーはまっすぐにルーピンの目を見つめた。

「——ほんとのこと言って、スネイプが好きなの？」

「セブルスが好きなわけでも嫌《きら》いなわけでもない」ルーピンが言った。

「いや、ハリー、これはほんとうのことだよ」

ハリーが疑《うたが》わしげな顔をしたので、ルーピンが言葉をつけ加えた。

「ジェームズ、シリウス、セブルスの間に、あれだけいろいろなことがあった以上、おそらくけっして親友にはなれないだろう。あまりに苦々しさが残る。しかし、ホグワーツで教えた一年間のことを、私《わたし》は忘《わす》れていない。セブルスは毎月、トリカブト系《けい》の脱狼薬《だつろうやく》を煎《せん》じてくれた。完璧《かんぺき》に。おかげで私《わたし》は、満月のときのいつもの苦しみを味わわずにすんだ」

「だけどあいつ、ルーピンは狼人間《おおかみにんげん》だって『偶然《ぐうぜん》』もらして、あなたが学校を去らなければならないようにしたんだ！」ハリーは憤慨《ふんがい》して言った。

ルーピンは肩《かた》をすくめた。

「どうせもれることだった。セブルスが私《わたし》の職《しょく》を欲《ほっ》していたことは確《たし》かだが、薬に細工すれば、私《わたし》にもっとひどいダメージを与《あた》えることもできた。スネイプは私《わたし》を健全に保《たも》ってくれた。それには感《かん》謝《しゃ》すべきだ」

「きっと、ダンブルドアの目が光っている所で薬に細工するなんて、できやしなかったんだ！」

ハリーが言った。

「君はあくまでもセブルスを憎《にく》みたいんだね、ハリー」ルーピンはかすかに笑《え》みをもらした。

「私《わたし》には理解《りかい》できる。父親がジェームズで、名付け親がシリウスなのだから、君は古い偏見《へんけん》を受《う》け継《つ》いでいるわけだ。もちろん君は、アーサーや私《わたし》に話したことを、ダンブルドアに話せばいい。ただ、ダンブルドアが君と同じ意見を持つと期待はしないことだね。それに、君の話を聞いてダンブルドアが驚《おどろ》くだろうという期待も持たないことだ。セブルスはダンブルドアの命を受けて、ドラコに質問《しつもん》したのかもしれない」

……あなたが裂《さ》いた　わたしのハートを

返して、返して、わたしのハートを！

セレスティナはかん高い音を長々と引《ひ》き伸《の》ばして歌い終え、ラジオから割《わ》れるような拍手《はくしゅ》が聞こえてきた。ウィーズリーおばさんも夢中《むちゅう》で拍手《はくしゅ》した。

「終わりましたか?」フラーが大きな声で言った。「ああ、よかった。なんていどい――」

「それじゃ、寝酒《ねざけ》に一杯《ぱい》飲もうか?」ウィーズリーおじさんが声を張《は》り上《あ》げてそう言いながら、勢《いきお》いよく立ち上がった。「エッグノッグが欲《ほ》しい人?」

「最近は何をしてるの?」

おじさんが急いでエッグノッグを取りにいき、みんなが伸《の》びをしておしゃべりを始めたので、ハリーはルーピンに聞いた。

「ああ、地下にもぐっている」ルーピンが言った。

「ほとんど文字どおりね。だから、ハリー、手紙が書けなかったんだ。君に手紙を出すこと自体、正体をばらすことになる」

「どういうこと?」

「仲間と一緒《いっしょ》に棲《す》んでいる。同類とね」ルーピンが言った。

ハリーがわからないような顔をしたので、ルーピンが「狼人間《おおかみにんげん》とだ」とつけ加えた。

「ほとんど全員がヴォルデモート側でね。ダンブルドアがスパイを必要としていたし、私《わたし》は……おあつらえ向きだった」

声に少し皮肉な響《ひび》きがあった。自分でもそれに気づいたのか、ルーピンはやや温かくほほえみながら言葉を続けた。

「不平を言っているわけではないんだよ。必要な仕事だし、私《わたし》ほどその仕事にふさわしい者はいないだろう？　ただ、連中の信用を得《え》るのは難《むずか》しい。私《わたし》が魔法使《まほうつか》いのただ中で生きようとしてきたことは、まあ、隠《かく》しようもない。ところが連中は通常《つうじょう》の社会をさけ、周辺で生きてきた。盗《ぬす》んだり――時には殺したり――食っていくためにね」

「どうして連中はヴォルデモートが好きなの？」

「あの人の支配《しはい》なら、自分たちは、もっとましな生活ができると考えている」

ルーピンが言った。

「グレイバックがいるかぎり、論駁《ろんばく》するのは難《むずか》しい」

「グレイバックって、誰《だれ》？」

「聞いたことがないのか？」

ルーピンは、発作的《ほっさてき》にひざの上で拳《こぶし》を握《にぎ》りしめた。

「フェンリール・グレイバックは、現在《げんざい》生きている狼人間《おおかみにんげん》の中で、おそらく最も残忍《ざんにん》なやつだ。できるだけ多くの人間をかみ、汚染《おせん》することを自分の使命だと考えている。魔法使《まほうつか》いを打ち負かすのに充分《じゅうぶん》な数の狼人間《おおかみにんげん》を作り出したいというわけだ。ヴォルデモートは、自分に仕えればかわりに獲物《えもの》を与《あた》えると約束した。グレイバックは子供専門《こどもせんもん》でね……若《わか》いうちにかめ、とやつは言う。そして親から引《ひ》き離《はな》して育て、普通《ふつう》の魔法使《まほうつか》いを憎《にく》むように育て上げる。ヴォルデモートは、息子《むすこ》や娘《むすめ》たちをグレイバックに襲《おそ》わせるぞ、と言って魔法使《まほうつか》いたちを脅《おど》した。そういう脅《おど》しは通常《つうじょう》効《き》き目《め》があるものだ」

ルーピンは、一瞬《いっしゅん》、間を置いて言葉を続けた。

「私《わたし》をかんだのはグレイバックだ」

「えっ？」ハリーは驚《おどろ》いた。「それ――それじゃ、ルーピンが子供《こども》だったときなの？」

「そうだ。父がグレイバックを怒《おこ》らせてね。私《わたし》を襲《おそ》った狼人間《おおかみにんげん》が誰《だれ》なのか、私《わたし》は長いこと知らなかった。変身するのがどんな気持ちなのかがわかってからは、きっと自分を制《せい》しきれなかったのだろうと、その狼人間《おおかみにんげん》を哀《あわ》れにさえ思ったものだ。しかし、グレイバックはちがう。満月の夜、やつは確実《かくじつ》に襲《おそ》えるようにと、獲物《えもの》の近くに身を置く。すべて計画的なのだ。そして、ヴォルデモートが狼人間《おおかみにんげん》を操《あやつ》るのに使っているのが、この男なのだ。虚勢《きょせい》を張《は》ってもしかたがないから言うが、グレイバックが、狼人間《おおかみにんげん》は人の血を流す権利《けんり》があり、普通《ふつう》のやつらに復讐《ふくしゅう》しなければならないと力説する前で、私流《わたしりゅう》の理性的《りせいてき》な議論《ぎろん》など大して力がないんだ」

「でも、ルーピンは普通《ふつう》の魔法使《まほうつか》いだ！」ハリーは激《はげ》しい口調で言った。

「ただ、ちょっと――問題を抱《かか》えているだけだ――」

ルーピンが突然《とつぜん》笑いだした。

「君のおかげで、ずいぶんとジェームズのことを思い出すよ。周りに誰《だれ》かがいると、ジェームズは、私《わたし》が『ふわふわした小さな問題』を抱《かか》えていると言ったものだ。私《わたし》が行儀《ぎょうぎ》の悪いウサギでも飼《か》っているのだろうと思った人が大勢《おおぜい》いたよ」

ルーピンは、ありがとうと言って、ウィーズリーおじさんからエッグノッグのグラスを受け取り、少し元気が出たように見えた。一方ハリーは、急に興奮《こうふん》を感じた。父親のことが話題に出たとたん、以前からルーピンに聞きたいことがあったのを思い出したのだ。

「『半純血《はんじゅんけつ》のプリンス』って呼《よ》ばれていた人のこと、聞いたことがある？」

「『半純血《はんじゅんけつ》の』なんだって？」

「『プリンス』だよ」

思い当たったような様子はないかと、ルーピンをじっと見つめながら、ハリーが言った。

「魔法界《まほうかい》に王子はいない」ルーピンがほほえみながら言った。

「そういう肩書《かたが》きをつけようと思っているのかい？『選ばれし者』で充分《じゅうぶん》だと思ったが？」

「僕《ぼく》とはなんの関係もないよ！」ハリーは憤慨《ふんがい》した。

「『半純血《はんじゅんけつ》のプリンス』というのは、ホグワーツにいたことのある誰《だれ》かで、その人の古い『魔法薬《まほうやく》』

の教科書を、僕《ぼく》が持っているんだ。それにびっしり呪文《じゅもん》が書《か》き込《こ》んであって、その人が自分で発明した呪文《じゅもん》なんだ。呪文《じゅもん》の一つが『**レビコーパス、身体浮上《しんたいふじょう》**』――」

「ああ、その呪文《じゅもん》は私《わたし》の学生時代に大流行だった」ルーピンが思い出にふけるように言った。

「五年生のとき、二、三か月の間、ちょっと動くとたちまちくるぶしから吊《つ》り下《さ》げられてしまうような時期があった」

「父さんがそれを使った」ハリーが言った。

「『憂《うれ》いの篩《ふるい》』で、父さんが、スネイプにその呪文《じゅもん》を使うのを見たよ」

ハリーは、たいして意味のない、さりげない言葉に聞こえるよう気楽に言おうとしたが、そういう効果《こうか》が出たかどうか自信がなかった。ルーピンは、すべてお見透《みとお》しのようなほほえみ方《かた》をした。

「そうだね」ルーピンが言った。

「しかし、君の父さんだけじゃない。いま言ったように、大流行していた……呪文《じゅもん》にも流行《はや》りすたりがあるものだ……」

「でも、その呪文《じゅもん》は、ルーピンの学生時代に発明されたものみたいなんだけど」

ハリーが食い下がった。

「そうとはかぎらない」ルーピンが言った。「呪文《じゅもん》もほかのものと同じで、流行がある」

ルーピンはハリーの顔をじっと見てから、静かに言った。

「ハリー、ジェームズは純血《じゅんけつ》だったよ。それに、君に請《う》け合《あ》うが、私《わたし》たちに『プリンス』と呼《よ》ばせたことはない」

ハリーは遠回しな言い方をやめた。

「それじゃ、シリウスはどう？　もしかしてルーピンじゃない？」

「絶対《ぜったい》にちがう」

「そう」ハリーは暖炉《だんろ》の火を見つめた。「もしかしたらって思ったんだ――あのね、『魔法薬《まほうやく》』のクラスで、僕《ぼく》、ずいぶん助けられたんだ。そのプリンスに」

「ハリー、どのくらい古い本なんだね？」

「さあ、調べたことがない」

「うむ、そのプリンスがいつごろホグワーツにいたのか、それでヒントがつかめるかもしれないよ」ルーピンが言った。

それからしばらくして、フラーがセレスティナの「大鍋《おおなべ》は灼熱《しゃくねつ》の恋《こい》にあふれ」の歌い方をまねしはじめた。それが合図になり、全員がウィーズリーおばさんの表情《ひょうじょう》をちらりと見たとたん、もう寝《ね》る時間が来たと悟《さと》った。ハリーとロンは、一番上にある屋根裏部屋《やねうらべや》のロンの寝室《しんしつ》まで上っていった。そこには、ハリーのために簡易《かんい》ベッドが準備《じゅんび》されていた。

ロンはほとんどすぐ眠《ねむ》り込《こ》んだが、ハリーは、ベッドに入る前にトランクの中を探《さぐ》って『上級魔《じょうきゅうま》法薬《ほうやく》』の本を引《ひ》っ張《ぱ》り出《だ》した。あっちこっちページをめくって、ハリーは結局、最初のページにある発行日を見つけた。五十年ほど前だ。ハリーの父親もその友達も、五十年前にはホグワーツにいなかった。ハリーはがっかりして、本をトランクに投げ返し、ランプを消して横になった。狼人間《おおかみにんげん》、スネイプ、スタン・シャンパイク、「半純血《はんじゅんけつ》のプリンス」などのことを考えながら、やっと眠《ねむ》りに落ちたものの、夢《ゆめ》にうなされた。這《は》いずり回る黒い影《かげ》たち、かまれた子供《こども》の泣き声……。

「あいつ、何を考えてるんだか……」

ハリーはビクッと目を覚ました。ベッドの端《はし》にふくれた靴下《くつした》が置いてあるのが見えた。めがねをかけて振《ふ》り向《む》くと、小さな窓《まど》はほとんど一面、雪で覆《おお》われ、窓《まど》の前のベッドには上半身を直角に起こしたロンがいた。太い金鎖《きんぐさり》のようなものを、まじまじと眺《なが》めている。

「それ、なんだい?」ハリーが聞いた。

「ラベンダーから」ロンはむかついたように言った。

「こんなもの、僕《ぼく》が使うと、あいつ本気でそう……」

目を凝《こ》らしてよく見たとたん、ハリーは大声で笑いだした。鎖《くさり》から大きな金文字がぶら下がっている。

私《わたし》の――愛《いと》しい――ひと

「いいねえ」ハリーが言った。

「粋《いき》だよ。絶対首《ぜったい》にかけるべきだ。フレッドとジョージの前で」

「あいつらに言ったら――」ロンはペンダントを枕《まくら》の下に突《つ》っ込《こ》み、見えないようにした。

「僕《ぼく》――僕《ぼく》――僕《ぼく》は――」

「言葉がつっかえる？」ハリーはニヤニヤした。「バカなこと言うなよ。僕《ぼく》が言いつけると思うか？」

「だけどさ、僕《ぼく》がこんなものが欲《ほ》しいなんて、なんでそんなこと考えつくんだ？」

ロンはショック顔で、ひとり言のように疑問《ぎもん》をぶつけた。

「よく思い出してみろよ」ハリーが言った。

「うっかりそんなことを言わなかったか？『私《わたし》の愛《いと》しいひと』っていう文字を首からぶら下げて人前に出たい、なんてさ」

「んー……僕《ぼく》たちあんまり話をしないんだ」ロンが言った。「だいたいが……」

「イチャイチャしてる」ハリーが引き取って言った。

「ああ、まあね」そう答えてから、ロンはちょっと迷《まよ》いながら言った。

「ハーマイオニーは、ほんとにマクラーゲンとつき合ってるのか？」

「さあね」ハリーが言った。「スラグホーンのパーティで二人一緒《いっしょ》だったけど、そんなに上手《うま》くいかなかったと思うな」

ロンは少し元気になって、靴下《くつした》の奥《おく》のほうを探《さぐ》った。

ハリーのもらったものは、大きな金のスニッチが前に編《あ》み込《こ》んである、ウィーズリーおばさんの手編《てあ》みセーター、双子《ふたご》から「ウ《W》ィーズリー・ウ《W》ィザード・ウ《W》ィーズ」の商品が入った大きな箱、それに、ちょっと湿《しめ》っぽくてかび臭《くさ》い包みのラベルには、「**ご主人様へ　クリーチャーより**」と書いてある。

ハリーは目を見張《みは》った。

「これ、開けても大丈夫《だいじょうぶ》かな？」ハリーが聞いた。

「危険《きけん》なものじゃないだろ。郵便《ゆうびん》はまだ全部、魔法省《まほうしょう》が調べてるから」

そう答えながら、ロンは怪《あや》しいぞという目で包みを見ていた。

「僕《ぼく》、クリーチャーに何かやるなんて、考えつかなかった！　普通《ふつう》、屋敷《やしき》しもべ妖精《ようせい》にクリスマスプレゼントするものなのか？」ハリーは包みを慎重《しんちょう》につつきながら聞いた。

「ハーマイオニーならね」ロンが言った。「だけど、まず見てみろよ。反省はそれからだ」

次の瞬間《しゅんかん》、ハリーは叫《さけ》び声《ごえ》を上げて簡易《かんい》ベッドから飛び下りた。包みの中には、ウジ虫がごっそり入っていた。

「いいねえ」ロンは大声で笑った。「思いやりがあるよ」

「ペンダントよりはましだろ」ハリーの一言で、ロンはたちまち興《きょう》ざめした。

クリスマス・ランチの席に着いた全員が――フラーとおばさん以外は――新しいセーターを着ていた（ウィーズリーおばさんは、どうやら、フラーのために一着むだにする気はなかったらしい）。おばさんは、小さな星のように輝《かがや》くダイヤがちりばめられた、濃紺《のうこん》の真新しい三角帽子《さんかくぼうし》をかぶり、見事な金のネックレスを着けていた。

「フレッドとジョージがくれたの！　きれいでしょう？」

「ああ、ママ、俺《おれ》たちますますママに感謝《かんしゃ》してるんだ。何せ、今は自分たちでソックスを洗《あら》わなくちゃなんねえもんな」

ジョージが、気楽に手を振《ふ》りながら言った。

「リーマス、パースニップはどうだい？」

「ハリー、髪《かみ》の毛にウジ虫がついてるわよ」

ジニーがゆかいそうにそう言いながら、テーブルのむこうから身を乗り出してウジ虫を取った。ハリーは首に鳥肌《とりはだ》が立つのを感じたが、それはウジ虫とはなんの関係もなかった。

「ああ、いどいわ」フラーは気取って小さく震《ふる》えながら言った。

「ほんとにひどいよね?」ロンが言った。「フラー、ソースはいかが?」

フラーの皿にソースをかけてやろうと意気込《いきご》みすぎて、ロンはソース入れをたたき飛ばしてしまった。ビルが杖《つえ》を振《ふ》ると、ソースは宙《ちゅう》に浮《う》き上《あ》がり、おとなしくソース入れに戻《もど》った。

「あなたはあのトンクスと同じでーす」

ビルにお礼のキスをしたあと、フラーがロンに言った。

「あのいと、いつもぶつかって——」

「あの**かわいい**トンクスを、今日招待《しょうたい》したのだけど——」

ウィーズリーおばさんは、やけに力を入れてにんじんをテーブルに置きながら、フラーをにらみつけた。

「でも来ないのよ。リーマス、最近あの娘《こ》と話をした?」

「いや、私《わたし》は誰《だれ》ともあまり接触《せっしょく》していない」ルーピンが答えた。

「しかし、トンクスは一緒《いっしょ》に過《す》ごす家族がいるのじゃないか?」

「フムム」おばさんが言った。「そうかもしれないわ。でも、私《わたし》は、あの娘《こ》が一人でクリスマスを過《す》ごすつもりだという気がしてましたけどね」

おばさんは、トンクスでなく、フラーが嫁《よめ》に来るのはルーピンのせいだとでも言うように、ちょっと怒《おこ》った目つきでルーピンを見た。しかし、テーブルのむこうで、フラーが自分のフォークでビルに七面鳥肉を食べさせているのをちらりと見たハリーは、おばさんがとっくに勝ち目のなくなった戦いを挑《いど》んでいると思った。同時に、トンクスに関して聞きたいことがあったのを、ハリーは思い出した。守護霊《しゅごれい》のことはなんでも知っているルーピンこそ、聞くには持ってこいじゃないか？

「トンクスの守護霊《しゅごれい》の形が変化したんだ」ハリーがルーピンに話しかけた。「少なくとも、スネイプがそう言ってたよ。そんなことが起こるとは知らなかったな。守護霊《しゅごれい》は、どうして変わるの？」

ルーピンは七面鳥をゆっくりとかんで飲《の》み込《こ》んでから、考《かんが》え込《こ》むように話した。

「時にはだがね……強い衝撃《しょうげき》とか……精神的《せいしんてき》な動揺《どうよう》とか……」

「大きかった。脚《あし》が四本あった」

ハリーは急にあることを思いついて愕然《がくぜん》とし、声を落として言った。

「あれっ……もしかしてあれは――？」

「アーサー！」

ウィーズリーおばさんが突然《とつぜん》声を上げた。椅子《いす》から立ち上がり、胸《むね》に手を当てて、台所の窓《まど》から外を見つめている。

「あなた――パーシーだわ！」

「**なんだって？**」

ウィーズリーおじさんが振《ふ》り返《かえ》った。全員が急いで窓《まど》に目を向け、ジニーはよく見ようと立ち上がった。確《たし》かに、そこにパーシー・ウィーズリーの姿《すがた》があった。雪の積もった中庭を、角縁《つのぶち》めがねを陽《ひ》の光でキラキラさせながら、大股《おおまた》でやってくる。しかし、一人ではなかった。

「アーサー、大臣と一緒《いっしょ》だわ！」

そのとおりだった。ハリーが『日刊予言者新聞《にっかんよげんしゃしんぶん》』で見た顔が、少し足を引きずりながら、パーシーのあとを歩いてくる。白髪《しらが》まじりのたてがみのような髪《かみ》にも、黒いマントにも雪があちこちについている。誰《だれ》も口をきかず、おじさんとおばさんが雷《かみなり》に撃《う》たれたように顔を見合わせたとたん、裏口《うらぐち》の戸が開き、パーシーがそこに立っていた。

沈黙《ちんもく》に痛《いた》みが走った。そして、パーシーが硬《かた》い声で挨拶《あいさつ》した。

「お母さん、メリークリスマス」

「ああ、**パーシー！**」ウィーズリーおばさんはパーシーの腕《うで》の中に飛《と》び込《こ》んだ。

ルーファス・スクリムジョールは、ステッキにすがって戸口にたたずみ、ほほえみながらこの心温まる情景《じょうけい》を眺《なが》めていた。

「突然《とつぜん》お邪魔《じゃま》しまして、申《もう》し訳《わけ》ありません」

ウィーズリーおばさんが目をこすりながらニッコリと振《ふ》り返《かえ》ったとき、大臣が言った。

「パーシーと二人で近くまで参りましてね――ええ、仕事ですよ――すると、パーシーが、どうしても立《た》ち寄《よ》って、みんなに会いたいと言いだしましてね」

しかし、パーシーは、家族のほかの者に挨拶《あいさつ》したい様子など微塵《みじん》も見せなかった。背中《せなか》に定規《じょうぎ》を当てたように突《つ》っ立《た》ったまま、気詰《きづ》まりな様子で、みんなの頭の上のほうを見つめていた。ウィーズリーおじさん、フレッド、ジョージの三人は、硬《かた》い表情《ひょうじょう》でパーシーを眺《なが》めていた。

「どうぞ、大臣、中へお入りになって、お座《すわ》りください！」

ウィーズリーおばさんは帽子《ぼうし》を直しながら、そわそわした。

「どうぞ、召《め》し上《あ》がってくださいな。八面鳥とか、プディンゴとか……えーと――」

「いや、いや、モリーさん」スクリムジョールが言った。

ここに来る前に、パーシーからおばさんの名前を聞き出していたのだろうと、ハリーは推測《すいそく》した。

「お邪魔《じゃま》したくありませんのでね。パーシーが、みなさんにどうしても会いたいと騒《さわ》がなければ、来ることはなかったのですが……」

「ああ、パース！」ウィーズリーおばさんは涙声《なみだごえ》になり、背伸《せの》びしてパーシーにキスした。

「……ほんの五分ほどお寄《よ》りしただけです。みなさんがパーシーと積もる話をなさっている間に、私《わたし》は庭を散歩していますよ。いや、いや、ほんとうにお邪魔《じゃま》したくありません！　さて、どなたかこのきれいな庭を案内してくださいませんかね……ああ、そちらのお若《わか》い方は食事を終えられたようで、ご一緒《いっしょ》に散歩はいかがですか？」

食卓《しょくたく》の周りの雰囲気《ふんいき》が、見る見る変わった。全員の目が、スクリムジョールからハリーへと移《うつ》った。スクリムジョールがハリーの名前を知らないふりをしても、誰《だれ》も信じなかったし、ハリーが大臣の散歩のお供《とも》に選ばれたのも、ジニーやフラー、ジョージの皿もからっぽだったことを考えると不自然だった。

「ええ、いいですよ」沈黙《ちんもく》のまっただ中で、ハリーが言った。

ハリーはだまされてはいなかった。スクリムジョールが、たまたま近くまで来たとか、パーシーが家族に会いたがったとか、いろいろ言っても、二人がやってきたほんとうの理由はこれにちがいない。スクリムジョールは、ハリーと差しで話したかったのだ。

「大丈夫《だいじょうぶ》」椅子《いす》から腰《こし》を半分浮《う》かしていたルーピンのそばを通りながら、ハリーが言った。

「大丈夫《だいじょうぶ》」ウィーズリーおじさんが何か言いかけたので、ハリーはまた言った。

「けっこう！」

スクリムジョールは身を引いてハリーを先に通し、裏口《うらぐち》の戸から外に出した。

「庭をひと回りして、それからパーシーと私《わたし》はおいとまします。どうぞみなさん、続けてください！」

ハリーは中庭を横切り、雪に覆《おお》われた草ぼうぼうのウィーズリー家の庭に向かった。スクリムジョールは足を少し引きずりながら並《なら》んで歩いた。この人が、闇祓《やみばら》い局《きょく》の局長だったことを、ハリーは知っていた。頑健《がんけん》で歴戦《れきせん》の傷痕《きずあと》があるように見え、山高帽《やまたかぼう》をかぶった肥満体《ひまんたい》のファッジとはまるでちがっていた。

「きれいだ」庭の垣根《かきね》の所で立ち止まり、雪に覆《おお》われた芝生《しばふ》や、なんだかわからない草木を見渡《みわた》しながら、スクリムジョールが言った。「実にきれいだ」

ハリーは何も言わなかった。スクリムジョールが自分を見ているのはわかっていた。

「ずいぶん前から君に会いたかった」しばらくしてスクリムジョールが言った。

「そのことを知っていたかね？」

「いいえ」ハリーはほんとうのことを言った。

「実はそうなのだよ。ずいぶん前から。しかし、ダンブルドアが君をしっかり保護《ほご》していてね」スクリムジョールが言った。

「当然だ。もちろん、当然だ。君はこれまでいろいろな目にあってきたし……特に魔法省《まほうしょう》での出来事のあとだ……」

スクリムジョールはハリーが何か言うのを待っていたが、ハリーがその期待に応《こた》えなかったので、話を続けた。

「大臣職《だいじんしょく》に就《つ》いて以来ずっと、君と話をする機会を望んでいたのだが、ダンブルドアが――いま言ったように、事情《じじょう》はよくわかるのだが――それをさまたげていた」

ハリーはそれでも何も言わず、待っていた。

「うわさが飛《と》び交《か》っている！」スクリムジョールが言った。

「まあ、当然、こういう話には尾《お》ひれがつくものだということは君も私《わたし》も知っている……予言のささやきだとか……君が『選ばれし者』だとか……」

話が核心《かくしん》に近づいてきた、とハリーは思った。スクリムジョールがここに来た理由だ。

「……ダンブルドアはこういうことについて、君と話し合ったのだろうね？」

うそをつくべきかどうか、ハリーは慎重《しんちょう》に考えた。花壇《かだん》のあちこちに残っている庭小人《にわこびと》の小さな足跡《あしあと》や、踏《ふ》みつけられた庭の一角に目をやった。クリスマスツリーのてっぺんでチュチュを着ている庭小人《にわこびと》を、フレッドが捕《つか》まえた場所だ。しばらくして、ハリーはほんとうのことを言おうと決めた……またはその一部を。

「ええ、話し合いました」

「そうか、そうか……」

そう言いながら、スクリムジョールが探《さぐ》るように目を細めてハリーを見ているのを、ハリーは目の端《はし》でとらえた。そこでハリーは、凍《こお》った石楠花《しゃくなげ》の下から頭を突《つ》き出《だ》した庭小人《にわこびと》に興味《きょうみ》を持ったふりをした。

「それで、ハリー、ダンブルドアは君に何を話したのかね？」

「すみませんが、それは二人だけの話です」ハリーが言った。

ハリーはできるだけ心地《ここち》よい声で話そうとしたし、スクリムジョールも軽い、親しげな調子でこう言った。

「ああ、もちろんだ。秘密《ひみつ》なら、君に明かしてほしいとは思わない……いやいや……それに、いずれにしても、君が『選ばれし者』であろうとなかろうと、たいした問題ではないだろう？」

ハリーは答える前に、一瞬考《いっしゅんかんが》え込《こ》まなければならなかった。

「大臣、おっしゃっていることがよくわかりません」

「まあ、もちろん、**君にとっては**、たいした問題だろうがね」

スクリムジョールが笑いながら言った。

「しかし魔法界全体《まほうかいぜんたい》にとっては……すべて認識《にんしき》の問題だろう？　重要なのは、人々が何を信じるかだ」

ハリーは無言だった。話がどこに向かっているか、ハリーはうっすらと先が見えたような気がした。しかし、スクリムジョールがそこにたどり着くのを助けるつもりはなかった。石楠花《しゃくなげ》の下の庭《にわ》小人《こびと》が、ミミズを探《さが》して根元を掘《ほ》りはじめた。ハリーはそこから目を離《はな》さなかった。

「人々は、まあ、君が**ほんとうに**『選ばれし者』だと信じている」スクリムジョールが言った。「君がまさに英雄《えいゆう》だと思っている――それは、もちろん、ハリー、そのとおりだ。選ばれていようがいなかろうが！『名前を言ってはいけないあの人』と、いったい君は何度対決しただろう？

まあ、とにかく――」

スクリムジョールは返事を待たずに先に進めた。

「要するに、ハリー、君は多くの人にとって、希望の象徴《しょうちょう》なのだ。『名前を言ってはいけないあの人』を破滅《はめつ》させることができるかもしれない誰《だれ》かが、そう**運命づけられている**かもしれない誰《だれ》かがいるということが――まあ、当然だが、人々を元気づける。そして、君がいったんそのことに気づけば、魔法省《まほうしょう》と協力して、人々の気持ちを高揚《こうよう》させることが、君の、そう、ほとんど義務《ぎむ》だと考えるようになるだろうと、私《わたし》はそう思わざるをえない」

庭小人《にわこびと》がミミズを一匹《ぴき》、なんとか捕《つか》まえたところだった。凍《こお》った土からミミズを抜《ぬ》き出《だ》そうと、今度は力いっぱい引《ひ》っ張《ぱ》っていた。ハリーがあんまり長い時間だまっているので、スクリムジョールはハリーから庭小人《にわこびと》に視線《しせん》を移《うつ》しながら言った。

「奇妙《きみょう》な生き物だね？　ところで、ハリー、どうかね？」

「何がお望みなのか、僕《ぼく》にはよくわかりません」

ハリーが考えながら言った。

「『魔法省《まほうしょう》と協力』……どういう意味ですか？」

「ああ、いや、たいしたことではない。約束する」スクリムジョールが言った。

「たとえば、ときどき魔法省《まほうしょう》に出入りする姿《すがた》を見せてくれれば、それがちゃんとした印象《いんしょう》を与《あた》えてくれる。それにもちろん、魔法省《まほうしょう》にいる間は、私《わたし》の後任《こうにん》として闇祓《やみばら》い局の局《きょく》長になったガウェイン・ロバーズと充分《じゅうぶん》話をする機会があるだろう。ドローレス・アンブリッジが、君が闇祓《オーラー》いになりたいという志《こころざし》を抱《いだ》いていると話してくれた。そう、それは簡単《かんたん》になんとかできるだろう……」

ハリーは、腸《はらわた》の奥《おく》からふつふつと怒《いか》りが込《こ》み上《あ》げてくるのを感じた。すると、ドローレス・アンブリッジは、まだ魔法省《まほうしょう》にいるってことなのか？

「それじゃ、要するに」

ハリーは、いくつかはっきりさせたい点があるだけだという言い方をした。

「僕《ぼく》が魔法省《まほうしょう》のために仕事をしている、という印象《いんしょう》を与《あた》えたいわけですね？」

「ハリー、君がより深く関与《かんよ》していると思うことで、みんなの気持ちが高揚《こうよう》する」

スクリムジョールは、ハリーののみ込《こ》みのよさにホッとしたような口調だった。

『選ばれし者』、というわけだ……人々に希望を与《あた》え、何か興奮《こうふん》するようなことが起こっていると感じさせる、それだけなんだよ」

「でも、もし僕《ぼく》が魔法省《まほうしょう》にしょっちゅう出入りしていたら――」

ハリーは親しげな声を保《たも》とうと努力しながら言った。

「魔法省《まほうしょう》のやろうとしていることを、僕《ぼく》が認《みと》めているかのように見えませんか？」

「まあ」スクリムジョールがちょっと顔をしかめた。「まあ、そうだ。それも一つには我々《われわれ》の望むことで――」

「うまくいくとは思えませんね」

ハリーは愛想《あいそ》よく言った。

「というのも、魔法省《まほうしょう》がやっていることで、僕《ぼく》の気に入らないことがいくつかあります。たとえばスタン・シャンパイクを監獄《かんごく》に入れるとか」

スクリムジョールは一瞬《いっしゅん》、何も言わなかったが、表情《ひょうじょう》がサッと硬《かた》くなった。

「君に理解《りかい》してもらおうとは思わない」

スクリムジョールの声は、ハリーほどうまく怒《いか》りを隠《かく》しきれていなかった。

「いまは危険《きけん》なときだ。なんらかの措置《そち》を取る必要がある。君はまだ十六歳《さい》で――」

「ダンブルドアは十六歳《さい》よりずっと年を取っていますが、スタンをアズカバンに送るべきではないと考えています」ハリーが言った。

「あなたはスタンを犠牲者《ぎせいしゃ》に仕立て上げ、僕《ぼく》をマスコットに祭り上げようとしている」

二人は長いこと火花を散らして見つめ合った。やがてスクリムジョールが、温かさの仮面《かめん》をかなぐり捨《す》てて言った。

「そうか。君はむしろ――君の英雄《えいゆう》ダンブルドアと同じに――魔法省《まほうしょう》から分離《ぶんり》するほうを選ぶわけだな？」

「僕《ぼく》は利用されたくない」ハリーが言った。

「魔法省《まほうしょう》に利用されるのは、君の義務《ぎむ》だという者もいるだろう！」

「ああ、監獄《かんごく》にぶち込《こ》む前に、ほんとうに死喰《しく》い人《びと》なのかどうかを調べるのが、あなたの義務《ぎむ》だという人もいるかもしれない」

ハリーはしだいに怒《いか》りがつのってきた。

「あなたは、バーティ・クラウチと同じことをやっている。あなたたちは、いつもやり方をまちがえる。そういう人種なんだ。ちがいますか？　目と鼻の先で人が殺されていても、ファッジみたいにすべてがうまくいっているふりをするかと思えば、今度はあなたみたいに、お門《かど》ちがいの人間を牢《ろう》に放《ほう》り込《こ》んで、『選ばれし者』が自分のために働いているように見せかけようとする！」

「それでは、君は『選ばれし者』ではないのか？」

「どっちにしろたいした問題ではないと、あなた自身が言ったでしょう？」

ハリーは皮肉に笑った。

「どっちにしろ、あなたにとっては問題じゃないんだ」

「失言だった」スクリムジョールが急いで言った。「まずい言い方だった――」

「いいえ、正直な言い方でした」ハリーが言った。「あなたが僕《ぼく》に言ったことで、それだけが正直な言葉だった。僕《ぼく》が死のうが生きようが、あなたは気にしない。ただ、あなたは、ヴォルデモートとの戦いに勝っている、という印象《いんしょう》をみんなに与《あた》えるために、僕《ぼく》が手伝うかどうかだけを気にしている。大臣、僕《ぼく》は忘《わす》れちゃいない……」

ハリーは右手の拳《こぶし》を上げた。そこに、冷たい手の甲《こう》に白々と光る傷痕《きずあと》は、ドローレス・アンブリッジが無理やりハリーに、ハリー自身の肉に刻《きざ》ませた文字だった――**僕《ぼく》はうそをついてはいけない**――。

「ヴォルデモートの復活《ふっかつ》を、僕《ぼく》がみんなに教えようとしていたときに、あなたたちが僕《ぼく》を護《まも》りに駆《か》けつけてくれたという記憶《きおく》はありません。魔法省《まほうしょう》は去年、こんなに熱心に僕《ぼく》にすり寄《よ》ってこなかった」

二人はだまって立《た》ち尽《つ》くしていた。足元の地面と同じくらい冷たい沈黙《ちんもく》だった。庭小人《にわこびと》はようやっとミミズを引《ひ》っ張《ば》り出《だ》し、石楠花《しゃくなげ》の茂《しげ》みの一番下の枝《えだ》に寄《よ》りかかり、うれしそうにしゃぶりだした。

「ダンブルドアは何をたくらんでいる？」

スクリムジョールがぶっきらぼうに言った。

「ホグワーツを留守《るす》にして、どこに出かけているのだ？」

「知りません」ハリーが言った。

「知っていても私《わたし》には言わないだろうな」スクリムジョールが言った。「ちがうかね？」

「ええ、言わないでしょうね」ハリーが言った。

「さて、それなら、ほかの手立てで探《さぐ》ってみるしかないということだ」

「やってみたらいいでしょう」ハリーは冷淡《れいたん》に言った。

「ただ、あなたはファッジより賢《かしこ》そうだから、ファッジの過《あやま》ちから学んだはずでしょう。ファッジはホグワーツに干渉《かんしょう》しようとした。お気づきでしょうが、ファッジはもう大臣じゃない。でもダンブルドアはまだ校長のままです。ダンブルドアには手出しをしないほうがいいですよ」

長い沈黙《ちんもく》が流れた。

「なるほど、ダンブルドアが君をうまく仕込《しこ》んだということが、はっきりわかった」

細縁《ほそぶち》めがねの奥《おく》で、スクリムジョールの目は冷たく険悪《けんあく》だった。

「骨《ほね》の髄《ずい》までダンブルドアに忠実《ちゅうじつ》だな、ポッター、え？」

「ええ、そのとおりです」ハリーが言った。「はっきりしてよかった」

そしてハリーは魔法大臣《まほうだいじん》に背《せ》を向け、家に向かって大股《おおまた》に歩きだした。

第十七章　ナメクジのろのろの記《き》憶《おく》

年が明けて数日がたったある日の午後、ハリー、ロン、ジニーは、ホグワーツに帰るために台所の暖炉《だんろ》の前に並《なら》んでいた。魔《ま》法省《ほうしょう》が今回だけ、生徒を安全、迅速《じんそく》に学校に帰すための煙突《えんとつ》飛行《ひこう》ネットワークを開通させていた。ウィーズリーおじさん、フレッド、ジョージ、ビル、フラーはそれぞれ仕事があったので、ウィーズリーおばさんだけがさよならを言うために立ち合った。

別れの時間が来ると、おばさんが泣きだした。もっとも近ごろは涙《なみだ》もろくなっていて、クリスマスの日にパーシーが、すりつぶしたパースニップをめがねに投げつけられて（フレッド、ジョージ、ジニーがそれぞれに自分たちの手柄《てがら》だと主張《しゅちょう》していたが）、鼻息も荒《あら》く家から出ていって以来、おばさんはたびたび泣いていた。

「泣かないで、ママ」

肩《かた》にもたれてすすり泣く母親の背中《せなか》を、ジニーはやさしくたたいた。「大丈夫《だいじょうぶ》だから……」

「そうだよ。僕《ぼく》たちのことは心配しないで」

ほおに母親の涙《なみだ》ながらのキスを受け入れながら、ロンが言った。

「それに、パーシーのことも。あいつはほんとにバカヤロだ。いなくたっていいだろ？」

ウィーズリーおばさんは、ハリーを両腕《りょううで》にかき抱《いだ》きながら、ますます激《はげ》しくすすり泣いた。

「気をつけるって、約束してちょうだい……危《あぶ》ないことをしないって……」

「おばさん、僕《ぼく》、いつだってそうしてるよ」ハリーが言った。

「静かな生活が好きだもの。おばさん、僕《ぼく》のことわかってるでしょう？」

おばさんは涙《なみだ》にぬれた顔でクスクス笑い、ハリーから離《はな》れた。

「それじゃ、みんな、いい子にするのよ……」

ハリーはエメラルド色の炎《ほのお》に入り、「ホグワーツ！」と叫《さけ》んだ。

ウィーズリー家の台所と、おばさんの涙顔《なみだがお》が最後にちらりと見え、やがて炎《ほのお》がハリーを包んだ。急回転しながら、ほかの魔法使《まほうつか》いの家の部屋がぼやけてかいま見えたが、しっかり見る間もなくたちまち視界《しかい》から消えていった。

やがて回転の速度が落ちて、最後はマクゴナガル先生の部屋の暖炉《だんろ》でピッタリ停止《ていし》した。ハリーが火格子《ひごうし》から這《は》い出《だ》したとき、先生はちょっと仕事から目を上げただけだった。

「こんばんは、ポッター。カーペットにあまり灰《はい》を落とさないようにしなさい」

「はい、先生」

ハリーがめがねをかけなおし、髪《かみ》をなでつけていると、ロンのくるくる回る姿《すがた》が見えた。ジニーも到着《とうちゃく》し、三人並《なら》んでぞろぞろとマクゴナガル先生の事務所《じむしょ》を出て、グリフィンドール塔《とう》に向かった。廊下《ろうか》を歩きながら、ハリーが窓《まど》から外をのぞくと、「隠《かく》れ穴《あな》」の庭より深い雪に覆《おお》われた校庭のむこうに、太陽がすでに沈《しず》みかけていた。ハグリッドが小屋の前でバックビークに餌《えさ》をやっている姿《すがた》が、遠くに見えた。

「ボーブル、玉飾《たまかざ》り」

「太った婦人《レディ》」にたどり着き、ロンが自信たっぷりに合言葉を唱えた。婦人《ふじん》はいつもより顔色がすぐれず、ロンの大声でビクッとした。

「いいえ」婦人《ふじん》が言った。

「『いいえ』って、どういうこと？」

「新しい合言葉があります。それに、お願いだから、叫《さけ》ばないで」

「だって、ずっといなかったのに、知るわけが――？」

「ハリー！　ジニー！」

ハーマイオニーが急いでやってくるところだった。ほおをピンク色にして、オーバー、帽子《ぼうし》、手《て》袋《ぶくろ》に身を固めていた。

「二時間ぐらい前に帰ってきたの。いま訪《たず》ねてきたところよ。ハグリッドとバック――じゃない――ウィザウィングズを」ハーマイオニーは息をはずませながら言った。

「楽しいクリスマスだった？」

「ああ」ロンが即座《そくざ》に答えた。「いろいろあったぜ。ルーファス・スクリム――」

「ハリー、あなたに渡《わた》すものがあるわ」

ハーマイオニーはロンには目もくれず、聞こえたそぶりも見せなかった。

「あ、ちょっと待って――合言葉ね。節制《せっせい》」

「そのとおり」

「太った婦人《レディ》」は弱々しい声でそう言うと、抜《ぬ》け穴《あな》の扉《とびら》をパッと開けた。

「何かあったのかな？」ハリーが聞いた。

「どうやらクリスマスに不節制《ふせっせい》をしたみたいね」

ハーマイオニーは、先に立って混《こ》み合《あ》った談話室に入りながら、あきれ顔で目をグリグリさせた。

「お友達のバイオレットと二人で、『呪文学《じゅもんがく》』の教室のそばの『酔《よ》っ払《ぱら》い修道士《しゅうどうし》たち』の絵にあるワインを、クリスマスの間に全部飲んじゃったの。それはそうと……」

ハーマイオニーはちょっとポケットを探《さぐ》って、羊皮紙の巻紙《まきがみ》を取り出した。ダンブルドアの字が書いてある。

「よかった」ハリーはすぐに巻紙《まきがみ》を開いた。ダンブルドアの次の授業《じゅぎょう》の予定が、翌日《よくじつ》の夜だと書いてあった。

「ダンブルドアに話すことが山ほどあるんだ――それに、君にも。座《すわ》ろうか――」

しかし、ちょうどその時、「ウォン－ウォン！」とかん高く叫《さけ》ぶ声がして、ラベンダー・ブラウンがどこからともなく矢のように飛んできたかと思うと、ロンの腕《うで》に飛《と》び込《こ》んだ。見ていた何人かの生徒が冷やかし笑いをした。ハーマイオニーはコロコロ笑い、「あそこにテーブルがあるわ……ジニー、来る？」と言った。

「ううん。ディーンと会う約束をしたから」ジニーが言った。

しかしハリーはふと、ジニーの声があまり乗り気ではないのに気づいた。ロンとラベンダーが、レスリング試合よろしく立ったままロックをかけ合っているのをあとに残し、ハリーは空いているテーブルにハーマイオニーを連れていった。

「それで、君のクリスマスはどうだったの？」

「まあまあよ」ハーマイオニーは肩《かた》をすくめた。

「何も特別なことはなかったわ。ウォン－ウォンのところはどうだったの？」

「いますぐ話すけど」ハリーが言った。「あのさ、ハーマイオニー、だめかな――？」

「だめ」ハーマイオニーがにべもなく言った。「言うだけむだよ」

「もしかしてと思ったんだ。だって、クリスマスの間に——」

「五百年物のワインをひと樽《たる》飲《の》み干《ほ》したのは『太った婦人《レディ》』よ、ハリー。私《わたし》じゃないわ。それで、私《わたし》に話したい重要なニュースがあるって、なんだったの？」

ハーマイオニーのこの剣幕《けんまく》では、いまは議論《ぎろん》できそうもないと、ハリーはロンの話題をあきらめて、立ち聞きしたマルフォイとスネイプの会話を話して聞かせた。

話し終わったとき、ハーマイオニーはちょっと考えていたが、やがて口を開いた。

「こうは考えられない——？」

「——スネイプがマルフォイに援助《えんじょ》を申し出るふりをして、マルフォイのやろうとしていることをしゃべらせようという計略《けいりゃく》？」

「まあ、そうね」ハーマイオニーが言った。

「ロンのパパも、ルーピンもそう考えている」ハリーがしぶしぶ認《みと》めた。「でも、マルフォイが何かたくらんでることが、これではっきり証明《しょうめい》された。これは否定《ひてい》できない」

「できないわね」ハーマイオニーがゆっくり答えた。

「それに、やつはヴォルデモートの命令で動いてる。僕《ぼく》が言ったとおりだ！」

「んー……二人のうちどちらかが、ヴォルデモートの名前を口にした？」

ハリーは思い出そうとして顔をしかめた。

「わからない……スネイプは『君の主君』とはっきり言ったし、ほかに誰《だれ》がいる？」

「わからないわ」ハーマイオニーが唇《くちびる》をかんだ。

「マルフォイの父親はどうかしら？」

ハーマイオニーは、何か考《かんが》え込《こ》むように、部屋のむこうをじっと見つめた。ラベンダーがロンをくすぐっているのにも気づかない様子だ。

「ルーピンは元気？」

「あんまり」

ハリーは、ルーピンが狼人間《おおかみにんげん》の中での任務《にんむ》に就《つ》いていることや、どんな難《むずか》しい問題に直面しているかを話して聞かせた。

「フェンリール・グレイバックって、聞いたことある？」

「ええ、あるわ！」ハーマイオニーはぎくりとしたように言った。

「それに、あなたも聞いたはずよ、ハリー！」

「いつ？『魔法史《まほうし》』で？　君、知ってるじゃないか、僕《ぼく》がちゃんと聞いてないって……」

「ううん、『魔法史《まほうし》』じゃないの――マルフォイがその名前でボージンを脅《おど》してたわ！」

ハーマイオニーが言った。

「夜の闇横丁《ノクターンよこちょう》で。覚えてない？　グレイバックは昔から自分の家族と親しいし、ボージンがちゃんと取り組んでいるかどうかを、グレイバックが確《たし》かめるだろうって！」

ハリーはあぜんとしてハーマイオニーを見た。

「忘《わす》れてたよ！　だけど、これで、マルフォイが死喰《しく》い人《びと》だってことが**証明《しょうめい》された**。そうじゃなかったら、グレイバックと接触《せっしょく》したり、命令したりできないだろ？」

「その疑《うたが》いは濃《こ》いわね」ハーマイオニーは息をひそめて言った。「ただし……」

「いいかげんにしろよ」ハリーはいらいらしながら言った。「今度は言《い》い逃《のが》れできないぞ！」

「うーん……うその脅《おど》しだった可能性《かのうせい》があるわ」

「君って、すごいよ、まったく」ハリーは頭《かぶり》を振《ふ》った。

「誰《だれ》が正しいかは、そのうちわかるさ……ハーマイオニー、君も前言撤回《ぜんげんてっかい》ってことになるよ。魔法《まほう》省《しょう》みたいに。あっ、そうだ。僕《ぼく》、ルーファス・スクリムジョールとも言い争いした……」

それからあとは、魔法大臣《まほうだいじん》をけなし合うことで、二人は仲よく過《す》ごした。ハーマイオニーもロンと同じで、昨年ハリーにあれだけの仕打ちをしておきながら、魔法省《まほうしょう》が今度はハリーに助けを求めるとは、まったくいい神経《しんけい》してる、という意見だった。

次の朝、六年生にとっては、ちょっと驚《おどろ》くうれしいニュースで新学期が始まった。談話室の掲示《けいじ》板《ばん》に、夜の間に大きな告知《こくち》が貼《は》り出《だ》されていた。

「姿《すがた》あらわし」練習コース

十七歳《さい》になった者、または八月三十一日までに十七歳《さい》になる者は、魔法省《まほうしょう》の「姿《すがた》あらわし」の講師《こうし》による十二週間の「姿《すがた》あらわし」コースを受講《じゅこう》する資格《しかく》がある。

参加希望者は、以下に氏名を書《か》き込《こ》むこと。

コース費用《ひよう》：十二ガリオン

ハリーとロンは、掲示板《けいじばん》の前で押《お》し合《あ》いへし合いしながら名前を書《か》き込《こ》んでいる群《む》れに加わった。ロンが羽根ペンを取り出して、ハーマイオニーのすぐあとに名前を書き入れようとしていたとき、ラベンダーが背後《はいご》に忍《しの》び寄《よ》り、両手でロンに目隠《めかく》しして、歌うように言った。

「だ～れだ？　ウォンーウォン？」

ハリーが振《ふ》り返《かえ》ると、ハーマイオニーがつんけんと立ち去っていくところだった。ハリーは、ロンやラベンダーと一緒《いっしょ》にいる気はさらさらなかったので、ハーマイオニーのあとを追った。ところが驚《おどろ》いたことに、ロンは肖像画《しょうぞうが》の穴《あな》のすぐ外で、二人に追いついた。耳が真っ赤で、不機嫌《ふきげん》な顔をしていた。ハーマイオニーは一言も言わず、足を速めてネビルと並《なら》んで歩いた。

「それじゃ――『姿《すがた》あらわし』だな」

ロンの口調は、たったいま起こったことを口にするなと、ハリーにはっきり釘《くぎ》を刺《さ》していた。

「きっとおもしろいぜ、な？」

「どうかな」ハリーが言った。

「自分でやれば少しましなのかも知れないけど、ダンブルドアが付《つ》き添《そ》って連れていってくれたときは、あんまり楽しいとは思わなかった」

「君がもう経験者《けいけんしゃ》だってこと、忘《わす》れてた……僕《ぼく》、一回目のテストでパスしなきゃ」

ロンが心配そうに言った。

「フレッドとジョージは一回でパスだった」

「でも、チャーリーは失敗したろう？」

「ああ、だけど、チャーリーは僕《ぼく》よりでかい」ロンは両腕《りょううで》を広げて、ゴリラのような格好《かっこう》をした。

「だから、フレッドもジョージもあんまりしつこくからかわなかった……少なくとも面と向かっては……」

「本番のテストはいつ？」

「十七歳《さい》になった直後。僕《ぼく》はもうすぐ。三月！」

「そうか。だけど、ここではどうせ『姿《すがた》あらわし』できないはずだ。城《しろ》の中では……」

「それは関係ないだろ？　やろうと思えば『姿《すがた》あらわし』**できるんだ**って、みんなに知れることが大事さ」

「姿《すがた》あらわし」への期待で興奮《こうふん》していたのは、ロンだけではなかった。その日は一日中、「姿《すがた》あらわし」の練習の話でもちきりだった。意のままに消えたり現《あらわ》れたりできる能力《のうりょく》は、とても重要視《じゅうようし》されていた。

「僕《ぼく》たちもできるようになったら、かっこいいなあ。こんなふうに――」

シェーマスが指をパチンと鳴らして「姿《すがた》くらまし」の格好《かっこう》をした。

「いとこのファーガスのやつ、僕《ぼく》をいらいらさせるためにこれをやるんだ。いまに見てろ。やり返してやるから……あいつには、もう一瞬《いっしゅん》たりとも平和なときはない……」

幸福な想像《そうぞう》で我《われ》を忘《わす》れ、シェーマスは杖《つえ》の振《ふ》り方《かた》に少し熱を入れすぎた。その日の『呪文学《じゅもんがく》』は、清らかな水の噴水《ふんすい》を創《つく》り出《だ》すのが課題だったが、シェーマスは散水ホースのように水を噴《ふ》き出《だ》させ、天井《てんじょう》に跳《は》ね返《かえ》った水がフリットウィック先生をはじき飛ばしてしまい、先生はうつ伏《ぶ》せにべたっと倒《たお》れた。

フリットウィック先生はぬれた服を杖《つえ》でかわかし、シェーマスに「**僕《ぼく》は魔法使《まほうつか》いです。棒《ぼう》を振《ふ》り回《まわ》す猿《さる》ではありません**」と何度も書く、書き取り罰則《ばっそく》を与《あた》えた。ややばつが悪そうなシェーマスに向かって、ロンが言った。

「ハリーはもう『姿《すがた》あらわし』したことがあるんだ。ダン――えーっと――誰《だれ》かと一緒《いっしょ》だったけどね。『付《つ》き添《そ》い姿《すがた》あらわし』ってやつさ」

「ヒョー！」シェーマスは驚《おどろ》いたように声をもらした。シェーマス、ディーン、ネビルの三人がハリーに顔を近づけ、「姿《すがた》あらわし」はどんな感じだったかを聞こうとした。それからあとのハリーは、「姿《すがた》あらわし」の感覚を話してくれとせがむ六年生たちに、一日中取り囲まれてしまった。どんなに気持ちが悪かったかを話してやっても、みんなひるむどころか、かえってすごいと感激したらしく、八時十分前になっても、ハリーはまだ細かい質問《しつもん》に答えている状態《じょうたい》だった。ハリーはしかたなく、図書館に本を返さなければならないとうそをつき、ダンブルドアの授業《じゅぎょう》に間に合うようにその場を逃《のが》れた。

ダンブルドアの校長室にはランプが灯《とも》り、歴代校長の肖像画《しょうぞうが》は額《がく》の中で軽いいびきをかいていた。今回も「憂《うれ》いの篩《ふるい》」が机《つくえ》の上で待っていた。ダンブルドアはその両端《りょうたん》に手をかけていたが、右手は相変わらず焼《や》け焦《こ》げたように黒かった。まったく癒《い》えた様子がない。いったいどうしてそんなに異常《いじょう》な傷《きず》を負ったのだろうと、ハリーはこれで百回ぐらい同じことを考えたが、質問《しつもん》はしなかった。ダンブルドアがそのうちハリーに話すと約束したのだし、いずれにせよ別に話したい問題があった。しかし、ハリーがスネイプとマルフォイのことを一言も言わないうちに、ダンブルドアが口を開いた。

「クリスマスに、魔法大臣《まほうだいじん》と会ったそうじゃの？」

「はい」ハリーが答えた。「大臣は僕《ぼく》のことが不満でした」

「そうじゃろう」ダンブルドアがため息をついた。「わしのことも不満なのじゃ。しかし、ハリー、我々《われわれ》は苦悩《くのう》の底に沈《しず》むことなく、抗《あらが》い続けねばならぬのう」

ハリーはニヤッと笑った。

「大臣は、僕《ぼく》が魔法界《まほうかい》に対して、魔法省《まほうしょう》はとてもよくやっていると言ってほしかったんです」

ダンブルドアはほほえんだ。

「もともと、それはファッジの考えじゃったのう。大臣職《だいじんしょく》にあった最後のころじゃが、大臣の地位にしがみつこうと必死だったファッジは、君との会合を求めた。君がファッジを支援《しえん》することを望んでのことじゃ――」

「去年あんな仕打ちをしたファッジが？」ハリーが憤慨《ふんがい》した。

「**アンブリッジ**のことがあったのに？」

「わしはコーネリウスに、その可能性《かのうせい》はないと言ったのじゃ。しかし、ファッジが大臣職《だいじんしょく》を離《はな》れても、その考えは生きていたわけじゃ。スクリムジョールは、大臣に任命《にんめい》されてから数時間もたたないうちにわしに会い、君と会う手はずを整えるよう強く要求した――」

「それで、先生は大臣と議論《ぎろん》したんだ！」ハリーは思わず口走った。

「『日刊予言者新聞《にっかんよげんしゃしんぶん》』にそう書いてありました」

「『日刊予言者《にっかんよげんしゃ》』も、確《たし》かに、時には真実を報道《ほうどう》することがある」ダンブルドアが言った。

「まぐれだとしてもじゃ。いかにも、議論《ぎろん》したのはそのことじゃ。なるほど、どうやらルーファスは、ついに君を追《お》い詰《つ》める手段《しゅだん》を見つけたらしいのう」

「大臣は僕《ぼく》のことを非難《ひなん》しました。『骨《ほね》の髄《ずい》までダンブルドアに忠実《ちゅうじつ》だ』って」

「無礼千万《ぶれいせんばん》じゃ」

「僕《ぼく》はそのとおりだって言ってやりました」

ダンブルドアは何か言いかけて、口をつぐんだ。ハリーの背後《はいご》で、不死鳥のフォークスが低く鳴き、やさしい調べを奏《かな》でた。ダンブルドアのキラキラしたブルーの瞳《ひとみ》が、ふと涙《なみだ》に曇《くも》るのを見たような気がして、ハリーはどうしていいのかわからなくなり、あわててひざに目を落とした。しかし、ダンブルドアが再《ふたた》び口を開いたとき、その声はしっかりしていた。

「よう言うてくれた、ハリー」

「スクリムジョールは、先生がホグワーツにいらっしゃらないとき、どこに出かけているのかを知りたがっていました」

ハリーは自分のひざをじっと見つめたまま言った。

「そうじゃ、ルーファスはそのことになるとお節介《せっかい》でのう」

ダンブルドアの声が今度はゆかいそうだったので、ハリーはもう顔を上げても大丈夫《だいじょうぶ》だと思った。

「わしを尾行《びこう》しようとまでした。まったく笑止なことじゃ。ドーリッシュに尾行《びこう》させてのう。心ないことよ。わしはすでに一度ドーリッシュに呪《のろ》いをかけておるのに、まことに遺憾《いかん》ながら、二度もかけることになってしもうた」

「それじゃ、先生がどこに出かけられるのか、あの人たちはまだ知らないんですね？」

自分にとっても興味《きょうみ》あることだったので、もっと知りたくて、ハリーが質問《しつもん》した。しかし、ダンブルドアは半月めがねの上からほほえんだだけだった。

「あの者たちは知らぬ。それに、君が知るにもまだ時が熟《じゅく》しておらぬ。さて、先に進めようかの。ほかに何もなければ――？」

「先生、実は」ハリーが切り出した。「マルフォイとスネイプのことで」

「スネイプ**先生**じゃ、ハリー」

「はい、先生。スラグホーン先生のパーティで、僕《ぼく》、二人の会話を聞いてしまって……あの、実は僕《ぼく》、二人のあとをつけたんです……」

ダンブルドアは、ハリーの話を無表情《むひょうじょう》で聞いていた。話し終わったときもしばらく無言だったが、やがてダンブルドアが言った。

「ハリー、話してくれたことは感謝《かんしゃ》する。しかし、そのことは放念するがよい。たいしたことではない」

「たいしたことではない？」ハリーは信じられなくて、聞き返した。

「先生、おわかりになったのでしょうか――？」

「いかにも、ハリー、わしは幸いにして優秀《ゆうしゅう》なる頭脳《ずのう》に恵《めぐ》まれておるので、君が言ったことはすべて理解《りかい》した」ダンブルドアは少しきつい口調で言った。

「君以上によく理解《りかい》した可能性《かのうせい》があると考えてみてもよかろう。もう一度言うが、君がわしに打ち明けてくれたことはうれしい。ただ、重ねて言うが、その中にわしの心を乱《みだ》すようなことは、何一つない」

ハリーはじりじりしながらだまりこくって、ダンブルドアをにらんでいた。いったいどうなっているんだ？　マルフォイのたくらみを聞き出せと、ダンブルドアがスネイプに命じた、ということなのだろうか？　それなら、ハリーが話したことは全部、すでにスネイプから聞いているのだろうか？　それとも、いま聞いたことを内心では心配しているのに、そうでないふりをしているのだろうか？

「それでは、先生」

ハリーは、礼儀正《れいぎただ》しく、冷静な声を出そうとした。

「先生はいまでも絶対《ぜったい》に信用して――？」

「その問いには、寛容《かんよう》にもすでに答えておる」

ダンブルドアが言った。しかしその声には、もはやあまり寛容《かんよう》さがなかった。

「わしの答えは変わらぬ」

「変えるべきではなかろう」皮肉な声がした。

フィニアス・ナイジェラスがどうやら狸寝《たぬきね》入《い》りをしていたらしい。ダンブルドアは無視《むし》した。

「それではハリー、いよいよ先に進めなければなるまい。今夜はもっと重要な話がある」

ハリーは反抗的《はんこうてき》になって座《すわ》り続けた。話題を変えるのを拒否《きょひ》したらどうなるだろう？　マルフォイを責《せ》める議論《ぎろん》をあくまでも続けようとしたらどうだろう？　ハリーの心を読んだかのように、ダンブルドアが頭《かぶり》を振《ふ》った。

「ああ、ハリー、こういうことはよくあるものじゃ。仲のよい友人の間でさえ！　両者ともに、相手の言い分より自分の言うべきことのほうが、ずっと重要だという思《おも》い込《こ》みじゃ！」

「先生の言い分が重要じゃないなんて、僕《ぼく》、考えていません」ハリーはかたくなに言った。

「さよう、君の言うとおり、わしのは重要なことなのじゃから」

ダンブルドアはきびきびと言った。

「今夜はさらに二つの記《き》憶《おく》を見せることにしよう。どちらも非常《ひじょう》に苦労して手に入れたものじゃが、二つ目のは、わしが集めた中でも一番重要なものじゃ」

ハリーは何も言わなかった。自分の打ち明け話が受けた仕打ちに、まだ腹《はら》が立っていた。しかし、それ以上議論《ぎろん》しても、どうにかなるとは思えなかった。

「されば」ダンブルドアが凛《りん》とした声で言った。

「今夜の授業《じゅぎょう》では、トム・リドルの物語を続ける。前回は、トム・リドルがホグワーツで過《す》ごす日々の入口のところでとぎれておった。覚えておろうが、自分が魔法使《まほうつか》いだと聞かされたトムは興《こう》奮《ふん》した。ダイアゴン横丁にわしが付《つ》き添《そ》うことをトムは拒否《きょひ》し、そしてわしは、入学後は盗《ぬす》みを続けてはならぬと警告《けいこく》した」

「さて、新学期が始まり、トム・リドルがやってきた。古着を着た、おとなしい少年は、ほかの新入生とともに組分けの列に並《なら》んだ。組分《くみわ》け帽子《ぼうし》は、リドルの頭に触《ふ》れるや否《いな》や、スリザリンに入れた」話し続けながら、ダンブルドアは黒くなった手で頭上の棚《たな》を指差した。そこには、古色蒼然《こしょくそうぜん》とした組分《くみわ》け帽子《ぼうし》が、じっと動かずに収《おさ》まっていた。

「その寮《りょう》の、かの有名な創始者《そうししゃ》が蛇《へび》と会話ができたということを、リドルがどの時点で知ったのかはわからぬ――おそらくは最初の晩《ばん》じゃろう。それを知ることで、リドルは興奮《こうふん》し、いやが上にもうぬぼれが強くなった」

「しかしながら、談話室では蛇語《へびご》を振《ふ》りかざし、スリザリン生を脅《おど》したり感心させたりしていたにせよ、教職員《きょうしょくいん》はそのようなことにはまったく気づかなんだ。傍目《はため》には、リドルはなんらの傲慢《ごうまん》さも攻撃性《こうげきせい》も見せなんだ。稀有《けう》な才能《さいのう》とすぐれた容貌《ようぼう》の孤児《こじ》として、リドルはほとんど入学のその時点から、自然に教職員《きょうしょくいん》の注目と同情《どうじょう》を集めた。リドルは、礼儀正《れいぎただ》しく物静かで、知識《ちしき》に飢《う》えた生徒のように見えた。ほとんど誰《だれ》もが、リドルには非常《ひじょう》によい印象《いんしょう》を持っておった」

「孤児院《こじいん》で先生がリドルに会ったときの様子を、ほかの先生方に話して聞かせなかったのですか？」ハリーが聞いた。

「話しておらぬ。リドルは後悔《こうかい》するそぶりをまったく見せはせなんだが、以前の態度《たいど》を反省し、新しくやり直す決心をしている可能性《かのうせい》はあったわけじゃ。わしは、リドルに機会を与《あた》えるほうを選んだのじゃ」

ハリーが口を開きかけると、ダンブルドアは言葉を切り、問いかけるようにハリーを見た。ここでもまた、ダンブルドアは、不利な証拠《しょうこ》がどれほどあろうと、信頼《しんらい》に値《あたい》しない者を信頼《しんらい》している。ダンブルドアはそういう人だ！　しかしハリーは、ふとあることを思い出した……。

「でも先生は、**完全に**リドルを信用してはいなかったのですね？　あいつが僕《ぼく》にそう言いました……あの日記帳から出てきたリドルが、『ダンブルドアだけは、ほかの先生方とちがって、僕《ぼく》に気を許《ゆる》してはいないようだった』って」

「リドルが信用できると、手放しでそう考えたわけではない、とだけ言うておこう」

ダンブルドアが言った。

「すでに言うたように、わしはあの者をしっかり見張《みは》ろうと決めておった。そしてその決意どおりにしたのじゃ。最初のころは、観察してもそれほど多くのことがわかったわけではない。リドルはわしを非常《ひじょう》に警戒《けいかい》しておった。自分が何者なのかを知って興奮《こうふん》し、わしに少し多くを語りすぎたと思ったにちがいない。リドルは慎重《しんちょう》になり、あれほど多くを暴露《ばくろ》することは二度となかったが、興《こう》奮《ふん》のあまりいったん口をすべらせたことや、ミセス・コールがわしに打ち明けてくれたことを、リドルが撤回《てっかい》するわけにはいかなんだ。しかし、リドルは、わしの同僚《どうりょう》の多くをひきつけはしたものの、けっしてわしまで魅了《みりょう》しようとはしないという、思慮分別《しりょふんべつ》を持ち合わせておった」

「高学年になると、リドルは献身的《けんしんてき》な友人を取《と》り巻《ま》きにしはじめた。ほかに言いようがないので、友人と呼《よ》ぶが、すでにわしが言うたように、リドルがその者たちの誰《だれ》に対しても、なんらの友情《ゆうじょう》も感じていなかったことは疑《うたが》いもない。この集団《しゅうだん》は、ホグワーツ内で、一種の暗い魅力《みりょく》を持っておった。雑多《ざった》な寄《よ》せ集《あつ》めで、保護《ほご》を求める弱い者、栄光のおこぼれにあずかりたい野心家、自分たちより洗練《せんれん》された残酷《ざんこく》さを見せてくれるリーダーにひかれた乱暴者《らんぼうもの》等々。つまり、死喰《しく》い人《びと》の走りのような者たちじゃった。事実、その何人かは、ホグワーツを卒業したあと、最初の死喰《しく》い人《びと》となった」

「リドルに厳重《げんじゅう》に管理され、その者たちの悪行は、おおっぴらに明るみに出ることはなかった。しかし、その七年の間に、ホグワーツで多くの不快《ふかい》な事件《じけん》が起こったことはわかっておる。事件《じけん》とその者たちとの関係が、満足に立証《りっしょう》されたことは一度もない。最も深刻《しんこく》な事件《じけん》は、言うまでもなく『秘密《ひみつ》の部屋《へや》』が開かれたことで、その結果女子学生が一人死んだ。君も知ってのとおり、ハグリッドがぬれぎぬを着せられた」

「ホグワーツでのリドルに関する記憶《きおく》じゃが、多くを集めることはできなんだ」

ダンブルドアは「憂《うれ》いの篩《ふるい》」になえた手を置きながら言った。

「その当時のリドルを知る者で、リドルの話をしようとする者はほとんどおらぬ。怖気《おじけ》づいておるのじゃ。わしが知りえた事柄《ことがら》は、リドルがホグワーツを去ってから集めたものじゃ。なんとか口を割《わ》らせることができそうな、数少ない何人かを見つけ出したり、古い記録を探《さが》し求《もと》めたり、マグルや魔法使《まほうつか》いの証人《しょうにん》に質問《しつもん》したりして、だいぶ骨《ほね》を折って知りえたことじゃ」

「わしが説得《せっとく》して話させた者たちは、リドルが両親のことにこだわっていたと語った。もちろん、これは理解《りかい》できることじゃ。孤児院《こじいん》で育った者が、そこに来ることになった経緯《けいい》を知りたがったのは当然じゃ。トム・リドル・シニアの痕跡《こんせき》はないかと、トロフィー室に置かれた盾《たて》や、学校の古い監督生《かんとくせい》の記録、魔法史《まほうし》の本まで探《さが》したらしいが、徒労に終わった。父親がホグワーツに一度も足を踏《ふ》み入《い》れてはいない事実を、リドルはついに受け入れざるをえなくなった。わしの考えでは、リドルはその時点で自分の名前を永久《えいきゅう》に捨《す》て、ヴォルデモート卿《きょう》と名乗り、それまで軽蔑《けいべつ》していた母親の家族を調べはじめたのであろう——覚えておろうが、人間の恥《は》ずべき弱みである『死』に屈《くっ》した女が魔女《まじょ》であるはずがないと、リドルがそう考えていた女性《じょせい》のことじゃ」

「リドルには、『マールヴォロ』という名前しかヒントはなかった。孤児院《こじいん》の関係者から、母方の父親の名前だと聞かされていた名じゃ。魔法族《まほうぞく》の家系《かけい》に関する古い本をつぶさに調べ、ついにリドルは、スリザリンの末裔《まつえい》が生き残っていることを突《つ》き止《と》めた。十六歳《さい》の夏のことじゃ。リドルは毎年夏に戻《もど》っていた孤児院《こじいん》を抜《ぬ》け出《だ》し、ゴーント家の親せきを探《さが》しに出かけた。そして、さあ、ハリー、立つのじゃ……」

ダンブルドアも立ち上がった。その手に再《ふたた》び、渦巻《うずま》く乳白色《にゅうはくしょく》の記憶《きおく》が詰《つ》まった小さなクリスタルの瓶《びん》があるのが見えた。

「この記憶《きおく》を採集《さいしゅう》できたのは、まさに幸運じゃった」

そう言いながら、ダンブルドアはきらめく物質《ぶっしつ》を「憂《うれ》いの篩《ふるい》」に注《そそ》ぎ込《こ》んだ。

「この記憶《きおく》を体験すれば、そのことがわかるはずじゃ。参ろうかの？」

ハリーは石の水盆《すいぼん》の前に進み出て、従順《じゅうじゅん》に身をかがめ、記憶《きおく》の表面に顔をうずめた。いつものように、無の中を落ちていくような感覚を覚え、それからほとんど真《ま》っ暗闇《くらやみ》の中で、汚れた石の床《ゆか》に着地した。


しばらくして、自分がどこにいるのかやっとわかったときには、ダンブルドアもすでにハリーの脇《わき》に着地していた。ゴーントの家は、いまや形容《けいよう》しがたいほどに汚れ、いままでに見たどんな家より汚《きたな》らしかった。天井《てんじょう》にはクモの巣がはびこり、床《ゆか》はべっとりと汚《よご》れ、テーブルには、かびだらけのくさった食べ物が、汚《よご》れのこびりついた深鍋《ふかなべ》の山の間に転がっている。灯《あか》りといえば溶《と》けたろうそくがただ一本、男の足元に置かれていた。男は髪《かみ》もひげも伸《の》び放題《ほうだい》で、ハリーには男の目も口も見えなかった。暖炉《だんろ》のそばのひじかけ椅子《いす》でぐったりしているその男は、死んでいるのではないかと、ハリーは一瞬《いっしゅん》そう思った。しかし、その時、ドアをたたく大きな音がして、男はびくりと目を覚まし、右手に杖《つえ》を掲《かか》げ、左手には小刀を握《にぎ》った。

ドアがギーッと開いた。戸口に古くさいランプを手に立っている青年が誰《だれ》か、ハリーは一目でわかった。背《せ》が高く、青白い顔に黒い髪《かみ》の、ハンサムな青年——十代のヴォルデモートだ。

ヴォルデモートの目がゆっくりとあばら家を見回し、ひじかけ椅子《いす》の男を見つけた。ほんの一、二秒、二人は見つめ合った。それから、男がよろめきながら立ち上がった。その足元からからっぽの瓶《びん》が何本も、カタカタと音を立てて床《ゆか》を転がった。

「貴様《きさま》!」男がわめいた。「貴様《きさま》!」

男は杖《つえ》と小刀を大上段《だいじょうだん》に振《ふ》りかぶり、酔《よ》った足をもつれさせながらリドルに突進《とっしん》した。

「やめろ」

リドルは蛇語《へびご》で話した。男は横すべりしてテーブルにぶつかり、かびだらけの深鍋《ふかなべ》がいくつか床《ゆか》に落ちた。男はリドルを見つめた。互《たが》いに探《さぐ》り合《あ》いながら、長い沈黙《ちんもく》が流れた。やがて男が沈黙《ちんもく》を破《やぶ》った。

「話せるのか？」

「ああ、話せる」リドルが言った。リドルは部屋に入り、背後《はいご》でドアがバタンと閉《し》まった。ヴォルデモートが微塵《みじん》も恐怖《きょうふ》を見せないことに、ハリーは、敵《てき》ながらあっぱれと内心舌《した》を巻《ま》いた。ヴォルデモートの顔に浮《う》かんでいたのは、嫌悪《けんお》と、そしておそらく失望だけだった。

「マールヴォロはどこだ？」リドルが聞いた。

「死んだ」男が答えた。「何年も前に死んだんだろうが？」

リドルが顔をしかめた。

「それじゃ、おまえは誰《だれ》だ？」

「俺《おれ》はモーフィンだ、そうじゃねえのか？」

「マールヴォロの息子《むすこ》か？」

「そーだともよ。それで……」

モーフィンは汚《よご》れた顔から髪《かみ》を押《お》しのけ、リドルをよく見ようとした。その右手に、マールヴォロの黒い石の指輪をはめているのを、ハリーは見た。

「おめえがあのマグルかと思った」

モーフィンがつぶやくように言った。

「おめえはあのマグルにそーっくりだ」

「どのマグルだ？」リドルが鋭《するど》く聞いた。

「俺《おれ》の妹がほれたマグルよ。むこうのでっかい屋敷《やしき》に住んでるマグルよ」

モーフィンはそう言うなり、突然《とつぜん》リドルの前につばを吐《は》いた。

「おめえはあいつにそっくりだ。リドルに。しかし、あいつはもう、もっと年を取ったはずだろーが？　おめえよりもっと年取ってらあな。考えてみりゃ……」

モーフィンは意識《いしき》が薄《うす》れかけ、テーブルの縁《ふち》をつかんでもたれかかったままよろめいた。

「あいつは戻《もど》ってきた、ウン」モーフィンはほうけたように言った。

ヴォルデモートは、取るべき手段《しゅだん》を見極《みきわ》めるかのように、モーフィンをじっと見ていた。そしてモーフィンにわずかに近寄《ちかよ》り、聞き返した。

「リドルが戻《もど》ってきた？」

「ふん、あいつは妹を捨《す》てた。いい気味だ。くされ野郎《やろう》と結婚《けっこん》しやがったからよ！」

モーフィンはまたつばを吐《は》いた。

「盗《ぬす》みやがったんだ。いいか、逃《に》げやがる前に！　ロケットはどこにやった？　え？　スリザリンのロケットはどこだ？」

ヴォルデモートは答えなかった。モーフィンは自分で自分の怒《いか》りをあおり立てていた。小刀を振《ふ》り回《まわ》し、モーフィンが叫《さけ》んだ。

「泥《どろ》を塗《ぬ》りやがった。そーだとも、あのアマ！　そんで、おめえは誰《だれ》だ？　ここに来てそんなことを聞きやがるのは誰《だれ》だ？　おしめえだ、そーだ……おしめえだ……」

モーフィンは少しよろめきながら顔をそらした。ヴォルデモートが一歩近づいた。そのとたん、あたりが不自然に暗くなった。ヴォルデモートのランプが消え、モーフィンのろうそくも、何もかもが消えた……。

ダンブルドアの指がハリーの腕《うで》をしっかりつかみ、二人は上昇《じょうしょう》して現在《げんざい》に戻《もど》った。ダンブルドアの部屋のやわらかな金色の灯《あか》りが、真《ま》っ暗闇《くらやみ》を見たあとのハリーの目にまぶしかった。

「これだけですか？」ハリーはすぐさま聞いた。

「どうして暗くなったんですか？　何が起こったんですか？」

「モーフィンが、そのあとのことは何も覚えていないからじゃ」

ダンブルドアが、ハリーに椅子《いす》を示《しめ》しながら言った。

「次の朝、モーフィンが目を覚ましたときには、たった一人で床《ゆか》に横たわっていた。マールヴォロの指輪が消えておった」

「一方、リトル・ハングルトンの村では、メイドが悲鳴を上げて通りを駆《か》け回《まわ》り、館の客間に三人の死体が横たわっていると叫《さけ》んでいた。トム・リドル・シニア、その母親と父親の三人だった」

「マグルの警察《けいさつ》は当惑《とうわく》した。わしが知るかぎりでは、今日にいたるまで、リドル一家の死因《しいん》は判明《はんめい》しておらぬ。『アバダ　ケダブラ』の呪《のろ》いは、通常《つうじょう》、なんの損傷《そんしょう》も残さぬからじゃ……例外はわしの目の前に座《すわ》っておる」

ダンブルドアは、ハリーの傷痕《きずあと》を見てうなずきながら言った。

「しかし、魔法省《まほうしょう》は、これが魔法使《まほうつか》いによる殺人だとすぐに見破《みやぶ》った。さらに、リドルの館と反対側の谷むこうに、マグル嫌《ぎら》いの前科者が住んでおり、その男は、殺された三人のうちの一人を襲《おそ》った廉《かど》で、すでに一度投獄《とうごく》されたことがあるとわかっていた」

「そこで、魔法省《まほうしょう》はモーフィンを訪《たず》ねた。取り調べの必要も、『真実薬《しんじつやく》《ベリタセラム》』や『開心術《かいしんじゅつ》』を使う必要もなかった。即座《そくざ》に自白したのじゃ。殺人者自身しか知りえぬ細部の供述《きょうじゅつ》をしてのう。モーフィンは、マグルを殺したことを自慢《じまん》し、長年にわたってその機会を待っておったと言ったそうじゃ。モーフィンが差し出した杖《つえ》が、リドル一家の殺害に使われたことは、すぐに証明《しょうめい》された。そしてモーフィンは、抗《あらが》いもせずにアズカバンに引かれていった。父親の指輪がなくなっていたことだけを気にしておった。逮捕《たいほ》した者たちに向かって、『指輪をなくしたから、親父《おやじ》に殺される』と、何度もくり返して言ったそうじゃ。『指輪をなくしたから、親父《おやじ》に殺される』と。そして、どうやら死ぬまで、それ以外の言葉は口にせなんだようじゃ。モーフィンはマールヴォロの最後の世襲財産《せしゅうざいさん》をなくしたことを嘆《なげ》きながら、アズカバンで人生を終え、牢獄《ろうごく》で息絶《いきた》えたほかの哀《あわ》れな魂《たましい》とともに、監獄《かんごく》の脇《わき》に葬《ほうむ》られておるのじゃ」

「それじゃ、ヴォルデモートが、モーフィンの杖《つえ》を盗《ぬす》んで使ったのですね？」

ハリーは姿勢《しせい》を正して言った。

「そのとおりじゃ」ダンブルドアが言った。「それを示《しめ》す記憶《きおく》はない。しかし、何が起こったかについては、かなり確信《かくしん》を持って言えるじゃろう。ヴォルデモートはおじに失神の呪文《じゅもん》をかけて杖《つえ》を奪《うば》い、谷を越《こ》えて『むこうのでっかい屋敷《やしき》』に行ったのであろう。そこで魔女《まじょ》の母親を捨《す》てたマグルの男を殺し、ついでにマグルである自分の祖父母《そふぼ》をも殺した。自分にふさわしくないリドルの家《か》系《けい》の最後の人々を、このようにして抹殺《まっさつ》すると同時に、自分を望むことがなかった父親に復讐《ふくしゅう》した。それからゴーントのあばら家に戻《もど》り、複雑《ふくざつ》な魔法《まほう》でおじに偽《にせ》の記憶《きおく》を植えつけた後、気を失っているモーフィンのそばに杖《つえ》を返し、おじがはめていた古い指輪をポケットに入れてその場を去った」

「モーフィンは自分がやったのではないと、一度も気づかなかったのですか？」

「一度も」ダンブルドアが言った。

「いまわしが言うたように、自慢《じまん》げにくわしい自白をしたのじゃ」

「でも、いま見たほんとうの記憶《きおく》は、ずっと持ち続けていた！」

「そうじゃ。しかし、その記憶《きおく》をうまく取り出すには、相当な『開心術《かいしんじゅつ》』の技《わざ》を使用せねばならなかったのじゃ」

ダンブルドアが言った。

「それに、すでに犯行《はんこう》を自供《じきょう》しているのに、モーフィンの心をそれ以上探《さぐ》りたいなどと思う者がおるじゃろうか？　しかし、わしは、モーフィンが死ぬ何週間か前に、あの者に面会することができた。わしはそのころ、ヴォルデモートに関して、できるだけ多くの過去《かこ》を見つけ出そうとしておった。この記憶《きおく》を引き出すのは容易《ようい》ではなかった。記憶《きおく》を見たとき、わしはそれを理由にモーフィンをアズカバンから釈放《しゃくほう》するように働きかけた。しかし、魔法省《まほうしょう》が決定を下す前に、モーフィンは死んでしもうたのじゃ」

「でも、すべてはヴォルデモートがモーフィンに仕掛《しか》けたことだと、魔法省《まほうしょう》はどうして気づかなかったんですか？」

ハリーは憤慨《ふんがい》して聞いた。

「ヴォルデモートはその時、未成年だった。魔法省《まほうしょう》は、未成年が魔法《まほう》を使うと探知《たんち》できるはずだ！」

「そのとおりじゃよ――魔法《まほう》は探知《たんち》できる。しかし、実行犯《じっこうはん》が誰《だれ》かはわからぬ。浮遊術《ふゆうじゅつ》のことで、君が魔法省《まほうしょう》に責《せ》められたのを覚えておろうが、あれは実は――」

「ドビーだ」ハリーが唸《うな》った。あの不当さには、いまだに腹《はら》が立った。

「それじゃ、未成年でも、大人の魔法使《まほうつか》いがいる家で魔法《まほう》を使ったら、魔法省《まほうしょう》にはわからないのですか？」

「確《たし》かに魔法省《まほうしょう》は、誰《だれ》が魔法《まほう》を行使したかを知ることができぬ」

ハリーの大憤慨《だいふんがい》した顔を見てほほえみながら、ダンブルドアが言った。

「魔法省《まほうしょう》としては、魔法使《まほうつか》いの家庭内では、親が子供《こども》を従《したが》わせるのに任《まか》せるわけじゃ」

「そんなの、いいかげんだ」ハリーがかみついた。

「こんなことが起こったのに！　モーフィンにこんなことが起こったのに！」

「わしもそう思う」ダンブルドアが言った。

「モーフィンがどのような者であれ、あのような死に方をしたのは酷《こく》じゃった。犯《おか》しもせぬ殺人の責《せ》めを負うとは。しかし、もう時間も遅《おそ》い。別れる前に、もう一つの記憶《きおく》を見てほしい……」

ダンブルドアはポケットからもう一本クリスタルの薬瓶《くすりびん》を取り出した。ハリーは、これこそダンブルドアが収集《しゅうしゅう》した中で一番重要な記憶《きおく》だと言ったことを思い出し、すぐに口をつぐんだ。今度の中身は、まるで少し凝結《ぎょうけつ》しているかのように、なかなか「憂《うれ》いの篩《ふるい》」に入っていかなかった。記憶《きおく》もくさることがあるのだろうか？

「この記憶《きおく》は長くはかからない」

薬瓶《くすりびん》がやっとからになったとき、ダンブルドアが言った。

「あっという間に戻《もど》ってくることになろう。もう一度、『憂《うれ》いの篩《ふるい》』へ、いざ……」

そして再《ふたた》びハリーは、銀色の表面から下へと落ちていき、一人の男の真ん前に着地した。誰《だれ》なのかはすぐにわかった。


ずっと若《わか》いホラス・スラグホーンだった。はげたスラグホーンに慣《な》れきっていたハリーは、つやのある豊《ゆた》かな麦わら色の髪《かみ》に面食らった。頭に藁葺屋根《わらぶきやね》をかけたようだった。ただ、てっぺんにはすでに、ガリオン金貨大のはげが光っていた。口ひげはいまほど巨大《きょだい》ではなく、赤毛まじりのブロンドだった。ハリーの知っているスラグホーンほどまるまるしていなかったが、豪華《ごうか》な刺繍《ししゅう》入《い》りのチョッキについている金ボタンは、相当の膨張力《ぼうちょうりょく》に耐《た》えていた。短い足を分厚《ぶあつ》いビロードのクッションにのせ、スラグホーンは心地《ここち》よさそうなひじかけ椅子《いす》に、とっぷりとくつろいで腰《こし》かけていた。片手《かたて》に小さなワイングラスをつかみ、もう一方の手で、砂糖漬《さとうづ》けパイナップルの箱を探《さぐ》っている。

ダンブルドアがハリーの横に姿《すがた》を現《あらわ》したとき、ハリーはあたりを見回し、そこが学校のスラグホーンの部屋だとわかった。男の子が六人ほど、スラグホーンの周りに座《すわ》っている。スラグホーンの椅子《いす》より固い椅子《いす》か低い椅子《いす》に腰《こし》かけ、全員が十五、六歳《さい》だった。ハリーはすぐにリドルを見つけた。一番ハンサムで、一番くつろいだ様子だった。右手をなにげなく椅子《いす》のひじかけに置いていたが、ハリーは、その手にマールヴォロの金と黒の指輪がはめられているのを見て、ざくりとした。もう父親を殺したあとだ。

「先生、メリィソート先生が退職《たいしょく》なさるというのはほんとうですか？」リドルが聞いた。

「トム、トム、たとえ知っていても、君には教えられないね」

スラグホーンは砂糖《さとう》だらけの指をリドルに向けて、叱《しか》るように振《ふ》ったが、ウィンクしたことでその効果《こうか》は多少薄《うす》れていた。

「まったく、君って子は、どこで情報《じょうほう》を仕入れてくるのか、知りたいものだ。教師《きょうし》の半数より情報《じょうほう》通《つう》だね、君は」

リドルは微笑《びしょう》した。ほかの少年たちは笑って、リドルを称賛《しょうさん》のまなざしで見た。

「知るべきではないことを知るという、君の謎《なぞ》のような能力《のうりょく》、大事な人間をうれしがらせる心づかい――ところで、パイナップルをありがとう。君の考えどおり、これはわたしの好物で――」

何人かの男の子がクスクス笑ったその時、とても奇妙《きみょう》なことが起こった。部屋全体が突然《とつぜん》濃《こ》い白い霧《きり》で覆《おお》われたのだ。ハリーは、そばに立っているダンブルドアの顔しか見えなくなった。そして、スラグホーンの声が、霧《きり》の中から不自然な大きさで響《ひび》いてきた。「**――君は悪の道にはまるだろう、いいかね、わたしの言葉を覚えておきなさい**」

霧《きり》は出てきたときと同じように急に晴れた。しかし、誰《だれ》もそのことに触《ふ》れなかったし、何か不自然なことが起きたような顔さえしていなかった。ハリーは狐《きつね》につままれたように、周りを見回した。スラグホーンの机《つくえ》の上で小さな金色の置き時計が、十一時を打った。

「なんとまあ、もうそんな時間か？」スラグホーンが言った。

「みんな、もう、戻《もど》ったほうがいい。そうしないと、みんな困《こま》ったことになるからね。レストレンジ、明日までにレポートを書いてこないと、罰則《ばっそく》だぞ。エイブリー、君もだ」

男の子たちがぞろぞろ出ていく間、スラグホーンはひじかけ椅子《いす》から重い腰《こし》を上げ、からになったグラスを机《つくえ》のほうに持っていった。しかし、リドルはあとに残っていた。リドルが最後までスラグホーンの部屋にいられるように、わざとぐずぐずしているのが、ハリーにはわかった。

「トム、早くせんか」

振《ふ》り返《かえ》って、リドルがまだそこに立っているのを見たスラグホーンが言った。

「時間外にベッドを抜《ぬ》け出《だ》しているところを捕《つか》まりたくはないだろう。君は監督生《かんとくせい》なのだし……」

「先生、おうかがいしたいことがあるんです」

「それじゃ、遠慮《えんりょ》なく聞きなさい、トム、遠慮《えんりょ》なく……」

「先生、ご存《ぞん》じでしょうか……ホークラックスのことですが？」

するとまた、同じ現象《げんしょう》が起きた。濃《こ》い霧《きり》が部屋を包み、ハリーにはスラグホーンもリドルもまったく見えなくなった。ダンブルドアだけがゆったりと、そばでほほえんでいた。そして、前と同じように、スラグホーンの声がまた響《ひび》き渡《わた》った。

「ホークラックスのことは何も知らんし、知っていても君に教えたりはせん！　さあ、すぐにここを出ていくんだ。そんな話は二度と聞きたくない！」

「さあ、これでおしまいじゃ」ハリーの横でダンブルドアがおだやかに言った。

「帰る時間じゃ」

そしてハリーの足は床《ゆか》を離《はな》れ、数秒後にダンブルドアの机《つくえ》の前の敷物《しきもの》に着地した。

「あれだけしかないんですか？」ハリーはキョトンとして聞いた。

ダンブルドアは、これこそ一番重要な記憶《きおく》だと言った。しかし、何がそんなに意味深長なのかわからなかった。確《たし》かに、霧《きり》のことや、誰《だれ》もそれに気づいていないようだったのは奇妙《きみょう》だ。しかしそれ以外はなんら特別な出来事はないように見えた。リドルが質問《しつもん》したが、それに答えてもらえなかったというだけだ。

「気がついたかもしれぬが」ダンブルドアは机《つくえ》に戻《もど》って腰《こし》を下ろした。「あの記憶《きおく》には手が加えられておる」

「手が加えられた？」ハリーも腰《こし》かけながら、聞き返した。

「そのとおりじゃ」ダンブルドアが言った。

「スラグホーン先生は、自分自身の記憶《きおく》に干渉《かんしょう》した」

「でも、どうしてそんなことを？」

「自分の記憶《きおく》を恥《は》じたからじゃろう」ダンブルドアが言った。

「自分をよりよく見せようとして、わしに見られたくない部分を消し去り、記憶《きおく》を修正《しゅうせい》しようとしたのじゃ。それが、君も気づいたように、非常《ひじょう》に粗雑《そざつ》なやり方でなされておる。そのほうがよい。なぜなら、ほんとうの記憶《きおく》が、改ざんされたものの下にまだ存在《そんざい》していることを示《しめ》しているからじゃ」

「そこで、ハリー、わしは初めて君に宿題を出す。スラグホーン先生を説得《せっとく》して、ほんとうの記憶《きおく》を明かさせるのが君の役目じゃ。その記憶《きおく》こそ、我々《われわれ》にとって、最も重要な記憶《きおく》であることは疑《うたが》いもない」

ハリーは目を見張《みは》ってダンブルドアを見た。

「でも、先生」

できるかぎり尊敬《そんけい》を込《こ》めた声で、ハリーは言った。

「僕《ぼく》なんか必要ないと思います──先生が『開心術《かいしんじゅつ》』をお使いになれるでしょうし……『真実薬』だって……」

「スラグホーン先生は、非常《ひじょう》に優秀《ゆうしゅう》な魔法使《まほうつか》いであり、そのどちらも予想しておられるじゃろう。哀《あわ》れなモーフィン・ゴーントなどより、ずっと『閉心術《へいしんじゅつ》』に長《た》けておられる。わしがこの記憶《きおく》まがいのものを無理やり提供《ていきょう》させて以来、スラグホーン先生が常《つね》に『真実薬』の解毒剤《げどくざい》を持ち歩いておられたとしても無理からぬこと」

「いや、スラグホーン先生から力ずくで真実を引き出そうとするのは、愚《おろ》かしいことであり、百害あって一利なしじゃ。スラグホーン先生にはホグワーツを去ってほしくないでのう。しかし、スラグホーン先生といえども、我々《われわれ》と同様に弱みがある。先生の鎧《よろい》を突《つ》き破《やぶ》ることのできる者は君じゃと、わしは信じておる。ハリー、真実の記憶《きおく》を我々《われわれ》が手に入れるということが、実に重要なのじゃ……どのくらい大切かは、その記憶《きおく》を見たときにのみわかろうというものじゃ。がんばることじゃな……では、おやすみ」

突然《とつぜん》帰れと言われて、ハリーはちょっと驚《おどろ》いたが、すぐに立ち上がった。

「先生、おやすみなさい」

校長室の戸を閉《し》めながら、ハリーは、フィニアス・ナイジェラスだとわかる声を、はっきり聞いた。

「ダンブルドア、あの子が、君よりうまくやれるという理由がわからんね」

「フィニアス、わしも、君にわかるとは思わぬ」

ダンブルドアが答え、フォークスがまた、低く歌うように鳴いた。

第十八章　たまげた誕生日《たんじょうび》

次の日、ハリーはロンとハーマイオニーに、ただし二人別々に、ダンブルドアの宿題を打ち明けた。ハーマイオニーが相変わらず、軽蔑《けいべつ》のまなざしを投げる瞬間《しゅんかん》以外は、ロンと一緒《いっしょ》にいることを拒《こば》んでいたからだ。

ロンは、ハリーならスラグホーンのことは楽勝だと考えていた。

「あいつは君にほれ込《こ》んでる」

朝食の席で、フォークに刺《さ》した玉子焼きの大きな塊《かたまり》を気楽に振《ふ》りながら、ロンが言った。

「君が頼《たの》めばどんなことだって断《ことわ》りゃしないだろ？　お気に入りの魔《ま》法薬《ほうやく》の王子様だもの。今日の午後の授業《じゅぎょう》のあとにちょっと残って、聞いてみろよ」

しかし、ハーマイオニーの意見はもっと悲観的だった。

「ダンブルドアが聞き出せなかったのなら、スラグホーンはあくまで真相を隠《かく》すつもりにちがいないわ」

休み時間中、人気《ひとけ》のない雪の中庭での立ち話で、ハーマイオニーが低い声で言った。

「ホークラックス……**ホークラックス**……聞いたこともないわ……」

「君が？」

ハリーは落胆《らくたん》した。ホークラックスがどういうものか、ハーマイオニーなら手がかりを教えてくれるかもしれないと期待していたのだ。

「相当高度な、闇《やみ》の魔術《まじゅつ》にちがいないわ。そうじゃなきゃ、ヴォルデモートが知りたがるはずないでしょう？　ハリー、その情報《じょうほう》は、一筋縄《ひとすじなわ》じゃ聞き出せないと思うわよ。スラグホーンには充分慎重《じゅうぶんしんちょう》に持ちかけないといけないわ。ちゃんと戦術《せんじゅつ》を考えて……」

「ロンは、今日の午後の授業《じゅぎょう》のあと、ちょっと残ればいいっていう考えだけど……」

「あら、まあ、もし**ウォン-ウォン**がそう考えるんだったら、そうしたほうがいいでしょ」

ハーマイオニーはたちまちメラメラと燃《も》え上《あ》がった。

「何しろ、**ウォン-ウォン**の判断《はんだん》は一度だってまちがったことがありませんからね！」

「ハーマイオニー、いいかげんに――」

「**お断《ことわ》りよ！**」

いきなり立ったハーマイオニーは、くるぶしまで雪に埋《う》まったハリーを一人残し、荒々《あらあら》しく立ち去った。

近ごろの「魔法薬《まほうやく》」のクラスは、ハリー、ロン、ハーマイオニーが同じ作業テーブルを使うというだけで居心地《いごこち》悪《わる》かった。今日のハーマイオニーは、自分の大鍋《おおなべ》をテーブルのむこう端《はし》のアーニーの近くまで移動《いどう》し、ハリーとロンの両方を無視《むし》していた。

「**君は**何をやらかしたんだ?」

ハーマイオニーのツンとした横顔を見ながら、ロンがボソボソとハリーに聞いた。

ハリーが答える前に、スラグホーンが教室の前方から静粛《せいしゅく》にと呼《よ》びかけた。

「静かに、みんな静かにして! さあ、急がないと、今日はやることがたくさんある! 『ゴルパロットの第三の法則《ほうそく》』……誰《だれ》か言える者は――? ああ、ミス・グレンジャーだね、もちろん!」

ハーマイオニーは猛烈《もうれつ》なスピードで暗誦《あんしょう》した。

「『ゴルパロットの第三の法則《ほうそく》』とは混合毒薬《こんごうどくやく》の解毒剤《げどくざい》の成分は毒薬の各成分に対する解毒剤《げどくざい》の成分の総和《そうわ》より大きい」

「そのとおり!」スラグホーンがニッコリした。

「グリフィンドールに一〇点! さて、『ゴルパロットの第三の法則《ほうそく》』が真であるなら……」

ハリーは、「ゴルパロットの第三の法則《ほうそく》」が真であるというスラグホーンの言葉をうのみにすることにした。何しろチンプンカンプンだったからだ。スラグホーンの次の説明も、ハーマイオニー以外は誰《だれ》もついていけないようだった。

「……ということは、もちろん、『スカーピンの暴露呪文《ばくろじゅもん》』により魔法毒薬《まほうどくやく》の成分を正確《せいかく》に同定《どうてい》できたと仮定《かてい》すると、我々《われわれ》の主要な目的は、これらの全部の成分それ自体の解毒剤《げどくざい》をそれぞれ選び出すという比較的単純《ひかくてきたんじゅん》なものではなく、追加の成分を見つけ出すことであり、その成分は、ほとんど錬金術《れんきんじゅつ》ともいえる工程《こうてい》により、これらのバラバラな成分を変容《へんよう》せしめ――」

ハリーの横で、ロンは口を半分開け、真新しい自分の『上級魔法薬《じょうきゅうまほうやく》』の教科書にぼんやり落書きをしていた。授業《じゅぎょう》がさっぱりわからない場合に、ハーマイオニーの助けを求めるということが、いまはもうできないのに、ロンはしょっちゅうそれを忘《わす》れていた。

「……であるからして」スラグホーンの説明が終わった。

「前に出てきて、私《わたし》の机《つくえ》からそれぞれ薬瓶《くすりびん》を一本ずつ取っていきなさい。授業《じゅぎょう》が終わるまでに、その瓶《びん》に入っている毒薬に対する解毒剤《げどくざい》を調合すること。がんばりなさい。保護手袋《ほごてぶくろ》を忘《わす》れないように！」

ハーマイオニーが、席を立ってスラグホーンの机《つくえ》までの距離《きょり》の半分を歩いたころ、ほかの生徒はやっと、行動を開始しなければならないことに気がついた。ハリー、ロン、アーニーがテーブルに戻《もど》ったときには、ハーマイオニーはすでに薬瓶《くすりびん》の中身を自分の大鍋《おおなべ》に注ぎ入れ、鍋《なべ》の下に火をつけていた。

「今回はプリンスがあんまりお役に立たなくて、残念ね、ハリー」

体を起こしながら、ハーマイオニーがほがらかに言った。

「今度は、この原理を理解《りかい》しないといけないもの。近道もカンニングもなし！」

ハリーはいらいらしながら、スラグホーンの机《つくえ》から持ってきた瓶《びん》のコルク栓《せん》を抜《ぬ》き、けばけばしいピンク色の毒薬を大鍋《おおなべ》にあけて、下で火をたいた。次は何をするやら、ハリーにはさっぱりわからなかった。ロンをちらりと見ると、ハリーがやったことを逐一《ちくいち》まねしたあげく、ボケーッと突《つ》っ立《た》っているだけだった。

「ほんとにプリンスのヒントはないのか？」ロンが、ハリーにブツブツ言った。

ハリーは頼《たの》みの綱《つな》の『上級魔法薬《じょうきゅうまほうやく》』を引《ひ》っ張《ば》り出《だ》し、解毒剤《げどくざい》の章を開いた。そこには、ハーマイオニーが暗誦《あんしょう》した言葉と一言一句《いちごんいっく》たがわない、「ゴルパロットの第三の法則《ほうそく》」がのっていた。しかし、それがどういう意味なのか、プリンスの手書きによる明快《めいかい》な書《か》き込《こ》みは一つもない。プリンスは、ハーマイオニーと同じように、苦もなくこの法則《ほうそく》が理解《りかい》できたらしい。

「ゼロ」ハリーが暗い声で言った。

ハーマイオニーが今度は、大鍋《おおなべ》の上で熱心に杖《つえ》を振《ふ》っていた。残念なことに、ハーマイオニーの使っている呪文《じゅもん》をまねすることはできなかった。ハーマイオニーはもう無言呪文《むごんじゅもん》に熟達《じゅくたつ》し、ひと声も発する必要がなかったからだ。しかし、アーニー・マクミランは、自分の大鍋《おおなべ》に向かって「スペ

シアリス　レベリオ！　化けの皮、はがれよ！」と小声で唱えていた。それがいかにも迫力《はくりょく》があったので、ハリーもロンもアーニーのまねをすることにした。

五分もたたないうちに、クラス一番の魔法薬作《まほうやくづく》りの評判《ひょうばん》がガラガラと崩《くず》れる音が、ハリーの耳元で聞こえた。スラグホーンは地下牢教室《ちかろうきょうしつ》をひと回りしながら、期待を込《こ》めてハリーの大鍋《おおなべ》をのぞき込《こ》み、いつものように歓声《かんせい》を上げようとした。ところが、くさった卵《たまご》のにおいに閉口《へいこう》して、咳《せ》き込《こ》みながらあわてて首を引《ひ》っ込《こ》めた。ハーマイオニーの得意《とくい》げな顔といったらなかった。「魔法薬《まほうやく》」の授業《じゅぎょう》で毎回負けていたのが、いやでたまらなかったのだ。いまやハーマイオニーは、まか不思議にも分離《ぶんり》した毒薬の成分をクリスタルの薬瓶《くすりびん》十本に小分けして、静かに注《そそ》ぎ込《こ》んでいた。しゃくな光景から目をそらしたい一心でハリーはプリンスの本をのぞき込《こ》み、躍起《やっき》になって数ページめくった。

すると、あるではないか。解毒剤《げどくざい》を列挙した長いリストを横切って、走り書きがあった。

「ベゾアール石をのどから押《お》し込《こ》むだけ」

ハリーはしばらくその文字を見つめていた。ずいぶん前に、ベゾアール石のことを聞いたことがあるのでは？　スネイプが、最初の魔法薬《まほうやく》の授業《じゅぎょう》で口にしたのでは？

――ベゾアール石は山羊《やぎ》の胃《い》から取り出す石で、たいていの毒薬に対する解毒剤《げどくざい》となる――。

ゴルパロットの問題に対する答えではなかったし、スネイプがまだ「魔法薬《まほうやく》」の先生だったら、ハリーは絶対《ぜったい》そんなことはしなかっただろうが、ここ一番の瀬戸際《せとぎわ》だ。ハリーは急いで材料棚《ざいりょうだな》に近づき、一角獣《ユニコーン》の角やからみ合った干《ほ》し薬草《やくそう》を押《お》しのけて棚《たな》の中を引っかき回し、一番奥《おく》にある小さな紙の箱を見つけた。箱の上に「ベゾアール」と書きなぐってあった。

ハリーが箱を開けるとほとんど同時に、スラグホーンが、「みんな、あと二分だ！」と声をかけた。箱の中には半ダースほどのしなびた茶色いものが入っていて、石というより干《ひ》からびた腎臓《じんぞう》のようだった。ハリーはその一つをつかみ、箱を棚《たな》に戻《もど》して鍋《なべ》の所まで急いで戻《もど》った。

「時間だ……**やめ！**」

スラグホーンが楽しげに呼《よ》ばわった。

「さーて、成果を見せてもらおうか！　ブレーズ……何を見せてくれるかな？」

スラグホーンはゆっくりと教室を回り、さまざまな解毒剤《げどくざい》を調べて歩いた。課題を完成させた生徒は誰《だれ》もいなかった。ただ、ハーマイオニーは、スラグホーンがやってくるまでに、あと数種類の成分を瓶《びん》に押《お》し込《こ》もうとしていた。ロンは完全にあきらめて、自分の大鍋《おおなべ》から立《た》ち昇《のぼ》るくさったにおいを吸《す》い込《こ》まないようにしているだけだった。ハリーは少し汗《あせ》ばんだ手に、ベゾアール石を握《にぎ》りしめてじっと待った。

スラグホーンは、最後にハリーたちのテーブルに来た。アーニーの解毒剤《げどくざい》をフンフンとかぎ、顔をしかめてロンのほうに移動《いどう》した。ロンの大鍋《おおなべ》にも長居《ながい》はせず、吐《は》き気《け》をもよおしたようにすばやくあとずさった。

「さあ君の番だ、ハリー」スラグホーンが言った。

「何を見せてくれるね？」

ハリーは手を差し出した。手のひらにベゾアール石がのっていた。

スラグホーンは、まるまる十秒もそれを見つめていた。どなりつけられるかもしれないと、ハリーは一瞬《いっしゅん》そう思った。ところがスラグホーンは、のけぞって大笑いした。

「まったく、いい度胸《どきょう》だ！」

スラグホーンは、ベゾアール石を高く掲《かか》げてクラス中に見えるようにしながら太い声を響《ひび》かせた。

「ああ、母親と同じだ……いや、君に落第点をつけることはできない……ベゾアール石は確《たし》かに、ここにある魔法薬《まほうやく》すべての解毒剤《げどくざい》として効《き》く！」

ハーマイオニーは、汗《あせ》まみれで鼻にすすをくっつけて、憤懣《ふんまん》やる方《かた》ない顔をしていた。五十二種類もの成分に、ハーマイオニーの髪《かみ》の毛ひと塊《かたまり》まで入って半分出来上がった解毒剤《げどくざい》が、スラグホーンの背後《はいご》でゆっくり泡立《あわだ》っていたが、スラグホーンはハリーしか眼中《がんちゅう》になかった。

「それで、あなたは自分ひとりでベゾアール石を考えついたのね、ハリー、そうなのね？」

ハーマイオニーが歯ぎしりしながら聞いた。

「それこそ、真の魔法薬作《まほうやくづく》りに必要な個性的創造力《こせいてきそうぞうりょく》というものだ！」

ハリーが何も答えないうちに、スラグホーンがうれしそうに言った。

「母親もそうだった。魔法薬作《まほうやくづく》りを直感的に把握《はあく》する生徒だった。まちがいなくこれは、リリーから受《う》け継《つ》いだものだ……そう、ハリー、そのとおり、ベゾアール石があれば、もちろんそれで事がすむ……ただし、すべてに効《き》くわけではないし、かなり手に入りにくいものだから、解毒剤《げどくざい》の調合の仕方は、知っておく価値《かち》がある……」

教室中でただ一人、ハーマイオニーより怒《おこ》っているように見えたのはマルフォイだった。ローブに猫《ねこ》の反吐《へど》のようなものが垂《た》れこぼれているマルフォイを見て、ハリーは溜飲《りゅういん》が下がった。ハリーがまったく作業せずにクラスで一番になったことに、二人のどちらも、怒《いか》りをぶちまける間もなく、終業ベルが鳴った。

「荷物をまとめて！」スラグホーンが言った。

「それと、生意気千万《なまいきせんばん》に対して、グリフィンドールにもう一〇点！」

スラグホーンはクスクス笑いながら、地下牢教室《ちかろうきょうしつ》の前にある自分の机《つくえ》によたよたと戻《もど》った。

ハリーは、鞄《かばん》を片《かた》づけるのにしては長すぎる時間をかけ、ぐずぐずとあとに残っていた。ロンもハーマイオニーも、がんばれと声をかけもせずに教室を出ていった。二人ともかなりいらいらしているようだった。最後に、ハリーとスラグホーンだけが教室に残った。

「ほらほら、ハリー、次の授業《じゅぎょう》に遅《おく》れるよ」

スラグホーンが、ドラゴン革《がわ》のブリーフケースの金の留《と》め金《がね》をバチンと閉《し》めながら、愛想《あいそ》よく言った。

「先生」

否応《いやおう》なしに記憶《きおく》の場面でのヴォルデモートのことを思い出しながら、ハリーが切り出した。

「おうかがいしたいことがあるんです」

「それじゃ、遠慮《えんりょ》なく聞きなさい、ハリー、遠慮《えんりょ》なく……」

「先生、ご存《ぞん》じでしょうか……ホークラックスのことですが？」

スラグホーンが凍《こお》りついた。丸顔が見る見る陥没《かんぼつ》していくようだった。スラグホーンは唇《くちびる》をなめ、かすれ声で言った。

「なんと言ったのかね？」

「先生、ホークラックスのことを、何かご存《ぞん》じでしょうかとうかがいました。あの――」

「ダンブルドアの差し金だな」スラグホーンがつぶやいた。

スラグホーンの声ががらりと変わった。もはや愛想《あいそ》のよさは吹《ふ》っ飛《と》び、衝撃《しょうげき》でおびえた声だった。震《ふる》える指で胸《むね》ポケットから、ようやくハンカチを引《ひ》っ張《ぱ》り出《だ》し、額《ひたい》の汗《あせ》をぬぐった。

「ダンブルドアが君にあれを見せたのだろう――あの記憶《きおく》を」スラグホーンが言った。「え？　そうなんだろう？」

「はい」ハリーは、うそをつかないほうがいいと即座《そくざ》に判断《はんだん》した。

「そうだろう。もちろん」

スラグホーンは蒼白《そうはく》な顔をまだハンカチでぬぐいながら、低い声で言った。

「もちろん……まあ、あの記憶《きおく》を見たのなら、ハリー、私《わたし》がいっさい何も知らないことはわかっているだろう――**いっさい何も**――」

スラグホーンは同じ言葉をくり返し強調した。

「ホークラックスのことなど」

スラグホーンは、ドラゴン革《がわ》のブリーフケースを引っつかみ、ハンカチをポケットに押《お》し込《こ》みなおし、地下牢教室《ちかろうきょうしつ》のドアに向かってとっとと歩きだした。

「先生」ハリーは必死になった。

「僕《ぼく》はただ、あの記憶《きおく》に少し足りないところがあるのではと――」

「そうかね？」スラグホーンが言った。

「それなら、君がまちがっとるんだろう？　**まちがっとる！**」

最後の言葉はどなり声だった。ハリーにそれ以上一言も言わせず、スラグホーンは地下牢教室《ちかろうきょうしつ》のドアをバタンと閉《し》めて出ていった。

ロンもハーマイオニーも、ハリーの話す惨憺《さんたん》たる結果に、さっぱり同情《どうじょう》してくれなかった。ハーマイオニーは、きちんと作業もしないで勝利を得《え》たハリーのやり方に、まだ煮《に》えくり返っていたし、ロンは、ハリーが自分にもこっそりベゾアール石を渡《わた》してくれなかったことを恨《うら》んでいた。

「二人そろって同じことをしたら、まぬけじゃないか！」

ハリーはいらだった。

「いいか。僕《ぼく》は、ヴォルデモートのことを聞き出せるように、あいつを懐柔《かいじゅう》する必要があったんだ。おい、**しゃんとしろよ！**」

ロンがその名を聞いたとたんビクリとしたので、ハリーはますますいらいらした。

失敗はするし、ロンとハーマイオニーの態度《たいど》も態度《たいど》だし、ハリーは向《む》かっ腹《ぱら》を立てながら、それから数日、スラグホーンに次はどういう手を打つべきかを考《かんが》え込《こ》んだ。そして、当分の間、スラグホーンに、ハリーがホークラックスのことなど忘《わす》れはてたと思《おも》い込《こ》ませることにした。再攻撃《さいこうげき》を仕《し》掛《か》ける前に、スラグホーンがもう安泰《あんたい》だと思《おも》い込《こ》むようになだめるのが、最上の策《さく》にちがいない。

ハリーが二度とスラグホーンに質問《しつもん》しなかったので、「魔法薬《まほうやく》」の先生は、いつものようにハリーをかわいがる態度《たいど》に戻《もど》り、その問題は忘《わす》れたかのようだった。スラグホーンが次に小パーティを開くときには、たとえクィディッチの練習予定を変えてでも逃《のが》すまいと決心し、ハリーは招待《しょうたい》されるのを待った。残念ながら、招待状《しょうたいじょう》は来なかった。ハリーは、ハーマイオニーやジニーにも確《たし》かめたが、どちらも招待状《しょうたいじょう》を受け取っていなかったし、二人の知るかぎり、ほかに誰《だれ》も受け取った者はいなかった。スラグホーンは見かけより忘《わす》れっぽくないのかもしれないし、再《ふたた》び質問《しつもん》する機会を絶対《ぜったい》に与《あた》えまいとしているのではないか、とハリーは考えざるをえなかった。

一方、ホグワーツ図書館は、ハーマイオニーの記憶《きおく》にあるかぎり初めて、答えを出してくれなかった。それがあまりにもショックで、ハーマイオニーは、ハリーがベゾアール石でズルをしたといらだっていたことさえ忘《わす》れてしまった。

「ホークラックスが何をするものか、ひとつも説明が見当たらないの！」

ハーマイオニーがハリーに言った。

「ただの一つもよ！　禁書《きんしょ》の棚《たな》も全部見たし、**身の毛もよだつ**魔法薬《まほうやく》の煎《せん》じ方《かた》が書いてある、**ぞっとする**本も見たわ――なんにもないのよ！　見つけたのはこれだけ。『最も邪悪《じゃあく》なる魔術《まじゅつ》』の序文《じょぶん》よ――読むわね――『ホークラックス、魔《ま》法《ほう》の中で最も邪悪《じゃあく》なる発明なり。我《われ》らはそを語りもせず、説きもせぬ』……それなら、どうしてわざわざ書くの？」

ハーマイオニーはもどかしそうに言いながら、古色蒼然《こしょくそうぜん》とした本を乱暴《らんぼう》に閉《と》じた。本が幽霊《ゆうれい》の出てきそうな泣き声を上げた。

「おだまり」

ハーマイオニーはピシャリと言って、本を元の鞄《かばん》に詰《つ》め込《こ》んだ。

二月になり、学校の周りの雪が溶《と》けだして、冷たく陰気《いんき》でじめじめした季節になった。どんよりとした灰紫《はいむらさき》の雲が城《しろ》の上に低く垂《た》れ込《こ》め、間断《かんだん》なく降《ふ》る冷たい雨で、芝生《しばふ》はすべりやすく泥《どろ》んこだった。その結果、六年生の「姿《すがた》あらわし」第一回練習は、校庭でなく大広間で行われることになった。通常《つうじょう》の授業《じゅぎょう》とかち合わないように、練習時間は土曜日の朝に予定された。

ハリーとハーマイオニーが大広間に来てみると（ロンはラベンダーと一緒《いっしょ》に来ていた）、長テーブルがなくなっていた。高窓《たかまど》に雨が激《はげ》しく打ちつけ、魔法《まほう》のかかった天井《てんじょう》は暗い渦《うず》を巻《ま》いていた。生徒たちは、各寮《かくりょう》の寮監《りょうかん》であるマクゴナガル、スネイプ、フリットウィック、スプラウトの諸先生《しょせんせい》方《がた》と、魔法省《まほうしょう》から派遣《はけん》された「姿《すがた》あらわし」の指導官《しどうかん》と思われる、小柄《こがら》な魔法使《まほうつか》いの前に集まった。指導官《しどうかん》は、奇妙《きみょう》に色味のないまつげに霞《かすみ》のような髪《かみ》で、一陣《いちじん》の風にも吹《ふ》き飛《と》ばされてしまいそうな実在感《じつざいかん》のない雰囲気《ふんいき》だった。しょっちゅう消えたり現《あらわ》れたりしていたから、何かしらん実体がなくなってしまったのだろうか、こういうはかなげな体型《たいけい》が、姿《すがた》を消したい人には理想的なのだろうか、とハリーは考えた。

「みなさん、おはよう」

生徒が全員集まり、寮監《りょうかん》が静粛《せいしゅく》にと呼《よ》びかけたあと、魔法省《まほうしょう》の指導官《しどうかん》が挨拶《あいさつ》した。

「私《わたし》はウィルキー・トワイクロスです。これから十二週間、魔法省《まほうしょう》『姿《すがた》あらわし』指導官《しどうかん》を務《つと》めます。その期間中、みなさんが『姿《すがた》あらわし』の試験に受かるように訓練するつもりです――」

「マルフォイ、静かにお聞きなさい！」マクゴナガル先生が叱《しか》りつけた。

みんながマルフォイを振《ふ》り返《かえ》った。マルフォイは鈍《にぶ》いピンク色にほおを染《そ》め、怒《いか》り狂《くる》った顔で、それまでヒソヒソ声で口論《こうろん》していたらしいクラッブから離《はな》れた。ハリーは急いでスネイプを盗《ぬす》み見《み》た。スネイプもいらだっていたが、ハリーの見るところ、マルフォイの行儀《ぎょうぎ》の悪さのせいというより、ほかの寮《りょう》の寮監《りょうかん》であるマクゴナガルに叱責《しっせき》されたせいではないかと思った。

「――それまでには、みなさんの多くが、試験を受けることができる年齢《ねんれい》になっているでしょう」

トワイクロスは何事もなかったかのように話し続けた。

「知ってのとおり、ホグワーツ内では通常《つうじょう》、『姿《すがた》あらわし』も『姿《すがた》くらまし』もできません。校長先生が、みなさんの練習のために、この大広間にかぎって、一時間だけ呪縛《じゅばく》を解《と》きました。念を押《お》しますが、この大広間の外では『姿《すがた》あらわし』はできませんし、試《ため》したりするのも賢明《けんめい》とは言えません」

「それではみなさん、前の人との間を一・五メートル空けて、位置についてください」

互《たが》いに離《はな》れたりぶつかったり、自分の空間から出ろと要求したりで、かなり押《お》し合《あ》いへし合いがあった。寮監《りょうかん》が生徒の間を回って、位置につかせたり、言い争いをやめさせたりした。

「ハリー、どこにいくの？」ハーマイオニーが見とがめた。

ハリーは、それには答えず、混雑《こんざつ》の中をすばやく縫《ぬ》って歩いていった。全員が一番前に出たがっているレイブンクロー生を位置に着かせようと、キーキー声を出しているフリットウィック先生のそばを通《とお》り過《す》ぎ、ハッフルパフ生を追い立てて並《なら》ばせているスプラウト先生を通《とお》り越《こ》し、アーニー・マクミランをさけて、最後に群《む》れの一番後ろ、マルフォイの真後ろに首尾《しゅび》よく場所を占《し》めた。マルフォイは部屋中の騒《さわ》ぎに乗じて、反抗的《はんこうてき》な顔をして一・五メートル離《はな》れた所に立っているクラッブと、口論《こうろん》を続けていた。

「いいか？　あとどのくらいかかるかわからないんだ」

すぐ後ろにハリーがいることには気づかず、マルフォイが投げつけるように言った。

「考えていたより長くかかっている」

クラッブが口を開きかけたが、マルフォイはクラッブの言おうとしていることを読んだようだった。

「いいか、僕《ぼく》が何をしていようと、クラッブ、おまえには関係ない。おまえもゴイルも、言われたとおりにして、見張《みは》りだけやっていろ！」

「友達に見張《みは》りを頼《たの》むときは、僕《ぼく》なら自分の目的を話すけどな」

ハリーは、マルフォイだけに聞こえる程度《ていど》の声で言った。

マルフォイは、サッと杖《つえ》に手をかけながら、くるりと後ろ向きになったが、ちょうどその時、寮《りょう》監《かん》の四人が「静かに！」と大声を出し、部屋中が再《ふたた》び静かになった。マルフォイはゆっくりと正面に向きなおった。

「どうも」トワイクロスが言った。「さて、それでは……」

指導官《しどうかん》が杖《つえ》を振《ふ》ると、たちまち生徒全員の前に、古くさい木の輪っかが現《あらわ》れた。

「『姿《すがた》あらわし』で覚えておかなければならない大切なこと、は三つの『D』です！」

トワイクロスが言った。

「どこへ、どうしても、どういう意図で！」

「第一のステップ。**どこへ行きたいか**、しっかり思い定めること」

トワイクロスが言った。

「今回は、輪っかの中です。では『**どこへ**』に集中してください」

みんなが周りをちらちら盗《ぬす》み見《み》て、ほかの人も輪っかの中を見つめているかどうかをチェックし、それから急いで言われたとおりにした。ハリーは、輪っかが丸く取り囲んでいるほこりっぽい床《ゆか》を見つめて、ほかのことは何も考えまいとしたが、無理だった。マルフォイがいったいなんのために見張《みは》りを立てる必要があるのかを考えてしまうからだ。

「第二のステップ」トワイクロスが言った。

「『**どうしても**』という気持ちを、目的の空間に集中させる！　どうしてもそこに行きたいという決意が、体のすみずみにまであふれるようにする！」

ハリーはこっそりあたりを見回した。ちょっと離《はな》れた左のほうで、アーニー・マクミランが自分の輪っかに意識《いしき》を集中しようとするあまり、顔が紅潮《こうちょう》していた。クアッフル大の卵《たまご》を産み落とそうと力んでいるかのようだった。ハリーは笑いをかみ殺し、あわてて自分の輪っかに視線《しせん》を戻《もど》した。

「第三のステップ」トワイクロスが声を張《は》り上《あ》げた。

「そして、私《わたし》が号令をかけたそのときに……その場で回転する。無の中に入《はい》り込《こ》む感覚で、『**どういう意図で**』行くかを慎重《しんちょう》に考えながら動く！　一、二、三の号令に合わせて、では……一――」

ハリーはあたりを見回した。そんなに急に「姿《すがた》あらわし」をしろと言われてもと、驚愕《きょうがく》した顔が多かった。

「――二――」

ハリーはもう一度輪っかに意識《いしき》を集中しようとした。三つの「D」がなんだったか、とっくに忘《わす》れていた。

「――**三！**」

ハリーはその場で回転したが、バランスを失って転びそうになった。ハリーだけではなかった。大広間はたちまち集団《しゅうだん》よろけ状態《じょうたい》になっていた。ネビルは完全に仰向《あおむ》けにひっくり返っていた。一方アーニー・マクミランは、つま先で回転し、踊《おど》るように輪の中に飛《と》び込《こ》んで、一瞬《いっしゅん》ぞくぞくしているようだったが、すぐに、自分を見て大笑いしているディーン・トーマスに気づいた。

「かまわん、かまわん」

トワイクロスはそれ以上のことを期待していなかったようだった。

「輪っかを直して、元の位置に戻《もど》って……」

二回目も一回目よりましとは言えず、三回目も相変わらずだめだった。四回目になってやっとひと騒動起《そうどう》こった。恐《おそ》ろしい苦痛《くつう》の悲鳴が上がり、みんながぞっとして声のほうを見ると、ハッフルパフのスーザン・ボーンズが、一・五メートル離《はな》れた出発地点に左足を残したまま、輪の中でぐらぐら揺《ゆ》れていた。

寮監《りょうかん》たちがスーザンを包囲《ほうい》し、バンバンいう音と紫《むらさき》の煙《けむり》が上がり、それが消えたあとには、左足と再《ふた》び合体したスーザンが、おびえきった顔で泣きじゃくっていた。

「『ばらけ』とは、体のあちこちが分離《ぶんり》することで」

ウィルキー・トワイクロスが平気な顔で言った。

「心が充分《じゅうぶん》に『**どうしても**』と決意していないときに起こります。継続的《けいぞくてき》に『**どこへ**』に集中しなければなりません。そして、あわてず、しかし『**どういう意図で**』を忘《わす》れずに慎重《しんちょう》に動くこと……そうすれば」

トワイクロスは前に進み出て両腕《りょううで》を伸《の》ばし、その場で優雅《ゆうが》に回転してローブの渦《うず》の中に消えたかと思うと、大広間の後ろに再《ふた》び姿《すがた》を現《あらわ》した。

「三つの『D』を忘《わす》れないように」トワイクロスが言った。

「ではもう一度……一――二――三――」

しかし、一時間たっても、スーザンの「ばらけ」以上におもしろい事件《じけん》はなかった。トワイクロスは別に落胆《らくたん》した様子もない。首のところでマントのひもを結びながら、ただこう言った。

「では、みなさん、次の土曜日に。忘《わす》れないでくださいよ、**『どこへ、どうしても、どういう意図で』**」

そう言うなりトワイクロスが杖《つえ》をひと振《ふ》りすると、輪っかが全部消えた。トワイクロスはマクゴナガル先生に付《つ》き添《そ》われて大広間を出ていった。生徒たちは玄関《げんかん》ホールへと移動《いどう》し、たちまちおしゃべりが始まった。

「どうだった？」

ロンが急いでハリーのほうへやってきて聞いた。

「最後にやったとき、なんだか感じたみたいな気がするな――両足がジンジンするみたいな」

「スニーカーが小さすぎるんじゃないの、ウォン－ウォン」

背後《はいご》で声がして、ハーマイオニーが冷ややかな笑いを浮《う》かべながら、つんけんと二人を追《お》い越《こ》していった。

「僕《ぼく》はなんにも感じなかった」ハリーはちゃちゃが入らなかったかのように言った。

「だけど、いまはそんなことどうでもいい――」

「どういうことだ？　どうでもいいって……『姿《すがた》あらわし』を覚えたくないのか？」

ロンが信じられないという顔をした。

「ほんとにどうでもいいんだ。僕《ぼく》は飛ぶほうが好きだ」

ハリーは振《ふ》り返《かえ》ってマルフォイがどこにいるかを確《たし》かめ、玄関《げんかん》ホールに出てから足を速めた。

「頼《たの》む、急いでくれ。僕《ぼく》、やりたいことがあるんだ……」

なんだかわからないまま、ロンはハリーのあとから、グリフィンドール塔《とう》に向かって走った。途《と》中《ちゅう》、ピーブズの足止めを食った。ピーブズが五階のドアをふさいで、自分のズボンに火をつけないと開けてやらないと、通《とお》せん坊《ぼう》していたのだ。しかし二人は、後戻《あともど》りして、確実《かくじつ》な近道の一つを使った。五分もしないうちに、二人は肖像画《しょうぞうが》の穴《あな》をくぐっていた。

「さあ、何するつもりか、教えてくれるか？」

ロンが少し息を切らしながら聞いた。

「上で」

ハリーは談話室を横切り、先に立って男子寮《だんしりょう》へのドアを通りながら言った。

ハリーの予想どおり、寝室《しんしつ》には誰《だれ》もいなかった。ハリーはトランクを開けて、引っかき回した。

ロンはいらいらしながらそれを見ていた。

「ハリー……」

「マルフォイがクラッブとゴイルを見張《みは》りに使ってる。クラッブとさっき口論《こうろん》していた。僕《ぼく》は知りたいんだ……あった」

見つけたのは、四角にたたんだ羊皮紙で、見かけは白紙だ。ハリーはそれを広げて、杖《つえ》の先でコツコツたたいた。

「我《われ》、ここに誓《ちか》う。我《われ》、よからぬことをたくらむ者なり……少なくともマルフォイはたくらんでる」

羊皮紙に「忍《しの》びの地図《ちず》」がたちどころに現《あらわ》れた。城《しろ》の各階の詳細《しょうさい》な図面が描《えが》かれ、城《しろ》の住人の名前がついた小さな黒い点が、図面の周りを動き回っていた。

「マルフォイを探《さが》すのを手伝って」ハリーが急《せ》き込《こ》んで言った。

ベッドに地図を広げ、ハリーはロンと二人でのぞき込《こ》んで探《さが》した。

「**そこだ！**」
一、二分でロンが見つけた。
「スリザリンの談話室にいる。ほら……パーキンソン、ザビニ、クラッブ、ゴイルと一緒《いっしょ》だ……」

ハリーはがっかりして地図を見下ろしたが、すぐに立ち直った。

「よし、これからはマルフォイから目を離《はな》さないぞ」

ハリーは決然として言った。

「あいつがクラッブとゴイルを見張《みは》りに立てて、どこかをうろついているのを見かけたら、いつもの『透明《とうめい》マント』をかぶって、あいつが何しているかを突《つ》き止《と》めに――」

ネビルが入ってきたので、ハリーは口をつぐんだ。ネビルは焼《や》け焦《こ》げのにおいをプンプンさせながら、トランクを引っかき回して着替《きが》えのズボンを探《さが》しはじめた。

マルフォイのしっぽを押《お》さえようと決意したにもかかわらず、なんのチャンスもつかめないまま一、二週間が過《す》ぎた。できるだけひんぱんに地図を見ていたし、時には授業《じゅぎょう》の合間に行きたくもないトイレに行ってまで調べたが、マルフォイが怪《あや》しげな場所にいるのを一度も見かけなかった。もっとも、クラッブやゴイルが、いつもよりひんぱんに二人きりで城《しろ》の中を歩き回ったり、時には人気《ひとけ》のない廊下《ろうか》にじっとしていたりするのを見つけたものの、そういうときに、マルフォイは二人の近くにいないばかりか、地図のどこにいるのやら、まったく見つからなかった。これは不思議千《ふしぎせん》万《ばん》だった。

マルフォイが実は学校の外に出ているという可能性《かのうせい》をちらりと考えてもみたが、厳戒体制《げんかいたいせい》の敷《し》かれた城《しろ》で、そんなことができるとは考えられなかった。地図上の何百という小さな黒い点に紛《まぎ》れて、マルフォイを見失ったのだろうと考えるしかなかった。これまではいつもくっついていたマルフォイ、クラッブ、ゴイルが、バラバラな行動を取っている様子なのは、それぞれが成長したからだろう――ロンとハーマイオニーがそのいい例だと思うと、ハリーは悲しい気持ちになった。

二月が三月に近づいたが、天気は相変わらずだった。しかも、雨だけでなく風までも強くなった。談話室の掲示板《けいじばん》に、次のホグズミード行きは取り消しという掲示《けいじ》が出たときには、全員が憤慨《ふんがい》した。ロンはカンカンだった。

「僕《ぼく》の誕生日《たんじょうび》だぞ！」ロンが言った。「楽しみにしてたのに！」

「だけど、そんなに驚《おどろ》くようなことでもないだろう？」ハリーが言った。

「ケイティのことがあったあとだし」

ケイティはまだ聖《せい》マンゴ病院から戻《もど》っていなかった。その上、「日刊予言者《にっかんよげんしゃ》」には行方不明者《ゆくえふめいしゃ》の記事がさらに増《ふ》え、その中にはホグワーツの生徒の親せきも何人かいた。

「だけど、ほかに期待できるものっていえば、バカバカしい『姿《すがた》あらわし』しかないんだぜ！」

ロンがぶつくさ言った。

「すごい誕生日祝《たんじょうびいわ》いだよ……」

三回目の練習が終わっても、「姿《すがた》あらわし」は相変わらず難《むずか》しく、何人かが「ばらけ」おおせただけだった。焦燥感《しょうそうかん》が高まると、ウィルキー・トワイクロスとその口ぐせの「３Ｄ」に対する多少の反感が出てきて、トワイクロスには、「３Ｄ」に刺激《しげき》されたあだ名がたくさんついた。ドンクサ、ドアホなどはまだましなほうだった。

三月一日の朝、ハリーもロンも、シェーマスとディーンがドタバタと朝食に下りていく音で起こされた。

「誕生日《たんじょうび》おめでとう、ロン」ハリーが言った。「プレゼントだ」

ハリーがロンのベッドに放り投げた包みは、すでに小高く積み上げられていたプレゼントの山に加わった。夜のうちに屋敷《やしき》しもべ妖精《ようせい》が届《とど》けたのだろうと、ハリーは思った。

「あんがと」

ロンが眠《ねむ》そうに言った。ロンが包み紙を破《やぶ》り取っている間に、ハリーはベッドから起き出し、トランクを開けて、隠《かく》しておいた「忍《しの》びの地図《ちず》」を探《さぐ》った。毎回使ったあとは、そこに隠《かく》しておいたのだ。トランクの中身を半分ほどひっくり返し、丸めたソックスの下に隠《かく》れていた地図をやっと見つけた。ソックスの中には、幸運をもたらす魔法薬《まほうやく》「フェリックス・フェリシス」の瓶《びん》がいまもしまってある。

「よし」

ハリーはひとり言を言いながら地図をベッドに持ち帰り、ちょうどその時、ハリーのベッドの足側を通《とお》り過《す》ぎていたネビルに聞こえないように、杖《つえ》でそっとたたきながら呪文《じゅもん》をつぶやいた。

「我《われ》、ここに誓《ちか》う。我《われ》、よからぬことをたくらむ者なり」

「ハリー、いいぞ！」

ロンは、ハリーが贈《おく》った真新しいクィディッチ・キーパーのグローブを振《ふ》りながら、興奮《こうふん》していた。

「そりゃよかった」

ハリーは、マルフォイを探《さが》してスリザリン寮《りょう》を克明《こくめい》に見ていたので、上の空の返事をした。

「おい……やつはベッドにいないみたいだぞ……」

ロンはプレゼントの包みを開けるのに夢中《むちゅう》で、答えなかった。ときどきうれしそうな声を上げていた。

「今年はまったく大収穫《だいしゅうかく》だ！」

ロンは、重そうな金時計を掲《かか》げながら大声で言った。時計は縁《ふち》に奇妙《きみょう》な記号がついていて、針《はり》のかわりに小さな星が動いていた。

「ほら、パパとママからの贈《おく》り物《もの》を見たか？　おっどろきー、来年もう一回成人になろうかな……」

「すごいな」

ハリーはいっそう丹念《たんねん》に地図を調べながら、ロンの時計をちらりと見て気のないあいづちを打った。マルフォイはどこなんだ？　大広間のスリザリンのテーブルで朝食を食べている様子もない……研究室に座《すわ》っているスネイプの近くにも見当たらない……どのトイレにも、医務室《いむしつ》にもいない……。

「一つ食うか？」

「大鍋《おおなべ》チョコレート」の箱を差し出しながら、ロンがもぐもぐ言った。

「いいや」ハリーは目を上げた。「マルフォイがまた消えた！」

「そんなはずない」

ロンはベッドをすべり下りて服を着ながら、二つ目の大鍋《おおなべ》チョコを口に押《お》し込《こ》んでいた。

「さあ、急がないと、すきっ腹《ぱら》で『姿《すがた》あらわし』するはめになるぞ……もっとも、そのほうが簡単《かんたん》かも……」

ロンは、大鍋《おおなべ》チョコレートの箱を思案顔で見たが、肩《かた》をすくめて三個目《こめ》を食べた。

ハリーは、杖《つえ》で地図をたたき、まだ完了《かんりょう》していなかったのに「いたずら完了《かんりょう》」と唱えた。それから服を着ながら、必死で考えた。マルフォイがときどき姿《すがた》を消すことには、必ず何か説明がつくはずだ。しかし、ハリーにはさっぱり思いつかない。一番いいのはマルフォイのあとをつけることだが、透明《とうめい》マントがあるにせよ、これは現実的《げんじつてき》な案ではない。授業《じゅぎょう》はあるし、クィディッチの練習やら宿題やら「姿《すがた》あらわし」の練習まである。一日中学校内でマルフォイをつけ回していたら、どうしたってハリーの欠席が問題視《もんだいし》されてしまう。

「行こうか？」

ハリーがロンに声をかけた。

寮《りょう》のドアまで半分ほど歩いたところで、ハリーは、ロンがまだ動いていないのに気づいた。ベッドの柱に寄《よ》りかかり、奇妙《きみょう》にぼけっとした表情《ひょうじょう》で、雨の打ちつける窓《まど》を眺《なが》めていた。

「ロン？　朝食だ」

「腹《はら》へってない」

ハリーは目を丸くした。

「たったいま、君、言ったじゃ——？」

「ああ、わかった。一緒《いっしょ》に行くよ」ロンはため息をついた。

「だけど、食べたくない」

ハリーは何事かと、ロンをよくよく観察した。

「たったいま、大鍋《おおなべ》チョコレートの箱を半分も食べちゃったもんな？」

「そのせいじゃない」ロンはまたため息をついた。

「君には……君には理解《りかい》できっこない」

「わかったよ」

さっぱりわからなかったが、ハリーは、ロンに背《せ》を向けて寮《りょう》のドアを開けた。

「ハリー！」出《だ》し抜《ぬ》けにロンが呼《よ》んだ。

「なんだい？」

「ハリー、僕《ぼく》、がまんできない！」

「何を？」

ハリーは今度こそ何かおかしいと思った。ロンは、かなり青い顔をして、いまにも吐《は》きそうだった。

「どうしてもあの女《ひと》のことを考えてしまうんだ！」ロンが、かすれ声で言った。

ハリーはあぜんとしてロンを見つめた。こんなことになろうとは思わなかったし、そんな言葉は聞きたくなかったような気がする。ロンとは確《たし》かに友達だが、ロンがラベンダーを「ラブ－ラブ」と呼《よ》びはじめるようなら、ハリーとしても断固《だんこ》とした態度《たいど》を取らねばならない。

「それがどうして、朝食を食べないことにつながるんだ？」

事のなりゆきに、なんとか常識《じょうしき》の感覚を持《も》ち込《こ》まねばと、ハリーが聞いた。

「あの女《ひと》は、僕《ぼく》の存在《そんざい》に気づいていないと思う」

ロンは絶望的《ぜつぼうてき》なしぐさをした。

「あの女《ひと》は、君の存在《そんざい》にははっきり気づいているよ」

ハリーはとまどった。

「しょっちゅう君にイチャついてるじゃないか？」

ロンは目をパチクリさせた。

「誰《だれ》のこと言ってるんだ？」

「**君こそ**誰《だれ》の話だ？」ハリーが聞き返した。

この会話はまったくつじつまが合っていないという気持ちが、だんだん強くなっていた。

「ロミルダ・ベイン」

ロンはやさしく言った。そのとたん、ロンの顔が、混《ま》じりけのない太陽光線を受けたように、パッと輝《かがや》いたように見えた。

二人はまるまる一分間見つめ合った。そしてハリーが口を開いた。

「冗談《じょうだん》だろう？　冗談《じょうだん》言うな」

「僕《ぼく》……ハリー、僕《ぼく》、あの女《ひと》を愛していると思う」ロンが首をしめられたような声を出した。

「オッケー」

ハリーは、ロンのぼんやりした目と青白い顔をよく見ようと、ロンに近づいた。

「オッケー……もう一度真顔で言ってみろよ」

「愛してる」ロンは息をはずませながら言った。

「あの女《ひと》の髪《かみ》を見たか？　真っ黒でつやつやして、絹《きぬ》のようになめらかで……それにあの目はどうだ？　ぱっちりした黒い目は？　そしてあの女《ひと》の――」

「いいかげんにしろ」ハリーはいらいらした。

「冗談《じょうだん》はもうおしまいだ。いいか？　もうやめろ」

ハリーは背《せ》を向けて立ち去りかけたが、ドアに向かって三歩と行かないうちに、右耳にガツンと一発食らった。ハリーがよろけながら振《ふ》り返《かえ》ると、ロンが拳《こぶし》をかまえていた。顔が怒《いか》りでゆがみ、またしてもパンチを食らわそうとしていた。

ハリーは本能的《ほんのうてき》に動いた。ポケットから杖《つえ》を取り出し、何も意識《いしき》せずに、思いついた呪文《じゅもん》を唱えた。

「レビコーパス！」

ロンは悲鳴を上げ、またしてもくるぶしからひねり上げられて逆《さか》さまにぶら下がり、ローブがだらりと垂《た》れた。

「**なんの恨《うら》みがあるんだ？**」ハリーがどなった。

「君はあの女《ひと》を侮辱《ぶじょく》した！　ハリー！　冗談《じょうだん》だなんて言った！」

ロンが叫《さけ》んだ。血が一度に頭に下がって、顔色が徐々《じょじょ》に紫色《むらさきいろ》になっていた。

「まともじゃない！」ハリーが言った。「いったい何に取《と》り憑《つ》かれた――？」

その時ふと、ロンのベッドで開けっぱなしになっている箱が目についた。事の真相が、暴走《ぼうそう》するトロール並《な》みの勢《いきお》いでひらめいた。

「その大鍋《おおなべ》チョコレートを、どこで手に入れた？」

「僕《ぼく》の誕生日《たんじょうび》プレゼントだ！」

ロンは体を自由にしようともがいて、空中で大きく回転しながら叫《さけ》んだ。

「君にも一つやるって言ったじゃないか？」

「さっき床《ゆか》から拾った。そうだろう？」

「僕《ぼく》のベッドから落ちたんだ。わかったら下ろせ！」

「君のベッドから落ちたんじゃない。このまぬけ、まだわからないのか？　それは僕《ぼく》のだ。地図を探《さが》してたとき、僕《ぼく》がトランクから放り出したんだ。クリスマスの前にロミルダが僕《ぼく》にくれた大鍋《おおなべ》チョコレート。全部ほれ薬が仕込《しこ》んであったんだ！」

しかし、これだけ言っても、ロンには一言しか頭に残らなかったようだ。

「ロミルダ？」ロンがくり返した。

「ロミルダって言ったか？　ハリー――あの女《ひと》を知っているのか？　紹介《しょうかい》してくれないか？」

ハリーは、今度は期待ではち切れそうになった宙吊《ちゅうづ》りのロンの顔をまじまじと見て、笑いだしたいのをぐっとこらえた。頭の一部では――特にずきずきする右耳のあたりが――ロンを下ろしてやり、ロンが突進《とっしん》していくのを薬の効《き》き目《め》が切れるまで見物してみたいと思った……しかし、なんと言っても、二人は友達じゃないか。攻撃《こうげき》したときのロンは、自分が何をしているのかわからなかったのだ。ロンがロミルダ・ベインに永遠《えいえん》の愛を告白《こくはく》するようなまねをさせたりしたら、自分はもう一度パンチを食らうに値《あたい》すると、ハリーは思った。

「ああ、紹介《しょうかい》してやるよ」

ハリーは忙《いそが》しく考えをめぐらせながら言った。

「それじゃ、いま、下ろしてやるからな。いいか？」

ハリーは、ロンが床《ゆか》にわざと激突《げきとつ》するように下ろした（何しろハリーの耳は、相当痛《いた》んでいた）。

しかし、ロンはなんでもなさそうに、ニコニコしてはずむように立ち上がった。

「ロミルダは、スラグホーンの部屋にいるはずだ」

ハリーは先に立ってドアに向かいながら、自信たっぷりに言った。

「どうしてそこにいるんだい？」ロンは急いで追いつきながら、心配そうに聞いた。

「ああ、『魔法薬《まほうやく》』の特別授業《とくべつじゅぎょう》を受けている」ハリーはいいかげんにでっち上げて答えた。

「一緒《いっしょ》に受けられないかどうか、頼《たの》んでみようかな？」ロンが意気込《いきご》んで言った。

「いい考えだ」ハリーが言った。

肖像画《しょうぞうが》の穴《あな》の横で、ラベンダーが待っていた。ハリーの予想しなかった、複雑《ふくざつ》な展開《てんかい》だ。

「遅《おそ》いわ、ウォン－ウォン！」ラベンダーが唇《くちびる》をとがらせた。

「お誕生日《たんじょうび》にあげようと思って――」

「ほっといてくれ」ロンがいらいらと言った。

「ハリーが僕《ぼく》を、ロミルダ・ベインに紹介《しょうかい》してくれるんだ」

それ以上一言も言わず、ロンは肖像画《しょうぞうが》の穴《あな》に突進《とっしん》して出ていった。ハリーは、ラベンダーにすまなそうな顔を見せたつもりだったが、「太った婦人《レディ》」が二人の背後《はいご》でピシャリと閉《と》じる直前、ラベンダーがますますむくれ顔になっていたことから考えると、ただ単にゆかいそうな表情《ひょうじょう》になっていたのかもしれない。

スラグホーンが朝食に出ているのではないかと、ハリーはちょっと心配だったが、ドアを一回たたいただけで、緑のビロードの部屋着に、おそろいのナイトキャップをかぶったスラグホーンが、かなり眠《ねむ》そうな目をして現《あらわ》れた。

「ハリー」スラグホーンがブツブツ言った。「訪問《ほうもん》には早すぎるね……土曜日はだいたい遅《おそ》くまで寝《ね》ているんだが……」

「先生、お邪魔《じゃま》してほんとうにすみません」

ハリーはなるべく小さな声で言った。ロンはつま先立ちになって、スラグホーンの頭越《ご》しに部屋をのぞこうとしていた。

「でも、友達のロンが、まちがってほれ薬を飲んでしまったんです。先生、解毒剤《げどくざい》を調合してくださいますよね？　マダム・ポンフリーの所に連れていこうと思ったんですが、『ウィーズリー・ウィザード・ウィーズ』からは何も買ってはいけないことになっているから、あの……都合の悪い質問《しつもん》なんかされると……」

「君なら、ハリー、君ほどの魔《ま》法薬作《ほうやくづく》りの名手なら、治療薬《ちりょうやく》を調合できたのじゃないかね？」

「えーと」

ロンが無理やり部屋に入ろうとして、今度はハリーの脇腹《わきばら》をこづいているので、ハリーは気が散った。

「あの、先生、僕《ぼく》はほれ薬の解毒剤《げどくざい》を作ったことがありませんし、ちゃんと出来上がるまでに、ロンが何か大変なことをしでかしたりすると――」

うまい具合に、ちょうどその時、ロンがうめいた。

「あの女《ひと》がいないよ、ハリー――この人が隠《かく》してるのか？」

「その薬は使用期限内《しようきげんない》のものだったかね？」

スラグホーンは、今度は専門家《せんもんか》の目でロンを見ていた。

「いやなに、長く置けば置くほど強力になる可能性《かのうせい》があるのでね」

「それでよくわかりました」

スラグホーンをたたきのめしかねないロンと、いまや本気で格闘《かくとう》しながら、ハリーがあえぎあえぎ言った。

「先生、今日はこいつの誕生日《たんじょうび》なんです」ハリーが懇願《こんがん》した。

「ああ、よろしい。それでは入りなさい。さあ」スラグホーンがやわらいだ。

「わたしの鞄《かばん》に必要なものがある。難《むずか》しい解毒剤《げどくざい》ではない……」

ロンは猛烈《もうれつ》な勢《いきお》いで、暖房《だんぼう》の効《き》きすぎた、ごてごてしたスラグホーンの部屋に飛《と》び込《こ》んだが、房《ふさ》飾《かざ》りつきの足置き台につまずいて転びかけ、ハリーの首根っこにつかまってやっと立ち直った。

「あの女《ひと》は見てなかっただろうな？」とロンがつぶやいた。

「あの女《ひと》は、まだ来ていないよ」

スラグホーンが魔法薬《まほうやく》キットを開けて、小さなクリスタルの瓶《びん》に、あれこれ少しずつつまんでは加えるのを見ながら、ハリーが言った。

「よかった」ロンが熱っぽく言った。「僕《ぼく》、どう見える？」

「とても男前だ」

スラグホーンが、透明《とうめい》な液体《えきたい》の入ったグラスをロンに渡《わた》しながら、よどみなく言った。

「さあ、これを全部飲みなさい。神経強壮剤《しんけいきょうそうざい》だ。彼女《かのじょ》が来たとき、それ、君が落ち着いていられるようにね」

「すごい」ロンは張《は》り切《き》って、解毒剤《げどくざい》をずるずると派手《はで》な音を立てながら飲《の》み干《ほ》した。

ハリーもスラグホーンもロンを見つめた。しばらくの間、ロンは二人にニッコリ笑いかけていたが、やがてニッコリはゆっくりと引《ひ》っ込《こ》み、消え去って、極端《きょくたん》な恐怖《きょうふ》の表情《ひょうじょう》と入《い》れ替《か》わった。

「どうやら、元に戻《もど》った？」

ハリーはニヤッと笑った。スラグホーンはクスクス笑っていた。

「先生、ありがとうございました」

「いやなに、かまわん、かまわん」

打ちのめされたような顔で、そばのひじかけ椅子《いす》に倒《たお》れ込《こ》むロンを見ながら、スラグホーンが言った。

「気つけ薬が必要らしいな」

スラグホーンが、今度は飲み物でびっしりのテーブルに急ぎながら言った。

「バタービールがあるし、ワインもある。オーク樽熟成《だるじゅくせい》の蜂蜜酒《はちみつしゅ》は最後の一本だ……ウーム……ダンブルドアにクリスマスに贈《おく》るつもりだったが……まあ、それは……」

スラグホーンは肩《かた》をすくめた。

「……もらっていなければ、別に残念とは思わないだろう！　いま開けて、ミスター・ウィーズリーの誕生祝《たんじょういわ》いといくかね？　失恋《しつれん》の痛手《いたで》を追《お》い払《はら》うには、上等の酒に勝《まさ》るものなし……」

スラグホーンはまたうれしそうに笑い、ハリーも一緒《いっしょ》に笑った。真実の記憶《きおく》を引き出そうとして大失敗したあの時以来、スラグホーンとほとんど二人だけになったのは、初めてだった。スラグホーンの上機嫌《じょうきげん》を続けさせることができれば、もしかして……オーク樽熟成《だるじゅくせい》の蜂蜜酒《はちみつしゅ》をたっぷり飲《の》み交《か》わしたあとで、もしかしたら……。

「そうら」

スラグホーンがハリーとロンにそれぞれグラスを渡《わた》し、それから自分のグラスを挙げて言った。

「さあ、誕生日《たんじょうび》おめでとう、ラルフ――」

「――ロンです――」ハリーがささやいた。

しかしロンは、乾杯《かんぱい》の音頭が耳に入らなかったらしく、とっくに蜂蜜酒《はちみつしゅ》を口に放《ほう》り込《こ》み、ゴクリと飲んでしまった。

ほんの一瞬《いっしゅん》だった。心臓《しんぞう》がひと鼓動《こどう》する間もなかった。ハリーは何かとんでもないことが起きたのに気づいた。スラグホーンは、どうやら気づいていない。

「――いついつまでも健《すこ》やかで――」

「**ロン！**」

ロンは、グラスをポトリと落とした。椅子《いす》から立ち上がりかけたとたん、グシャリと崩《くず》れ、手足が激《はげ》しくけいれんしはじめた。口から泡《あわ》を吹《ふ》き、両眼《りょうがん》が飛び出している。

「先生！」ハリーが大声を上げた。

「なんとかしてください！」

しかし、スラグホーンは、衝撃《しょうげき》であぜんとするばかりだった。ロンはピクピクけいれんし、息を詰《つ》まらせた。皮膚《ひふ》が紫色《むらさきいろ》になってきた。

「いったい――しかし――」スラグホーンはしどろもどろだった。

ハリーは低いテーブルを飛《と》び越《こ》して、開けっぱなしになっていたスラグホーンの魔法薬《まほうやく》キットに飛びつき、瓶《びん》や袋《ふくろ》を引《ひ》っ張《ぱ》り出《だ》した。その間も、ゼイゼイというロンの恐《おそ》ろしい断末魔《だんまつま》の息づかいが聞こえていた。やっと見つけた――魔法薬《まほうやく》の授業《じゅぎょう》でスラグホーンがハリーから受け取った、しなびた肝臓《かんぞう》のような石だ。

ハリーはロンのそばに飛んで戻《もど》り、あごをこじ開け、ベゾアール石を口に押《お》し込《こ》んだ。ロンは大きく身震《みぶる》いしてゼーッと息を吐《は》き、ぐったりと静かになった。

第十九章 しもべ妖精《ようせい》の尾行《びこう》

「それじゃ結局、ロンにとってはいい誕生日《たんじょうび》じゃなかったわけか？」フレッドが言った。

もう日が暮《く》れていた。窓《まど》にはカーテンが引かれ、静かな医務室《いむしつ》にランプが灯《とも》っている。病床《びょうしょう》に横たわっているのはロン一人だけだった。ハリー、ハーマイオニー、ジニーは、ロンの周りに座《すわ》っていた。三人とも両開きの扉《とびら》の外で一日中待ち続け、誰《だれ》かが出入りするたびに中をのぞこうとしたが、八時になってやっとマダム・ポンフリーが中に入れてくれた。フレッドとジョージは、それから十分ほどしてやってきた。

「俺《おれ》たちの想像《そうぞう》したプレゼント贈呈《ぞうてい》の様子はこうじゃなかったな」

ジョージが、贈《おく》り物《もの》の大きな包みをロンのベッド脇《わき》の整理棚《せいりだな》の上に置き、ジニーの隣《となり》に座《すわ》りながら真顔で言った。

「そうだな。俺《おれ》たちの想像《そうぞう》した場面では、こいつは意識《いしき》があった」フレッドが言った。

「俺《おれ》たちはホグズミードで、こいつをびっくりさせてやろうと待ちかまえてた――」ジョージが言った。

「ホグズミードにいたの？」ジニーが顔を上げた。

「ゾンコの店を買収《ばいしゅう》しようと考えてたんだ」フレッドが暗い顔をした。

「ホグズミード支店《してん》というわけだ。しかし、君たちが週末に、うちの商品を買いにくるための外出を許《ゆる》されないとなりゃ、俺《おれ》たちゃいい面《つら》の皮《かわ》だ……まあ、いまはそんなこと気にするな」

フレッドはハリーの横の椅子《いす》を引いて、ロンの青い顔を見た。

「ハリー、いったい何が起こったんだ？」

ハリーは、ダンブルドアや、マクゴナガル、マダム・ポンフリーやハーマイオニー、ジニーに、もう百回も話したのではないかと思う話をくり返した。

「……それで、僕《ぼく》がベゾアール石をロンののどに押《お》し込《こ》んだら、ロンの息が少し楽になって、スラグホーンが助けを求めに走ったんだ。マクゴナガルとマダム・ポンフリーが駆《か》けつけて、ロンをここに連れてきた。二人ともロンは大丈夫《だいじょうぶ》だろうって言ってた。マダム・ポンフリーは一週間ぐらいここに入院しなきゃいけないって……悲嘆草《ひたんそう》のエキスを飲み続けて……」

「まったく、君がベゾアール石を思いついてくれたのは、ラッキーだったなぁ」

ジョージが低い声で言った。

「その場にベゾアール石があってラッキーだったよ」

ハリーは、あの小さな石がなかったらいったいどうなっていたかと考えるたびに、背筋《せすじ》が寒くなった。

ハーマイオニーが、ほとんど聞こえないほどかすかに鼻をすすった。ハーマイオニーは一日中、いつになくだまり込《こ》んでいた。医務室《いむしつ》の外に立っていたハリーの所へ、ハーマイオニーは真っ青な顔で駆《か》けつけた。何が起こったのかを聞き出したあとは、ハリーとジニーが、ロンはいったいなんで毒を盛《も》られたのかと憑《つ》かれたように議論《ぎろん》しているのにもほとんど加わらず、ただ二人のそばに突《つ》っ立《た》って、やっと面会の許可《きょか》が出るまで、歯を食いしばり顔を引きつらせていた。

「親父《おやじ》とおふくろは知ってるのか？」フレッドがジニーに聞いた。

「もうお見舞《みま》いに来たわ。一時間前に着いたの――いま、ダンブルドアの校長室にいるけど、まもなく戻《もど》ってくる……」

みんなしばらくだまり込《こ》み、ロンがうわ言を言うのを見つめていた。

「それじゃ、毒はその飲み物に入ってたのか？」フレッドがそっと聞いた。

「そう」ハリーが即座《そくざ》に答えた。

そのことで頭がいっぱいだったので、その問題をまた検討《けんとう》する機会ができたことを喜んだ。

「スラグホーンが注いで――」

「君に気づかれずに、スラグホーンが、ロンのグラスにこっそり何か入れることはできたか？」

「たぶん」ハリーが言った。「だけど、スラグホーンがなんでロンに毒を盛《も》りたがる？」

「さあね」フレッドが顔をしかめた。

「グラスをまちがえたってことは考えられないか？　君に渡《わた》すつもりで？」

「スラグホーンがどうしてハリーに毒を盛《も》りたがるの？」ジニーが聞いた。

「さあ」フレッドが言った。

「だけど、ハリーに毒を盛《も》りたいやつは、ごまんといるんじゃないか？　『選ばれし者』云々《うんぬん》だろ？」

「じゃ、スラグホーンが死喰《しく》い人《びと》だってこと？」ジニーが言った。

「なんだってありうるよ」フレッドが沈《しず》んだ声で言った。

「『服従《ふくじゅう》の呪文《じゅもん》』にかかっていたかもしれないし」ジョージが言った。

「スラグホーンが無実だってこともありうるわ」ジニーが言った。

「毒は瓶《びん》の中に入っていたかもしれないし、それなら、スラグホーン自身をねらっていた可能性《かのうせい》もある」

「スラグホーンを、誰《だれ》が殺したがる？」

「ダンブルドアは、ヴォルデモートがスラグホーンを味方につけたがっていたと考えている」

ハリーが言った。

「スラグホーンは、ホグワーツに来る前、一年も隠《かく》れていた。それに……」

ハリーは、ダンブルドアがスラグホーンからまだ引き出せない記憶《きおく》のことを考えた。

「それに、もしかしたらヴォルデモートは、スラグホーンを片《かた》づけたがっているのかもしれないし、スラグホーンがダンブルドアにとって価値《かち》があると考えているのかもしれない」

「だけど、スラグホーンは、その瓶《びん》をクリスマスにダンブルドアに贈《おく》ろうと計画してたって言ったわよね」

ジニーが、ハリーにそのことを思い出させた。

「だから、毒を盛《も》ったやつが、ダンブルドアをねらっていたという可能性《かのうせい》も同じぐらいあるわ」

「それなら、毒を盛《も》ったのは、スラグホーンをよく知らない人だわ」

何時間もだまっていたハーマイオニーが、初めて口をきいたが、鼻風邪《はなかぜ》を引いたような声だった。

「知っている人だったら、そんなにおいしいものは、自分でとっておく可能性《かのうせい》が高いことがわかるはずだもの」

「アーマイニー」

誰《だれ》も予想していなかったのに、ロンがしわがれ声を出した。

みんなが心配そうにロンを見つめて息をひそめたが、ロンは、意味不明の言葉をしばらくブツブツ言ったきり、単純《たんじゅん》にいびきをかき始めた。

　医務室《いむしつ》のドアが急に開き、みんなが飛び上がった。ハグリッドが大股《おおまた》で近づいてくる。髪《かみ》は雨粒《あめつぶ》だらけで、石弓を手に熊皮《くまがわ》のオーバーをはためかせ、床《ゆか》にイルカぐらいある大きい泥《どろ》だらけの足跡《あしあと》をつけながらやってきた。

「一日中禁《きん》じられた森《もり》にいた！」

　ハグリッドが息を切らしながら言った。

「アラゴグの容態《ようだい》が悪くなって、俺《おれ》はあいつに本を読んでやっとった――たったいま、夕食に来たとこなんだが、そしたらスプラウト先生からロンのことを聞いた！　様子はどうだ？」

「そんなに悪くないよ」ハリーが言った。「ロンは大丈夫《だいじょうぶ》だって言われた」

「お見舞《みま》いは一度に六人までです！」マダム・ポンフリーが事務室《じむしつ》から急いで出てきた。

「ハグリッドで六人だけど」ジョージが指摘《してき》した。

「あ……そう……」

　マダム・ポンフリーは、ハグリッドの巨大《きょだい》さのせいで数人分と数えていたらしい。自分の勘《かん》ちがいをごまかすのに、マダム・ポンフリーは、せかせかと、ハグリッドの足跡《あしあと》の泥《どろ》を杖《つえ》で掃除《そうじ》しにいった。

「信じられねえ」

　ロンをじっと見下ろして、でっかいぼさぼさ頭を振《ふ》りながら、ハグリッドがかすれた声で言った。

「まったく信じられねえ……ロンの寝顔《ねがお》を見てみろ……ロンを傷《きず》つけようなんてやつは、いるはずがねえだろうが？　あ？」

「いまそれを話していたところだ」ハリーが言った。「わからないんだよ」

「グリフィンドールのクィディッチ・チームに恨《うら》みを持つやつがいるんじゃねえのか？」

ハグリッドが心配そうに言った。

「最初はケイティ、今度はロンだ……」

「まさかクィディッチ・チームを、殺《や》っちまおうなんてやつはいないだろう」ジョージが言った。

「ウッドなら別だ。やれるもんならスリザリンのやつらを殺《や》っちまったかもな」

フレッドが納得《なっとく》のいく意見を述《の》べた。

「そうね、クィディッチだとは思わないけど、事件《じけん》の間になんらかの関連性《かんれんせい》があると思うわ」

ハーマイオニーが静かに言った。

「どうしてそうなる？」フレッドが聞いた。

「そう、一つには、両方とも致命的《ちめいてき》な事件《じけん》のはずだったのに、そうはならなかった。もっとも、単に幸運だったにすぎないけど。もう一つには、毒もネックレスも、殺す予定の人物までたどり着かなかった。もちろん……」

ハーマイオニーは、考《かんが》え込《こ》みながら言葉を続けた。

「そのことで、事件《じけん》の陰《かげ》にいるのが、ある意味ではより危険人物《きけんじんぶつ》だということになるわ。だって、目的の犠牲者《ぎせいしゃ》にたどり着く前に、どんなにたくさんの人を殺すことになっても、犯人《はんにん》は気にしないみたいですもの」

この不吉《ふきつ》な意見にまだ誰《だれ》も反応《はんのう》しないうちに、再《ふた》びドアが開いて、ウィーズリー夫妻《ふさい》が急ぎ足で医務室《いむしつ》に入ってきた。さっき来たときには、ロンが完全に回復《かいふく》すると知って安心するとすぐにいなくなったのだが、今度はウィーズリーおばさんが、ハリーをつかまえてしっかり抱《だ》きしめた。

「ダンブルドアが話してくれたわ。あなたがベゾアール石でロンを救ったって」

おばさんはすすり泣いた。

「ああ、ハリー。なんてお礼を言ったらいいの？　あなたはジニーを救ってくれたし、アーサーも……今度はロンまでも……」

「そんなに……僕《ぼく》、別に……」ハリーはどぎまぎしてつぶやくように言った。

「考えてみると、家族の半分が君のおかげで命拾いした」おじさんが声を詰《つ》まらせた。

「そうだ、ハリー、これだけは言える。ロンがホグワーツ特急で君と同じコンパートメントに座《すわ》ろうと決めた日こそ、ウィーズリー一家にとって幸運な日だった」

ハリーはなんと答えていいやら思いつかなかった。マダム・ポンフリーが、ロンのベッドの周りには最大六人だけだと、再度《さいど》注意しに戻《もど》ってきたときは、かえってホッとした。ハリーとハーマイオニーがすぐに立ち上がり、ハグリッドも二人と一緒《いっしょ》に出ることに決め、ロンの家族だけをあとに残した。

「ひでえ話だ」

三人で大理石の階段《かいだん》に向かって廊下《ろうか》を歩きながら、ハグリッドがあごひげに顔をうずめるようにして唸《うな》った。

「安全対策《あんぜんたいさく》を新しくしたっちゅうても、子供《こども》たちはひどい目にあってるし……ダンブルドアは心配で病気になりそうだ……あんまりおっしゃらねえが、俺《おれ》にはわかる……」

「ハグリッド、ダンブルドアに何かお考えはないのかしら？」ハーマイオニーがすがる思いで聞いた。

「何百っちゅうお考えがあるにちげえねえ。あんなに頭のええ方だ」

ハグリッドが揺《ゆ》るがぬ信頼《しんらい》を込《こ》めて言った。

「そんでも、ネックレスを贈《おく》ったやつは誰《だれ》で、あの蜂蜜酒《はちみつしゅ》に毒を入れたのは誰《だれ》だっちゅうことがおわかりになんねえ。わかってたら、やつらはもう捕《つか》まっとるはずだろうが？　俺《おれ》が心配しとるのはな」ハグリッドは、声を落としてちらりと後ろを振《ふ》り返《かえ》った（ハリーは、ピーブズがいないかどうか、念のため天井《てんじょう》もチェックした）。「子供《こども》たちが襲《おそ》われてるとなれば、ホグワーツがいつまで続けられるかっちゅうことだ。またしても『秘密《ひみつ》の部屋《へや》』のくり返しだろうが？　パニック状態《じょうたい》になる。親たちが学校から子供《こども》を連れ帰る。そうなりゃ、ほれ、次は学校の理事会だ……」

長い髪《かみ》の女性《じょせい》のゴーストがのんびりと漂《ただよ》っていったので、ハグリッドはいったん言葉を切ってから、またかすれ声でささやきはじめた。

「……理事会じゃあ、学校を永久閉鎖《えいきゅうへいさ》する話をするに決まっちょる」

「まさか？」ハーマイオニーが心配そうに言った。

「あいつらの見方で物を見にゃあ」ハグリッドが重苦しく言った。

「そりゃあ、ホグワーツに子供《こども》を預《あず》けるっちゅうのは、いつでもちいとは危険《きけん》をともなう。そうだろうが？　何百人っちゅう未成年の魔法使《まほうつか》いが一緒《いっしょ》にいりゃあ、事故《じこ》もあるっちゅうもんだ。だけんど、殺人未遂《さつじんみすい》っちゅうのは、話がちがう。そんで、ダンブルドアが立腹《りっぷく》なさるのも無理はねえ。あのスネ――」

ハグリッドは、はたと足を止めた。もじゃもじゃの黒ひげから上のほうしか見えない顔に、いつもの「しまった」という表情《ひょうじょう》が浮《う》かんだ。

「えっ？」ハリーがすばやく突《つ》っ込《こ》んだ。「ダンブルドアがスネイプに腹《はら》を立てたって？」

「俺《おれ》はそんなこと言っとらん」

そう言ったものの、ハグリッドのあわてふためいた顔のほうがよっぽど雄弁《ゆうべん》だった。

「こんな時間か。もう真夜中だ。俺《おれ》は――」

「ハグリッド、ダンブルドアはどうしてスネイプを怒《おこ》ったの？」ハリーは大声を出した。

「シーッ！」

ハグリッドは緊張《きんちょう》しているようでもあり、怒《おこ》っているようでもあった。

「そういうことを大声で言うもんでねえ、ハリー。俺《おれ》をクビにしてえのか？　そりゃあ、そんなことはどうでもええんだろうが。もう俺《おれ》の『飼育学《しいくがく》』の授業《じゅぎょう》を取ってねえんだし――」

「僕《ぼく》のやましい気持ちに訴《うった》えようとしたってむだだ！」ハリーが語調を強めた。「スネイプは何をしたんだ？」

「知らねえんだ、ハリー。俺《おれ》はなんにも聞くべきじゃあなかった！　俺《おれ》は――まあ、いつだったか、夜に俺《おれ》が森から出てきたら、二人で話しとるのが聞こえた――まあ、議論《ぎろん》しちょった。俺《おれ》のほうに気を引きたくはなかったんで、こそっと歩いて、なんも聞かんようにしたんだ。だけんど、あれは――まあ、議論《ぎろん》が熱くなっとって、聞こえねえようにするのは難《むずか》しかったんでな」

「それで？」ハリーがうながした。ハグリッドは巨大《きょだい》な足をもじもじさせていた。

「まあ――俺《おれ》が聞こえっちまったのは、スネイプが言ってたことで、ダンブルドアはなんでもかんでも当然のように考えとるが、自分は――スネイプのことだがな――もうそういうこたぁやりたくねえと――」

「何をだって？」

「ハリー、俺《おれ》は知らねえ。スネイプはちぃと働かされすぎちょると感じてるみてえだった。それだけだ――とにかく、ダンブルドアはスネイプにはっきり言いなすった。スネイプがやるって承知《しょうち》したんだから、それ以上なんも言うなってな。ずいぶんときつく言いなすった。それからダンブルドアは、スネイプが自分の寮《りょう》のスリザリンを調査《ちょうさ》するっちゅうことについて、何か言いなすった。まあ、そいつはなんも変なこっちゃねえ！」

ハリーとハーマイオニーが意味ありげに目配せし合ったので、ハグリッドがあわててつけ加えた。

「寮監《りょうかん》は全員、ネックレス事件《じけん》を調査《ちょうさ》しろって言われちょるし——」

「ああ、だけど、ダンブルドアはほかの寮監《りょうかん》と口論《こうろん》はしてないだろう？」ハリーが言った。

「ええか」

ハグリッドは、気まずそうに石弓を両手でねじった。ボキッと大きな音がして、石弓が二つに折れた。

「スネイプのことになるっちゅうと、ハリー、おまえさんがどうなるかわかっちょる。だから、いまのことを、変に勘《かん》ぐってほしくねえんだ」

「気をつけて」ハーマイオニーが早口で言った。

振《ふ》り返《かえ》ったとたん、背後《はいご》の壁《かべ》に映《うつ》ったアーガス・フィルチの影《かげ》が、だんだん大きくなってくるのが見えた。そして、背中《せなか》を丸め、あごを震《ふる》わせながら、本人が角を曲がって現《あらわ》れた。

「オホッ！」

フィルチがゼイゼイ声で言った。

「こんな時間にベッドを抜《ぬ》け出《だ》しとるな。つまり、罰則《ばっそく》だ！」

「そうじゃねえぞ、フィルチ」ハグリッドが短く答えた。「二人とも俺《おれ》と一緒《いっしょ》だろうが？」

「それがどうしたんでござんすか？」フィルチがしゃくにさわる言い方をした。

「俺《おれ》が先生だってこった、このこそこそスクイブめ！」

ハグリッドがたちまち気炎《きえん》を上げた。

フィルチが怒《いか》りでふくれ上がったとき、シャーッシャーッといやな音が聞こえた。いつの間にかミセス・ノリスが現《あらわ》れて、フィルチのやせこけた足首に身体《からだ》を巻《ま》きつけるように、しなしなと歩いていた。

「早く行け」ハグリッドが奥歯《おくば》の奥《おく》から言った。

言われるまでもなかった。ハリーもハーマイオニーも、急いでその場を離《はな》れた。ハグリッドとフィルチのどなり合いが、走る二人の背後《はいご》で響《ひび》いていた。グリフィンドール塔《とう》に近い曲がり角でピーブズとすれちがったが、ピーブズはうれしそうに高笑いし、叫《さけ》びながら、どなり合いの聞こえてくるほうに急いでいた。

けんかはピーブズに任《まか》せよう
全部二倍にしてやろう！

うとうとしていた「太った婦人《レディ》」は、起こされて不機嫌《ふきげん》だったが、ぐずぐず言いながらも開いて二人を通してくれた。ありがたいことに、談話室は静かで誰《だれ》もいなかった。ロンのことはまだ誰《だれ》も知らないらしい。一日中うんざりするほど質問《しつもん》されていたハリーはホッとした。ハーマイオニーがおやすみと挨拶《あいさつ》して女子寮《じょしりょう》に戻《もど》ったが、ハリーはあとに残って暖炉脇《だんろわき》に腰《こし》かけ、消えかけている残り火を見下ろしていた。

それじゃ、ダンブルドアはスネイプと口論《こうろん》したのか。僕《ぼく》にはああ言ったのに、スネイプを完全に信用していると主張《しゅちょう》したのに、ダンブルドアはスネイプに対して腹《はら》を立てたんだ……スネイプがスリザリン生を充分《じゅうぶん》に調べなかったと考えたからだろうか……それとも、たった一人、マルフォイを充分《じゅうぶん》調べなかったからなのか？

ダンブルドアが、ハリーの疑惑《ぎわく》は取るに足らないというふりをしたのは、ハリーが自分でこの件《けん》を解決《かいけつ》しようなどと、愚《おろ》かなことをしてほしくないと考えたからなのだろうか？　それはありうることだ。もしかしたら、ダンブルドアの授業《じゅぎょう》や、スラグホーンの記憶《きおく》を聞き出すこと以外は、ほかにいっさい気を取られてほしくなかったのかもしれない。たぶんダンブルドアは、教員に対する自分の疑念《ぎねん》を、十六歳《さい》の者に打ち明けるのは正しいことではないと考えたのだろう……。

「ここにいたのか、ポッター！」

　ハリーは度肝《どぎも》を抜《ぬ》かれて飛び上がり、杖《つえ》をかまえた。談話室には絶対《ぜったい》に誰《だれ》もいないと思《おも》い込《こ》んでいたので、離《はな》れた椅子《いす》から突然《とつぜん》ぬうっと立ち上がった影《かげ》には不意を食らわされた。よく見ると、コーマック・マクラーゲンだった。

「君が帰ってくるのを待っていた」

　マクラーゲンは、ハリーの抜《ぬ》いた杖《つえ》を無視《むし》して言った。

「眠《ねむ》り込《こ》んじまったらしい。いいか、ウィーズリーが医務室《いむしつ》に運《はこ》び込《こ》まれるのを見ていたんだ。来週の試合ができる状態《じょうたい》ではないようだ」

　しばらくしてやっと、ハリーは、マクラーゲンがなんの話をしているかがわかった。

「ああ……そう……クィディッチか」

　ハリーはジーンズのベルトに杖《つえ》を戻《もど》し、片手《かたて》で物憂《ものう》げに髪《かみ》をかいた。

「うん……だめかもしれないな」

「そうか、それなら、僕《ぼく》がキーパーってことになるな？」マクラーゲンが言った。

「ああ」ハリーが言った。「うん、そうだろうな……」

　ハリーは反論《はんろん》を思いつかなかった。なんと言っても、マクラーゲンが、選抜《せんばつ》では二位だったのだ。

「よーし」マクラーゲンが満足げに言った。「それで、練習はいつだ？」

「え？　ああ……明日の夕方だ」

「よし。いいか、ポッター、その前に話がある。戦略《せんりゃく》について考えがある。君の役に立つと思うんだ」

「わかった」

ハリーは気のない返事をした。

「まあ、それなら、明日聞くよ。いまはかなりつかれてるんだ……またな……」

ロンが毒を盛《も》られたというニュースは、次の日たちまち広まったが、ケイティの事件《じけん》ほどの騒《さわ》ぎにはならなかった。ロンはその時「魔法薬《まほうやく》」の先生の部屋にいたのだから、単なる事故《じこ》だったのだろうと考えられたこともあり、すぐに解毒剤《げどくざい》を与《あた》えられたため大事にはいたらなかったというせいもある。事実、グリフィンドール生全体の関心は、むしろ差《さ》し迫《せま》ったクィディッチのハッフルパフ戦のほうに大きく傾《かたむ》いていた。ハッフルパフのチェイサー、ザカリアス・スミスが、シーズン開幕《かいまく》の対スリザリン戦であんな解説《かいせつ》をしたからには、今回は充分《じゅうぶん》にとっちめられるところを見たいと願ったからだ。

しかし、ハリーのほうは、いままでこんなにクィディッチから気持ちが離《はな》れたことはなかった。急速にドラコ・マルフォイに執着《しゅうちゃく》するようになっていた。相変わらず、機会さえあれば「忍《しの》びの地図《ち》《ず》」を調べていたし、マルフォイの立《た》ち寄《よ》った場所にわざわざ行ってみることもあったが、マルフォイが普段《ふだん》とちがうことをしている様子はなかった。しかし、不可解《ふかかい》にも地図から消えてしまうことがときどきあった……。

ハリーには、この問題を深く考えている時間がなかった。クィディッチの練習、宿題、それに今度は、あらゆる所でコーマック・マクラーゲンとラベンダー・ブラウンにつきまとわれていた。

二人のうちどっちがよりわずらわしいのか、優劣《ゆうれつ》をつけがたいほどだった。マクラーゲンは、ロンより自分のほうがキーパーのレギュラーとしてふさわしいし、自分のプレーぶりを定期的に目にするようになったハリーも、きっとそう考えるようになるにちがいないと、ひっきりなしにほのめかし続けた。その上、マクラーゲンはチームのほかのメンバーを批評《ひひょう》したがり、ハリーに練習方法を細かく提示《ていじ》した。ハリーは一度ならず、どっちがキャプテンかを言い聞かせなければならなかった。

一方ラベンダーは、しょっちゅうハリーににじり寄《よ》って、ロンのことを話した。ハリーは、マクラーゲンからクィディッチの説教を聞かされるよりもげんなりした。はじめのうちラベンダーは、ロンの入院を誰《だれ》も自分に教えようとしなかったことでいらだっていた――「だって、ロンのガールフレンドは**私《わたし》よ！**」――ところが、不運なことに、ラベンダーは、ハリーが教えるのを忘《わす》れていたのは許《ゆる》すことに決め、今度はロンの愛情《あいじょう》について、ハリーにこまごまとしゃべりたがった。ハリーにとっては、喜んで願い下げにしたい、なんとも不快《ふかい》な経験《けいけん》だった。

「ねえ、そういうことはロンに話せばいいじゃないか」

ことさら長いラベンダーの質問攻《しつもんぜ》めにへきえきしたあとで、ハリーが言った。ラベンダーの話は、自分の新しいローブについてロンがどう言ったか逐一《ちくいち》聞かせるところから、ロンが自分との関係を「本気」だと考えているかとハリーに意見を求めるところまで、ありとあらゆるものをふくんでいた。

「ええ、まあね。だけど私《わたし》がお見舞《みま》いにいくとロンはいつも寝《ね》てるんですもの！」ラベンダーはじりじりしながら言った。

「寝《ね》てる？」ハリーは驚《おどろ》いた。

ハリーが医務室《いむしつ》に行ったときはいつでも、ロンはしっかり目を覚ましていて、ダンブルドアとスネイプの口論《こうろん》に強い興味《きょうみ》を示《しめ》したし、マクラーゲンをこき下ろすのに熱心だった。

「ハーマイオニー・グレンジャーは、いまでもロンをお見舞《みま》いしてるの？」ラベンダーが急に詰問《きつもん》した。

「ああ、そうだと思うよ。だって、二人は友達だろう？」ハリーは気まずい思いで答えた。

「友達が聞いてあきれるわ」ラベンダーがあざけるように言った。

「ロンが私《わたし》とつき合いだしてからは、何週間も口をきかなかったくせに！　でも、その埋《う》め合《あ》わせをしようとしているんだと思うわ。ロンがいまはすごく**おもしろい**から……」

「毒を盛《も》られたことが、おもしろいって言うのかい？」ハリーが聞いた。

「とにかく――ごめん、僕《ぼく》、行かなきゃ――マクラーゲンがクィディッチの話をしに来る」

ハリーは急いでそう言うと、壁《かべ》のふりをしているドアに横っ飛びに飛《と》び込《こ》み、「魔法薬《まほうやく》」の教室なかった。

への近道を疾走《しっそう》した。ありがたいことに、ラベンダーもマクラーゲンも、そこまではついて来られなかった。

ハッフルパフとのクィディッチの試合の朝、ハリーは競技場《きょうぎじょう》に行く前に、医務室《いむしつ》に立《た》ち寄《よ》った。ロンは相当動揺《どうよう》していた。マダム・ポンフリーは、ロンが興奮《こうふん》しすぎるからと、試合を見にいかせてくれないのだ。

「それで、マクラーゲンの仕上がり具合はどうだ？」

ロンは心配そうに聞いた。同じことをもう二回も聞いたのを、まったく忘《わす》れている。

「もう言っただろう」ハリーが辛抱強《しんぼうづよ》く答えた。

「あいつがワールドカップ級だったとしても、僕《ぼく》はあいつを残すつもりはない。選手全員にどうしろこうしろと指図するし、どのポジションも自分のほうがうまいと思っているんだ。あいつをきれいさっぱり切るのが待ち遠しいよ。切るって言えば――」

ハリーは、ファイアボルトをつかんで立ち上がりながら言った。

「ラベンダーが見舞《みま》いに来るたびに、寝《ね》たふりをするのはやめてくれないか？　あいつは僕《ぼく》までいらいらさせるんだ」

「ああ」ロンはばつの悪そうな顔をした。「うん、いいよ」

「もう、あいつとつき合いたくないなら、そう言ってやれよ」ハリーが言った。

「うん……まあ……そう簡単《かんたん》にはいかないだろ？」ロンはふと口をつぐんだ。

「ハーマイオニーは試合前に顔を見せるかな？」ロンがなにげなさそうに聞いた。

「いいや、もうジニーと一緒《いっしょ》に競技場《きょうぎじょう》に行った」

「ふーん」

ロンはなんだか落《お》ち込《こ》んだようだった。

「そうか、うん、がんばれよ。こてんぱんにしてやれ、マクラー――じゃなかった、スミスなんか」

「がんばるよ」ハリーは箒《ほうき》を肩《かた》に担《かつ》いだ。「試合のあとでな」

ハリーは人気《ひとけ》のない廊下《ろうか》を急いだ。全校生が外に出てしまい、競技場《きょうぎじょう》に向かっている途中《とちゅう》か、もう座席《ざせき》に座《すわ》っているかだった。ハリーは急ぎながら窓《まど》の外を見て、風の強さを計ろうとした。その時、行く手で音がしたので目を向けると、マルフォイがやってくるではないか。すねて仏頂面《ぶっちょうづら》の女の子を二人連れている。

ハリーを見つけると、マルフォイは、はたと立ち止まったが、おもしろくもなさそうに短く笑うと、そのまま歩き続けた。

「どこに行くんだ？」ハリーが詰問《きつもん》した。

「ああ、教えて差し上げますとも、ポッター。どこへ行こうと大きなお世話、じゃないからねえ」

マルフォイがせせら笑った。

「急いだほうがいいんじゃないか。『選ばれしキャプテン』をみんなが待っているからな――『得点した男の子』――みんながこのごろはなんて呼《よ》んでいるのか知らないがね」

女の子の一人が、取ってつけたようなクスクス笑いをした。ハリーがその子をじっと見ると、女の子は顔を赤らめた。マルフォイはハリーを押《お》しのけるようにして通《とお》り過《す》ぎた。笑った女の子とその友達も、そのあとをトコトコついて行き、三人とも角を曲がって見えなくなった。

ハリーはその場に根が生えたようにたたずみ、三人の姿《すがた》を見送った。なんたることだ。試合までギリギリの時間しかないというそんな時に、マルフォイがからっぽの学校をこそこそ歩き回っている。マルフォイのたくらみを暴《あば》くには、またとない最高の機会なのに。刻々《こっこく》と沈黙《ちんもく》の時が過《す》ぎる間、ハリーはマルフォイの消えたあたりを見つめて、凍《こお》りついたように立《た》ち尽《つ》くしていた……。

「どこに行ってたの？」

ハリーが更衣室《こういしつ》に飛《と》び込《こ》むと、ジニーが問《と》い詰《つ》めた。選手はもう全員着替《きが》えをすませて待機していた。ビーターのクートとピークスは、ピリピリしながら棍棒《こんぼう》で自分たちの脚《あし》をたたいていた。

「マルフォイに出会った」

ハリーは真紅《しんく》のユニフォームを頭からかぶりながら、そっとジニーに言った。

「それで？」

「それで、みんながここにいるのに、やつがガールフレンドを二人連れて、城《しろ》にいるのはなぜなのか、知りたかった……」

「いまのいま、それが大事なことなの？」

「さあね、それがわかれば苦労はないだろう？」

ハリーはファイアボルトを引っつかみ、めがねをしっかりかけなおした。

「さあ、行こう！」

あとは何も言わず、耳をろうする歓声《かんせい》と罵声《ばせい》に迎《むか》えられて、ハリーは堂々と競技場《きょうぎじょう》に進み出た。風はほとんどない。雲はときどきとぎれて、ときどきまぶしい陽光が輝《かがや》いた。

「難《むずか》しい天気だぞ！」

マクラーゲンがチームに向かって鼓舞《こぶ》するように言った。

「クート、ピークス、太陽を背《せ》にして飛べ。敵《てき》に近《ちか》づいていく姿《すがた》を見られないようにな――」

「マクラーゲン、キャプテンは僕《ぼく》だ。選手に指示《しじ》するのはやめろ」ハリーが憤慨《ふんがい》した。

「ゴールポストの所に行ってろ！」

マクラーゲンが肩《かた》をそびやかして行ってしまったあとで、ハリーはクートとピークスに向きなおった。

「**必ず**太陽を背《せ》にして飛べよ」ハリーはしかたなしに二人にそう言った。

　ハリーはハッフルパフのキャプテンと握手《あくしゅ》をすませ、マダム・フーチのホイッスルで地面を蹴《け》り、空に舞《ま》い上《あ》がった。ほかの選手たちよりずっと高く、スニッチを探《さが》して競技場《きょうぎじょう》の周囲を猛《もう》スピードで飛んだ。早くスニッチをつかめば、城《しろ》に戻《もど》って忍《しの》びの地図《ちず》を持ち出し、マルフォイが何をしているかを見つけ出す可能性《かのうせい》があるかもしれない……。

「そして、クアッフルを手にしているのは、ハッフルパフのスミスです」

　地上から、夢見心地《ゆめみごこち》の声が流れてきた。

「スミスは、もちろん、前回の解説者《かいせつしゃ》でした。そして、ジニー・ウィーズリーがスミスに向かって飛んでいきましたね。たぶん意図的だと思うわ——そんなふうに見えたもン。スミスはグリフィンドールに、とっても失礼でした。対戦しているいまになって、それを後悔《こうかい》していることでしょう——あら、見て、スミスがクアッフルを落としました。ジニーが奪《うば》いました。あたし、ジニーが好きよ。とてもすてきだもン……」

　ハリーは目を見開いて解説者《かいせつしゃ》の演壇《えんだん》を見た。まさか、まともな神経《しんけい》の持ち主なら、ルーナ・ラブグッドを解説者《かいせつしゃ》に立てたりはしないだろう？　しかし、こんな高い所からでも、紛《まぎ》れもなく、あのにごり色のブロンドの長い髪《かみ》、バタービールのコルクのネックレス……ルーナの横で、この人選はまずかったと思っているかのように、当惑気味《とうわくぎみ》の顔をしているのは、マクゴナガル先生だ。

「……でも、今度は大きなハッフルパフ選手が、ジニーからクアッフルを取りました。なんていう名前だったかなあ、確《たし》かビブルみたいな――ううん、バギンズかな――」

「キャッドワラダーです！」

ルーナの脇《わき》から、マクゴナガル先生が大声で言った。観衆《かんしゅう》は大笑いだ。

ハリーは目を凝《こ》らしてスニッチを探《さが》したが、影《かげ》も形もない。しばらくして、キャッドワラダーが得点《とくてん》した。マクラーゲンは、ジニーがクアッフルを奪《うば》われたことを大声で批判《ひはん》していて、自分の右耳のそばを大きな赤い球がかすめて飛んでいくのに気づかなかったのだ。

「マクラーゲン、自分のやるべきことに集中しろ。ほかの選手にかまうな！」ハリーはくるりとキーパーのほうに向きなおってどなった。

「君こそいい模範《もはん》を示《しめ》せ！」マクラーゲンが真っ赤になってどなり返した。

「さて、今度はハリー・ポッターがキーパーと口論《こうろん》しています」

下で観戦しているハッフルパフ生やスリザリン生が、歓声《かんせい》を上げたりヤジったりする中、ルーナがのどかに言った。

「それはハリー・ポッターがスニッチを見つける役には立たないと思うけど、でもきっと、賢《かしこ》い策《さく》略《りゃく》なのかもね……」

ハリーはカンカンになって悪態《あくたい》をつきながら、向きを変えてまた競技場《きょうぎじょう》を回りはじめ、羽の生えた金色の球の姿《すがた》を求めて空に目を走らせた。

ジニーとデメルザが、それぞれ一回ゴールを決め、下にいる赤と金色のサポーターが歓声《かんせい》を上げる機会を作った。それからキャッドワラダーがまた点を入れ、スコアはタイになったが、ルーナはそれに気づかないようだった。点数なんていう俗《ぞく》なことにはまったく関心がない様子で、観衆《かんしゅう》の注意を形のおもしろい雲に向けたり、ザカリアス・スミスがクアッフルをそれまで一分以上持っていられなかったのは、「負け犬病」とかいう病気を患《わずら》っている可能性《かのうせい》があるという方向に持っていった。

「七〇対四〇、ハッフルパフのリード！」

マクゴナガル先生が、ルーナのメガフォンに向かって大声を出した。

「もうそんなに？」ルーナが漠然《ばくぜん》と言った。

「あら、見て！　グリフィンドールのキーパーが、ビーターのクラブをつかんでいます」

ハリーは空中でくるりと向きを変えた。確《たし》かに、マクラーゲンが、どんな理由かはマクラーゲンのみぞ知るだが、ピークスの棍棒《こんぼう》を取り上げ、突《つ》っ込《こ》んでくるキャッドワラダーにどうやってブラッジャーを打《う》ち込《こ》むかを、やって見せているらしい。

「**クラブを返してゴールポストに戻《もど》れ！**」

ハリーがマクラーゲンに向かって突進《とっしん》しながら吠《ほ》えるのと、マクラーゲンがブラッジャーに獰猛《どうもう》な一撃《いちげき》を加えるのとが同時だった。バカ当たりの一撃《いちげき》だった。

目がくらみ、激烈《げきれつ》な痛《いた》み……閃光《せんこう》……遠くで悲鳴が聞こえる……長いトンネルを落ちていく感じ……。

気がついたときには、ハリーはすばらしく温かい快適《かいてき》なベッドに横たわり、薄暗《うすぐら》い天井《てんじょう》に金色の光の輪を描《えが》いているランプを見上げていた。ハリーはぎこちなく頭を持ち上げた。左側に、見慣《みな》れた赤毛のそばかす顔があった。

「立《た》ち寄《よ》ってくれて、ありがと」ロンがニヤニヤした。

ハリーは目をしばたたいて周りを見回した。紛《まぎ》れもない。ハリーは医務室《いむしつ》にいた。外は真っ赤な縞模様《しまもよう》の藍色《あいいろ》の空だ。試合は何時間も前に終わったにちがいない……マルフォイを追《お》い詰《つ》める望みも同じくついえた。頭が変に重たかった。手でさわると、包帯で固くターバン巻《ま》きにされていた。

「どうなったんだ？」

「頭《ず》がい骨骨折《こつこっせつ》です」

マダム・ポンフリーがあわてて出てきて、ハリーを枕《まくら》に押《お》し戻《もど》しながら言った。

「心配いりません。私《わたし》がすぐに治しました。でもひと晩《ばん》ここに泊《と》めます。数時間は無理しちゃいけません」

「ひと晩《ばん》ここに泊《と》まっていたくありません」

体を起こし、かけぶとんを跳《は》ねのけて、ハリーがいきり立った。

「マクラーゲンを見つけ出して殺してやる」

「残念ながら、それは『無理する』の分類に入ります」

マダム・ポンフリーがハリーをしっかりとベッドに押《お》し戻《もど》し、脅《おど》すように杖《つえ》を上げた。

「私《わたし》が退院《たいいん》させるまで、ポッター、あなたはここに泊《と》まるのです。さもないと校長先生を呼《よ》びますよ」

マダム・ポンフリーはせわしなく事務室《じむしつ》に戻《もど》っていき、ハリーは憤慨《ふんがい》して枕《まくら》に沈《しず》み込《こ》んだ。

「何点差で負けたか知ってるか？」ハリーは歯ぎしりしながらロンに聞いた。

「ああ、まあね」ロンが申《もう》し訳《わけ》なさそうに言った。

「最終スコアは三二〇対六〇だった」

「すごいじゃないか」ハリーはカンカンになった。

「まったくすごい！　マクラーゲンのやつ、捕《つか》まえたらただじゃ――」

「捕《つか》まえないほうがいいぜ。あいつはトロール大だ」ロンがまっとうなことを言った。

「僕個人《ぼくこじん》としては、プリンスの『爪伸《つめの》ばし呪《のろ》い』をかけてやる価値《かち》、大いにありだな。どっちにしろ、君が退院《たいいん》する前に、ほかの選手があいつを片《かた》づけちまってるかもしれない。みんなおもしろくないからな……」

ロンの声はうれしさを隠《かく》しそこねていた。マクラーゲンがとんでもないへまをやったことでロンがまちがいなくわくわくしているのが、ハリーにはわかった。ハリーは天井《てんじょう》の灯《あか》りの輪を見つめながら横たわっていた。治療《ちりょう》を受けたばかりの頭《ず》がい骨《こつ》は、確《たし》かにうずきはしなかったが、ぐるぐる巻《ま》きの包帯の下で少し過敏《かびん》になっていた。

「ここから試合の解説《かいせつ》が聞こえたんだ」ロンが言った。声が笑いで震《ふる》えていた。「これからはずっとルーナに解説《かいせつ》してほしいよ……**『負け犬病』**か……」

ハリーは腹《はら》が立って、こんな状況《じょうきょう》にユーモアを感じるどころではなかった。しばらくすると、ロンの噴《ふ》き出《だ》し笑《わら》いも収《おさ》まった。

「君が意識《いしき》を失ってるときに、ジニーが見舞《みま》いにきたよ」

しばらくだまったあとで、ロンが言った。

ハリーの妄想《もうそう》が「無理する」域《いき》にまでふくれ上がった。たちまち、ぐったりした自分の体に取りすがって、ジニーがよよと泣く姿《すがた》を想像《そうぞう》した。ハリーに対する深い愛情《あいじょう》を告白《こくはく》し、ロンが二人を祝福する……。

「君が試合ぎりぎりに到着《とうちゃく》したって言ってた。どうしたんだ？　ここを出たときは充分《じゅうぶん》時間があったのに」

「ああ……」心象風景《しんしょうふうけい》がパチンと内部崩壊《ないぶほうかい》した。

「うん……それは、マルフォイが、いやいや一緒《いっしょ》にいるみたいな女の子を二人連れて、こそこそ動き回ってるのを見たからなんだ。ほかの生徒がクィディッチ競技場《きょうぎじょう》に行ってるのに、わざわざあいつが行かなかったのは、これで二度目だ。この前の試合にも行かなかった。覚えてるか?」ハリーはため息をついた。

「試合がこんな惨敗《ざんぱい》なら、あいつを追跡《ついせき》していればよかったって、いまではそう思ってるよ」

「バカ言うな」ロンが厳《きび》しい声を出した。

「マルフォイをつけるためにクィディッチ試合を抜《ぬ》けるなんて、できるはずないじゃないか。君はキャプテンだ!」

「マルフォイが何をたくらんでるのか知りたいんだ」ハリーが言った。

「それに、僕《ぼく》の勝手な想像《そうぞう》だなんて言うな。マルフォイとスネイプの会話を聞いてしまった以上——」

「君の勝手な想像《そうぞう》だなんて言ったことないぞ」

今度はロンが片《かた》ひじをついて体を起こし、ハリーをにらんだ。

「だけど、この城《しろ》で何かたくらむことができるのは、一時に一人だけだなんてルールはない! 君はちょっとマルフォイにこだわりすぎだぞ。ハリー、あいつをつけるのにクィディッチの試合を放《ほう》棄《き》するなんて考えるのは……」

「あいつの現場《げんば》を押《お》さえたいんだ!」

ハリーがじれったそうに言った。

「だって、地図から消えてるとき、あいつはどこに行ってるんだ？」

「さあな……ホグズミードか？」ロンがあくびまじりに言った。

「あいつが、秘密《ひみつ》の通路を通っていくところなんか、一度も地図で見たことがない。それに、そういう通路は、どうせいま、みんな見張《みは》られてるだろう？」

「さあ、そんなら、わかんないな」ロンが言った。

二人ともだまり込《こ》んだ。ハリーは天井《てんじょう》のランプの灯《あか》りを見つめながら、じっと考えた……。ルーファス・スクリムジョールほどの権力《けんりょく》があれば、マルフォイに尾行《びこう》をつけられるだろうが、残念ながら、ハリーが意のままにできる「闇祓《やみばら》い」が大勢《おおぜい》いる局などない……。DAを使って何か作り上げようかとちらりと考えたが、結局DAのメンバーの大部分は、やはり時間割《じかんわり》がぎっしり詰《つ》まっているので、誰《だれ》かが授業《じゅぎょう》を休まなければならないという問題が出てくる……。

ロンのベッドから、グーグーと低いいびきが聞こえてきた。しばらくして、マダム・ポンフリーが、今度は分厚《ぶあつ》い部屋着を着て事務所《じむしょ》から出てきた。狸寝入《たぬきねい》りするのが一番簡単《かんたん》だったので、ハリーはごろりと横を向き、マダム・ポンフリーの杖《つえ》でカーテンが全部閉《し》まっていく音を聞いていた。ランプが暗くなり、マダム・ポンフリーは事務所《じむしょ》に戻《もど》っていった。その背後《はいご》でドアがカチリと閉《し》まる音が聞こえ、マダム・ポンフリーが自分のベッドに向かっているのがわかった。

クィディッチのけがで入院したのはこれで三度目だと、暗闇《くらやみ》の中でハリーは考えにふけった。前回は、吸魂鬼《ディメンター》が競技場《きょうぎじょう》に現《あらわ》れたせいで箒《ほうき》から落ちたし、その前は、どうしようもない無能《むのう》なロックハート先生のおかげで片腕《かたうで》の骨《ほね》が全部なくなった……あの時が一番痛《いた》かった……ひと晩《ばん》で片腕全部《かたうでぜんぶ》の骨《ほね》を再生《さいせい》する苦しみを、ハリーは思い出した。あの不快感《ふかいかん》を一段《いちだん》と悪化させたのは、夜中に予期せぬ訪問者《ほうもんしゃ》がやってきたことで――。

ハリーはガバッと起き上がった。心臓《しんぞう》がドキドキして、ターバン巻《ま》き包帯が横っちょにずれていた。ついに解決法《かいけつほう》を見つけたのだ。マルフォイを尾行《びこう》する方法が、**あった**――どうして忘《わす》れていたのだろう？　どうしてもっと早く思いつかなかったのだろう？

しかし、どうやったら呼《よ》び出《だ》せるのか？　どうやるんだったっけ？　ハリーは低い声で、遠慮《えんりょ》がちに、暗闇《くらやみ》に向かって話しかけた。

「クリーチャー？」

バチンと大きな音がして、静かな部屋が、ガサゴソ動き回る音とキーキー声でいっぱいになった。ロンがギャッと叫《さけ》んで目を覚ました。

「なんだぁ――？」

ハリーは急いで事務所《じむしょ》に杖《つえ》を向け、「マフリアート！　耳ふさぎ！」と唱えて、マダム・ポンフリーが飛んでこないようにした。それから、何事が起こっているかをよく見ようと、急いでベッドの足側のほうに移動《いどう》した。

屋敷《やしき》しもべ妖精《ようせい》が二人、医務室《いむしつ》の真ん中の床《ゆか》を転げ回っていた。一人は縮《ちぢ》んだ栗色《くりいろ》のセーターを着て、毛糸の帽子《ぼうし》を数個《すうこ》かぶっている。もう一人は汚《きたな》らしいボロを腰布《こしぬの》のように巻《ま》きつけている。そこへもう一度大きな音がして、ポルターガイストのピーブズが、取っ組み合っているしもべ妖精《ようせい》の頭上に現《あらわ》れた。

「ポッティ！　俺《おれ》が見物してたんだぞ！」

けんかを指差しながら、ピーブズが怒《おこ》ったように言った。それからクアックアックアッと高笑いした。

「ババッチイやつらがつかみ合い。パックンバックン、ポックンボックン――」

「クリーチャーはドビーの前でハリー・ポッターを侮辱《ぶじょく》しないのです。絶対《ぜったい》にしないのです。さもないと、ドビーは、クリーチャーめの口を封《ふう》じてやるのです！」

ドビーがキーキー声で叫《さけ》んだ。

「――ケッポレ、カッポレ！」

ピーブズが、今度はチョーク弾丸《だんがん》を投げつけて、しもべ妖精《ようせい》を扇動《せんどう》していた。

「ヒッパレ、ツッパレ！」

「クリーチャーは、自分のご主人様のことをなんとでも言うのです。ああ、そうです。なんというご主人様だろう。汚《けが》らわしい『穢《けが》れた血《ち》』の仲間だ。ああ、クリーチャーの哀《あわ》れな女主人様は、なんとおっしゃるだろう――？」

クリーチャーの女主人様がなんとおっしゃるやら、正確《せいかく》には聞けずじまいだった。何しろそのとたんに、ドビーがゴツゴツした小さなげんこつをクリーチャーの口に深々とお見舞《みま》いし、歯を半分もぶっ飛ばしてしまったのだ。ハリーもロンも、ベッドから飛び出し、二人のしもべ妖精《ようせい》を引《ひ》き離《はな》した。しかし二人とも、ピーブズにあおられて、互《たが》いに蹴《け》ったりパンチをかまそうとしたりし続けていた。ピーブズは、襲《おそ》いかかるようにランプの周りを飛びまわりながら、ギャーギャーわめき立てた。

「鼻に指を突《つ》っ込《こ》め、鼻血出させろ、耳を引《ひ》っ張《ぱ》れ――」

ハリーはピーブズに杖《つえ》を向けて唱えた。

「ラングロック！　舌《した》しばり！」

ピーブズはのどを押《お》さえ、息を詰《つ》まらせて、部屋からスーッと消えていった。指で卑猥《ひわい》なしぐさをしたものの、口蓋《こうがい》に舌《した》が貼《は》りついていて、何も言えなくなっていた。

「いいぞ」

ドビーを高く持ち上げて、ジタバタする手足がクリーチャーに届《とど》かないようにしながら、ロンが感心したように言った。

「そいつもプリンスの呪《のろ》いなんだろう？」

「うん」ハリーは、クリーチャーのしなびた腕《うで》をハーフネルソンにしめ上げながら言った。

「よし――二人ともけんかすることを禁《きん》じる！　さあ、クリーチャー、おまえはドビーと戦うことを禁《きん》じられている。ドビー、君には命令が出せないって、わかっているけど――」

「ドビーは自由な屋敷《やしき》しもべ妖精《ようせい》なのです。だから誰《だれ》でも自分の好きな人に従《したが》うことができます。そしてドビーは、ハリー・ポッターがやってほしいということならなんでもやるのです！」

ドビーのしなびた小さな顔を伝う涙《なみだ》が、いまやセーターに滴《したた》っていた。

「オッケー、それなら」

ハリーとロンがしもべ妖精《ようせい》を放すと、二人とも床《ゆか》に落ちたが、けんかを続けはしなかった。

「ご主人様はお呼《よ》びになりましたか？」

クリーチャーはしわがれ声でそう言うと、ハリーが痛《いた》い思いをして死ねばいいとあからさまに願う目つきをしながらも、深々とおじぎをした。

「ああ、呼《よ》んだ」

ハリーは「**耳ふさぎ**《マフリアート》」の呪文《じゅもん》がまだ効《き》いているかどうかを確《たし》かめようと、マダム・ポンフリーの事務所《じむしょ》のドアにちらりと目を走らせながら言った。騒《さわ》ぎが聞こえた形跡《けいせき》はまったくなかった。

「おまえに仕事をしてもらう」

「クリーチャーはご主人様がお望みならなんでもいたします」

クリーチャーは、節くれ立った足の指に唇《くちびる》がほとんど触《ふ》れるぐらい深々とおじぎをした。

「クリーチャーは選択《せんたく》できないからです。しかしクリーチャーはこんなご主人を持って恥《は》ずかしい。そうですとも――」

「ドビーがやります。ハリー・ポッター！」

ドビーがキーキー言った。テニスボールほどある目玉はまだ涙《なみだ》にぬれていた。

「ドビーは、ハリー・ポッターのお手伝いをするのが光栄なのです！」

「考えてみると、二人いたほうがいいだろう」

ハリーが言った。

「オッケー、それじゃ……二人とも、ドラコ・マルフォイを尾行《びこう》してほしい」

ロンが驚《おどろ》いたような、あきれたような顔をするのを無視《むし》して、ハリーは言葉を続けた。

「あいつがどこに行って、誰《だれ》に会って、何をしているのかを知りたいんだ。あいつを二十四時間尾《び》行《こう》してほしい」

「はい、ハリー・ポッター！」

ドビーが興奮《こうふん》に大きな目を輝《かがや》かせて、即座《そくざ》に返事した。

「そして、ドビーが失敗したら、ドビーは、一番高い塔《とう》から身を投げます。ハリー・ポッター！」

「そんな必要はないよ」ハリーがあわてて言った。

「ご主人様は、クリーチャーに、マルフォイ家の一番お若《わか》い方をつけろとおっしゃるのですか？」

クリーチャーがしわがれ声で言った。

「ご主人様がスパイしろとおっしゃるのは、クリーチャーの昔の女主人様の姪御様《めいごさま》の、純血《じゅんけつ》のご子息のことですか？」

「そいつのことだよ」

ハリーは、予想される大きな危険《きけん》を、いますぐに封《ふう》じておこうと決意した。

「それに、クリーチャー、おまえがやろうとしていることを、あいつに知らせたり、示《しめ》したりすることを禁《きん》じる。あいつと話すことも、手紙を書くことも、それから……それからどんな方法でも、あいつと接触《せっしょく》することを禁《きん》じる。わかったか？」

与《あた》えられたばかりの命令の抜《ぬ》け穴《あな》を探《さが》そうと、クリーチャーがもがいているのが、ハリーには見えるような気がした。ハリーは待った。ややあって、ハリーにとっては大満足だったが、クリーチャーが再《ふた》び深くおじぎし、恨《うら》みを込《こ》めて苦々しくこう言った。

「ご主人様はあらゆることをお考えです。そしてクリーチャーはご主人様に従《したが》わねばなりません。たとえクリーチャーがあのマルフォイ家の坊《ぼっ》ちゃまの召使《めしつか》いになるほうがずっといいと思ってもです。ああ、そうですとも……」

「それじゃ、決まった」ハリーが言った。

「定期的に報告《ほうこく》してくれ。ただし、現《あらわ》れるときは、僕《ぼく》の周りに誰《だれ》もいないのを確《たし》かめること。ロンとハーマイオニーならかまわない。それから、おまえたちがやっていることを、誰《だれ》にも言うな。二枚《まい》のイボ取りばんそうこうみたいに、マルフォイにぴったり貼《は》りついているんだぞ」

第二十章　ヴォルデモート卿《きょう》の頼《たの》み

ハリーとロンは月曜の朝一番に退院《たいいん》した。マダム・ポンフリーの介護《かいご》で完全に健康を取《と》り戻《もど》し、強打されたり毒を盛《も》られたりした見返りを、いまこそ味わうことができた。最大の収穫《しゅうかく》は、ハーマイオニーがロンと仲なおりしたことだった。

朝食の席まで二人に付《つ》き添《そ》いながら、ハーマイオニーは、ジニーがディーンと口論《こうろん》したというニュースをもたらした。ハリーの胸《むね》でうとうとしていた生き物が、急に頭をもたげ、何か期待するようにあたりをクンクンかぎだした。

「何を口論《こうろん》したの？」

角を曲がって八階の廊下《ろうか》に出ながら、ハリーはできるだけなにげない聞き方をした。廊下《ろうか》には、チュチュを着たトロールのタペストリーをしげしげ見ている、小さな女の子以外には誰《だれ》もいなかった。六年生が近づいてくるのを見て、女の子はおびえたような顔をして、持っていた重そうな真鍮《しんちゅう》のはかりを落とした。

「大丈夫《だいじょうぶ》よ！」ハーマイオニーはやさしく声をかけ、急いで女の子に近づいた。

「さあ……」ハーマイオニーは壊《こわ》れたはかりを杖《つえ》でたたき、「レパロ、直れ」と唱えた。

女の子は礼も言わず、その場に根が生えたように突《つ》っ立《た》って、三人がそこを通《とお》り過《す》ぎ、姿《すがた》が見えなくなるまで見ていた。

「連中、だんだん小粒《こつぶ》になってきてるぜ、まちがいない」ロンが女の子を振《ふ》り返《かえ》って言った。

「女の子のことは気にするな」ハリーは少しあせった。

「ハーマイオニー、ジニーとディーンは、なんでけんかしたんだ？」

「ああ、マクラーゲンがあなたにブラッジャーをたたきつけたことを、ディーンが笑ったの」ハーマイオニーが言った。

「そりゃ、おかしかったろうな」ロンがもっともなことを言った。

「全然おかしくなかったわ！」ハーマイオニーが熱くなった。

「恐《おそ》ろしかったわ。クートとピークスがハリーを捕《つか》まえてくれなかったら、大けがになっていたかもしれないのよ！」

「うん、まあ、ジニーとディーンがそんなことで別れる必要はなかったのに」

ハリーは相変わらずなにげなく聞こえるように努力した。

「それとも、まだ一緒《いっしょ》なのかな?」

「ええ、一緒《いっしょ》よ――でもどうして気になるの?」ハーマイオニーが鋭《するど》い目でハリーを見た。

「僕《ぼく》のクィディッチ・チームが、またメチャクチャになるのがいやなだけだ!」

あわててそう答えたが、ハーマイオニーはまだ疑《うたが》わしげな目をしていた。背後《はいご》で「ハリー!」と呼《よ》ぶ声がしたときには、ハーマイオニーに背《せ》を向ける口実ができて、ハリーは内心ホッとした。

「ああ、やあ、ルーナ」

「医務室《いむしつ》にあんたを探《さが》しにいったんだけど」ルーナが鞄《かばん》をゴソゴソやりながら言った。「もう退院《たいいん》したって言われたんだ……」

ルーナは、エシャロットみたいなもの一本と、斑入《ふい》りの大きな毒キノコ一本、それに相当量の猫《ねこ》のトイレ砂《ずな》のようなものを、ロンの両手に押《お》しつけて、やっと、かなり汚《よご》れた羊皮紙の巻紙《まきがみ》を引《ひ》っ張《ぱ》り出《だ》し、ハリーの手に渡《わた》した。

「……これをあんたに渡《わた》すように言われてたんだ」

小さな巻紙《まきがみ》だった。ハリーはすぐに、それがダンブルドアからの授業《じゅぎょう》の知らせだとわかった。

「今夜だ」

ハリーは羊皮紙を広げるや否《いな》や、ロンとハーマイオニーに告《つ》げた。

「この間の試合の解説《かいせつ》、よかったぜ!」

ルーナがエシャロットと毒キノコと猫《ねこ》のトイレ砂《ずな》を回収《かいしゅう》しているときに、ロンが言った。ルーナはあいまいにほほえんだ。

「からかってるんだ。ちがう？」ルーナが言った。

「みんな、あたしがひどかったって言うもン」

「ちがうよ、僕《ぼく》、ほんとにそう思う！」ロンが真顔で言った。

「あんなに解説《かいせつ》を楽しんだことないぜ！　ところで、これ、なんだ？」

ロンは、エシャロットのようなものを目の高さに持ち上げて聞いた。

「ああ、それ、ガーディルート」

猫《ねこ》のトイレ砂《ずな》と毒キノコを鞄《かばん》に押《お》し込《こ》みながら、ルーナが答えた。

「欲《ほ》しかったら、あげるよ。あたし、もっと持ってるもン。ガルピング・プリンピーを撃退《げきたい》するのにすごく効果《こうか》があるんだ」

そしてルーナは行ってしまった。あとに残ったロンは、ガーディルートをつかんだまま、おもしろそうに大声で笑った。

「あのさ、だんだん好きになってきたよ、ルーナが」

大広間に向かってまた歩きだしながら、ロンが言った。

「あいつが正気じゃないってことはわかってるけど、そいつはいい意味で――」

ロンが突然《とつぜん》口をつぐんだ。険悪《けんあく》な雰囲気《ふんいき》のラベンダー・ブラウンが、大理石の階段下《かいだんした》に立っていた。

「やあ」ロンは、落ち着かない様子で声をかけた。

「行こう」ハリーはそっとハーマイオニーに声をかけ、急いでその場を離《はな》れたが、ラベンダーの声を聞かないわけにはいかなかった。

「今日が退院《たいいん》だって、どうして教えてくれなかったの？　それに、どうして**あの女**が一緒《いっしょ》なの？」

三十分後に朝食に現《あらわ》れたロンは、むっつりしていらだっていた。ラベンダーと並《なら》んで腰《こし》かけてはいたものの、ハリーはその間ずっと、二人が言葉を交《か》わすところを見なかった。ハーマイオニーは、そんなことにいっさい気づかないように振《ふ》る舞《ま》っていたが、一、二度、不可解《ふかかい》なひとり笑《え》みが顔をよぎったのにハリーは気づいた。その日は一日中、ハーマイオニーは上機嫌《じょうきげん》で、夕方談話室にいるとき、ハリーの「薬草学」のレポートを見るという（ということは、仕上げるということなのだが）頼《たの》みに応《おう》じてくれた。そんなことをすれば、ハリーがロンに丸写しさせることを知っていたハーマイオニーは、これまで、そんな依頼《いらい》は絶対《ぜったい》にお断《ことわ》りだったのだ。

「ありがとう、ハーマイオニー」

ハリーは、ハーマイオニーの背中《せなか》をポンポンたたきながら腕時計《うでどけい》を見た。もう八時近くだった。

「あのね、僕《ぼく》、急がないと、ダンブルドアとの約束に遅《おく》れちゃう……」

ハーマイオニーは答えずに、ハリーの文章の弱い所を、大儀《たいぎ》そうに削除《さくじょ》していた。ハリーはひとりでニヤニヤ笑いながら、急いで肖像画《しょうぞうが》の穴《あな》を通り、校長室に向かった。怪獣像《ガーゴイル》は、「タフィーエクレア」の合言葉で飛びのき、ハリーが、動く螺旋階段《らせんかいだん》を二段跳《だんと》びに駆《か》け上《あ》がってドアをたたいたときに、中の時計がちょうど八時を打った。

「お入り」

ダンブルドアの声がした。ハリーがドアに手をかけて押《お》し開《あ》けようとすると、ドアが内側からぐいと引っ張《ひば》られた。そこに、トレローニー先生が立っていた。

「ははーん！」

拡大鏡《かくだいきょう》のようなめがねの中から、目をしばたたかせてハリーを見つめ、トレローニー先生は芝居《しばい》がかったしぐさでハリーを指差した。

「あたくしが邪険《じゃけん》に放り出されるのは、このせいでしたのね、ダンブルドア！」

「これこれ、シビル」

ダンブルドアの声がかすかにいらだっていた。

「あなたを邪険《じゃけん》に放り出すなどありえんことじゃ。しかし、ハリーとは確《たし》かに約束があるし、これ以上何も話すことはないと思うが――」

「けっこうですわ」

トレローニー先生は、深く傷《きず》ついたような声で言った。

「あたくしの地位を不当に奪《うば》った、あの馬を追放なさらないのでしたら、いたしかたございませんわ……あたくしの能力《のうりょく》をもっと評価《ひょうか》してくれる学校を探《さが》すべきなのかもしれません……」

トレローニー先生は、ハリーを押《お》しのけて螺旋階段《らせんかいだん》に消えた。階段半《かいだんなか》ばでつまずく音が聞こえ、ハリーは、だらりと垂《た》れたショールのどれかを踏《ふ》んづけたのだろうと思った。

「ハリー、ドアを閉《し》めて、座《すわ》るがよい」ダンブルドアはかなりつかれた声で言った。

ハリーは言われたとおりにした。ダンブルドアの机《つくえ》の前にあるいつもの椅子《いす》に座《すわ》りながら、二人の間に「憂《うれ》いの篩《ふるい》」がまた置かれ、渦巻《うずま》く記憶《きおく》がぎっしり詰《つ》まったクリスタルの小瓶《こびん》が、二本並《なら》んでいることに気がついた。

「それじゃ、トレローニー先生は、フィレンツェが教えることをまだいやがっているのですか？」

ハリーが聞いた。

「そうじゃ」ダンブルドアが言った。

「わし自身が占《うらな》いを学んだことがないものじゃから、『占い学《うらないがく》』はわしの予見を超《こ》えて、やっかいなことになっておる。フィレンツェに森に帰れとは言えぬ。追放の身じゃからのう。さりとてシビル・トレローニーに去れとも言えぬ。ここだけの話じゃが、シビルが城《しろ》の外に出ればどんな危険《きけん》な目にあうか、シビルにはまったくわかっておらぬ。シビル自身は知らぬことじゃが――それに、知らせるのは賢明《けんめい》ではないと思うが――君とヴォルデモートに関する予言をしたのは、それ、シビル・トレローニーなのじゃから」

　ダンブルドアは深いため息をついてから、こう言った。

「教職員《きょうしょくいん》の問題については、心配するでない。我々《われわれ》にはもっと大切な話がある。まず、前回の授業《じゅぎょう》の終わりに君に出した課題は処理《しょり》できたかね？」

「あっ」

　ハリーは突然《とつぜん》思い出した。「姿《すがた》あらわし」の練習やらクィディッチやら、ロンが毒を盛《も》られたり自分の頭《ず》がい骨《こつ》が割《わ》られたりした上、ドラコ・マルフォイのたくらみを暴《あば》きたい一心で、ハリーは、スラグホーン先生から記憶《きおく》を引き出すようにとダンブルドアに言われていたことを、ほとんど忘《わす》れていた……。

「あの、先生、スラグホーン先生に『魔法薬《まほうやく》』の授業《じゅぎょう》のあとでそのことを聞きました。でも、あの、教えてくれませんでした」

　しばらく沈黙《ちんもく》が流れた。

「さようか」やっとダンブルドアが口を開いた。

　半月めがねの上からじっとのぞかれ、ハリーは、まるでレントゲンで透視《とうし》されているような、いつもの感覚に襲《おそ》われた。

「それで君は、このことに最善《さいぜん》を尽《つ》くしたと、そう思っておるかね？　君の少なからざる創意工夫《そういくふう》の能力《のうりょく》を、余《あま》すところなく駆使《くし》したのかね？　その記憶《きおく》を取り出すという探求《たんきゅう》のために、最後の一滴《いってき》まで知恵《ちえ》をしぼりきったのかね？」

「あの」

ハリーはなんと受け答えすべきか、言葉に詰《つ》まった。記憶《きおく》を取り出そうとしたのはたった一回だったというのではお粗末《そまつ》で、急に恥《は》ずかしく思えた。

「あの……ロンがまちがってほれ薬を飲んでしまった日に、僕《ぼく》、ロンをスラグホーン先生の所に連れていきました。先生をいい気分にさせれば、もしかして、と思ったんです――」

「それで、それはうまくいったのかね？」ダンブルドアが聞いた。

「あの、いいえ、先生。ロンが毒を飲んでしまったものですから――」

「――それで、当然、君は記憶《きおく》を引き出すことなど忘《わす》れはててしまった。親友が危険《きけん》なうちは、わしもそれ以外のことを期待せんじゃろう。しかし、ミスター・ウィーズリーが完全に回復《かいふく》するとはっきりした時点で、わしの出した課題に戻《もど》ってもよかったのではないかな。あの記憶《きおく》がどんなに大事なものかということを、わしは君にはっきり伝えたと思う。それればかりか、それが最も肝心《かんじん》な記憶《きおく》であり、それがなければこの授業《じゅぎょう》の時間はむだじゃと君にわからせようと、わしは最大限《さいだいげん》努力したつもりじゃ」

申《もう》し訳《わけ》なさが、チクチクと熱く、ハリーの頭のてっぺんから体中に広がった。ダンブルドアは声を荒《あら》らげなかった。怒《おこ》っているようにも聞こえなかった。しかし、どなってもらったほうがむしろ楽だった。ダンブルドアのひんやりとした失望が、何よりもつらかった。

「先生」

なんとかしなければという気持ちで、ハリーが言った。

「気にしていなかったわけではありません。ただ、ほかの——ほかのことが……」

「ほかのことが気になっていた」

ダンブルドアがハリーの言葉を引き取った。

「なるほど」

二人の間に、また沈黙《ちんもく》が流れた。ダンブルドアとの間でハリーが経験《けいけん》した中でも、一番気まずい沈黙《ちんもく》だった。沈黙《ちんもく》がいつまでも続くような気がした。ダンブルドアの頭の上にかかっているアーマンド・ディペットの肖像画《しょうぞうが》から聞こえる軽い寝息《ねいき》が、ときどき沈黙《ちんもく》を破《やぶ》るだけだった。ハリーは自分が奇妙《きみょう》に小さくなったような気がした。この部屋に入って以来、体が少し縮《ちぢ》んだような感覚だった。

もうそれ以上は耐《た》えられなくなり、ハリーが言った。

「ダンブルドア先生、申《もう》し訳《わけ》ありませんでした。もっと努力すべきでした……ほんとうに大切なことでなければ、先生は僕《ぼく》に頼《たの》まなかっただろうと、気づくべきでした」

「わかってくれてありがとう、ハリー」ダンブルドアが静かに言った。

「それでは、これ以後、君がこの課題を最優先《さいゆうせん》にすると思ってよいかな？　あの記憶《きおく》を手に入れなければ、次からは授業《じゅぎょう》をする意味がなくなるじゃろう」

「僕《ぼく》、そのようにします。あの記憶《きおく》を手に入れます」ハリーが真剣《しんけん》に言った。

「それでは、いまは、もうこのことを話題にすまい」ダンブルドアはよりやわらいだ口調で言った。

「そして、前回の話の続きを進めることにしよう。どのあたりじゃったか、覚えておるかの？」

「はい、先生」ハリーが即座《そくざ》に答えた。

「ヴォルデモートが父親と祖父母《そふぼ》を殺し、それをおじのモーフィンの仕業《しわざ》に見せかけました。それからホグワーツに戻《もど》り、質問《しつもん》を……スラグホーン先生にホークラックスについて質問《しつもん》をしました」

ハリーは恥《は》じ入《い》って口ごもった。

「よろしい」ダンブルドアが言った。

「さて、覚えておると思うが、一連の授業《じゅぎょう》の冒頭《ぼうとう》に、我々《われわれ》は推測《すいそく》や憶測《おくそく》の域《いき》に入《はい》り込《こ》むことになるじゃろうと言うたの？」

「はい、先生」

「これまでは、君も同意見じゃと思うが、ヴォルデモートが十七歳《さい》になるまでのことに関して、わしの推量《すいりょう》の根拠《こんきょ》となるかなり確《たし》かな事実を、君に示《しめ》してきたの？」

ハリーはうなずいた。

「しかし、これからは、ハリー」ダンブルドアが言った。

「これから先、事はだんだん不確《ふたし》かで、不可思議《ふかしぎ》になっていく。リドルの少年時代に関する証拠《しょうこ》を集めるのも困難《こんなん》じゃったが、成人したヴォルデモートに関する記憶《きおく》を語ってくれる者を見つけるのは、ほとんど不可能《ふかのう》じゃった。事実、リドルがホグワーツを去ってからの生き方を完全に語れるのは、本人を除《のぞ》けば、一人として生存《せいぞん》していないのではないかと思う。しかし、最後に二つ残っておる記憶《きおく》を、これから君とともに見よう」

ダンブルドアは、「憂《うれ》いの篩《ふるい》」の横で、かすかに光っている二本のクリスタルの小瓶《こびん》を指した。

「見たあとで、わしの引き出した結論《けつろん》が、ありうることかどうか、君の意見を聞かせてもらえればありがたい」

ダンブルドアが自分の意見をこれほど高く評価《ひょうか》しているのだと思うと、ホークラックスの記憶《きおく》を引き出す課題をやりそこねたことを、ハリーはますます深く恥《は》じ入《い》った。ダンブルドアが最初の一本を取り上げて、光にかざして調べているとき、ハリーは申《もう》し訳《わけ》なさに座《すわ》ったままもじもじしていた。

「他人の記憶《きおく》にもぐり込《こ》むことにあきてはおらんじゃろうな。これからの二つは、興味《きょうみ》ある記憶《きおく》なのでのう」ダンブルドアが言った。

「最初のものは、ホキーという名の非常《ひじょう》に年老いた屋敷《やしき》しもべ妖精《ようせい》から取ったものじゃ。ホキーが目撃《もくげき》したものを見る前に、ヴォルデモート卿《きょう》がどのようにしてホグワーツを去ったかを簡単《かんたん》に語らねばなるまい」

「あの者は七年生になった。成績《せいせき》は、君も予想したじゃろうが、受けた試験はすべて一番じゃった。あの者の周囲では、級友たちが、ホグワーツ卒業後にどんな仕事に就《つ》くかを決めているところじゃった。トム・リドルに関しては、ほとんどすべての者が、輝《かがや》かしい何かを期待しておった。監督生《かんとくせい》で首席、学校に対する特別功労賞《とくべつこうろうしょう》の経歴《けいれき》じゃからのう。スラグホーン先生をふくめて何人かの先生方が、魔法省《まほうしょう》に入省するようにすすめ、面接《めんせつ》を設定《せってい》しようと申し出たり、有力な人脈《じんみゃく》を紹介《しょうかい》しようとしたりしたのじゃ。あの者はそれを全部断《ことわ》った。教職員《きょうしょくいん》が気づいたときには、あの者は『ボージン・アンド・バークス』で働いておった」

「ボージン・アンド・バークス？」ハリーは度肝《どぎも》を抜《ぬ》かれて聞き返した。

「ボージン・アンド・バークスじゃ」ダンブルドアが静かにくり返した。

「ホキーの記憶《きおく》に入ってみれば、その場所があの者にとって、どのような魅力《みりょく》があったのかがわかるはずじゃ。しかしながら、この仕事がヴォルデモートにとっての第一の選択肢《せんたくし》ではなかった。その時にそれを知っていた者はほとんどいなかった――その当時の校長が打ち明けた数少ない者の一人がわしなのじゃが――ヴォルデモートは、まずディペット校長に近づき、ホグワーツの教師《きょうし》として残れないかと聞いたのじゃ」

「ここに残りたい？　どうして？」ハリーはますます驚《おどろ》いて聞いた。

「理由はいくつかあったじゃろうが、ヴォルデモートはディペット校長に何一つ打ち明けはせなんだ」ダンブルドアが言った。

「第一に、非常《ひじょう》に大切なことじゃが、ヴォルデモートはどんな人間にも感じていなかった親しみを、この学校には感じておったのじゃろうと、わしはそう考えておる。あの者が一番幸せじゃったのはホグワーツにおるときで、そこがくつろげる最初の、そして唯一《ゆいいつ》の場所だったのじゃ」

それを聞いてハリーは、少し当惑《とうわく》した。ハリーもホグワーツに対して、まったく同じ思いを抱《いだ》いていたからだ。

「第二に、この城《しろ》は古代魔法《こだいまほう》の牙城《がじょう》じゃ。ヴォルデモートは、ここを通過《つうか》していった大多数の生徒たちより、ずっと多くの秘密《ひみつ》をつかんでいたにちがいない。しかし、まだ開かれていない神秘《しんぴ》や、利用されておらぬ魔法《まほう》の宝庫《ほうこ》があると感じておったのじゃろう」

「そして第三に、教師《きょうし》になれば、若《わか》い魔法使《まほうつか》いたちに大きな権力《けんりょく》と影響力《えいきょうりょく》を行使できたはずじゃ。おそらく、一番親しかったスラグホーン先生から、そうした考えを得《え》たのじゃろう。教師《きょうし》がどんなに影響力《えいきょうりょく》のある役目をはたせるかを、スラグホーン先生が示《しめ》したわけじゃな。ヴォルデモートがずっと一生ホグワーツで過《す》ごす計画だったとは、わしは微塵《みじん》も考えてはおらぬ。しかし、人材を集め、自分の軍隊を組織《そしき》する場所として、ここが役に立つと考えたのじゃろう」

「でも、先生、その仕事が得《え》られなかったのですね？」

「そうじゃ。ディペット先生は、十八歳《さい》では若《わか》すぎるとヴォルデモートに告《つ》げ、数年後にまだ教えたいと願うなら、再応募《さいおうぼ》してはどうかとすすめたのじゃ」

「先生は、そのことをどう思われましたか？」ハリーは遠慮《えんりょ》がちに聞いた。

「非常《ひじょう》に懸念《けねん》した」ダンブルドアが言った。

「わしは前もってアーマンドに、採用《さいよう》せぬようにと進言しておった——いま君に教えたような理由を言わずにじゃ。ディペット校長はヴォルデモートを大変気に入っておったし、あの者の誠意《せいい》を信じておったからのう——しかしわしは、ヴォルデモート卿《きょう》がこの学校に戻《もど》ることを、特に権力《けんりょく》を持つ職《しょく》に就《つ》くことを欲《ほっ》しなかったのじゃ」

「どの職《しょく》を望んだのですか、先生？　教えたがったのは、どの学科ですか？」

ハリーはなぜか、ダンブルドアが答える前に、答えがわかっていたような気がした。

「『闇《やみ》の魔術《まじゅつ》に対《たい》する防衛術《ぼうえいじゅつ》』じゃ。その当時は、ガラテア・メリィソートという名の老教授《ろうきょうじゅ》が教えておった。ほとんど半世紀、ホグワーツに在職《ざいしょく》した先生じゃ」

「そこで、ヴォルデモートはボージン・アンド・バークスへと去り、あの者を称賛《しょうさん》しておった教師《きょうし》たちは、口をそろえて、あんな優秀《ゆうしゅう》な魔法使《まほうつか》いが店員とはもったいないと言ったものじゃ。しかし、ヴォルデモートは単なる使用人にとどまりはしなかった。ていねいな物腰《ものごし》の上にハンサムで賢《かしこ》いヴォルデモートは、まもなくボージン・アンド・バークスのような店にしかない、特別な仕事を任《まか》されるようになった。あの店は、君も知ってのとおり、強い魔力《まりょく》のあるめずらしい品物を扱《あつか》っておる。ヴォルデモートは、そうした宝物《たからもの》を手放して店で売るように説得する役目を任《まか》され、持ち主の所に送《おく》り込《こ》まれた。そして、ヴォルデモートは、聞きおよぶところによると、その仕事に稀有《けう》な才能《さいのう》を発揮《はっき》した」

「よくわかります」ハリーはだまっていられなくなって口をはさんだ。

「ふむ、そうじゃろう」ダンブルドアがほほえんだ。

「さて、ホキーの話を聞く時が来た。この屋敷《やしき》しもべ妖精《ようせい》が仕えていたのは、年老いた大金持ちの魔女《まじょ》で、名前をへプジバ・スミスという」

ダンブルドアが杖《つえ》で瓶《びん》を軽くたたくと、コルク栓《せん》が飛んだ。ダンブルドアは渦巻《うずま》く記憶《きおく》を「憂《うれ》いの篩《ふるい》」に注《そそ》ぎ込《こ》み終えると、「ハリー、先にお入り」と言った。

ハリーは立ち上がり、また今回も、石の水盆《すいぼん》の中でさざ波を立てている銀色の物質《ぶっしつ》にかがみ込《こ》み、顔をその表面につけた。暗い無の空間を転げ落ち、ハリーが着地した先は、でっぷり太った老《ろう》婦人《ふじん》が座《すわ》っている居間《いま》だった。ごてごてした赤毛のかつらを着け、けばけばしいピンクのローブを体の周りに波打たせ、デコレーション・ケーキが溶《と》けかかったような姿《すがた》だった。

婦人《ふじん》は宝石《ほうせき》で飾《かざ》られた小さな鏡をのぞき込《こ》み、もともと真っ赤なほおに、巨大《きょだい》なパフでほお紅《べに》をはたき込《こ》んでいた。足元では、ハリーがこれまで見た中でも一番年寄《としよ》りで、一番小さな老女のしもべ妖精《ようせい》が、ぶくぶくした婦人《ふじん》の足を、きつそうなサテンのスリッパに押《お》し込《こ》み、ひもを結んでいた。

「ホキー、早くおし！」ヘプジバが傲然《ごうぜん》と言った。

「あの人は四時に来るって言ったわ。あと一、二分しかないじゃない。あの人は一度も遅《おく》れたことがないんだから！」

婦人《ふじん》は化粧《けしょう》パフをしまい込《こ》み、しもべ妖精《ようせい》が立ち上がった。しもべ妖精《ようせい》の背丈《せたけ》はヘプジバの椅子《いす》の座面《ざめん》にも届《とど》かず、身にまとった張《は》りのあるリネンのキッチン・タオルがトーガ風に垂《た》れ下《さ》がっているのと同様、カサカサの紙のような皮膚《ひふ》が垂《た》れ下《さ》がっていた。

「あたくしの顔、どうかしら？」

ヘプジバが首を回して、鏡に映《うつ》る顔をあちこちの角度から眺《なが》めながら聞いた。

「おきれいですわ。マダム」ホキーがキーキー声で言った。

この質問《しつもん》が出たときには、あからさまなうそをつかねばならないと、ホキーの契約書《けいやくしょ》に書いてあるのだろうと、ハリーは想像《そうぞう》せざるをえなかった。何しろ、ヘプジバ・スミスは、ハリーの見るところ、おきれいからはほど遠かった。

玄関《げんかん》のベルがチリンチリンと鳴り、女主人もしもべ妖精《ようせい》も飛び上がった。

「早く、早く。あの方がいらしたわ、ホキー！」

　ヘプジバが叫《さけ》び、しもべ妖精《ようせい》があわてて部屋から出ていった。いろいろなものが所狭《ところせま》しと置かれた部屋は、誰《だれ》でも最低十回ぐらい何かにつまずかないと通れそうにもなかった。うるし細工の小箱が詰《つ》まったキャビネット、金文字の型押《かたお》し本《ぼん》がずらりと並《なら》んだ本箱、玉やら天体球儀《てんたいきゅうぎ》やらののった棚《たな》、真鍮《しんちゅう》の容器《ようき》に入った鉢植《はちう》えの花々などなど、まさに、魔法骨董店《まほうこっとうてん》と温室をかけ合わせたような部屋だった。

　しもべ妖精《ようせい》は、ほどなく背《せ》の高い若者《わかもの》を案内して戻《もど》ってきた。ハリーは、それがヴォルデモートだと、なんの苦もなくわかった。飾《かざ》りけのない黒いスーツ姿《すがた》で、学生時代より髪《かみ》が少し長く、ほおがこけていたが、そうしたものがすべて似合《にあ》っている。いままでよりずっとハンサムに見えた。ヴォルデモートは、これまで何度も訪《おとず》れたことがある雰囲気《ふんいき》で、ごたごたした部屋を通《とお》り抜《ぬ》け、ヘプジバのぶくっとした小さな手を取り、深々とおじぎをしてその手に軽く口づけした。

「お花をどうぞ」

　ヴォルデモートはそっと言いながら、どこからともなくバラの花束を取り出した。

「いけない子ね、そんなことしちゃだめよ！」

　ヘプジバ老婦人《ろうふじん》がかん高い声を出した。しかし、ハリーは、一番近いテーブルに、からの花瓶《かびん》がちゃんと準備《じゅんび》されているのに気づいた。

「トムったら、年寄《としよ》りを甘《あま》やかすんだから……さ、座《すわ》って。座《すわ》ってちょうだい……ホキーはどこかしら……えーと……」

しもべ妖精《ようせい》が、小さなケーキをのせた盆《ぼん》を持って部屋に駆《か》け戻《もど》り、女主人のそばにそれを置いた。

「どうぞ、トム、召《め》し上《あ》がって」ヘプジバが言った。

「あたくしのケーキがお好きなのはわかってますわよ。ねえ、お元気？　顔色がよくないわ。お店でこき使われているのね。あたくし、もう百回ぐらいそう言ってるのに……」

ヴォルデモートが機械的にほほえみ、ヘプジバは間の抜《ぬ》けた顔でニッとほほえんだ。

「今日はどういう口実でいらっしゃったのかしら？」

ヘプジバがまつげをパチパチさせながら聞いた。

「店主のバークが、小鬼《ゴブリン》のきたえた甲冑《かっちゅう》に、よりよい買《か》い値《ね》をつけたいと申しております」

ヴォルデモートが言った。

「五百ガリオンです。これは普通《ふつう》ならつけない、よい値《ね》だと申して――」

「あら、まあ、そうお急ぎにならないで。それじゃ、まるであたくしの小道具だけをお目当てにいらしたと思ってしまいますことよ！」ヘプジバが唇《くちびる》をとがらせた。

「そうしたもののために、ここに来るように命じられております」ヴォルデモートが静かに言った。

「マダム、私《わたし》は単なる使用人の身です。命じられたとおりにしなければなりません。店主のバークから、おうかがいしてくるようにと命じられまして――」

「まあ、バークさんなんか、プフー！」ヘプジバは小さな手を振《ふ》りながら言った。

「あなたにお見せするものがありますのよ。バークさんには見せたことがないものなの！　トム、秘密《ひみつ》を守ってくださる？　バークさんには、あたくしが持っているなんて言わないって約束してくださる？　あなたに見せたとわかったら、あの人、あたくしを一時も安らがせてくれませんわ。でもあたくしは売りません。バークには売らないし、誰《だれ》にも売りませんわ！　でも、トム、あなたには、そのものの歴史的価値《れきしてきかち》がおわかりになるわ。ガリオン金貨が何枚《なんまい》になるかの価値《かち》じゃなくってね……」

「ミス・ヘプジバが見せてくださるものでしたら、なんでも喜んで拝見《はいけん》します」

ヴォルデモートが静かに言った。ヘプジバは、また少女のようにクスクス笑った。

「ホキーに持ってこさせてありますのよ……ホキー、どこなの？　リドルさんにわが家の**最高の**秘宝《ひほう》をお見せしたいのよ……ついでだから、二つとも持っていらっしゃい……」

「マダム、お持ちしました」

しもべ妖精《ようせい》のキーキー声でハリーが見ると、二つ重ねにした革製《かわせい》の箱が動いていた。小さなしもべ妖精《ようせい》が頭にのせて運んでいることはわかってはいたが、まるでひとりでに動いているかのように、テーブルやクッション、足のせ台の間を縫《ぬ》って部屋のむこうからやってくるのが見えた。

「さあ」

しもべ妖精《ようせい》から箱を受け取り、ひざの上にのせて上の箱を開ける準備《じゅんび》をしながら、ヘプジバがうれしそうに言った。

「きっと気に入ると思うわ、トム……あぁ、あなたにこれを見せていることを親族が知ったら……あの人たち、のどから手が出るほどこれが欲《ほ》しいんだから！」

ヘプジバがふたを開けた。ハリーはよく見ようとして少し身を乗り出した。入念に細工された二つの取っ手がついた、小さな金のカップが見えた。

「なんだかおわかりになるかしら、トム？　手に取ってよく見てごらんなさい！」

ヘプジバがささやくように言った。ヴォルデモートはすらりとした指を伸《の》ばし、絹《きぬ》の中にすっぽりと納《おさ》まっているカップを、取っ手の片方《かたほう》を握《にぎ》って取り出した。ハリーは、ヴォルデモートの暗い目がちらりと赤く光るのを見たような気がした。舌《した》なめずりするようなヴォルデモートの表情《ひょうじょう》は、奇妙《きみょう》なことに、ヘプジバの顔にも見られた。ただし、その小さな目は、ヴォルデモートのハンサムな顔に釘《くぎ》づけになっていた。

「穴熊《あなぐま》」

ヴォルデモートがカップの刻印《こくいん》を調べながらつぶやいた。

「すると、これは……？」

「ヘルガ・ハッフルパフのものよ。よくご存《ぞん》じのようにね。なんて賢《かしこ》い子！」

ヘプジバはコルセットのきしむ大きな音とともに、前かがみになり、ヴォルデモートのくぼんだほおをほんとうにつねった。

「あたくしが、ずっと離《はな》れた子孫だって言わなかった？　これは先祖代々《せんぞだいだい》受《う》け継《つ》がれてきたものなの。きれいでしょう？　それに、どんなにいろいろな力が秘《ひ》められていることか。でも、あたくしは完全に試《ため》してみたことがないの。ただ、こうして大事に、安全にしまっておくだけ……」

ヘプジバはヴォルデモートの長い指からカップをはずし、そっと箱に戻《もど》した。ていねいに元の場所に収《おさ》めるのに気を取られて、ヘプジバは、カップが取り上げられたときにヴォルデモートの顔をよぎった影《かげ》に気づかなかった。

「さて、それじゃあ」

ヘプジバがうれしそうに言った。

「ホキーはどこ？　ああ、そこにいたのね――これを片《かた》づけなさい、ホキー――」

しもべ妖精《ようせい》は従順《じゅうじゅん》に箱入りのカップを受け取り、ヘプジバはひざにのっているもっと平たい箱に取りかかった。

「トム、あなたには、こちらがもっと気に入ると思うわ」ヘプジバがささやいた。

「少しかがんでね、さあ、よく見えるように……もちろん、バークは、あたくしがこれを持っていることを知っていますよ。あの人から買ったのですからね。あたくしが死んだら、きっと買《か》い戻《もど》したがるでしょうね……」

ヘプジバは精緻《せいち》な金銀線細工の留《と》め金《がね》をはずし、パチンと箱を開けた。なめらかな真紅《しんく》のビロードの上にのっていたのは、どっしりした金のロケットだった。

ヴォルデモートは、今度はうながされるのも待たずに手を伸《の》ばし、ロケットを明かりにかざしてじっと見つめた。

「スリザリンの印」ヴォルデモートが小声で言った。

曲がりくねった飾《かざ》り文字《もじ》の「S」に光が踊《おど》り、きらめかせていた。

「そのとおりよ！」ヘプジバが大喜びで言った。

ヴォルデモートが、魅入《みい》られたようにじっと自分のロケットを見つめている姿《すがた》が、うれしかったらしい。

「身ぐるみはがされるほど高かったわ。でも、見逃《みのが》すことはできなかったわね。こんなに貴重《きちょう》なものを。どうしても、あたくしのコレクションに加えたかったのよ。バークはどうやら、みすぼらしい身なりの女から買ったらしいわ。その女は、これを盗《ぬす》んだのでしょうけれど、ほんとうの価値《かち》をまったく知らなかったようね――」

今度はまちがいない。この言葉を聞いた瞬間《しゅんかん》、ヴォルデモートの目が真っ赤に光った。ロケットの鎖《くさり》にかかった手が、血の気が失《う》せるほどギュッと握《にぎ》りしめられるのを、ハリーは見た。

「――バークはその女に、きっと雀《すずめ》の涙《なみだ》ほどしか払《はら》わなかったことでしょうよ。でも、しょうがないわね……きれいでしょう？　それに、これにも、どんなに多くの力が秘《ひ》められていることでしょう。でも、あたくしは、大事に、安全にしまっておくだけ……」

ヘプジバがロケットに手を伸《の》ばして取《と》り戻《もど》そうとした。ハリーは一瞬《いっしゅん》、ヴォルデモートが手放さないのではないかと思ったが、ロケットはその指の間をすべり、真紅《しんく》のビロードのクッションへと戻《もど》された。

「そういうわけよ、トム。楽しんだでしょうね！」

ヘプジバが、トムの顔を真正面から見た。そしてハリーは、ヘプジバの間の抜《ぬ》けた笑顔《えがお》が、この時、初めて崩《くず》れるのを見た。

「トム、大丈夫《だいじょうぶ》なの？」

「ええ」ヴォルデモートが静かに言った。

「ええ、すべて大丈夫《だいじょうぶ》です……」

「あたくしは――でも、きっと光のいたずらね――」

ヘプジバが落ち着かない様子で言った。ヘプジバもヴォルデモートの目にチラチラと赤い光が走るのを見たのだと、ハリーは思った。

「ホキー、ほら、二つとも持っていって、また鍵《かぎ》をかけておきなさい……いつもの呪文《じゅもん》をかけて……」

「ハリー、帰る時間じゃ」

ダンブルドアが小声で言った。小さなしもべ妖精《ようせい》が箱を持ってひょこひょこ歩きはじめると同時に、ダンブルドアは再《ふたた》びハリーの腕《うで》をつかんだ。二人は連れ立って無意識《むいしき》の中を上昇《じょうしょう》し、ダンブルドアの校長室に戻《もど》った。

「ヘプジバ・スミスは、あの短い場面の二日後に死んだ」

ダンブルドアが席に戻《もど》り、ハリーにも座《すわ》るようにうながしながら言った。

「屋敷《やしき》しもべ妖精《ようせい》のホキーが、誤《あやま》って女主人の夜食のココアに毒を入れた廉《かど》で、魔法省《まほうしょう》から有罪判決《ゆうざいはんけつ》を受けたのじゃ」

「絶対《ぜったい》ちがう！」ハリーが憤慨《ふんがい》した。

「我々《われわれ》は同意見のようじゃな」ダンブルドアが言った。

「紛《まぎ》れもなく、今度の死とリドル一家の死亡《しぼう》との間には、多くの類似点《るいじてん》がある。どちらの場合も、誰《だれ》かほかの者が責《せ》めを負うた。死にいたらしめたというはっきりした記憶《きおく》を持つ誰《だれ》かがじゃ——」

「ホキーが自白を？」

「ホキーは女主人のココアに何か入れたことを覚えておった。それが砂糖《さとう》ではなく、ほとんど知られていない猛毒《もうどく》だったとわかったのじゃ」ダンブルドアが言った。

「ホキーにはそのつもりがなかったが、年を取って混乱《こんらん》したのだという結論《けつろん》になった――」

「ヴォルデモートがホキーの記憶《きおく》を修正《しゅうせい》したんだ。モーフィンにしたことと同じだ！」

「いかにも。わしも同じ結論《けつろん》じゃ」ダンブルドアが言った。

「さらに、モーフィンのときと同じく、魔法省《まほうしょう》ははじめからホキーを疑《うたが》ってかかっておった――」

「――ホキーが屋敷《やしき》しもべ妖精《ようせい》だから」ハリーが言った。

ハリーはこの時ほどハーマイオニーが設立《せつりつ》した「S・P・E・W《しもべ妖精福祉振興協会》」に共鳴したことはなかった。

「そのとおりじゃ」ダンブルドアが言った。

「ホキーは老いぼれていたし、飲み物に細工をしたことを認《みと》めたのじゃから、魔法省《まほうしょう》には、それ以上調べようとする者は誰《だれ》もおらなんだ。モーフィンの場合と同様、わしがホキーを見つけ出してこの記憶《きおく》を取り出したときには、もうホキーの命は尽《つ》きようとしておった――しかし言うまでもなく、ホキーの記憶《きおく》は、ヴォルデモートが、カップとロケットの存在《そんざい》を知っておったということを証《しょう》明《めい》するにすぎぬ」

「ホキーが有罪《ゆうざい》になったころに、ヘプジバの親族たちが、最も大切な秘蔵《ひぞう》の品が二つなくなっていることに気づいた。それを確認《かくにん》するまでに、しばらく時間がかかった。何しろヘプジバは蒐集品《しゅうしゅうひん》を油断《ゆだん》なく保管《ほかん》しており、隠《かく》し場所《ばしょ》が多かったからじゃ。しかし、カップとロケットの紛失《ふんしつ》が、親族にとって疑《うたが》いの余地《よち》のないものとなったときには、すでに、ボージン・アンド・バークスの店員で、ヘプジバをひんぱんに訪《たず》ねては見事にとりこにしていた青年は、店を辞《や》めて姿《すがた》を消してしまっておった。店の上司たちは、青年がどこに行ってしまったのかさっぱりわからず、その失踪《しっそう》には誰《だれ》よりも驚《おどろ》いていた。そして、その時を最後に、トム・リドルは長い間、誰《だれ》の目にも耳にも触《ふ》れることがなかったのじゃ」

「さて」ダンブルドアが言った。「ここで、ハリー、我々《われわれ》がいま見た物語に関して、いくつか君の注意を喚起《かんき》しておきたいので、ひと息入れてみようかのう。ヴォルデモートはまたしても殺人を犯《おか》した。リドル一家を殺して以来、初めてだったかどうかはわからぬが、そうだったのじゃろう。今回は、君も見たとおり、復讐《ふくしゅう》のためではなく、欲《ほ》しいものを手に入れるためじゃった。熱を上げたあの哀《あわ》れな老女に見せられたすばらしい二つの記念品を、ヴォルデモートは欲《ほ》しがった。かつて孤《こ》児院《じいん》でほかの子供《こども》たちから奪《うば》ったように、おじのモーフィンの指輪を盗《ぬす》んだように、今度はヘプジバのカップとロケットを奪《うば》って逃《に》げたのじゃ」

「でも」ハリーが顔をしかめた。

「まともじゃない……そんなもののためにあらゆる危険《きけん》をおかして、仕事も投げ打つなんて……」

「君にとっては、たぶんまともではなかろうが、ヴォルデモートにとってはちがうのじゃ」ダンブルドアが言った。

「こうした品々が、ヴォルデモートにとってどういう意味があったのか、ハリー、君にも追い追いわかってくるはずじゃ。ただし、当然じゃが、あの者が、ロケットはいずれにせよ正当に自分のものだと考えたであろうことは想像《そうぞう》にかたくない」

「ロケットはそうかもしれません」ハリーが言った。

「でも、どうしてカップまで奪《うば》うのでしょう？」

「カップは、ホグワーツのもう一人の創始者《そうししゃ》に連なるものじゃ」ダンブルドアが言った。

「あの者はまだこの学校に強くひかれており、ホグワーツの歴史《れきし》がたっぷりしみ込《こ》んだ品物には抗《こう》しがたかったのじゃろう。ほかにも理由はある。おそらく……。時が来たら、君に具体的に説明することができることじゃろう」

「さて次は、わしが所有しておる記憶《きおく》としては、君に見せる最後のものじゃ。少なくとも、スラグホーン先生の記憶《きおく》を君が首尾《しゅび》よく回収《かいしゅう》するまではじゃが。この記憶《きおく》は、ホキーの記憶《きおく》から十年隔《へだ》たっておる。その十年の間、ヴォルデモート卿《きょう》が何をしていたのかは、想像《そうぞう》するしかない……」

ダンブルドアが最後の記憶《きおく》を「憂《うれ》いの篩《ふるい》」にあけ、ハリーが再《ふたた》び立ち上がった。

「誰《だれ》の記憶《きおく》ですか？」ハリーが聞いた。

「わしのじゃ」ダンブルドアが答えた。

そして、ハリーは、ダンブルドアのあとからゆらゆら揺《ゆ》れる銀色の物質《ぶっしつ》をくぐって、いま出発したばかりの同じ校長室に降《お》り立《た》った。フォークスが止まり木で幸福そうにまどろみ、そして机《つくえ》のむこう側に、なんとダンブルドアがいた。ハリーの横に立っているいまのダンブルドアとほとんど変わらなかったが、両手はそろって傷《きず》もなく、顔は、もしかしたらしわがやや少ないかもしれない。現在《げんざい》の校長室とのちがいは、過去《かこ》のその日に雪が降《ふ》っていたことだ。外は暗く、青みがかった雪片《せっぺん》が窓《まど》をよぎって舞《ま》い、外の窓枠《まどわく》に積もっていた。

いまより少し若《わか》いダンブルドアは、何かを待っている様子だった。予想どおり、二人がこの場面に到着《とうちゃく》してまもなく、ドアをたたく音がした。「お入り」とダンブルドアが言った。

ハリーはアッと声を上げそうになり、あわてて押《お》し殺《ころ》した。ヴォルデモートが部屋に入ってきた。二年ほど前ハリーが目撃《もくげき》した、石の大鍋《おおなべ》からよみがえったヴォルデモートの顔ではなかった。それほど蛇《へび》に似《に》てはいなかったし、両眼《りょうがん》もまだ赤くはない。まだ仮面《かめん》をかぶったような顔になってはいない。しかし、あのハンサムなトム・リドルではなくなっていた。火傷《やけど》を負って顔立ちがはっきりしなくなったような、奇妙《きみょう》に変形したろう細工のようだった。白目はすでに、永久《えいきゅう》に血走っているようだったが、瞳孔《どうこう》はまだ、ハリーの見た現在《げんざい》のヴォルデモートの瞳《ひとみ》のように細く縦《たて》に切《き》れ込《こ》んだような形にはなっていなかった。ヴォルデモートは黒い長いマントをまとい、その顔は、両肩《りょうかた》に光る雪と同じように蒼白《あおじろ》かった。

机《つくえ》のむこうのダンブルドアは、まったく驚《おどろ》いた様子がない。訪問《ほうもん》は前もって約束してあったにちがいない。

「こんばんは、トム」ダンブルドアがくつろいだ様子で言った。

「かけるがよい」

「ありがとうございます」

ヴォルデモートはダンブルドアが示《しめ》した椅子《いす》に腰《こし》かけた――椅子《いす》の形からして、現在《げんざい》のハリーが、たったいまそこから立ち上がったばかりの椅子《いす》だった。

「あなたが校長になったと聞きました」

ヴォルデモートの声は以前より少し高く、冷たかった。

「すばらしい人選です」

「君が賛成《さんせい》してくれてうれしい」ダンブルドアがほほえんだ。

「何か飲み物はどうかね？」

「いただきます」ヴォルデモートが言った。「遠くから参りましたので」

ダンブルドアは立ち上がって、現在《げんざい》は「憂《うれ》いの篩《ふるい》」が入れてある棚《たな》の所へ行った。そこには瓶《びん》がたくさん並《なら》んでいた。ヴォルデモートにワインの入ったゴブレットを渡《わた》し、自分にも一杯《ぱい》注いでから、ダンブルドアは机《つくえ》のむこうに戻《もど》った。

「それで、トム……どんな用件《ようけん》でお訪《たず》ねくださったのかな?」

ヴォルデモートはすぐには答えず、ただワインをひと口飲んだ。

「私《わたくし》はもう『トム』と呼《よ》ばれていません」ヴォルデモートが言った。

「このごろ私《わたくし》の名は――」

「君がなんと呼《よ》ばれているかは知っておる」

ダンブルドアが愛想《あいそ》よくほほえみながら言った。

「しかし、わしにとっては、君はずっとトム・リドルなのじゃ。いらいらするかもしれぬが、これは年寄《としよ》りの教師《きょうし》にありがちなくせでのう。生徒たちの若《わか》いころのことを完全に忘《わす》れることができんのじゃ」

ダンブルドアはヴォルデモートに乾杯《かんぱい》するかのようにグラスを掲《かか》げた。ヴォルデモートは相変わらず無表情《むひょうじょう》だ。しかし、ハリーはその部屋の空気が微妙《びみょう》に変わるのを感じた。ヴォルデモート自身が選んだ名前を使うのを拒《こば》んだということは、ヴォルデモートがこの会合の主導権《しゅどうけん》を握《にぎ》るのを許《ゆる》さないということであり、ヴォルデモートもそう受け取ったのがハリーにはわかったのだ。

「あなたがこれほど長くここにとどまっていることに、驚《おどろ》いています」

短い沈黙《ちんもく》のあと、ヴォルデモートが言った。

「あなたほどの魔法使《まほうつか》いが、なぜ学校を去りたいと思われなかったのか、いつも不思議に思っていました」

「さよう」ダンブルドアはまだほほえんでいた。

「わしのような魔法使《まほうつか》いにとって一番大切なことは、昔からの技《わざ》を伝え、若《わか》い才能《さいのう》を磨《みが》く手助けをすることなのじゃ。わしの記憶《きおく》が正しければ、君もかつて教えることにひかれたことがあったのう」

「いまでもそうです」ヴォルデモートが言った。

「ただ、なぜあなたほどの方が、と疑問《ぎもん》に思っただけです――魔法省《まほうしょう》からしばしば助言を求められ、魔法大臣《まほうだいじん》になるようにと、確《たし》か二度も請《こ》われたあなたが――」

「実は最終的に三度じゃ」ダンブルドアが言った。

「しかしわしは、一生の仕事として、魔法省《まほうしょう》には一度もひかれたことはない。またしても、君とわしとの共通点じゃのう」

ヴォルデモートはほほえみもせず首をかしげて、またワインをひと口飲んだ。いまや二人の間に張《は》り詰《つ》めている沈黙《ちんもく》を、ダンブルドアは自分からは破《やぶ》らず、楽しげに期待するかのような表情《ひょうじょう》で、ヴォルデモートが口を開くのを待ち続けていた。

「私《わたくし》は戻《もど》ってきました」しばらくしてヴォルデモートが言った。

「ディペット校長が期待していたよりも遅《おく》れたかもしれませんが……しかし、戻《もど》ってきたことには変わりありません。ディペット校長がかつて、私《わたくし》が若《わか》すぎるからとお断《ことわ》りになったことを再《ふたた》び要《よう》請《せい》するために戻《もど》りました。この城《しろ》に戻《もど》って教えさせていただきたいと、あなたにお願いするためにやってきたのです。ここを去って以来、私《わたくし》が多くのことを見聞し、成しとげたことを、あなたはご存《ぞん》じだと思います。私《わたくし》は、生徒たちに、ほかの魔法使《まほうつか》いからは得《え》られないことを示《しめ》し、教えることができるでしょう」

ダンブルドアは、手にしたゴブレットの上から、しばらくヴォルデモートを観察していたが、やがて口を開いた。

「いかにもわしは、君がここを去って以来、多くのことを見聞し、成しとげてきたことを知っておる」ダンブルドアが静かに言った。

「君の所業は、トム、風の便りで君の母校にまで届《とど》いておる。わしはその半分も信じたくない気持ちじゃ」

ヴォルデモートは相変わらずうかがい知れない表情《ひょうじょう》で、こう言った。

「偉大《いだい》さはねたみを招《まね》き、ねたみは恨《うら》みを、恨《うら》みはうそを招《まね》く。ダンブルドア、このことは当然ご存《ぞん》じでしょう」

「自分がやってきたことを、君は『偉大《いだい》さ』と呼《よ》ぶ。そうかね？」

ダンブルドアは微妙《びみょう》な言い方をした。

「もちろんです」

ヴォルデモートの目が赤く燃《も》えるように見えた。

「私《わたくし》は実験した。魔法《まほう》の境界線《きょうかいせん》を広げてきた。おそらく、これまでになかったほどに——」

「ある種の魔法《まほう》と言うべきじゃろう」ダンブルドアが静かに訂正《ていせい》した。

「ある種の、ということじゃ。ほかのことに関して、君は……失礼ながら……嘆《なげ》かわしいまでに無知じゃ」

ヴォルデモートが初めて笑《え》みを浮《う》かべた。引きつったような薄《うす》ら笑《わら》いは、怒《いか》りの表情《ひょうじょう》よりももっと人をおびやかす、邪悪《じゃあく》な笑《え》みだった。

「古くさい議論《ぎろん》だ」ヴォルデモートが低い声で言った。

「しかし、ダンブルドア、私《わたくし》が見てきた世の中では、私流《わたくしりゅう》の魔法《まほう》より愛のほうがはるかに強いものだという、あなたの有名な見解《けんかい》を支持《しじ》する者は皆無《かいむ》だった」

「君はおそらく、まちがった所を見てきたのであろう」ダンブルドアが言った。

「それならば、私《わたくし》が新たに研究を始める場として、ここ、ホグワーツほど適切《てきせつ》な場所があるでしょうか？」ヴォルデモートが言った。

「戻《もど》ることをお許《ゆる》し願えませんか？　私《わたくし》の知識《ちしき》を、あなたの生徒たちに与《あた》えさせてくださいませんか？　私自身《わたくしじしん》と私《わたくし》の才能《さいのう》を、あなたの手にゆだねます。あなたの指揮《しき》に従《したが》います」

ダンブルドアが眉《まゆ》を吊《つ》り上《あ》げた。

「すると、**君が**指揮《しき》する者たちはどうなるのかね？　自ら名乗って——といううわさではあるが——『死喰《しく》い人《びと》』と称《しょう》する者たちはどうなるのかね？」

ヴォルデモートには、ダンブルドアがこの呼称《こしょう》を知っていることが予想外だったのだと、ハリーにはわかった。ヴォルデモートの目がまた赤く光り、細く切《き》れ込《こ》んだような鼻の穴《あな》が広がるのを、ハリーは見た。

「私《わたくし》の友達は」しばらくの沈黙《ちんもく》のあと、ヴォルデモートが言った。「私《わたくし》がいなくとも、きっとやっていけます」

「その者たちを、友達と考えておるのは喜ばしい」ダンブルドアが言った。

「むしろ、召使《めしつか》いの地位ではないかという印象《いんしょう》を持っておったのじゃが」

「まちがっています」ヴォルデモートが言った。

「さすれば、今夜ホッグズ・ヘッドを訪《おとず》れても、そういう集団《しゅうだん》はおらんのじゃろうな——ノット、ロジエール、マルシベール、ドロホフ——君の帰りを待っていたりはせぬじゃろうな？　まさに献《けん》身的《しんてき》な友達じゃ。雪の夜を、君とともにこれほどの長旅をするとは。君が教職《きょうしょく》を得《え》ようとする試みに成功するようにと願うためだけにのう」

一緒《いっしょ》に旅してきた者たちのことをダンブルドアがくわしく把握《はあく》しているのが、ヴォルデモートにとって、なおさらありがたくないということは、目に見えて明らかだった。しかし、ヴォルデモートは、たちまち気を取りなおした。

「相変わらずなんでもご存《ぞん》じですね、ダンブルドア」

「いや、いや、あそこの店主と親しいだけじゃ」ダンブルドアが気楽に言った。

「さて、トム……」

ダンブルドアはからのグラスを置き、椅子《いす》に座《すわ》りなおして、両手の指先を組み合わせる独特《どくとく》のしぐさをした。

「……率直《そっちょく》に話そうぞ。互《たが》いにわかっていることじゃが、望んでもおらぬ仕事を求めるために、腹心《ふくしん》の部下を引き連れて、君が今夜ここを訪《おとず》れたのは、なぜなのじゃ？」

ヴォルデモートは冷ややかに、驚《おどろ》いた顔をした。

「私《わたくし》が望まない仕事？　とんでもない、ダンブルドア。私《わたくし》は強く望んでいます」

「ああ、君はホグワーツに戻《もど》りたいと思っておるのじゃ。しかし、十八歳《さい》のときもいまも、君は教えたいなどとは思っておらぬ。トム、何がねらいじゃ？　一度ぐらい、正直に願い出てはどうじゃ？」

ヴォルデモートが鼻先で笑った。

「あなたが私《わたくし》に仕事をくださるつもりがないなら――」

「もちろん、そのつもりはない」ダンブルドアが言った。

「それに、わしが受け入れるという期待を君が持ったとは、まったく考えられぬ。にもかかわらず、君はやってきて、頼《たの》んだ。何か目的があるにちがいない」

ヴォルデモートが立ち上がった。ますますトム・リドルの面影《おもかげ》が消え、顔の隅々《すみずみ》まで怒《いか》りでふくれ上がっていた。

「それが最後の言葉なのか？」

「そうじゃ」ダンブルドアも立ち上がった。

「では、互《たが》いに何も言うことはない」

「いかにも、何もない」ダンブルドアの顔に、大きな悲しみが広がった。「君の洋だんすを燃《も》やして怖《こわ》がらせたり、君が犯《おか》した罪《つみ》をつぐなわせたりできた時代は、とうの昔になってしもうた。しかし、トム、わしはできることならそうしてやりたい……できることなら……」

一瞬《いっしゅん》、ハリーは、叫《さけ》んでも意味がないのに、危《あぶ》ないと叫《さけ》びそうになった。ヴォルデモートの手が、ポケットの杖《つえ》に向かって確《たし》かにピクリと動いたと思ったのだ。しかし、一瞬《いっしゅん》が過《す》ぎ、ヴォルデモートは背《せ》を向けた。ドアが閉《し》まり、ヴォルデモートは行ってしまった。

ハリーはダンブルドアの手が再《ふたた》び自分の腕《うで》をつかむのを感じ、次の瞬間《しゅんかん》、二人はほとんど同じ位置に立っていた。しかし窓枠《まどわく》に積もっていた雪はなく、ダンブルドアの右手は、死んだような黒い手に戻《もど》っていた。

「なぜでしょう？」

ハリーは、ダンブルドアの顔を見上げてすぐさま聞いた。

「ヴォルデモートはなぜ戻《もど》ってきたのですか？　先生は結局、理由がおわかりになったのですか？」

「わしなりの考えはある」ダンブルドアが言った。

「しかし、わしの考えにすぎぬ」

「どんなお考えなのですか、先生？」

「君がスラグホーン先生の記憶《きおく》を回収《かいしゅう》したら、ハリー、その時には話して聞かせよう」ダンブルドアが言った。

「ジグソーパズルのその最後の一片《いっぺん》を、君が手に入れたとき、すべてが明らかになることを願っておる……わしにとっても、君にとってもじゃ」

ハリーは、知りたくてたまらない気持ちが消えず、ダンブルドアが出口まで歩いていって、ハリーのためにドアを開けてくれたときも、すぐには動かなかった。

「先生、ヴォルデモートはあの時も、『闇《やみ》の魔《ま》術《じゅつ》に対《たい》する防衛術《ぼうえいじゅつ》』を教えたがっていたのですか？　何も言わなかったので……」

「おお、まちがいなく『闇《やみ》の魔《ま》術《じゅつ》に対《たい》する防衛術《ぼうえいじゅつ》』の職《しょく》を欲《ほっ》しておった」ダンブルドアが言った。

「あの短い会合の後日談が、それを示《しめ》しておる。よいかな、ヴォルデモート卿《きょう》がその職《しょく》に就《つ》くことをわしが拒《こば》んで以来、この学校には、一年を超《こ》えてその職《しょく》にとどまった教師《きょうし》は一人もおらぬ」

第二十一章　不可知《ふかち》の部屋《へや》

次の週、どうやったらスラグホーンを説得《せっとく》してほんとうの記憶《きおく》を手に入れられるかと、ハリーは知恵《ちえ》をしぼった。しかしなんのひらめきもなく、このごろとほうに暮《く》れたときについやってしまうことを、くり返すばかりだった。それは、「魔法薬《まほうやく》」の教科書をすみずみまで調べることだ。これまでもたびたびそういうことがあったので、プリンスが何か役立つことを余白《よはく》に書《か》き込《こ》んでいるかもしれないと期待したのだ。

「そこからは何も出てこないわよ」

日曜の夜もふけたころ、ハーマイオニーがきっぱりと言った。

「文句《もんく》を言うなよ、ハーマイオニー」ハリーが言った。

「プリンスがいなかったら、ロンはこんなふうに座《すわ》っていられなかっただろう」

「いられたわよ。あなたが一年生のときにスネイプの授業《じゅぎょう》をよく聞いてさえいたらね」

ハーマイオニーが簡単《かんたん》に却下《きゃっか》した。

ハリーは知らんぷりをした。「敵《てき》に対して」という言葉に興味《きょうみ》をそそられて、その上の余白《よはく》になぐり書きしてある呪文《じゅもん》（**セクタムセンプラ！**）が目に入ったところだった。ハリーは使ってみたくてうずうずしていたが、ハーマイオニーの前ではやめたほうがいいと思った。そのかわり、そっとそのページの端《はし》を折り曲げた。

三人は談話室の暖炉脇《だんろわき》に座《すわ》っていた。ほかにまだ起きているのは、同学年の六年生たちだけだった。夕食から戻《もど》ったときに、掲示板《けいじばん》に「姿《すがた》あらわし」試験の日付が貼《は》り出《だ》されていたので、六年生たちがちょっとした興奮状態《こうふんじょうたい》におちいった。四月二十一日が試験の最初の日だが、その日までに十七歳《さい》になる生徒は、追加練習の申《もう》し込《こ》みができる。練習は（厳《きび》しい監視《かんし》の下《もと》で）ホグズミードで行われる、という掲示《けいじ》だった。

ロンは掲示《けいじ》を見てパニック状態《じょうたい》になった。まだ「姿《すがた》あらわし」をこなしていなかったので、テストの準備《じゅんび》が間に合わないのではないかと恐《おそ》れたのだ。ハーマイオニーは、すでに二度「姿《すがた》あらわし」に成功していたので、少しは自信があった。ハリーはと言えば、あと四か月たたないと十七歳《さい》にならないので、準備《じゅんび》ができていようといなかろうと、テストを受けることはできなかった。

「だけど、君は少なくとも『姿《すがた》あらわし』できるじゃないか！」

ロンはせっぱ詰《つ》まった声で言った。

「君、七月にはなんの問題もないよ！」

「一回できただけだ」

ハリーが訂正《ていせい》した。前回の練習でやっと、姿《すがた》をくらましたあと、輪っかの中に再出現《さいしゅつげん》できたのだ。「姿《すがた》あらわし」が心配だと、さんざんしゃべって時間をむだにしてしまったロンは、今度はとほうもなく難《むずか》しいスネイプの宿題と格闘《かくとう》していた。ハリーもハーマイオニーもそのレポートはもう仕上げていた。吸魂鬼《きゅうこんき》と取り組む最善《さいぜん》の方法に関して、ハリーはスネイプと意見が合わなかったので、どうせ低い点しかもらえないと充分《じゅうぶん》予想できた。しかし、そんなことはどうでもよかった。むしろスラグホーンの記憶《きおく》が、いまのハリーには最重要課題だった。

「言っておきますけど、ハリー、このことに関しては、バカバカしいプリンスは助けてくれないわよ！」

ハーマイオニーは一段《いちだん》と声高に言った。

「無理やりこちらの思いどおりにさせる方法は、一つしかないわ。『服従《ふくじゅう》の呪文《じゅもん》』だけど、それは違法《いほう》だし――」

「ああ、わかってるよ。ありがと」ハリーは本から目を離《はな》さずに言った。

「だから、何か別の方法を探《さが》してるんじゃないか。ダンブルドアは、『真実薬』も役に立たないって言ったんだ。でも、何かほかの薬とか、呪文《じゅもん》とか……」

「あなた、やり方をまちがえてるわ」ハーマイオニーが言った。「あなただけが記憶《きおく》を手に入れられるって、ダンブルドアがそう言ったのよ。ほかの人ができなくとも、あなたならスラグホーンを説得《せっとく》できるという意味にちがいないわ。スラグホーンにこっそり薬を飲ませるなんていう問題じゃない。それなら誰《だれ》だってできるもの――」

「『こうせん的』って、どう書くの？」

ロンが羊皮紙をにらんで、羽根ペンを強く振《ふ》りながら聞いた。

「向かう戦じゃないみたいだし」

「ちがうわね」

ハーマイオニーがロンの宿題を引《ひ》き寄《よ》せながら言った。

「それに『卜占《ぼくせん》』は『木占《ぼくせん》』じゃないわよ。いったいどんな羽根ペンを使っているの？」

「フレッドとジョージの『綴《つづ》り修正付《しゅうせいつ》き』のやつさ。……だけど、呪文《じゅもん》が切れかかってるみたいだ……」

「ええ、きっとそうよ」

ハーマイオニーが、ロンのエッセイの題を指差しながら言った。

「だって、宿題は『吸魂鬼《きゅうこんき》』について書くことで、『球根木《きゅうこんき》』じゃないもの。それに、あなたが名前を『ローニル・ワズリブ』に変えたなんて、記憶《きおく》にないけど」

「ええっ！」

ロンは真っ青になって羊皮紙を見つめた。

「まさか、もう一回全部書きなおしかよ！」

「大丈夫《だいじょうぶ》よ。直せるわ」

ハーマイオニーが宿題を手元に引《ひ》き寄《よ》せて、杖《つえ》を取り出した。

「愛してるよ、ハーマイオニー」

ロンはつかれたように目をこすりながら、椅子《いす》にドサリと座《すわ》り込《こ》んだ。

ハーマイオニーはほんのりほおを染《そ》めたが、「そんなこと、ラベンダーに聞かれないほうがいいわよ」と言っただけだった。

「聞かせないよ」

ロンが、自分の両手に向かって言った。

「それとも、聞かせようかな……そしたらあいつが捨《す》ててくれるかも……」

「おしまいにしたいんだったら、君が捨《す》てればいいじゃないか？」ハリーが言った。

「君は誰《だれ》かを振《ふ》ったことがないんだろう？」ロンが言った。「君とチョウはただ――」

「なんとなく別れた、うん」ハリーが言った。

「僕《ぼく》とラベンダーも、そうなってくれればいいのに」

ロンが、ハーマイオニーを見ながら憂鬱《ゆううつ》そうに言った。ハーマイオニーは黙々《もくもく》と、杖《つえ》の先で綴《つづ》りのまちがいを一つずつ軽くたたき、羊皮紙上で自動修正《じどうしゅうせい》させていた。

「だけど、おしまいにしたいってほのめかせばほのめかすほど、あいつはしがみついてくるんだ。巨大《きょだい》イカとつき合ってるみたいだよ」

「できたわ」二十分ぐらいしてから、ハーマイオニーが宿題をロンに返した。

「感謝感激《かんしゃかんげき》」ロンが言った。

「結論《けつろん》を書くから、君の羽根ペン貸《か》してくれる？」

ハリーは、プリンスの書《か》き込《こ》みに、何も役に立つものが見つからなかったので、あたりを見回した。談話室に残っているのは、もう三人だけになっていた。シェーマスが、スネイプと宿題を呪《のろ》いながら寝室《しんしつ》に上がっていったばかりだった。暖炉《だんろ》の火がはぜる音と、ロンがハーマイオニーの羽根ペンを使って「吸魂鬼《きゅうこんき》」の最後の一節を書くカリカリという音しか聞こえなかった。ハリーがプリンスの教科書を閉《と》じ、あくびをしたその時――。

バチン。

ハーマイオニーが小さな悲鳴を上げ、ロンはレポートいっぱいにインクをこぼした。

「クリーチャー！」ハリーが言った。

屋敷《やしき》しもべ妖精《ようせい》は深々とおじぎをして、節くれだった自分の足の親指に向かって話しかけた。

「ご主人様は、マルフォイ坊《ぼっ》ちゃんが何をしているか、定期的な報告《ほうこく》をお望みでしたから、クリーチャーはこうして——」

バチン。

ドビーがクリーチャーの横に現《あらわ》れた。帽子《ぼうし》がわりのティーポット・カバーが、横っちょにずれている。

「ドビーも手伝っていました、ハリー・ポッター！」

ドビーはクリーチャーを恨《うら》みがましい目で見ながら、キーキー声で言った。

「そしてクリーチャーはドビーに、いつハリー・ポッターに会いにいくかを教えるべきでした。二人で一緒《いっしょ》に報告《ほうこく》するためです！」

「何事なの？」

突然《とつぜん》の出現《しゅつげん》に、ハーマイオニーはまだ衝撃《しょうげき》から立ちなおれない顔だった。

「ハリー、いったい何が起こっているの？」

ハリーはどう答えようかと迷《まよ》った。ハーマイオニーには、クリーチャーとドビーにマルフォイを尾行《びこう》させたことを話していなかった。屋敷《やしき》しもべ妖精《ようせい》のことになると、ハーマイオニーはいつも非《ひ》常《じょう》に敏感《びんかん》になるからだ。

「その……二人は僕《ぼく》のためにマルフォイをつけていたんだ」ハリーが言った。

「昼も夜もです」クリーチャーがしわがれ声で言った。

「ドビーは一週間、寝《ね》ていません、ハリー・ポッター!」ドビーはふらふらっとしながら、誇《ほこ》らしげに言った。

ハーマイオニーが憤慨《ふんがい》した顔になった。

「ドビー、寝《ね》てないんですって? でも、ハリー、あなた、まさか寝《ね》るななんて――」

「もちろん、そんなこと言ってないよ」ハリーがあわてて言った。

「ドビー、寝《ね》ていいんだ、わかった? でも、どっちかが何か見つけたのかい?」

ハーマイオニーがまた邪魔《じゃま》をしないうちにと、ハリーは急いで聞いた。

「マルフォイ様は純血《じゅんけつ》にふさわしい高貴《こうき》な動きをいたします」

クリーチャーが即座《そくざ》に答えた。

「その顔かたちはわたしの女主人様の美しい顔立ちを思い起こさせ、その立《た》ち居《い》振《ふ》る舞《ま》いはまるで――」

「ドラコ・マルフォイは悪い子です!」ドビーが怒《おこ》ってキーキー言った。

「悪い子で、そして――そして――」

ドビーは、ティーポット・カバーのてっぺんの房飾《ふさかざ》りから靴下《くつした》のつま先までブルブル震《ふる》え、暖炉《だんろ》めがけて飛《と》び込《こ》みそうな勢《いきお》いで駆《か》けだした。ハリーはこういうこともありうると予想していたので、腰《こし》のあたりをつかまえてすばやくドビーを押《お》さえた。ドビーは数秒間もがいていたが、やがてだらりとなった。

「ありがとうございます。ハリー・ポッター」

ドビーが息を切らしながら言った。

「ドビーはまだ、昔のご主人のことを悪く言えないのです……」

ハリーがドビーを放すと、ドビーはティーポット・カバーをかぶりなおし、クリーチャーに向かって挑《いど》むように言った。

「でも、クリーチャーは、ドラコ・マルフォイが、しもべ妖精《ようせい》にとってよいご主人ではないと知るべきです！」

「そうだ。君がマルフォイを愛しているなんて聞く必要はない」ハリーがクリーチャーに言った。

「早回しにして、マルフォイが実際《じっさい》どこに出かけているのかを聞こう」

クリーチャーは憤慨《ふんがい》した顔で、また深々とおじぎをしてから言った。

「マルフォイ様は大広間で食事をなさり、地下室にある寮《りょう》で眠《ねむ》られ、授業《じゅぎょう》はさまざまな所――」

「ドビー、君が話してくれ」ハリーはクリーチャーをさえぎって言った。

「マルフォイは、どこか、行くべきではない所に行かなかったか？」

「ハリー・ポッター様」

ドビーは、テニスボールのような大きい目を暖炉《だんろ》の灯《あか》りにきらめかせながら、キーキー言った。

「マルフォイは、ドビーが見つけられる範囲《はんい》では、なんの規則《きそく》も破《やぶ》っておりません。でも、やっぱり、探《さぐ》られないようにとても気を使っています。いろいろな生徒と一緒《いっしょ》に、しょっちゅう八階に行きます。その生徒たちに見張《みは》らせて、自分は――」

「『必要の部屋』だ！」

ハリーは『上級魔法薬《じょうきゅうまほうやく》』の教科書で自分の額《ひたい》をバンとたたいた。ハーマイオニーとロンが、目を丸くしてハリーを見た。

「そこに姿《すがた》をくらましていたんだ！　そこでやっているんだ……何かをやってる！　きっとそれで、地図から消えてしまったんだ――そういえば、地図で『必要の部屋』を見たことがない！」

「忍《しの》びの者たちは、そんな部屋があることを知らなかったのかもな」ロンが言った。

「それが『必要の部屋』の魔法《まほう》の一つなんだと思うわ」ハーマイオニーが言った。

「地図上に表示《ひょうじ》されないようにする必要があれば、部屋がそうするのよ」

「ドビー、うまく部屋に入って、マルフォイが何をしているかのぞけたかい？」ハリーが急《せ》き込《こ》んで聞いた。

「いいえ、ハリー・ポッター。それは不可能《ふかのう》です」ドビーが言った。

「そんなことはない」ハリーが即座《そくざ》に言った。

「マルフォイは、先学期、僕《ぼく》たちの本部に入ってきた。だから僕《ぼく》も入《はい》り込《こ》んで、あいつのことを探《さぐ》れる。大丈夫《だいじょうぶ》だ」

「だけど、ハリー、それはできないと思うわ」

ハーマイオニーが考えながら言った。

「マルフォイは、私《わたし》たちがあの部屋をどう使っていたかをちゃんと知っていた。そうでしょう? だって、あのバカなマリエッタがベラベラしゃべったから。マルフォイには、あの部屋がＤＡの本部になる必要があったから、部屋はその必要に応《こた》えたのよ。でも、あなたは、マルフォイが部屋に入っているときに、あの部屋がなんの部屋になっているのかを知らない。だからあなたは、どういう部屋になれって願うことができないわ」

「なんとかなるさ」ハリーが事もなげに言った。

「ドビー、君はすばらしい仕事をしてくれたよ」

「クリーチャーもよくやったわ」

ハーマイオニーがやさしく言ったが、クリーチャーは感謝《かんしゃ》の表情《ひょうじょう》を見せるどころか、大きな血走った目をそらし、しわがれ声で天井《てんじょう》に話しかけた。

「『穢《けが》れた血《ち》』がクリーチャーに話しかけている。クリーチャーは聞こえないふりをする――」

「やめろ」ハリーが鋭《するど》く言った。

クリーチャーは最後にまた深々とおじぎをして、「姿《すがた》くらまし」した。

「ドビー、君も帰って少し寝《ね》たほうがいいよ」

「ありがとうございます、ハリー・ポッター様！」

ドビーはうれしそうにキーキー言って、こちらも姿《すがた》を消した。

「上出来だろ？」

談話室がまた元どおり、しもべ妖精《ようせい》なしの状態《じょうたい》になったとたん、ハリーはロンとハーマイオニーに熱っぽく言った。

「マルフォイがどこに出かけているのか、わかったんだ！　とうとう追《お》い詰《つ》めたぞ！」

「ああ、すごいよ」

宿題にしみ込《こ》んだ大量のインクをぬぐい取りながら、ロンが不機嫌《ふきげん》に言った。ついさっきまでは、ほとんど完成していたレポートだ。ハーマイオニーがロンの宿題を引《ひ》き寄《よ》せて、杖《つえ》でインクを吸《す》い込《こ》みはじめた。

「だけど、『いろいろな生徒』と一緒《いっしょ》にそこに行くって、どういうことかしら？」

ハーマイオニーが言った。

「何人関わっているの？　マルフォイが大勢《おおぜい》の人間を信用して、自分のやっていることを知らせるとは思えないけど……」

「うん、それは変だ」ハリーが顔をしかめた。

「マルフォイが、自分のやっていることはおまえの知ったこっちゃないって、クラッブに言ってるのを聞いた……それなら、マルフォイはほかの見張《みは》りの連中に……連中に……」

ハリーの声がだんだん小さくなり、じっと暖炉《だんろ》の火を見つめた。

「そうか、なんてバカだったんだろう」ハリーがつぶやいた。

「はっきりしてるじゃないか？　地下牢教室《ちかろうきょうしつ》には、あれの大きな貯蔵桶《ちょぞうおけ》があった……マルフォイは授業中《じゅぎょうちゅう》にいつでも少しくすねることができたはずだ……」

「くすねるって、何を？」ロンが聞いた。

「『ポリジュース薬』。スラグホーンが最初の授業《じゅぎょう》で見せてくれたポリジュース薬を、少し盗《ぬす》んだんだ……マルフォイの見張《みは》りをする生徒がそんなにいろいろいるわけがない……いつものように、クラッブとゴイルだけなんだ……うん、これでつじつまが合う！」

ハリーは勢《いきお》いよく立ち上がり、暖炉《だんろ》の前を往《い》ったり来たりしはじめた。

「あいつらバカだから、マルフォイが何をしようとしているかを教えてくれなくとも、やれと言われたことをやる……でもマルフォイは、『必要の部屋』の外を二人がうろついているところを見られたくなかった。だからポリジュース薬を飲ませて、ほかの人間の姿《すがた》を取らせたんだ……マルフォイがクィディッチに来なかったとき、マルフォイと一緒《いっしょ》にいた二人の女の子――そうだ！　クラッブとゴイルだ！」

「ということは――」ハーマイオニーがささやき声で言った。

「私《わたし》がはかりを直してあげた、あの小さな女の子――？」

「ああ、もちろんだ！」

ハリーは、ハーマイオニーを見つめて大声で言った。

「もちろんさ！　マルフォイがあの時、『部屋』の中にいたにちがいない。それで女の子は――何を寝《ね》ぼけたことを言ってるんだか――**男の子は**、はかりを落として、外に誰《だれ》かいるから出てくるなって、マルフォイに知らせたんだ！　それに、ヒキガエルの卵《たまご》を落としたあの女の子もだ！　マルフォイのすぐそばを、しょっちゅう通《とお》り過《す》ぎていながら、僕《ぼく》たち、気がつかなかったんだ！」

「マルフォイのやつ、クラッブとゴイルを女の子に変身させたのか？」ロンがゲラゲラ笑いだした。

「おっどろきー……あいつらがこのごろふてくされているわけだ……あいつら、マルフォイにやーめたって言わないのが不思議だよ……」

「そりゃあ、できっこないさ。うん。マルフォイが、あいつらに腕《うで》の『闇《やみ》の印《しるし》』を見せたなら」

ハリーが言った。

「んんんん……『闇《やみ》の印《しるし》』があるかどうかはわからないわ」

ハーマイオニーは、疑《うたが》わしいという言い方をしながら、ロンの羊皮紙を乾《かわ》かし終え、それ以上被《ひ》害《がい》をこうむらないうちにと丸めてロンに渡《わた》した。

「そのうちわかるさ」ハリーが、自信ありげに言った。

「ええ、そのうちね」ハーマイオニーは立ち上がって伸《の》びをしながら言った。

「でもね、ハリー、あんまり興奮《こうふん》しないうちに言っておくけど、『必要の部屋』の中に何があるかをまず知らないと、部屋には入れないと思うわ。それに、忘《わす》れちゃだめよ」ハーマイオニーは鞄《かばん》を持ち上げて肩《かた》にかけながら、真剣《しんけん》なまなざしでハリーを見た。

「あなたは、スラグホーンの記憶《きおく》を取り出すことに集中している**はず**なんですからね。おやすみなさい」

ハリーは、ちょっと不機嫌《ふきげん》になって、ハーマイオニーを見送った。女子寮《じょしりょう》のドアが閉《し》まったとたん、ハリーはロンに振《ふ》り向《む》いた。

「どう思う？」

「屋敷《やしき》しもべ妖精《ようせい》みたいに『姿《すがた》くらまし』できたらなあ」

ロンは、ドビーが消えたあたりを見つめて言った。

「そしたら『姿《すがた》あらわし』試験はいただきなんだけど」

ハリーはその晩《ばん》よく眠《ねむ》れなかった。目がさえたまま何時間も過《す》ぎたような気がした。マルフォイは、「必要の部屋」をどんな用途《ようと》に使っているのだろう。あしたそこに入ったら、何を目にするだろう？　ハーマイオニーがなんと言おうと、マルフォイがDAの本部を見ることができたのなら、ハリーにも部屋の中が見られるはずだ。マルフォイの……いったいなんだろう？　会合の場？　隠《かく》れ家《が》？　納戸《なんど》？　作業場？　ハリーは必死で考えた。やっと眠《ねむ》り込《こ》んでからも、とぎれとぎれの夢《ゆめ》で眠《ねむ》りがさまたげられた。マルフォイがスラグホーンになり、スラグホーンがスネイプに変わり……。

次の朝、朝食の間中、ハリーは大きな期待で胸《むね》を高鳴らせていた。「闇《やみ》の魔術《まじゅつ》に対《たい》する防衛術《ぼうえいじゅつ》」の授業《じゅぎょう》の前に自由時間がある。その時間を使い、なんとか「必要の部屋」に入ろうと決心していた。ハーマイオニーは、ハリーが「部屋」に侵入《しんにゅう》する計画を小声で言っても、ことさらに無関心の態度《たいど》を示《しめ》した。ハリーを助けるつもりになれば、ハーマイオニーはとても役に立つのにと考えると、ハリーはいらいらした。

「いいかい」

ハリーは身を乗り出して、ふくろう便が配達したばかりの「日刊予言者新聞《にっかんよげんしゃしんぶん》」を押《お》さえ、ハーマイオニーが広げた新聞の陰《かげ》に隠《かく》れてしまうのを防《ふせ》ぎながら、小声で言った。

「僕《ぼく》はスラグホーンのことを忘《わす》れちゃいない。だけど、どうやったら記憶《きおく》を引き出せるか、まったく見当がつかないんだ。頭に何かひらめくまで、マルフォイが何をやってるか探《さが》し出《だ》したっていいだろう？」

「もう言ったはずよ。あなたはスラグホーンを**説得する**必要があるの」

ハーマイオニーが言った。

「小細工するとか、呪文《じゅもん》をかけるとかの問題じゃないわ。そんなことだったら、ダンブルドアがあっという間にできたはずですもの。『必要の部屋』の前でちょっかいを出しているひまがあったら――」

ハーマイオニーは、ハリーの手から「日刊予言者《にっかんよげんしゃ》」をぐいと引《ひ》っ張《ぱ》り、広げて一面に目をやりながら言った。

「スラグホーンを探《さが》し出《だ》して、あの人の善良《ぜんりょう》なところに訴《うった》えてみることね」

「誰《だれ》か知ってる人は――？」

ハーマイオニーが見出しを読み出したので、ロンが聞いた。

「いるわ！」

ハーマイオニーの声に、朝食を食べていたハリーもロンもむせ込《こ》んだ。

「でも大丈夫《だいじょうぶ》。死んじゃいないわ――マンダンガス。捕《つか》まってアズカバンに送られたわ！『亡者《もうじゃ》』のふりをして押《お》し込《こ》み強盗《ごうとう》しようとしたことに関係しているらしいわね……オクタビウス・ペッパーとかいう人が姿《すがた》を消したし……まあ、なんてひどい話。九歳《さい》の男の子が、祖父母《そふぼ》を殺そうとして捕《つか》まったわ。『服従の呪文《ふくじゅうのじゅもん》』をかけられていたんじゃないかって……」

三人はだまり込《こ》んで朝食を終えた。ハーマイオニーはすぐに「古代ルーン文字」の授業《じゅぎょう》に向かい、ロンは、スネイプの「吸魂鬼《きゅうこんき》」のレポートの結論《けつろん》を仕上げに、談話室に戻《もど》った。ハリーは八階の廊下《ろうか》に向かい、「バカのバーナバス」がトロールにバレエを教えているタペストリーの反対側にある、長い石壁《いしかべ》を目指した。

人影《ひとかげ》のない通路に出るとすぐ、ハリーは透明《とうめい》マントをかぶったが、何も気にする必要はなかった。目的地に着いたときにも、誰《だれ》もいなかった。「部屋」に入るのには、マルフォイが中にいるときがいいのか、いないときのほうがいいのか、ハリーには判断《はんだん》がつかなかった。いずれにせよ初回の試みには、十一歳《さい》の女の子に化けたクラッブやゴイルがいないほうが、事は簡単《かんたん》に運ぶだろう。

ハリーは目を閉《と》じて、「必要の部屋」の扉《とびら》が隠《かく》されている壁《かべ》に近づいた。先学年に習熟《しゅうじゅく》していたので、やり方はわかっていた。全神経《ぜんしんけい》を集中して、ハリーは考えた。

僕《ぼく》はマルフォイがここで何をしているか見る必要がある……僕《ぼく》はマルフォイがここで何をしているか見る必要がある……僕《ぼく》はマルフォイがここで何をしているか見る必要がある……。

ハリーは扉《とびら》の前を、三度通《とお》り過《す》ぎた。そして、興奮《こうふん》に胸《むね》を高鳴らせながら壁《かべ》に向かって立ち、目を開けた――見えたのは、相変わらずなんの変哲《へんてつ》もない、長い石壁《いしかべ》だった。

ハリーは壁《かべ》に近づき、試《ため》しに押《お》してみた。石壁《いしかべ》は固く頑固《がんこ》に突《つ》っ張《ぱ》ったままだった。

「オッケー」ハリーは声に出して言った。

「オッケー……念じたことがちがってたんだ……」

ハリーはしばらく考えてから、また開始した。目をつむり、できるだけ神経《しんけい》を集中した。

僕《ぼく》はマルフォイが何度もこっそりやってくる場所を見る必要がある……僕《ぼく》はマルフォイが何度もこっそりやってくる場所を見る必要がある……。

三回通《とお》り過《す》ぎて、今度こそと目を開けた。

扉《とびら》はなかった。

「おい、いいかげんにしろ」ハリーは壁《かべ》に向かっていらいらと言った。「はっきり指示《しじ》したのに……ようし……」ハリーは数分間必死に考えてから、また歩きだした。

君がドラコ・マルフォイのためになる場所になってほしい……。

往復《おうふく》をやり終えても、ハリーはすぐには目を開かなかった。扉《とびら》がポンと現《あらわ》れる音が聞こえはしないかと、ハリーは耳を澄《す》ました。しかし、何も聞こえない。どこか遠くのほうで、鳥の鳴き声が聞こえるばかりだった。ハリーは目を開けた。

またしても扉《とびら》はなかった。

ハリーは、悪態《あくたい》をついた。すると誰《だれ》かが悲鳴を上げた。振《ふ》り返《かえ》ると、一年生の群《む》れが、大騒《おおさわ》ぎで角を曲がって逃《に》げていくところだった。ひどく口汚《くちぎたな》いゴーストに出くわしてしまったと思《おも》い込《こ》んだらしい。

ハリーは一時間のうちに考えられるかぎり、「僕《ぼく》はドラコ・マルフォイが部屋の中でやっていることを見る必要がある」の言い方を変えてやってみたが、最後には、ハーマイオニーの言うことが正しいかもしれないと、しぶしぶ認《みと》めざるをえなくなった。「部屋」は頑《がん》としてハリーのために開いてはくれなかった。ハリーは透明《とうめい》マントを脱《ぬ》いで鞄《かばん》にしまい、挫折感《ざせつかん》でいらいらしながら、「闇《やみ》の魔術《まじゅつ》に対《たい》する防衛術《ぼうえいじゅつ》」の授業《じゅぎょう》に向かった。

「また遅刻《ちこく》だぞ、ポッター」

ハリーが、ろうそくの灯《あか》りに照らされた教室に、急いで入っていくと、スネイプが冷たく言った。

「グリフィンドール、一〇点減点《げんてん》」

ハリーはロンの隣《となり》の席にドサリと座《すわ》りながら、スネイプをにらみつけた。クラスの半分はまだ立ったままで、学用品をそろえていた。ハリーがみんなより特に遅《おく》れたとは言えないはずだ。

「授業《じゅぎょう》を始める前に、『吸魂鬼《きゅうこんき》』のレポートを出したまえ」

スネイプがぞんざいに杖《つえ》を振《ふ》ると、二十五本の羊皮紙の巻紙《まきがみ》が宙《ちゅう》に舞《ま》い上《あ》がり、スネイプの机《つくえ》の上に整然と積み上がった。

「『服従《ふくじゅう》の呪文《じゅもん》』への抵抗《ていこう》に関するレポートのくだらなさに、我輩《わがはい》は耐《た》え忍《しの》ばねばならなかったが、今回のレポートはそれよりはましなものであることを、諸君《しょくん》のために望みたいものだ。さて、教科書を開いて、ページは――ミスター・フィネガン、なんだ？」

「先生」シェーマスが言った。「質問《しつもん》があるのですが、『亡者《もうじゃ》』と『ゴースト』はどうやって見分けられますか？　実は『日刊予言者《にっかんよげんしゃ》』に、『亡者《もうじゃ》』のことが出ていたものですから――」

「出ていない」スネイプがうんざりした声で言った。

「でも、先生、僕《ぼく》、聞きました。みんなが話しているのを――」

「ミスター・フィネガン、問題の記事を自分で読めば、『亡者《もうじゃ》』と呼《よ》ばれたものが、実はマンダンガス・フレッチャーという名の、小汚《こぎたな》いコソ泥《どろ》にすぎなかったことがわかるはずだ」

「スネイプとマンダンガスは味方同士じゃなかったのか？」

ハリーは、ロンとハーマイオニーに小声で言った。

「マンダンガスが逮捕《たいほ》されても平気なのか――？」

「しかし、ポッターはこの件《けん》について、ひとくさり言うことがありそうだ」

スネイプは突然《とつぜん》教室の後ろを指差し、暗い目でハタとハリーを見すえた。

「ポッターに聞いてみることにしよう。『亡者《もうじゃ》』と『ゴースト』をどのようにして見分けるか」

クラス中がハリーを振《ふ》り返《かえ》った。ハリーは、スラグホーンを訪《おとず》れた夜にダンブルドアが教えてくれたことを、あわてて思い出そうとした。

「えーと――あの――ゴーストは透明《とうめい》で――」ハリーが言った。

「ほう、大変よろしい」

答えをさえぎったスネイプの口元が皮肉にゆがんだ。

「なるほど、ポッター、ほぼ六年におよぶ魔法教育《まほうきょういく》はむだではなかったということがよくわかる。**ゴーストは透明《とうめい》で**」

パンジー・パーキンソンが、かん高いクスクス笑いをもらした。ほかにも何人かがニヤニヤ笑っていた。ハリーは腸《はらわた》が煮《に》えくり返っていたが、深く息を吸《す》って、静かに続けた。

「ええ、ゴーストは透明《とうめい》です。でも『亡者《もうじゃ》』は死体です。そうでしょう？　ですから、固い実体があり――」

「五歳《さい》の子供《こども》でもその程度《ていど》は教えてくれるだろう」スネイプが鼻先で笑った。「『亡者《もうじゃ》』は、闇《やみ》の魔法使《まほうつか》いの呪文《じゅもん》により動きを取《と》り戻《もど》した屍《しかばね》だ。生きてはいない。その魔法使《まほうつか》いの命ずる仕事をするため、傀儡《かいらい》のごとくに使われるだけだ。ゴーストは、そろそろ諸君《しょくん》も気づいたと思うが、この世を離《はな》れた魂《たましい》が地上に残した痕跡《こんせき》だ……それに、もちろん、ポッターが賢《さか》しくも教えてくれたように、**透明《とうめい》だ**」

「でも、ハリーが言ったことは、どっちなのかを見分けるのには、一番役に立つ！」ロンが言った。「暗い路地でそいつらと出くわしたら、固いかどうかちょっと見てみるんじゃないかなあ？　質問《しつもん》なんかしないと思うけど。『すみませんが、あなたは魂《たましい》の痕跡《こんせき》ですか？』なんてさ」

笑いがさざ波のように広がったが、スネイプが生徒をひとにらみするとたちまち消えた。

「グリフィンドール、もう一〇点減点《げんてん》。ロナルド・ウィーズリー、我輩《わがはい》は君に、それ以上高度なものは何も期待しておらぬ。その固さたるや、教室内で一寸《いっすん》たりとも『姿《すがた》あらわし』できまいな」

「**だめ！**」憤慨《ふんがい》して口を開きかけたハリーの腕《うで》をつかみ、ハーマイオニーが小声で言った。

「なんにもならないわ。また罰則《ばっそく》を受けるだけよ。ほっときなさい！」

「さて、教科書の二一三ページを開くのだ」

スネイプが、得意げな薄《うす》ら笑《わら》いを浮《う》かべながら言った。

「『磔《はりつけ》の呪文《じゅもん》』の最初の二つの段落《だんらく》を読みたまえ……」

ロンは、そのあとずっと沈《しず》んでいた。終業ベルが鳴ると、ラベンダーがロンとハリーを追いかけてきて（ラベンダーが近づくと、ハーマイオニーの姿《すがた》が不思議にも溶《と》けるように見えなくなった）、スネイプがロンの「姿《すがた》あらわし」をあざけったことを、カンカンになってののしった。しかし、ロンはかえっていらだった様子で、ハリーと二人でわざと男子トイレに立《た》ち寄《よ》って、ラベンダーを振《ふ》り切《き》ってしまった。

「だけど、スネイプの言うとおりだ。そうだろう？」

ひびの入った鏡を一、二分見つめたあと、ロンが言った。

「僕《ぼく》なんて、試験を受ける価値《かち》があるかどうかわかんないよ。『姿《すがた》あらわし』のコツがどうしてもつかめないんだ」

「とりあえず、ホグズミードでの追加訓練を受けて、どこまでやれるようになるか見てみたらどうだ」ハリーが理性的《りせいてき》に言った。

「バカバカしい輪っかに入る練習よりおもしろいことは確《たし》かだ。それで、もしもまだ——つまり——自分の思うようにはできなかったら、試験を延《の》ばせばいい。僕《ぼく》と一緒《いっしょ》に、夏に——マートル、ここは男子トイレだぞ！」

女の子のゴーストが、二人の背後《はいご》の小部屋の便器から出てきて宙《ちゅう》に浮《う》き、白く曇《くも》った分厚《ぶあつ》い丸いめがねの奥《おく》から、じっと二人を見つめていた。

「あら」マートルが不機嫌《ふきげん》に言った。「あんたたちだったの」

「誰《だれ》を待ってたんだ？」ロンが、鏡に映《うつ》るマートルを見ながら言った。

「別に」マートルは、物憂《ものう》げにあごのにきびをつぶした。

「あの人、またわたしに会いにここに来るって言ったの。でも、**あなただって**、またわたしに会いに立《た》ち寄《よ》るって言ったけどね……」

マートルはハリーを非難《ひなん》がましい目で見た。

「……それなのに、あなたは何か月も何か月も姿《すがた》を見せなかったわ。男の子にはあまり期待しちゃだめだって、わたし、わかったの」

「君は女子トイレに住んでいるものと思ってたけど？」

ハリーはここ数年、その場所を慎重《しんちょう》に遠ざけていた。

「そうよ」

マートルは、すねたように小さく肩《かた》をすくめた。

「だけど、ほかの場所を**訪問**《ほうもん》できないってことじゃないわ。あなたに会いに、一度お風呂場《ふろば》に行ったこと、覚えてる？」

「はっきりとね」ハリーが言った。

「だけど、あの人はわたしのことが好きだと思ったんだけど」マートルが悲しげに言った。「二人がいなくなったら、もしかしてあの人が戻《もど》ってくるかもしれない……わたしたちって、共通点がたくさんあるもの……あの人はきっとそれを感じたと思うわ……」

マートルは、もしかしたら、という目つきで入口を見た。

「共通点が多いっていうことは――」

ロンが、おもしろくなってきたという口ぶりで言った。

「そいつもＳ字パイプに住んでるのかい？」

「ちがうわ」

マートルの挑戦的《ちょうせんてき》な声が、トイレの古いタイルに反響《はんきょう》した。

「つまり、その人は繊細《せんさい》なの。みんながあの人のこともいじめる。孤独《こどく》で、誰《だれ》も話す相手がいないのよ。それに自分の感情《かんじょう》を表すことを恐《おそ》れないで、泣くの！」

「ここで泣いてる男がいるのか？」ハリーが興味津々《きょうみしんしん》で聞いた。

「まだ小さい男の子かい？」

「気にしないで！」

マートルは、いまやニタニタ笑っているロンを、小さなぬれた目で見すえながら言った。

「誰《だれ》にも言わないって、わたし、約束したんだから。あの人の秘密《ひみつ》は言わない。死んでも――」

「――墓場《はかば》まで持っていく、じゃないよな？」ロンがフンと鼻を鳴らした。

「下水まで持っていく、かもな……」

怒《おこ》ったマートルは、吠《ほ》えるように叫《さけ》んで便器に飛《と》び込《こ》み、あふれた水が床《ゆか》をぬらした。マートルをからかうことで、ロンは気を取りなおしたようだった。

「君の言うとおりだ」

ロンは、鞄《かばん》を肩《かた》に放り上げながら言った。

「ホグズミードで追加練習をしてから、試験を受けるかどうか決めるよ」

試験まであと二週間と迫《せま》った次の週末、ロンは、ハーマイオニーや試験までに十七歳《さい》になるほかの六年生たちと一緒《いっしょ》に出かけることになった。村に行く準備《じゅんび》をしているみんなを、ハリーはねたましい思いで眺《なが》めていた。村までの遠足ができなくなったことを、ハリーはさびしく思っていたし、その日は特によく晴れた春の日で、しかもこんな快晴《かいせい》はここしばらくなかったからだ。しかし、ハリーはこの時間を使って、「必要の部屋」への突撃《とつげき》に再挑戦《さいちょうせん》しようと決めていた。

「それよりもね」

玄関《げんかん》ホールでハリーがロンとハーマイオニーにその計画を打ち明けると、ハーマイオニーが言った。

「まっすぐスラグホーンの部屋に行って、記憶《きおく》を引き出す努力をするほうがいいわ」

「努力してるよ！」

ハリーは不機嫌《ふきげん》になった。まちがいなく努力はしていた。ここ一週間、「魔法薬《まほうやく》」の授業《じゅぎょう》のたびに、ハリーはあとに残ってスラグホーンを追《お》い詰《つ》めようとした。しかし「魔法薬《まほうやく》」の先生は、いつもすばやく地下牢教室《ちかろうきょうしつ》からいなくなり、捕《つか》まえることができなかった。ハリーは、二度も先生の部屋に行ってドアをたたいたが、返事はなかった。しかし、二度目のときは、確《たし》かに、古い蓄音機《ちくおんき》の音をあわてて消す気配がした。

「ハーマイオニー、あの人は、僕《ぼく》と話したがらないんだよ！　スラグホーンが一人のときを僕《ぼく》がねらっていると知ってて、そうさせまいとしてるんだ！」

「まあね、でも、がんばり続けるしかないでしょう？」

管理人のフィルチの前には短い列ができていて、フィルチはいつもの「詮索《せんさく》センサー」でつついていた。列が二、三歩前に進んだので、ハリーは管理人に聞かれてはまずいと思い、答えなかった。ロンとハーマイオニーを、がんばれと見送ったあと、ハーマイオニーがなんと言おうと、一、二時間は「必要の部屋」に専念《せんねん》しようと決意して、ハリーは大理石の階段《かいだん》を戻《もど》った。

玄関《げんかん》ホールから見えない場所まで来ると、ハリーは忍《しの》びの地図《ちず》と透明《とうめい》マントを鞄《かばん》から取り出した。身を隠《かく》してから、ハリーは地図をたたいて「我《われ》、ここに誓《ちか》う。我《われ》、よからぬことをたくらむ者なり」と唱え、地図を細かく見回した。

日曜の朝だったので、ほとんどの生徒は各寮《かくりょう》の談話室にいた。グリフィンドール生とレイブンクロー生はそれぞれの塔《とう》に、スリザリン生は地下牢《ちかろう》で、ハッフルパフ生は厨房近《ちゅうぼうちか》くの地下の部屋だった。図書館や廊下《ろうか》を一人でぶらぶら歩いている生徒が、あちらこちらに見えた……何人かは校庭だ……そして、見よ、八階の廊下《ろうか》に、グレゴリー・ゴイルがたった一人でいる。「必要の部屋」の印は何もないが、ハリーは気にならなかった。ゴイルが外で看視《かんし》に立っているなら、地図が認識《にんしき》しようとしまいと、「部屋」は開いている。

ハリーは階段《かいだん》を全速力で駆《か》け上《あ》がり、八階の廊下《ろうか》に出る曲がり角近くでやっと速度を落とした。そこからはゆっくりと忍《しの》び足《あし》で、小さな女の子に近づいた。二週間前、ハーマイオニーが親切に助けてやった、重そうな真鍮《しんちゅう》のはかりをしっかり抱《かか》えたあの女の子だ。ハリーは女の子の真後ろに近づいてから、低く身をかがめてささやき声で言った。

「やあ……君、とってもかわいいじゃないか？」

度肝《どぎも》を抜《ぬ》かれたゴイルは、かん高い叫《さけ》び声《ごえ》を上げ、はかりを放り投げて駆《か》けだした。はかりが落ちて廊下《ろうか》に反響《はんきょう》する音が消えたときには、ゴイルの姿《すがた》はとっくに見えなくなっていた。ハリーは笑いながら、のっぺりした石壁《いしかべ》を凝視《ぎょうし》した。その陰《かげ》にいま、ドラコ・マルフォイが、都合の悪い誰《だれ》かが外にいることを知って、姿《すがた》を現《あらわ》すこともできず、凍《こお》りついたように立っているにちがいない。まだ試《ため》していない言葉の組み合わせを考えながら、ハリーは主導権《しゅどうけん》を握《にぎ》った心地《ここち》よさを味わっていた。

しかし、この高揚《こうよう》した状態《じょうたい》は、長くは続かなかった。マルフォイが何をしているかを見るという必要を、あらゆる言い方で試《ため》してみたにもかかわらず、三十分たっても壁《かべ》は頑《がん》としてドアを現《あらわ》してくれなかった。ハリーはどうしようもないほどいらだった。マルフォイは、すぐそこにいるかもしれないのだ。それなのに、そこでマルフォイが何をしているのか、いまだに爪《つめ》の先ほどの証拠《しょうこ》もない。堪忍袋《かんにんぶくろ》の緒《お》がぷっつり切れ、ハリーは壁《かべ》に突進《とっしん》して蹴《け》りつけた。

「**アイタッ！**」

足の親指が折れたかと思った。ハリーは足をつかんで片足《かたあし》でピョンピョン跳《は》ね、透明《とうめい》マントがすべり落ちた。

「ハリー？」

ハリーは片足《かたあし》のまま振《ふ》り返《かえ》り、ひっくり返った。そこには、なんと驚《おどろ》いたことに、トンクスがいた。この廊下《ろうか》をしょっちゅうぶらついているかのように、ハリーに近づいてくる。

「こんな所で、何してるの？」

ハリーはあわてて立ち上がりながら聞いた。トンクスはどうして、自分が床《ゆか》に転がっているときばかり現《あらわ》れるんだろう？

「ダンブルドアに会いにきたの」トンクスが言った。

ハリーは、トンクスがひどい様子をしていると思った。前よりやつれて、くすんだ茶色の髪《かみ》はだらりと伸《の》びきっていた。

「校長室はここじゃないよ」ハリーが言った。「城《しろ》の反対側で、怪獣像《ガーゴイル》の裏《うら》の――」

「知ってる」トンクスが言った。「そこにはいない。どうやらまた出かけている」

「また？」

ハリーは痛《いた》めた足をそっと床《ゆか》に下ろした。

「ねえ――トンクスは、ダンブルドアがどこに出かけるのか、知らないだろうね？」

「知らない」トンクスが言った。

「なんの用でダンブルドアに会いにきたの？」

「別に特別なことじゃないんだけど」

トンクスは、どうやら無意識《むいしき》にローブのそでを何度もつまみながら、言った。

「ただ、何が起こっているか、ダンブルドアなら知っているんじゃないかと思って……うわさを聞いたんだ……人が傷《きず》ついている……」

「うん、知ってる。新聞にいろいろ出ているし」ハリーが言った。

「小さい子が人を殺そうとしたとか――」

「『日刊予言者《にっかんよげんしゃ》』は、ニュースが遅《おそ》いことが多いんだ」

トンクスが言った。ハリーの言うことは聞いていないように見えた。

「騎士団《きしだん》の誰《だれ》かから、最近手紙が来てないでしょうね？」

「騎士団《きしだん》にはもう、手紙をくれる人は誰《だれ》もいない」ハリーが言った。「シリウスはもう――」

ハリーは、トンクスの目が涙《なみだ》でいっぱいなのを見た。

「ごめん」ハリーは当惑《とうわく》してつぶやいた。

「あの……僕《ぼく》もあの人がいなくてさびしいんだ……」

「えっ？」

トンクスは、ハリーの言ったことが聞こえなかったかのように、キョトンとした。

「じゃあ……またね、ハリー……」

トンクスは唐突《とうとつ》にきびすを返し、廊下《ろうか》を戻《もど》っていった。残されたハリーは目を丸くして見送った。一、二分がたち、ハリーは透明《とうめい》マントをかぶりなおして、再《ふたた》び「必要の部屋」に入ろうと取り組みはじめたが、もう気が抜《ぬ》けてしまっていた。胃袋《いぶくろ》もからっぽだったし、考えてみれば、ロンとハーマイオニーがまもなく昼食に戻《もど》ってくる。ハリーはついにあきらめ、廊下《ろうか》をマルフォイに明《あ》け渡《わた》した。おそらくマルフォイは、不安であと数時間はここから出られないだろう。いい気味だ。

ロンとハーマイオニーは大広間にいた。早い昼食を、もう半分すませていた。

「できたよ――まあ、ちょっとね！」

ロンはハリーの姿《すがた》を見つけると、興奮《こうふん》して言った。

「マダム・パディフットの喫茶店《きっさてん》の外に『姿《すがた》あらわし』するはずだったんだけど、ちょっと行きすぎて、スクリベンシャフト羽根ペン専門店《せんもんてん》の近くに出ちゃってさ。でも、とにかく動いた！」

「やったね」ハリーが言った。「君はどうだった？　ハーマイオニー？」

「ああ、完璧《かんぺき》さ。当然」ハーマイオニーより先に、ロンが言った。

「完璧《かんぺき》な3Dだ。『どういう意図で』、『どっちらけ』、『どん底』、だったかな、まあどうでもいいや――そのあと、みんなで『三本の箒《ほうき》』にちょっと飲みにいったんだけど、トワイクロスが、ハーマイオニーをほめるのほめないのって――そのうちきっと結婚《けっこん》の申《もう》し込《こ》みを――」

「それで、あなたはどうだったの？」

ハーマイオニーはロンを無視《むし》して聞いた。

「ずっと『必要の部屋』に関わりきりだったの？」

「そっ」ハリーが言った。「それで、誰《だれ》に出会ったと思う？　トンクスさ！」

「トンクス？」ロンとハーマイオニーがびっくりして同時に聞き返した。

「ああ。ダンブルドアに会いにきたって言ってた……」

「僕《ぼく》が思うには」

ハリーが、トンクスとの会話のことを話し終わると、ロンが言った。

「トンクスはちょっと変だよ。魔法省《まほうしょう》での出来事のあと、意気地《いくじ》がない」

「ちょっとおかしいわね」

ハーマイオニーは、何か思うところがあるのか、とても心配そうだった。

「トンクスは学校を護《まも》っているはずなのに、どうして急に任務《にんむ》を放棄《ほうき》して、ダンブルドアに会いにきたのかしら？　しかも留守《るす》なのに」

「こういうことじゃないかな」

ハリーは遠慮《えんりょ》がちに言った。こんなことを自分が言うのはそぐわないような気がした。むしろハーマイオニーの領域《りょういき》だ。

「トンクスは、もしかしたら……ほら……シリウスを愛してた？」

ハーマイオニーは、目を見張《みは》った。

「いったいどうしてそう思うの？」

「さあね」ハリーは肩《かた》をすくめた。

「だけど、僕《ぼく》がシリウスの名前を言ったら、ほとんど泣きそうだった……それに、トンクスのいまの守護霊《しゅごれい》は、大きな動物なんだ……もしかしたら、守護霊《しゅごれい》が変わったんじゃないかな……ほら……シリウスに」

「一理あるわ」ハーマイオニーが考えながら言った。

「でも、突然《とつぜん》、城《しろ》に飛《と》び込《こ》んできた理由がまだわからないわ。もしほんとうにダンブルドアに会いにきたのだとしたら……」

「結局、僕《ぼく》の言ったことに戻《もど》るわけだろ？」

ロンが、今度はマッシュポテトをかっ込《こ》みながら言った。

「トンクスはちょっとおかしくなった。意気地《いくじ》がない。女ってやつは――」

ロンは賢《さか》しげにハリーに向かって言った。

「あいつらは簡単《かんたん》に動揺《どうよう》する」

「だけど」

ハーマイオニーが、突然現実《とつぜんげんじつ》に戻《もど》ったように言った。

「**女なら**、誰《だれ》かさんの鬼婆《おにばば》とか癒師《いし》の冗談《じょうだん》や、**ミンビュラス・ミンブルトニア**の冗談《じょうだん》で、マダム・ロスメルタが笑ってくれなかったからといって、誰《だれ》かさんみたいに三十分もすねたりしないでしょうね」

ロンが顔をしかめた。

第二十二章　埋葬《まいそう》のあと

城《しろ》の尖塔《せんとう》の上に、青空が切れ切れにのぞきはじめた。しかし、こうした夏の訪《おとず》れのしるしも、ハリーの心を高揚《こうよう》させてはくれなかった。マルフォイのくわだてを見つけ出す試みも、スラグホーンと会話する努力も挫折《ざせつ》し、何十年も押《お》し込《こ》められていたであろう記憶《きおく》をスラグホーンから引き出す糸口は、見つかっていなかった。

「もう、これっきり言わないけど、マルフォイのことは忘《わす》れなさい」

ハーマイオニーがきっぱりと言った。

昼食のあと、三人は中庭の陽《ひ》だまりに座《すわ》っていた。ハーマイオニーもロンも、魔法省《まほうしょう》のパンフレット、『「姿《すがた》あらわし」のよくあるまちがいと対処法《たいしょほう》』を握《にぎ》りしめていた。二人とも、その日の午後に試験を受けることになっていたからだ。しかし、パンフレットなどというものは、概《がい》して神経《しんけい》をなだめてくれるものではない。女の子が一人、曲がり角から現《あらわ》れたのを見て、ロンはぎくりとしてハーマイオニーの陰《かげ》に隠《かく》れた。

「ラベンダーじゃないわよ」ハーマイオニーがうんざりしたように言った。

「あ、よかった」ロンがホッとしたように言った。

「ハリー・ポッター？」女の子が聞いた。「これを渡《わた》すように言われたの」

「ありがとう……」

小さな羊皮紙の巻紙《まきがみ》を受け取りながら、ハリーは気持ちが落《お》ち込《こ》んだ。女の子が声の届《とど》かない所まで行くのを待って、ハリーが言った。

「僕《ぼく》が記憶《きおく》を手に入れるまではもう授業《じゅぎょう》をしないって、ダンブルドアはそう言ったんだ！」

「あなたがどうしているか、様子を見たいんじゃないかしら？」

ハリーが羊皮紙を広げる間、ハーマイオニーが意見を述《の》べた。しかし、羊皮紙には、ダンブルドアの細長い斜《なな》め文字ではなく、ぐちゃぐちゃした文字がのたくっていた。何か所も、インクがにじんで大きなしみになっているので、とても読みにくい。

ハリー、ロン、ハーマイオニー
アラゴグが昨晩《さくばん》死んだ。
ハリー、ロン、おまえさんたちはアラゴグに会ったな。だからあいつがどんなに特別なやつだったかわかるだろう。ハーマイオニー、おまえさんもきっと、あいつが好きになっただろうに。

今日、あとで、おまえさんたちが埋葬《まいそう》にちょっくら来てくれたら、俺《おれ》は、うんとうれしい。夕闇《ゆうやみ》が迫《せま》るころに埋《う》めてやろうと思う。あいつの好きな時間だったしな。

そんなに遅《おそ》くに出てこれねえってことは知っちょる。だが、おまえさんたちは「マント」が使える。無理は言わねえが、俺《おれ》ひとりじゃ耐《た》えきれねえ。

ハグリッド

「これ、読んでよ」

ハリーはハーマイオニーに手紙を渡《わた》した。

「まあ、どうしましょう」

ハーマイオニーは急いで読んで、ロンに渡《わた》した。ロンは読みながら、だんだん「マジかよ」という顔になった。

「**まともじゃない！**」ロンが憤慨《ふんがい》した。

「仲間の連中に、僕《ぼく》とハリーを食えって言ったやつだぜ！　勝手に食えって、そう言ったんだぜ！　それなのにハグリッドは、今度は僕《ぼく》たちが出かけていって、おっそろしい毛むくじゃら死体に涙《なみだ》を流せっていうのか！」

「それだけじゃないわ」ハーマイオニーが言った。「夜に城《しろ》を抜《ぬ》け出《だ》せって頼《たの》んでるのよ。安全対策《あんぜんたいさく》が百万倍も強化されているし、私《わたし》たちが捕《つか》まったら大問題になるのを知ってるはずなのに」

「前にも夜に訪《たず》ねていったことがあるよ」ハリーが言った。

「ええ、でも、こういうことのためだった？」ハーマイオニーが言った。「私《わたし》たち、ハグリッドを助けるために危険《きけん》をおかしてきたわ。でもどうせ――アラゴグはもう死んでるのよ。これがアラゴグを助けるためだったら――」

「――ますます行きたくないね」ロンがきっぱりと言った。

「ハーマイオニー、君はあいつに会ってない。いいかい、死んだことで、やつはずっとましになったはずだ」

ハリーは手紙を取《と》り戻《もど》して、羊皮紙いっぱい飛び散っているインクのしみを見つめた。羊皮紙に大粒《おおつぶ》の涙《なみだ》がポタポタこぼれたにちがいない……。

「ハリー、**まさか**、行くつもりじゃないでしょうね」ハーマイオニーが言った。「そのために罰則《ばっそく》を受けるのはまったく意味がないわ」

ハリーはため息をついた。

「うん、わかってる」ハリーが言った。

「ハグリッドは、僕《ぼく》たち抜《ぬ》きで埋葬《まいそう》しなければならないだろうな」

「ええ、そうよ」ハーマイオニーがホッとしたように言った。

「ねえ、『魔法薬《まほうやく》』の授業《じゅぎょう》は今日、ほとんどがらがらよ。私《わたし》たちが全部試験に出てしまうから……

その時に、スラグホーンを少し懐柔《かいじゅう》してごらんなさい！」

「五十七回目に、やっと幸運ありっていうわけ？」ハリーが苦々しげに言った。

「幸運――」

ロンが突然《とつぜん》口走った。

「ハリー、それだ――幸運になれ！」

「なんのことだい？」

「『幸運《こううん》の液体《えきたい》』を使え！」

「ロン、それって――それよ！」ハーマイオニーが、ハッとしたように言った。

「もちろんそうだわ！　どうして思いつかなかったのかしら？」

ハリーは目を見張《みは》って二人を見た。

「『フェリックス・フェリシス』？　どうかな……僕《ぼく》、取っておいたんだけど……」

「なんのために？」ロンが信じられないという顔で問《と》い詰《つ》めた。

「ハリー、スラグホーンの記憶《きおく》ほど大切なものがほかにある？」ハーマイオニーが問いただした。

ハリーは答えなかった。このところしばらく、金色の小瓶《こびん》が、ハリーの空想の片隅《かたすみ》に浮《う》かぶようになっていた。漠然《ばくぜん》とした形のない計画だったが、ジニーがディーンと別れ、ロンはジニーの新しいボーイフレンドを見てなぜか喜ぶ、というような筋書《すじが》きが、頭の奥《おく》のほうでふつふつと醸成《じょうせい》されていた。夢《ゆめ》の中や、眠《ねむ》りと目覚めとの間の、ぼんやりした時間にだけしか意識《いしき》していなかったのだが……。

「ハリー、ちゃんと聞いてるの？」ハーマイオニーが聞いた。

「えっ――？　ああ、もちろん」

ハリーは我《われ》に返った。

「うん……オッケー。今日の午後にスラグホーンを捕《つか》まえられなかったら、『フェリックス』を少し飲んで、もう一度夕方にやってみる」

「じゃ、決まったわね」

ハーマイオニーはきびきび言いながら、立ち上がってつま先で優雅《ゆうが》にくるりと回った。

「どこへ……どうしても……どういう意図で……」ハーマイオニーがブツブツ言った。

「おい、やめてくれ」ロンが哀願《あいがん》した。

「僕《ぼく》、それでなくても、もう気分が悪いんだから……あ、隠《かく》して！」

「ラベンダーじゃないわよ！」

ハーマイオニーがいらいらしながら言った。中庭に女の子が二人現《あらわ》れたとたん、ロンはたちまちハーマイオニーの陰《かげ》に飛《と》び込《こ》んでいた。

「よーし」

ロンはハーマイオニーの肩越《かたご》しにのぞいて確《たし》かめた。

「おかしいな、あいつら、なんだか沈《しず》んでるぜ、なあ？」

「モンゴメリー姉妹よ。沈《しず》んでるはずだわ。弟に何が起こったか、聞いていないの？」ハーマイオニーが言った。

「正直言って、誰《だれ》の親せきに何があったなんて、僕《ぼく》もうわかんなくなってるんだ」ロンが言った。

「あのね、弟が狼人間《おおかみにんげん》に襲《おそ》われたの。うわさでは、母親が死喰《しく》い人《びと》に手を貸《か》すことを拒《こば》んだそうよ。とにかく、その子はまだ五歳《さい》で、聖《せい》マンゴで死んだの。助けられなかったのね」

「死んだ？」

ハリーがショックを受けて聞き返した。

「だけど、狼人間《おおかみにんげん》はまさか、殺しはしないだろう？　狼人間《おおかみにんげん》にしてしまうだけじゃないのか？」

「時には殺す」

ロンがいつになく暗い表情《ひょうじょう》で言った。

「狼人間《おおかみにんげん》が興奮《こうふん》すると、そういうことが起こるって聞いた」

「その狼人間《おおかみにんげん》、なんていう名前だった？」ハリーが急き込《せこ》んで聞いた。

「どうやら、フェンリール・グレイバックだったといううわさよ」ハーマイオニーが言った。

「そうだと思った――子供《こども》を襲《おそ》うのが好きな狂《くる》ったやつだ。ルーピンがそいつのことを話してくれた！」ハリーが怒《おこ》った。

ハーマイオニーは暗い顔でハリーを見た。

「ハリー、あの記憶《きおく》を引き出さないといけないわ」ハーマイオニーが言った。

「すべては、ヴォルデモートを阻止《そし》することにかかっているのよ。恐《おそ》ろしいことがいろいろ起こっているのは、結局みんなヴォルデモートに帰結するんだわ……」

頭上で城《しろ》の鐘《かね》が鳴り、ハーマイオニーとロンが、引きつった顔ではじかれたように立ち上がった。

「きっと大丈夫《だいじょうぶ》だよ」

「姿《すがた》あらわし」試験を受ける生徒たちと合流するために、玄関《げんかん》ホールに向かう二人に、ハリーは声をかけた。

「がんばれよ」

「あなたもね！」

ハーマイオニーは意味ありげな目でハリーを見ながら、地下牢《ちかろう》に向かうハリーに声をかけた。

午後の「魔法薬《まほうやく》」の授業《じゅぎょう》には、三人の生徒しかいなかった。ハリー、アーニー、ドラコ・マルフォイだった。

「みんな『姿《すがた》あらわし』するにはまだ若《わか》すぎるのかね？」

スラグホーンが愛想《あいそ》よく言った。

「まだ十七歳《さい》にならないのか？」

三人ともうなずいた。

「そうか、そうか」

スラグホーンがゆかいそうに言った。

「これだけしかいないのだから、**何か楽しいこと**をしよう。なんでもいいから、おもしろいものを煎《せん》じてみてくれ！」

「いいですね、先生」

アーニーが両手をこすり合わせながら、へつらうように言った。一方マルフォイは、ニコリともしなかった。

「『おもしろいもの』って、どういう意味ですか？」マルフォイがいらいらしながら言った。

「ああ、わたしを驚《おどろ》かせてくれ」

スラグホーンが気軽に言った。

マルフォイはむっつりと『上級魔法薬《じょうきゅうまほうやく》』の教科書を開いた。この授業《じゅぎょう》がむだだと思っていることは明らかだ。ハリーは教科書の陰《かげ》から、上目づかいでマルフォイを見ながら、この時間を「必要の部屋」で過《す》ごせないことを悔《くや》しがっているにちがいないと思った。

ハリーの思いすごしかもしれないが、マルフォイもトンクスと同じように、やつれたのではないだろうか？　マルフォイの顔色が悪いのは確《たし》かだ。相変わらず青黒いくまがある。このごろほとんど陽《ひ》に当たっていないからなのかもしれない。しかし、その顔には、取りすました傲慢《ごうまん》さも、興奮《こうふん》も優越感《ゆうえつかん》も見られない。ホグワーツ特急で、ヴォルデモートに与《あた》えられた任務《にんむ》をおおっぴらに自慢《じまん》していたときの、あのいばりくさった態度《たいど》は微塵《みじん》もない……結論《けつろん》は一つしかない、とハリーは考えた。どんな任務《にんむ》かは知らないが、その任務《にんむ》がうまくいっていないのだ。

そう思うと元気が出て、ハリーは『上級魔法薬《じょうきゅうまほうやく》』の教科書を拾い読みした。すると、教科書をさんざん書《か》き替《か》えた、プリンス版《ばん》の「陶酔感《とうすいかん》を誘《さそ》う霊薬《れいやく》」が目にとまった。スラグホーンの課題にぴったりなばかりか、もしかすると（そう考えたとたん、ハリーは心がおどった）、その薬をひと口飲むようにハリーがうまく説得《せっとく》できればの話だが、スラグホーンがご機嫌《きげん》な状態《じょうたい》になり、あの記《き》憶《おく》をハリーに渡《わた》してもよいと思うかもしれない……。

「さーて、これはまたなんともすばらしい」

一時間半後に、スラグホーンがハリーの大鍋《おおなべ》をのぞき、太陽のように輝《かがや》かしい黄金色の薬を見下ろして、手をたたいた。

「陶酔薬《とうすいやく》、そうだね？　それにこの香りはなんだ？　ウムムム……ハッカの葉を入れたね？　正統《せいとう》派《は》ではないが、ハリー、なんたるひらめきだ。もちろん、ハッカは、たまに起こる副作用を相殺する働きがある。唄《うた》を歌いまくったり、やたらと人の鼻をつまんだりする副作用だがね……いったいどこからそんなことを思いつくのやら、さっぱりわからんね……もしや――」

ハリーはプリンスの教科書を、足で鞄《かばん》の奥《おく》に押《お》し込《こ》んだ。

「――母親の遺伝子《いでんし》が、君に現《あらわ》れたのだろう！」

「あ……ええ、たぶん」

ハリーはホッとした。

アーニーは、かなり不機嫌《ふきげん》だった。今度こそハリーよりうまくやろうとして、無謀《むぼう》にも独自《どくじ》の魔《ま》法薬《ほうやく》を創作《そうさく》しようとしたのだが、薬はチーズのように固まり、鍋底《なべぞこ》で紫《むらさき》のだんご状《じょう》になっていた。マルフォイはふてくされた顔で、もう荷物を片《かた》づけはじめていた。スラグホーンは、マルフォイの「しゃっくり薬」を「まあまあ」と評価《ひょうか》しただけだった。

終業ベルが鳴り、アーニーもマルフォイもすぐに出ていった。

「先生」

ハリーが切り出したが、スラグホーンはすぐに振《ふ》り返《かえ》って教室をざっと眺《なが》めた。自分とハリー以外に誰《だれ》もいないと見て取ると、スラグホーンは大急ぎで立ち去ろうとした。

「先生――先生、試《ため》してみませんか？　僕《ぼく》の――」

ハリーは必死になって呼《よ》びかけた。

しかし、スラグホーンは行ってしまった。がっかりして、ハリーは鍋《なべ》をあけて荷物をまとめ、足取りも重く地下牢教室《ちかろうきょうしつ》を出て、談話室まで戻《もど》った。


ロンとハーマイオニーは、午後の遅《おそ》い時間に帰ってきた。

「ハリー！」

ハーマイオニーが肖像画《しょうぞうが》の穴《あな》を抜《ぬ》けながら呼《よ》びかけた。

「ハリー、合格《ごうかく》したわ！」

「よかったね！」ハリーが言った。

「ロンは？」

「ロンは――ロンは**おしいとこで**落ちたわ」

ハーマイオニーが小声で言った。陰気《いんき》くさい顔のロンが、がっくり肩《かた》を落として穴《あな》から出てきたところだった。

「ほんとに運が悪かったわ。些細《ささい》なことなのに。試験官が、ロンの片方《かたほう》の眉《まゆ》が半分だけ置き去りになっていることに気づいちゃったの……スラグホーンはどうだった？」

「アウトさ」

ハリーがそう答えたとき、ロンがやってきた。

「運が悪かったな、おい。だけど、次は合格《ごうかく》だよ――一緒《いっしょ》に受験できる」

「ああ、そうだな」

ロンが不機嫌《ふきげん》に言った。

「だけど、**眉《まゆ》半分だぜ！**　目くじら立てるほどのことか？」

「そうよね」

ハーマイオニーがなぐさめるように言った。

「ほんとに厳《きび》しすぎるわ……」

夕食の時間のほとんどを、三人は「姿《すがた》あらわし」の試験官を、こてんぱんにこき下ろすことに費《つい》やした。談話室に戻《もど》りはじめるころまでには、ロンはわずかに元気を取《と》り戻《もど》し、今度は三人で、まだ解決《かいけつ》していないスラグホーンの記憶《きおく》の問題について話しはじめた。

「それじゃ、ハリー――『フェリックス・フェリシス』を使うのか、使わないのか？」ロンが迫《せま》った。

「うん、使ったほうがよさそうだ」ハリーが言った。

「全部使う必要はないと思う。十二時間分はいらない。ひと晩中《ばんじゅう》はかからない……ひと口だけ飲むよ。二、三時間で大丈夫《だいじょうぶ》だろう」

「飲むと最高の気分だぞ」

ロンが思い出すように言った。

「失敗なんてありえないみたいな」

「何を言ってるの？」

ハーマイオニーが笑いながら言った。

「あなたは飲んだことがないのよ！」

「ああ、だけど、飲んだと**思った**んだ。そうだろ？」

ロンは、言わなくともわかるだろうと言わんばかりだった。

「効果《こうか》はおんなじさ……」

スラグホーンがいましがた大広間に入ったのを見届《みとど》けた三人は、スラグホーンが食事に充分《じゅうぶん》時間をかけることを知っていたので、しばらく談話室で時間をつぶした。スラグホーンが自分の部屋に戻《もど》るまで待って、ハリーが出かけていくという計画だった。禁《きん》じられた森《もり》の梢《こずえ》まで太陽が沈《しず》んだとき、三人はいよいよだと判断《はんだん》した。ネビル、ディーン、シェーマスが、全員談話室にいることを慎《しん》重《ちょう》に確《たし》かめてから、三人はこっそり男子寮《だんしりょう》に上がった。

ハリーは、トランクの底から丸めたソックスを取り出し、かすかに輝《かがや》く小瓶《こびん》を引《ひ》っ張《ぱ》り出《だ》した。

「じゃ、いくよ」

ハリーは小瓶《こびん》を傾《かたむ》け、慎重《しんちょう》に量の見当をつけてひと口飲んだ。

「どんな気分？」

ハーマイオニーが小声で聞いた。

ハリーはしばらく答えなかった。やがて、無限大《むげんだい》の可能性《かのうせい》が広がるようなうきうきした気分が、ゆっくりと、しかし確実《かくじつ》に体中にしみ渡《わた》った。なんでもできそうな気がした。どんなことだって……そして、突然《とつぜん》、スラグホーンから記憶《きおく》を取り出すことが可能《かのう》に思えた。そればかりか、たやすいことだと……。

ハリーはニッコリと立ち上がった。自信満々《じしんまんまん》だった。

「最高だ」ハリーが言った。

「ほんとに最高だ。よーし……これからハグリッドの所に行く」

「えーっ？」

ロンとハーマイオニーが、とんでもないという顔で同時に言った。

「ちがうわ、ハリー――あなたはスラグホーンの所に行かなきゃならないのよ。覚えてる？」ハーマイオニーが言った。

「いや」

ハリーが自信たっぷりに言った。

「ハグリッドの所に行く。ハグリッドの所に行くといいことが起こるって気がする」

「巨大蜘蛛《きょだいぐも》を埋《う》めにいくのが、いいことだって気がするのか?」ロンがあぜんとして言った。

「そうさ」

ハリーは透明《とうめい》マントを鞄《かばん》から取り出した。

「今晩《こんばん》、そこに行くべきだという予感だ。わかるだろう?」

「全然」

ロンもハーマイオニーも、仰天《ぎょうてん》していた。

「これ、**ほんとうに**『フェリックス・フェリシス』よね?」

ハーマイオニーは心配そうに、小瓶《こびん》を灯《あか》りにかざして見た。

「ほかに小瓶《こびん》は持ってないでしょうね。たとえば――えーと――」

「『的外れ薬』?」

ハリーがマントを肩《かた》に引っかけるのを見ながら、ロンが意見を述《の》べた。

ハリーが声を上げて笑い、ロンもハーマイオニーもますます仰天《ぎょうてん》した。

「心配ないよ」ハリーが言った。

「自分が何をやってるのか、僕《ぼく》にはちゃんとわかってる……少なくとも……」

ハリーは自信たっぷりドアに向かって歩きだした。

「『フェリックス』には、ちゃんとわかっているんだ」

ハリーは透明《とうめい》マントを頭からかぶり、寮《りょう》の階段《かいだん》を下りはじめた。ロンとハーマイオニーは急いであとに続いた。階段《かいだん》を下りきったところで、ハリーは開いていたドアをすっと通《とお》り抜《ぬ》けた。

「そんなところで、**その人と**何をしてたの？」

ロンとハーマイオニーが男子寮《だんしりょう》から一緒《いっしょ》に現《あらわ》れたところを、ラベンダー・ブラウンがハリーの体を通過《つうか》して目撃《もくげき》し、金切り声を上げた。ロンがしどろもどろになるのを背後《はいご》に聞きながら、ハリーは矢のように談話室を横切り、その場から遠ざかった。

肖像画《しょうぞうが》の穴《あな》を通過《つうか》するのは、簡単《かんたん》だった。ハリーが穴《あな》に近づくのと、ジニーとディーンが出てくるのとが同時で、ハリーは二人の間をすり抜《ぬ》けることができたが、誤《あやま》ってジニーに触《ふ》れてしまった。

「**押《お》さないで**ちょうだい、ディーン」

ジニーがいらいらしながら言った。

「あなたって、いつもそうするんだから。私《わたし》、一人でちゃんと通れるわ……」

肖像画《しょうぞうが》はハリーの背後《はいご》でバタンと閉《し》まったが、その前に、ディーンが怒《おこ》って言い返す声が聞こえた……ハリーの高揚感《こうようかん》はますます高まった。ハリーは城《しろ》の中を堂々と歩いた。忍《しの》び歩《ある》きの必要はなかった。途中《とちゅう》、誰《だれ》にも会わなかったが、別に変だとも思わなかった。今夜のハリーは、ホグワーツで一番幸運な人間なのだ。

ハグリッドの所に行くのが正しいと感じたのはなぜなのか、ハリーはまったくわからなかった。薬は、一度に数歩先までしか、照らしてくれないようだった。最終目的地は見えなかったし、スラグホーンがどこで登場するのかわからなかったが、しかしこれが記憶《きおく》を獲得《かくとく》する正しい道だということはわかっていた。

玄関《げんかん》ホールに着くと、フィルチが正面の扉《とびら》に鍵《かぎ》をかけ忘《わす》れていることがわかった。ハリーはニッコリ笑って勢《いきお》いよく扉《とびら》を開き、しばらくの間、新鮮《しんせん》な空気と草のにおいを吸《す》い込《こ》み、それから黄昏《たそがれ》の中へと歩きだした。

階段《かいだん》を下りきったところで、ハリーは急に、ハグリッドの小屋まで、野菜畑を通っていくとどんなに心地《ここち》よいだろうと思いついた。厳密《げんみつ》には寄《よ》り道《みち》になるのだが、ハリーにとっては、この気まぐれを行動に移《うつ》さなければならないことがはっきりしていた。そこですぐさま野菜畑に足を向けた。うれしいことに、そして別に不思議だとは思わなかったが、そこでスラグホーン先生がスプラウト先生と話しているのに出くわした。ハリーは、ゆったりとした安らぎを感じながら、低い石垣《いしがき》の陰《かげ》に隠《かく》れて、二人の会話を聞いた。

「……ポモーナ、お手間を取らせてすまなかった」

スラグホーンが礼儀正《れいぎただ》しく挨拶《あいさつ》していた。

「権威者《けんいしゃ》のほとんどが、夕暮《ゆうぐ》れ時《どき》につむのが一番効果《こうか》があるという意見ですのでね」

「ええ、そのとおりです」

スプラウト先生が温かく言った。

「それで充分《じゅうぶん》ですか？」

「充分《じゅうぶん》、充分《じゅうぶん》」

ハリーが見ると、スラグホーンはたっぷり葉の茂《しげ》った植物を腕《うで》いっぱいに抱《かか》えていた。

「三年生の全員に数枚《すうまい》ずつ行《ゆ》き渡《わた》るでしょうし、煮込《にこ》みすぎた子のために少し余分《よぶん》もある……さあ、それではおやすみなさい。ほんとうにありがとう！」

スプラウト先生はだんだん暗くなる道を、温室のほうに向かい、スラグホーンは透明《とうめい》なハリーが立っている場所に近づいてきた。

ハリーは突然姿《とつぜんすがた》を現《あらわ》したくなり、マントを派手《はで》に打《う》ち振《ふ》って脱《ぬ》ぎ捨《す》てた。

「先生、こんばんは」

「こりゃあびっくり、ハリー、腰《こし》を抜《ぬ》かすところだったぞ」

スラグホーンはバッタリ立ち止まり、警戒《けいかい》するような顔で言った。

「どうやって城《しろ》を抜《ぬ》け出《だ》したんだね？」

「フィルチが扉《とびら》に鍵《かぎ》をかけ忘《わす》れたにちがいありません」

ハリーはほがらかに答え、スラグホーンがしかめっ面《つら》をするのを見てうれしくなった。

「このことは報告《ほうこく》しておかねば。まったく、あいつは、適切《てきせつ》な保安対策《ほあんたいさく》より、ごみのことを気にしている……ところで、ハリー、どうしてこんな所にいるんだね？」

「ええ、先生、ハグリッドのことなんです」

ハリーには、いまはほんとうのことを言うべきときだとわかっていた。

「ハグリッドはとても動揺《どうよう》しています……でも、先生、誰《だれ》にも言わないでくださいますか？　ハグリッドが困《こま》ったことになるのはいやですから……」

スラグホーンは明らかに好奇心《こうきしん》を刺激《しげき》されたようだった。

「さあ、約束はできかねる」

スラグホーンはぶっきらぼうに言った。

「しかし、ダンブルドアがハグリッドを徹底的《てっていてき》に信用していることは知っている。だから、ハグリッドがそれほど恐《おそ》ろしいことをしでかすはずはないと思うが……」

「ええ、巨大蜘蛛《きょだいぐも》のことなんです。ハグリッドが何年も飼《か》っていたんです……禁《きん》じられた森《もり》に棲《す》んでいて……話ができたりする蜘蛛《くも》でした――」

「森には、毒蜘蛛《どくぐも》のアクロマンチュラがいるというううわさは、聞いたことがある」

黒々と茂《しげ》る木々のかなたに目をやりながら、スラグホーンがひっそりと言った。

「それでは、ほんとうだったのかね？」

「はい」ハリーが答えた。

「でも、この蜘蛛《くも》はアラゴグといって、ハグリッドが初めて飼《か》った蜘蛛《くも》です。昨夜死にました。ハグリッドは打ちのめされています。アラゴグを埋葬《まいそう》するときに、誰《だれ》かそばにいてほしいと言うので、僕《ぼく》が行くって言いました」

「やさしいことだ、やさしいことだ」

遠くに見えるハグリッドの小屋の灯《あか》りを、大きな垂《た》れ目《め》で見つめながら、スラグホーンが上の空で言った。

「しかし、アクロマンチュラの毒は非常《ひじょう》に貴重《きちょう》だ……その怪物《かいぶつ》が死んだばかりなら、まだ乾《かわ》ききってはおるまい……もちろん、ハグリッドが動揺《どうよう》しているなら、心ないことは何もしたくない……しかし、多少なりと手に入れる方法があれば……つまり、アクロマンチュラが生きているうちに毒を取るのは、ほとんど不可能《ふかのう》だ……」

スラグホーンは、ハリーにというより、いまや自分に向かって話しているようだった。

「……採集《さいしゅう》しないのはいかにももったいない……半リットルで百ガリオンになるかもしれない……正直言って、私《わたし》の給料は高くない……」

ハリーはもう、何をすべきかがはっきりわかった。

「えーっと」

ハリーは、いかにも躊躇《ちゅうちょ》しているように言った。

「えーっと、もし先生がいらっしゃりたいのでしたら、ハグリッドはたぶん、とても喜ぶと思います……アラゴグのために、ほら、よりよい野辺送《のべおく》りができますから……」

「いや、もちろんだ」

スラグホーンの目が、いまや情熱的《じょうねつてき》に輝《かがや》いていた。

「いいかね、ハリー、あっちで君と落ち合おう。わたしは飲み物を一、二本持って……哀《あわ》れな大蜘蛛《おおぐも》に乾杯《かんぱい》するとしよう――まあ――死者の健康を祝してというわけにはいかんが――とにかく、埋《まい》葬《そう》がすんだら、格式《かくしき》ある葬儀《そうぎ》をしてやろう。それに、ネクタイを変えてこなくては。このネクタイは葬式《そうしき》には少し派手《はで》だ……」

スラグホーンはバタバタと城《しろ》に戻《もど》り、ハリーは大満悦《だいまんえつ》でハグリッドの小屋へと急いだ。

「来てくれたんか」

戸を開け、ハリーが透明《とうめい》マントから姿《すがた》を現《あらわ》したのを見て、ハグリッドはかすれ声で言った。

「うん――ロンとハーマイオニーは来られなかったけど」ハリーが言った。

「とっても申《もう》し訳《わけ》ないって言ってた」

「そんな——そんなことはねえ……そんでも、ハリー、おまえさんが来てくれて、あいつは感激《かんげき》してるだろうよ……」

ハグリッドは大きく泣きじゃくった。靴墨《くつずみ》に浸《ひた》したボロ布《ぬの》で作ったような喪章《もしょう》をつけ、目を真っ赤に泣《な》き腫《は》らしている。ハリーはなぐさめるようにハグリッドのひじをポンポンたたいた。ハリーが楽に届《とど》くのは、せいぜいその高さ止まりだった。

「どこに埋《う》めるの？」ハリーが聞いた。「禁《きん》じられた森《もり》？」

「とんでもねえ」

ハグリッドがシャツのすそで流れ落ちる涙《なみだ》をぬぐった。

「アラゴグが死んじまったんで、ほかの蜘蛛《くも》のやつらは、俺《おれ》を巣のそばに一歩も近づかせねえ。連中が俺《おれ》を食わんかったんは、どうやら、アラゴグが命令してたかららしい！　ハリー、信じられっか？」

正直な答えは、「信じられる」だった。ハリーとロンが、アクロマンチュラと顔をつき合わせた場面を、ハリーは痛《いた》いほどよく覚えている。アラゴグがいるからハグリッドを食わなかったのだと、連中がはっきり言った。

「森ン中で、俺《おれ》が行けねえ所なんか、いままではなかった！」

ハグリッドは頭を振《ふ》り振《ふ》り言った。

「アラゴグのむくろをここまで持ってくるんは、並《なみ》たいていじゃあなかったぞ。まったく――連中は死んだもんを食っちまうからな……だけんど、俺《おれ》は、こいつにいい埋葬《まいそう》をしてやりたかった……ちゃんとした葬式《そうしき》をな……」

ハグリッドはまた激《はげ》しくすすり上げはじめた。ハリーはハグリッドのひじをまたポンポンたたきながら（薬がそうするのが正しいと知らせているような気がしたので）、こう言った。

「ハグリッド、ここに来る途中《とちゅう》で、スラグホーン先生に会ったんだ」

「問題になったんか？」

ハグリッドは驚《おどろ》いて顔を上げた。

「夜は城《しろ》を出ちゃなんねえ。わかってるんだ。俺《おれ》が悪い――」

「ちがうよ。僕《ぼく》がしようとしていることを、先生に話したら、先生もアラゴグに最後の敬意《けいい》を表しにきたいって言うんだ」ハリーが言った。

「もっとふさわしい服に着替《きが》えるのに、城《しろ》に戻《もど》ったんだ、と思うよ……それに、飲み物を何本か持ってくるって。アラゴグの思い出に乾杯《かんぱい》するために……」

「そう言ったんか？」

ハグリッドは驚《おどろ》いたような、感激《かんげき》したような顔をした。

「そりゃ――そりゃ親切だ。そりゃあ。それに、おまえさんを突《つ》き出《だ》さんかったこともな。俺《おれ》はこれまであんまり、ホラス・スラグホーンと付き合いがあったわけじゃねえが……だけんど、アラゴグのやつを見送りにきてくれるっちゅうのか？　え？　フム……きっと喜んだだろうよ……アラゴグのやつがな……」

ハリーは内心、スラグホーンに食える肉がたっぷりあるところが、一番アラゴグを喜ばせただろうと思ったが、だまってハグリッドの小屋の裏側《うらがわ》の窓《まど》に近寄《ちかよ》った。そこから、かなり恐《おそ》ろしい光景が見えた。巨大《きょだい》な蜘蛛《くも》の死体がひっくり返って、もつれて丸まった足をさらしていた。

「ハグリッド、ここに埋《う》めるの？　庭に？」

「かぼちゃ畑の、ちょっとむこうがええと思ってな」

ハグリッドが声を詰《つ》まらせた。

「もう掘《ほ》ってあるんだ――ほれ――墓穴《はかあな》をな。なんかええことを言ってやりてえと思ってなあ――ほれ、楽しかった思い出とか――」

ハグリッドの声がわなわなと震《ふる》えて涙声《なみだごえ》になった。戸をたたく音がして、ハグリッドは、でっかい水玉模様《みずたまもよう》のハンカチで鼻をチンとかみながら、戸を開けにいった。スラグホーンが急いで敷居《しきい》をまたいで入ってきた。腕《うで》に瓶《びん》を何本か抱《かか》え、厳粛《げんしゅく》な黒いネクタイをしめている。

「ハグリッド」スラグホーンが深い沈《しず》んだ声で言った。

「まことにご愁傷《しゅうしょう》さまで」

「ごていねいなこって」ハグリッドが言った。

「感謝《かんしゃ》します。それに、ハリーを罰則《ばっそく》にしなかったことも、ありがてえ……」

「そんなことは考えもしなかっただろう」スラグホーンが言った。

「悲しい夜だ。悲しい夜だ……哀《あわ》れな仏《ほとけ》は、どこにいるのかね？」

「こっちだ」

ハグリッドは声を震《ふる》わせた。

「そんじゃ――そんじゃ、始めるかね？」

三人は裏庭《うらにわ》に出た。木の間からかいま見える月が、淡《あわ》い光を放ち、ハグリッドの小屋からもれる灯《あか》りとまじり合って、アラゴグのなきがらを照らした。掘《ほ》ったばかりの土が三メートルもの高さに盛《も》り上《あ》げられ、その脇《わき》の巨大《きょだい》な穴《あな》の縁《ふち》に、むくろが横たわっている。

「壮大《そうだい》なものだ」

スラグホーンが、蜘蛛《くも》の頭部に近づいた。乳白色《にゅうはくしょく》の目が八個《こ》、うつろに空を見上げ、二本の巨大《きょだい》な曲がった鋏《はさみ》が、動きもせず、月明かりに輝《かがや》いていた。スラグホーンが、巨大《きょだい》な毛むくじゃらの頭部を調べるような様子で鋏《はさみ》の上にかがみ込《こ》んだとき、ハリーは瓶《びん》が触《ふ》れ合《あ》う音を聞いたような気がした。

「こいつらがどんなに美しいか、誰《だれ》にでもわかるっちゅうわけじゃねえ」

目尻《めじり》のしわから涙《なみだ》をあふれさせながら、ハグリッドがスラグホーンの背中《せなか》に向かって言った。

「ホラス、あんたがアラゴグみてえな生き物に興味《きょうみ》があるとは、知らんかった」

「興味《きょうみ》がある？　ハグリッドや、わたしは連中をあがめているのだよ」

スラグホーンが死体から離《はな》れた。ハリーは、瓶《びん》がキラリと光ってスラグホーンのマントの下に消えるのを見た。しかし、また目をぬぐっていたハグリッドは、何も気づいていない。

「さて……埋葬《まいそう》を始めるとするかね？」

ハグリッドはうなずいて、進み出た。巨大蜘蛛《きょだいぐも》を両腕《りょううで》に抱《かか》え、大きな唸《うな》り声《ごえ》とともに、ハグリッドはなきがらを暗い穴《あな》に転がした。死骸《しがい》はかなり恐《おそ》ろしげなバリバリッという音を立てて、穴《あな》の底に落ちた。ハグリッドがまた泣きはじめた。

「もちろん、彼《かれ》を最もよく知る君には、つらいことだろう」

スラグホーンは、ハリー同様、ハグリッドのひじの高さまでしか届《とど》かなかったが、やはりポンポンとたたいた。

「お別れの言葉を述《の》べてもいいかな？」

墓穴《はかあな》の縁《ふち》に進み出たスラグホーンの口元が、満足げにゆるんでいた。上質《じょうしつ》のアラゴグの毒をたっぷり採集《さいしゅう》したにちがいない、とハリーは思った。スラグホーンはゆっくりと、厳《おご》かな声で唱えた。

「さらば、アラゴグよ。蜘蛛《くも》の王者よ。汝《なんじ》との長き固き友情《ゆうじょう》を、汝《なれ》を知る者すべて忘《わす》れまじ！　汝《なれ》がなきがらは朽《く》ちはてんとも、汝《なんじ》が魂《たましい》は、なつかしき森の棲家《すみか》の、蜘蛛《くも》の巣に覆《おお》われし静けき場所にとどまらん。汝《なんじ》が子孫の多目《たもく》の眷属《けんぞく》が永久《とこしえ》に栄え、汝《なんじ》が友どちとせし人々が、汝《なんじ》を失いし悲しみになぐさめを見出《みいだ》さんことを」

「なんと……なんと……美しい！」

ハグリッドは吠《ほ》えるような声を上げ、堆肥《たいひ》の山に突っ伏《ぷ》して、ますます激《はげ》しくオンオン泣いた。

「さあ、さあ」

スラグホーンが杖《つえ》を振《ふ》ると、高々と盛《も》り上《あ》げられた土が飛び上がり、ドスンと鈍《にぶ》い音を立てて蜘《く》蛛《も》の死骸《しがい》の上に落ち、なめらかな塚《つか》になった。

「中に入って一杯《ぱい》飲もう。ハリー、ハグリッドのむこう側に回って……そうそう……さあ、ハグリッド、立って……よしよし……」

二人はハグリッドを、テーブルのそばの椅子《いす》に座《すわ》らせた。埋葬《まいそう》の間、バスケットにコソコソ隠《かく》れていたファングが、そっと近づいてきて、いつものように、重たい頭をハリーのひざにのせた。スラグホーンは持ってきたワインを一本開けた。

「**すべて**毒味をすませてある」

最初の一本のほとんどを、ハグリッドのバケツ並《な》みのマグに注ぎ、それをハグリッドに渡《わた》しながら、スラグホーンがハリーに請《う》け合《あ》った。

「君の気の毒な友達のルパートにあんなことがあったあと、屋敷《やしき》しもべ妖精《ようせい》に、全部のボトルを毒味させた」

ハリーの心にハーマイオニーの表情《ひょうじょう》が浮《う》かんだ。屋敷《やしき》しもべ妖精《ようせい》へのこの虐待《ぎゃくたい》を聞いたら、どんな顔をするか。ハリーはハーマイオニーには絶対《ぜったい》に言うまいと決めた。

「ハリーにも一杯《ぱい》……」

スラグホーンが、二本目を二つのマグに分けて注ぎながら言った。

「……私《わたし》にも一杯《ぱい》。さて」

スラグホーンがマグを高く掲《かか》げた。

「アラゴグに」

「アラゴグに」

ハリーとハグリッドが唱和した。

スラグホーンもハグリッドも一気にぐいと飲んだが、ハリーは、「フェリックス・フェリシス」のおかげで行き先が照らし出されていたので、自分は飲んではいけないことがわかっていた。ハリーは飲むまねだけで、テーブルにマグを戻《もど》した。

「俺《おれ》は、なあ、あいつを卵《たまご》から孵《かえ》したんだ」

ハグリッドがむっつりと言った。

「孵《かえ》ったときにゃあ、ちっちゃな、かわいいやつだった。ペキニーズの犬ぐれえの」

「かわいいな」スラグホーンが言った。

「学校の納戸《なんど》に隠《かく》しておいたもんだ。ある時まではな……あー……」

ハグリッドの顔が曇《くも》った。ハリーはわけを知っていた。トム・リドルが、「秘密《ひみつ》の部屋《へや》」を開いた罪《つみ》をハグリッドに着せ、退学《たいがく》になるように仕組んだのだ。しかし、スラグホーンは聞いていないようだった。天井《てんじょう》を見上げていた。そこには真鍮《しんちゅう》の鍋《なべ》がいくつかぶら下がっていたが、同時に絹糸《きぬいと》のような輝《かがや》く白い長い毛が、糸束になって下がっていた。

「ハグリッド、あれはまさか、一角獣《ユニコーン》の毛じゃなかろうね？」

「ああ、そうだ」ハグリッドが無頓着《むとんちゃく》に言った。

「しっぽの毛が、ほれ、森の木の枝《えだ》なんぞに引っかかって抜《ぬ》けたもんだ……」

「しかし、君、あれがどんなに**高価《こうか》な**ものか知っているかね？」

「俺《おれ》は、けがした動物に、包帯を縛《しば》ったりするのに使っちょる」

ハグリッドは肩《かた》をすくめて言った。

「うんと役に立つぞ……なんせ頑丈《がんじょう》だ」

スラグホーンは、もう一回ぐいっと飲んだ。その目が、今度は注意深く小屋を見回していた。ほかのお宝《たから》を探《さが》しているのだと、ハリーにはわかった。オーク樽《だる》で熟成《じゅくせい》した蜂蜜酒《はちみつしゅ》だとか、砂糖漬《さとうづ》けパイナップル、ゆったりしたベルベットの上着などが、たんまり手に入る宝《たから》だ。スラグホーンは、ハグリッドのマグに注ぎ足し、自分のにも注いで、最近森に棲《す》む動物についてや、ハグリッドがどんなふうに面倒《めんどう》を見ているのかなどを質問《しつもん》した。酒とスラグホーンのおだて用の興味《きょうみ》に乗せられたせいで、ハグリッドは気が大きくなり、もう涙《なみだ》をぬぐうのはやめて、うれしそうに、ボウトラックルの飼育《しいく》を長々と説明しはじめた。

「フェリックス・フェリシス」が、ここでハリーを軽くこづいた。ハリーは、スラグホーンが持ってきた酒が急激《きゅうげき》に少なくなっているのに気づいた。ハリーはまだ、沈黙《ちんもく》したまま「補充呪文《ほじゅうじゅもん》」をかけることができなかったが、しかし今夜は、できないかもしれないなどと考えること自体が、笑止千万《しょうしせんばん》だった。ハリーは一人でほくそ笑《え》みながら、ハグリッドにもスラグホーンにも気づかれず（二人はいまや、ドラゴンの卵《たまご》の非合法取引《ひごうほうとりひき》についての逸話《いつわ》を交換《こうかん》していた）、テーブルの下から、からになりかけた瓶《びん》に杖《つえ》を向けた。たちまち酒が補充《ほじゅう》されはじめた。

一時間ほどたつと、ハグリッドとスラグホーンは、乾杯《かんぱい》の大盤振《おおばんぶ》る舞《ま》いを始めた。ホグワーツに乾杯《かんぱい》、ダンブルドアに乾杯《かんぱい》、しもべ妖精醸造《ようせいじょうぞう》のワインに乾杯《かんぱい》――。

「ハリー・ポッターに乾杯《かんぱい》！」

バケツ大のマグで十四杯目《はいめ》のワインを飲《の》み干《ほ》し、飲みこぼしをあごから滴《したた》らせながら、ハグリッドが破鐘《われがね》のような声で言った。

「そうだ」

スラグホーンは少しろれつが回らなくなっていた。

「パリー・オッター、『選ばれし男の子』――いや――とかなんとかに」

ブツブツ言いながら、スラグホーンもマグを飲《の》み干《ほ》した。

それからまもなく、ハグリッドはまた涙《なみだ》もろくなり、一角獣《ユニコーン》のしっぽの毛を全部ごっそりスラグホーンに押《お》しつけた。スラグホーンはそれをポケットに入れながら叫《さけ》んだ。

「友情《ゆうじょう》に乾杯《かんぱい》！　気前のよさに乾杯《かんぱい》！　一本十ガリオンに乾杯《かんぱい》！」

それからは、ハグリッドとスラグホーンは並《なら》んで腰《こし》かけ、互《たが》いの体に腕《うで》を回して、オドと呼《よ》ばれた魔法使《まほうつか》いの死を語る、ゆっくりした悲しい曲をしばらく歌っていた。

「あぁぁあー、いいやつぁ早死にする」

ハグリッドは、テーブルの上にだらりとうなだれながら、酔眼《すいがん》でつぶやいた。一方スラグホーンは、声を震《ふる》わせて歌のリフレインをくり返していた。

「俺《おれ》の親父《おやじ》はまーぁだ逝《い》く年じゃぁなかったし……おまえさんの父さん母さんもだぁ、なあ、ハリー……」

大粒《おおつぶ》の涙《なみだ》が、またしてもハグリッドの目尻《めじり》のしわからにじみだした。ハグリッドは、ハリーの腕《うで》を握《にぎ》って振《ふ》りながら言った。

「……あの年頃《としごろ》の魔女《まじょ》と魔法使《まほうつか》いン中じゃあ、俺《おれ》の知っちょるかぎりイッチ（一）番だ……ひどいもんだ……ひどいもんだ……」

スラグホーンは悲しげに歌った。

かくしてみなは英雄《えいゆう》の、オドを家へと運《はこ》び込《こ》む
その家《や》はオドがその昔、青年の日を過《す》ごした場
オドの帽子《ぼうし》は裏返《うらがえ》り、オドのその杖《つえ》真っ二つ
悲しい汚名《おめい》の品とともに、オドはその家《や》に葬《ほうむ》らる

「……ひどいもんだ」

ハグリッドが低くうめき、ぼうぼうの頭がゴロリと横に傾《かし》いで、両腕《りょううで》にもたれたとたん、大いびきをかいて眠《ねむ》り込《こ》んだ。

「すまん」

スラグホーンがしゃっくりしながら言った。

「どうがんばっても調子っぱずれになってしまう」

「ハグリッドは、先生の歌のことを言ったのじゃありません」

ハリーが静かに言った。

「僕《ぼく》の両親が死んだことを言っていたんです」

「ああ」スラグホーンが、大きなゲップを押《お》さえ込《こ》みながら言った。

「ああ、なんと。いや、あれは――あれはほんとうにひどいことだった。ひどい……ひどい……」

スラグホーンは言葉に窮《きゅう》した様子で、その場しのぎに二人のマグに酒を注いだ。

「たぶん――たぶん君は、覚えてないのだろう？　ハリー？」

スラグホーンが気まずそうに聞いた。

「はい――だって、僕《ぼく》はまだ一歳《さい》でしたから」

ハリーは、ハグリッドのいびきでゆらめいている、ろうそくの炎《ほのお》を見つめながら言った。

「でも、何が起こったのか、あとになってずいぶんくわしくわかりました。父が先に死んだんです。ご存《ぞん》じでしたか？」

「い――いや、それは」

スラグホーンが消え入るような声で言った。

「そうなんです……ヴォルデモートが父を殺し、そのなきがらをまたいで母に迫《せま》ったんです」

ハリーが言った。

スラグホーンは大きく身震《みぶる》いしたが、目をそらすことができない様子で、おびえた目でハリーの顔を見つめ続けた。

「あいつは母にどけと言いました」

ハリーは、容赦《ようしゃ》なく話し続けた。

「ヴォルデモートは僕《ぼく》に、母は死ぬ必要がなかったと言いました。あいつは僕《ぼく》だけが目当てだった。母は逃《に》げることができたんです」

「おお、なんと」スラグホーンがひっそりと言った。

「逃《に》げられたのに……死ぬ必要は……なんとむごい……」

「そうでしょう?」

ハリーはほとんどささやくように言った。

「でも母は動かなかった。父はもう死んでしまったけれど、母は僕《ぼく》までも死なせたくなかった。母はヴォルデモートに哀願《あいがん》しました……でも、あいつはただ高笑いを……」

「もういい!」

突然《とつぜん》スラグホーンが、震《ふる》える手でさえぎった。

「もう充分《じゅうぶん》だ。ハリー、もう……わたしは老人だ……聞く必要はない……聞きたくない……」

「忘《わす》れていた」ハリーは、「フェリックス・フェリシス」が示《しめ》すままにでまかせを言った。「先生は、母が好きだったのですね?」

「好きだった？」

スラグホーンの目に、再《ふたた》び涙《なみだ》があふれた。

「あの子に会った者は、誰《だれ》だって好きにならずにはいられない……あれほど勇敢《ゆうかん》で……あれほどユーモアがあって……なんという恐《おそ》ろしいことだ……」

「それなのに、先生は、その息子《むすこ》を助けようとしない」ハリーが言った。

「母は僕《ぼく》に命をくれました。それなのに、先生は記憶《きおく》をくれようとしない」

ハグリッドのごうごうたるいびきが小屋を満たした。ハリーは涙《なみだ》をためたスラグホーンの目をしっかり見つめた。「魔法薬《まほうやく》」の教授《きょうじゅ》は、目をそらすことができないようだった。

「そんなことを言わんでくれ」

スラグホーンがかすかな声で言った。

「君にやるかやらないかの問題ではない……君を助けるためなら、もちろん……しかし、なんの役にも立たない……」

「役に立ちます」ハリーははっきりと言った。

「ダンブルドアには情報《じょうほう》が必要です。僕《ぼく》には情報《じょうほう》が必要です」

何を言っても安全だと、ハリーにはわかっていた。朝になれば、スラグホーンは何も覚えていないと、「フェリックス」が教えてくれていた。スラグホーンの目をまっすぐに見つめながら、ハリーは少し身を乗り出した。

「僕《ぼく》は『選ばれし者』だ。やつを殺さなければならない。あの記憶《きおく》が必要なんだ」

スラグホーンはサッと青ざめた。テカテカした額《ひたい》に、汗《あせ》が光っていた。

「君は**やはり**、『選ばれし者』なのか？」

「もちろんそうです」ハリーは静かに言った。

「しかし、そうすると……君は……君は大変なことを頼《たの》んでいる……わたしに頼《たの》んでいるのは、実は、君が『あの人』を破滅《はめつ》させるのを援助《えんじょ》しろと――」

「リリー・エバンズを殺した魔法使《まほうつか》いを、退治《たいじ》したくないんですか？」

「ハリー、ハリー、もちろんそうしたい。しかし――」

「怖《こわ》いんですね？　僕《ぼく》を助けたとあいつに知られてしまうことが」

スラグホーンは無言だった。恐《おそ》れおののいているようだった。

「先生、僕《ぼく》の母のように、勇気を出して……」

スラグホーンはむっちりした片手《かたて》を上げ、指を震《ふる》わせながら口を覆《おお》った。一瞬《いっしゅん》、育ちすぎた赤《あか》ん坊《ぼう》のように見えた。

「自慢《じまん》できることではない……」

指の間から、スラグホーンがささやいた。

「恥《は》ずかしい――あの記憶《きおく》のあらわすことが……あの日に、わたしはとんでもない惨事《さんじ》を引き起こしてしまったのではないかと思う……」

「僕《ぼく》にその記憶《きおく》を渡《わた》せば、先生のやったことはすべて帳消しになります」ハリーが言った。

「そうするのは、とても勇敢《ゆうかん》で気高いことです」

ハグリッドは眠《ねむ》ったままでピクリと動いたが、またいびきをかき続けた。スラグホーンとハリーは、ろうそくのなびく炎《ほのお》をはさんで見つめ合った。長い、長い沈黙《ちんもく》が流れた。「フェリックス・フェリシス」が、ハリーに、そのままだまって待てと教えていた。

やがてスラグホーンは、ゆっくりとポケットに手を入れ、杖《つえ》を取り出した。もう一方の手をマントに突《つ》っ込《こ》み、小さな空《あ》き瓶《びん》を取り出した。ハリーの目を見つめたまま、スラグホーンは杖《つえ》の先でこめかみに触《ふ》れ、杖《つえ》を引いた。記憶《きおく》の長い銀色の糸が、杖先《つえさき》について出てきた。記憶《きおく》は、長々と伸《の》び、最後に切れて、銀色に輝《かがや》きながら杖《つえ》の先で揺《ゆ》れた。スラグホーンがそれを瓶《びん》に入れると、糸は螺旋状《らせんじょう》に巻《ま》き、やがて広がってガスのように渦巻《うずま》いた。震《ふる》える手でコルク栓《せん》を閉《し》め、スラグホーンはテーブル越《ご》しに瓶《びん》をハリーに渡《わた》した。

「ありがとう、先生」

「君はいい子だ」

スラグホーンのふくれたほおを涙《なみだ》が伝い、セイウチひげに落ちた。

「それに、君の目は母親の目だ……それを見ても、わたしのことをあまり悪く思わんでくれ……」

そして、両腕《りょううで》に頭をもたせて深いため息をつき、スラグホーンもまた眠《ねむ》り込《こ》んだ。

第二十三章　ホークラックス

こっそりと城《しろ》に戻《もど》る途中《とちゅう》、ハリーは「フェリックス・フェリシス」の幸運の効《き》き目《め》がだんだん切れていくのを感じた。正面の扉《とびら》こそまだ鍵《かぎ》がかかっていなかったものの、四階でピーブズに出くわし、いつもの近道の一つに横っ飛びに飛《と》び込《こ》んで、かろうじて見つからずにすんだ。さらに時間がたって、「太った婦人《レディ》」の肖像画《しょうぞうが》の前で透明《とうめい》マントを脱《ぬ》いだときに、「婦人《レディ》」が最悪のムードだったのも、別に変だとは思わなかった。

「いま何時だと思ってるの？」

「ごめんなさい――大事な用で出かけなければならなかったので――」

「あのね、合言葉は真夜中に変わったの。だから、あなたは廊下《ろうか》で寝《ね》なければならないことになるわね？」

「まさか！」ハリーが言った。「どうして真夜中に変わらなきゃいけないんだ？」

「そうなっているのよ」

「太った婦人《レディ》」が言った。

「腹《はら》が立つなら校長先生に抗議《こうぎ》しなさい。安全対策《あんぜんたいさく》を厳《きび》しくしたのはあの方ですからね」

「そりゃいいや」

硬《かた》そうな床《ゆか》を見回しながら、ハリーが苦々しげに言った。

「まったくすごいや。ああ、ダンブルドアが学校にいるなら、抗議《こうぎ》しにいくよ。だって、僕《ぼく》の用事はダンブルドアが——」

「いらっしゃいますぞ」

背後《はいご》で声がした。

「ダンブルドア校長は、一時間前に学校に戻《もど》られました」

「ほとんど首無しニック」が、いつものようにひだ襟《えり》の上で首をぐらぐらさせながら、するするとハリーに近づいてきた。

「校長が到着《とうちゃく》するのを見ていた、『血みどろ男爵《だんしゃく》』から聞きました」ニックが言った。

「男爵《だんしゃく》が言うには、校長は、もちろん少しおつかれのご様子ですが、お元気だそうです」

「どこにいるの？」ハリーは心が躍《おど》った。

「ああ、天文台の塔《とう》でうめいたり、鎖《くさり》をガチャつかせたりしていますよ。男爵《だんしゃく》の趣味《しゅみ》でして——」

「『血みどろ男爵《だんしゃく》』じゃなくて、ダンブルドア！」

「ああ――校長室です」ニックが言った。

「男爵《だんしゃく》の言い方から察しますに、おやすみになる前に何か用事がおありのようで――」

「うん、そうなんだ」

あの記憶《きおく》を手に入れたことを、ダンブルドアに報告《ほうこく》できると思うと、ハリーの胸《むね》は興奮《こうふん》で熱くなった。くるりと向きを変え、「太った婦人《レディ》」の声が追いかけてくるのを無視《むし》して、ハリーはまた駆《か》けだした。

「戻《もど》ってらっしゃい！　ええ、私《わたし》がうそをついたの！　起こされていらいらしたからよ！　合言葉は変わってないわ。『サナダムシ』よ！」

しかし、ハリーはもう、廊下《ろうか》を疾走《しっそう》していた。数分後には、ダンブルドアの怪獣像《ガーゴイル》に向かって「タフィー　エクレア」と合言葉を言い、怪獣像《ガーゴイル》は飛びのいて、ハリーを螺旋階段《らせんかいだん》に通していた。

「お入り」

ハリーのノックにダンブルドアが答えた。つかれきった声だった。

ハリーは扉《とびら》を押《お》して入った。ダンブルドアの校長室はいつもどおりだったが、窓《まど》の外は真っ暗な空に星が散っていた。

「なんと、ハリー」ダンブルドアは驚《おどろ》いたように言った。

「こんなに夜ふけにわしを訪《たず》ねてきてくれるとは、いったいどんなわけがあるのじゃ？」

「先生――手に入れました。スラグホーンの記憶《きおく》を、手に入れました」

ハリーはガラスの小瓶《こびん》を取り出して、ダンブルドアに見せた。ダンブルドアは一瞬《いっしゅん》、不意をつかれた様子だったが、やがてニッコリと顔をほころばせた。

「ハリー、すばらしい知らせじゃ！　ようやった！　君ならできると思うておった！」

時間が遅《おそ》いことなど、すっかり忘《わす》れてしまったように、ダンブルドアは急いで机《つくえ》のむこうから出てきて、傷《きず》ついていないほうの手でスラグホーンの記憶《きおく》の瓶《びん》を受け取り、「憂《うれ》いの篩《ふるい》」がしまってある棚《たな》にツカツカと歩《あゆ》み寄《よ》った。

「いまこそ」

ダンブルドアは石の水盆《すいぼん》を机《つくえ》に置き、瓶《びん》の中身をそこに注ぎながら言った。

「ついにいまこそ、見ることができる。ハリー、急ぐのじゃ……」

ハリーは素直《すなお》に「憂《うれ》いの篩《ふるい》」をのぞき込《こ》み、床《ゆか》から足が離《はな》れるのを感じた……今回もまたハリーは、暗闇《くらやみ》の中を落ちていき、何年も前のホラス・スラグホーンの部屋に降《お》り立《た》った。

いまよりずっと若《わか》いホラス・スラグホーンがいる。つやのある豊《ゆた》かな麦藁色《むぎわらいろ》の髪《かみ》に、赤毛まじりのブロンドの口ひげのスラグホーンは、前の記憶《きおく》と同じように、心地《ここち》よさそうなひじかけ椅子《いす》に腰《こし》かけ、ビロードのクッションに足をのせ、片手《かたて》に小さなワイングラスをつかみ、もう一方の手で、砂糖漬《さとうづ》けパイナップルの箱を探《さぐ》っていた。十代の男の子が六人ほど、スラグホーンの周りに座《すわ》り、その真ん中にトム・リドルがいる。その指に、マールヴォロの金と黒の指輪が光っていた。

ダンブルドアがハリーの横に姿《すがた》を現《あらわ》したとき、リドルが聞いた。

「先生、メリィソート先生が退職《たいしょく》なさるというのはほんとうですか？」

「トム、トム、たとえ知っていても、君には教えられないね」

スラグホーンは指をリドルに向けて、叱《しか》るように振《ふ》ったが、同時にウィンクした。

「まったく、君って子は、どこで情報《じょうほう》を仕入れてくるのか、知りたいものだ。教師《きょうし》の半数より情報《じょうほう》通《つう》だね、君は」

リドルは微笑《びしょう》した。ほかの少年たちは笑って、リドルを称賛《しょうさん》のまなざしで見た。

「知るべきではないことを知るという、君のなぞのような能力《のうりょく》、大事な人間をうれしがらせる心づかい――ところで、パイナップルをありがとう。君の考えどおり、これはわたしの好物で――」

何人かの男の子が、またクスクス笑った。

「――君は、これから二十年のうちに魔法大臣《まほうだいじん》になれると、わたしは確信《かくしん》しているよ。引き続きパイナップルを送ってくれたら十五年だ。魔法省《まほうしょう》には**すばらしい**コネがある」

ほかの男の子はまた笑ったが、トム・リドルはほほえんだだけだった。リドルがそのグループで最年長ではないのに、全員がリドルをリーダーとみなしているらしいことに、ハリーは気がついた。

「先生、僕《ぼく》に政治《せいじ》が向いているかどうかわかりません」

笑い声が収《おさ》まったところで、リドルが言った。

「一つには、僕《ぼく》の生《お》い立《た》ちがふさわしいものではありません」

リドルの周りにいた男の子が二人、顔を見合わせてニヤリと笑った。仲間だけに通じる冗談《じょうだん》を楽しんでいるのだと、ハリーにはわかった。自分たちの大将《たいしょう》が、有名な先祖《せんぞ》の子孫だと知っているか、またはそうだろうと考えているにちがいない。

「バカな」スラグホーンがきびきびと言った。

「君ほどの能力《のうりょく》だ。由緒正《ゆいしょただ》しい魔法使《まほうつか》いの家系《かけい》であることは火を見るよりも明らかだ。いや、トム、君は出世する。生徒に関して、わたしがまちがったためしはない」

スラグホーンの背後《はいご》で、机《つくえ》の上の小さな金色の置き時計が、十一時を打ち、スラグホーンが振《ふ》り返《かえ》った。

「なんとまあ、もうそんな時間か？　みんな、もう戻《もど》ったほうがいい。そうしないと、困《こま》ったことになるからね。レストレンジ、明日までにレポートを書いてこないと、罰則《ばっそく》だぞ。エイブリー、君もだ」

男の子たちがぞろぞろ出ていく間、スラグホーンはひじかけ椅子《いす》から重い腰《こし》を上げ、からになったグラスを机《つくえ》のほうに持っていった。背後《はいご》の気配でスラグホーンが振《ふ》り返《かえ》ると、リドルがまだそこに立っていた。

「トム、早くせんか。時間外にベッドを抜《ぬ》け出《だ》しているところを捕《つか》まりたくはないだろう。君は監《かん》督生《とくせい》なのだし……」

「先生、おうかがいしたいことがあるんです」

「それじゃ、遠慮《えんりょ》なく聞きなさい、トム、遠慮《えんりょ》なく」

「先生、ご存《ぞん》じでしょうか……ホークラックスのことですが？」

スラグホーンはリドルをじっと見つめた。ずんぐりした指が、ワイングラスの足を無意識《むいしき》になでている。

「『闇《やみ》の魔術《まじゅつ》に対《たい》する防衛術《ぼうえいじゅつ》』の課題かね？」

学校の課題ではないことを、スラグホーンは百も承知《しょうち》だと、ハリーは思った。

「いいえ、先生、そういうことでは」リドルが答えた。

「本を読んでいて見つけた言葉ですが、完全にはわかりませんでした」

「ふむ……まあ……トム、ホグワーツでホークラックスの詳細《しょうさい》を書いた本を見つけるのは骨《ほね》だろう。闇《やみ》も闇《やみ》、真《ま》っ暗闇《くらやみ》の術《じゅつ》だ」スラグホーンが言った。

「でも、先生はすべてご存《ぞん》じなのでしょう？　つまり、先生ほどの魔法使《まほうつか》いなら――すみません、つまり、先生が教えてくださらないなら、当然——誰《だれ》かが教えてくれるとしたなら、先生しかないと思ったのです——ですから、とにかくうかがってみようと——」

うまい、とハリーは思った。遠慮《えんりょ》がちに、なにげない調子で慎重《しんちょう》におだて上げる。どれ一つとしてやりすぎてはいない。気が進まない相手をうまく乗せて情報《じょうほう》を聞き出すことにかけては、ハリー自身がいやというほど経験《けいけん》していたので、名人芸だと認《みと》めることができた。リドルはその情報《じょうほう》が欲《ほ》しくてたまらないのだとわかった。おそらく、この時のために何週間も準備《じゅんび》していたのだろう。

「さてと」

スラグホーンはリドルの顔を見ずに、砂糖漬《さとうづ》けパイナップルの箱の上のリボンをいじりながら言った。

「まあ、もちろん、ざっとしたことを君に話しても別にかまわないだろう。その言葉を理解《りかい》するためだけにならし。ホークラックスとは、人がその魂《たましい》の一部を隠《かく》すために用いられるものを指す言葉で、分霊箱《ぶんれいばこ》のことを言う」

「でも、先生、どうやってやるのか、僕《ぼく》にはよくわかりません」リドルが言った。

慎重《しんちょう》に声を抑《おさ》えてはいたが、ハリーはリドルが興奮《こうふん》しているのを感じることができた。

「それはだね、魂《たましい》を分断《ぶんだん》するわけだ」スラグホーンが言った。

「そして、その部分を体の外にあるものに隠《かく》す。すると、体が攻撃《こうげき》されたり破滅《はめつ》したりしても、死ぬことはない。なぜなら、魂《たましい》の一部は滅《ほろ》びずに地上に残るからだ。しかし、もちろん、そういう形での存在《そんざい》は……」

スラグホーンは激《はげ》しく顔をしかめた。ハリー自身も、思わずほぼ二年前に聞いた言葉を思い出していた。

——**俺様《おれさま》は肉体から引《ひ》き裂《さ》かれ、霊魂《れいこん》にも満たない、ゴーストの端《はし》くれにも劣《おと》るものになった……しかし、俺様《おれさま》はまだ生きていた。**

「……トム、それを望む者はめったにおるまい。めったに。死のほうが望ましいだろう」

しかし、リドルはいまや欲望《よくぼう》をむき出しにしていた。渇望《かつぼう》を隠《かく》しきれず、貪欲《どんよく》な表情《ひょうじょう》になっていた。

「どうやって魂《たましい》を分断《ぶんだん》するのですか？」

「それは」

スラグホーンが当惑《とうわく》しながら言った。

「魂《たましい》は完全な一体であるはずだということを理解《りかい》しなければならない。分断《ぶんだん》するのは暴力行為《ぼうりょくこうい》であり、自然に逆《さか》らう」

「でも、どうやるのですか？」

「邪悪《じゃあく》な行為《こうい》——悪の極《きわ》みの行為《こうい》による。殺人を犯《おか》すことによってだ。殺人は魂《たましい》を引《ひ》き裂《さ》く。分《ぶん》霊箱《れいばこ》を作ろうと意図する魔法使《まほうつか》いは、破壊《はかい》を自らのために利用する。引《ひ》き裂《さ》かれた部分をものに閉《と》じ込《こ》める――」

「閉《と》じ込《こ》める？　でも、どうやって――？」

「呪文《じゅもん》がある。聞かないでくれ。わたしは知らない！」

スラグホーンは年老いた象《ぞう》がうるさい蚊《か》を追《お》い払《はら》うように頭《かぶり》を振《ふ》った。

「わたしがやったことがあるように見えるかね？　――わたしが殺人者に見えるかね？」

「いいえ、先生、もちろん、ちがいます」リドルが急いで言った。

「すみません……お気を悪くさせるつもりは……」

「いや、いや、気を悪くしてはいない」

スラグホーンがぶっきらぼうに言った。

「こういうことにちょっと興味《きょうみ》を持つのは自然なことだ……ある程度《ていど》の才能《さいのう》を持った魔法使《まほうつか》いは、常《つね》にその類《たぐい》の魔法《まほう》にひかれてきた……」

「そうですね、先生」リドルが言った。

「でも、僕《ぼく》がわからないのは――ほんの好奇心《こうきしん》ですが――あの、一個《こ》だけの分霊箱《ぶんれいばこ》で役に立つのでしょうか？　魂《たましい》は一回しか分断《ぶんだん》できないのでしょうか？　もっとたくさん分断《ぶんだん》するほうがより確《たし》かで、より強力になれるのではないでしょうか？　つまり、たとえば、七という数は、一番強い魔《ま》法数字《ほうすうじ》ではないですか？　七個《こ》の場合は――？」

「とんでもない、トム！」

スラグホーンがかん高く叫《さけ》んだ。

「七個《こ》！　一人を殺すと考えるだけでも充分《じゅうぶん》に悪いことじゃないかね？　それに、いずれにしても……魂《たましい》を二つに分断《ぶんだん》するだけでも充分《じゅうぶん》に悪い……七つに引《ひ》き裂《さ》くなど……」

スラグホーンは、今度は困《こま》りはてた顔で、それまで一度もはっきりとリドルを見たことがないかのような目で、じっとリドルを見つめていた。そもそもこんな話を始めたこと自体を後悔《こうかい》しているのだと、ハリーには察しがついた。

「もちろん」スラグホーンがつぶやいた。

「すべて仮定《かてい》の上での話だ。我々《われわれ》が話していることは。そうだね？　すべて学問的な……」

「ええ、もちろんです、先生」リドルがすぐに答えた。

「しかし、いずれにしても、トム……だまっていてくれ。わたしが話したことは――つまり、我々《われわれ》が話したことは、という意味だが。我々《われわれ》が分霊箱《ぶんれいばこ》のことを気軽に話したことが知れると、世間体《せけんてい》が悪い。ホグワーツでは、つまり、この話題は禁《きん》じられている……ダンブルドアは特にこのことについて厳《きび》しい……」

「一言も言いません、先生」

そう言うと、リドルは出ていった。しかしその前に、ハリーはちらりとその顔を見た。自分が魔《ま》法使《ほうつか》いだと初めて知ったときに見せたと同じ、あのむき出しの幸福感に満ちた顔だった。幸福感が端正《たんせい》な面立《おもだ》ちを引き立たせるのではなく、なぜか非人間的《ひにんげんてき》な顔にしていた……。

「ハリー、ありがとう」ダンブルドアが静かに言った。

「戻《もど》ろうぞ……」

ハリーが校長室の床《ゆか》に着地したとき、ダンブルドアはすでに机《つくえ》のむこう側に座《すわ》っていた。ハリーも腰《こし》かけて、ダンブルドアの言葉を待った。

「わしはずいぶん長い間、この証拠《しょうこ》を求めておった」

しばらくしてダンブルドアが話しはじめた。

「わしが考えていた理論《りろん》を裏《うら》づける証拠《しょうこ》じゃ。これで、わしの理論《りろん》が正しいということと同時に、道のりがまだ遠いことがわかる……」

ハリーは突然《とつぜん》、壁《かべ》の歴代校長の肖像画《しょうぞうが》がすべて目を覚まして、二人の会話に聞き入っていることに気がついた。でっぷり太った赤鼻の魔法使《まほうつか》いは、古いらっぱ形《がた》補聴器《ほちょうき》まで取り出していた。

「さて、ハリー」ダンブルドアが言った。

「君は、いましがた我々《われわれ》が耳にしたことの重大さに気づいておることじゃろう。いまの君とほんの数か月とたがわぬ同い年で、トム・リドルは、自らを不滅《ふめつ》にする方策《ほうさく》を探《さが》し出《だ》すのに全力を傾《かたむ》けておった」

「先生はそれが成功したとお考えですか?」ハリーが聞いた。「あいつは分霊箱《ぶんれいばこ》を作ったのですか? 僕《ぼく》を襲《おそ》ったときに死ななかったのは、そのせいなのですか? どこかに分霊箱《ぶんれいばこ》を一つ隠《かく》していたのですか? 魂《たましい》の一部は安全だったのですか?」

「一部……もしくはそれ以上」ダンブルドアが言った。

「ヴォルデモートの言葉を聞いたじゃろうが、ホラスから特に聞き出したがっていたのは、複数《ふくすう》の分霊箱《ぶんれいばこ》を作った魔法使《まほうつか》いはどうなるかに関する意見じゃった。是《ぜ》が非《ひ》でも死を回避《かいひ》せんと、何度も殺人を犯《おか》すことをも辞さない魔法使《まほうつか》いが、くり返し引《ひ》き裂《さ》いた魂《たましい》を、数多くの分霊箱《ぶんれいばこ》に別々に収《おさ》めて隠《かく》した場合、その魔法使《まほうつか》いがどうなるかについての意見じゃ。どの本からもそのような情報《じょうほう》は得《え》られなかったじゃろう。わしの知るかぎり――ヴォルデモートの知るかぎりでもあろうと確信《かくしん》しておるが――魂《たましい》を二つに引《ひ》き裂《さ》く以上のことをした魔法使《まほうつか》いは、いまだかつておらぬ」

ダンブルドアは一瞬《いっしゅん》言葉を切り、考えを整理していたが、やがて口を開いた。

「四年前、わしは、ヴォルデモートが魂《たましい》を分断《ぶんだん》した、確《たし》かな証拠《しょうこ》と考えられるものを受け取った」

「どこでですか?」ハリーが聞いた。「どうやってですか?」

「君がわしに手渡《てわた》したのじゃ、ハリー」ダンブルドアが言った。

「日記、リドルの日記じゃ。『秘密《ひみつ》の部屋《へや》』を、いかにして再《ふたた》び開くかを指示《しじ》した日記じゃ」

「よくわかりません、先生」ハリーが言った。

「されば、日記から現《あらわ》れたリドルをわしは見ておらぬが、君が説明してくれた現象《げんしょう》は、わしが一度も目撃《もくげき》したことのないものじゃった。単なる記憶《きおく》が行動を起こし、自分で考えるとは？　単なる記憶《きおく》が、手中にした少女の命を搾《しぼ》り取《と》るであろうか？　ありえぬ。あの本の中には、何かもっと邪悪《じゃあく》なものが棲《す》みついておったのじゃ……魂《たましい》のかけらが。わしはほぼ確信《かくしん》した。日記は分霊箱《ぶんれいばこ》じゃった。しかし、これで一つの答えを得《え》たものの、より多くの疑問《ぎもん》が起こった。わしが最も関心を持ち、また驚愕《きょうがく》したのは、あの日記が護《まも》りの道具としてだけではなく、武器《ぶき》として意図されていたことじゃった」

「まだよくわかりません、先生」ハリーが言った。

「さよう。あれは分霊箱《ぶんれいばこ》としてしかるべき機能《きのう》をはたした――換言《かんげん》すれば、その中に隠《かく》された魂《たましい》のかけらは安全に保管《ほかん》され、まちがいなく、その所有者が死ぬことを回避《かいひ》する役目をはたした。しかし、リドルが実は、あの日記が読まれることを望んでいたのは、疑《うたが》いの余地《よち》がない。スリザリンの怪物《かいぶつ》が再《ふたた》び解《と》き放《はな》たれるよう、自分の魂《たましい》のかけらが、誰《だれ》かの中に棲《す》みつくか取《と》り憑《つ》くかすることを望んでおったのじゃ」

「ええ、せっかく苦労して作ったものを、むだにはしたくなかったのでしょう」ハリーが言った。「自分がスリザリンの継承者《けいしょうしゃ》だということを、みんなに知ってほしかったんだ。あの時代にはそういう評価《ひょうか》が得《え》られなかったから」

「まさにそのとおりじゃ」ダンブルドアがうなずいた。

「しかし、ハリー、気づかぬか？　日記を未来のホグワーツの生徒の手に渡《わた》したり、こっそり忍《しの》び込《こ》ませたりすることを、ヴォルデモートが意図していたとすれば、その中に隠《かく》した大切な自分の魂《たましい》のかけらに関して、あまりに投げやりではないか。分霊箱《ぶんれいばこ》の所以《ゆえん》は、スラグホーン先生の説明にもあったように、自分の一部を安全に隠《かく》しておくことであり、誰《だれ》かの行く手に投げ出して、破壊《はかい》されてしまう危険《きけん》をおかしたりせぬものじゃ——事実そうなってしもうた。あの魂《たましい》のかけらは失われた。君がそうしたのじゃ」

「ヴォルデモートがあの分霊箱《ぶんれいばこ》を軽率《けいそつ》に考えていたということが、わしにとっては最も不気味なのじゃ。つまり、それは、ヴォルデモートがすでに、さらに複数《ふくすう》の分霊箱《ぶんれいばこ》を作った——または作ろうとしていた——ということを示唆《しさ》しておる。つまり最初の分霊箱《ぶんれいばこ》の喪失《そうしつ》が、それほど致命的《ちめいてき》にならぬようにしたのじゃ。信じたくはないが、それ以外には説明がつかぬ」

「それから二年後、君は、ヴォルデモートが肉体を取《と》り戻《もど》した夜のことを、わしに語ってくれた。死喰《しく》い人《びと》たちに、ヴォルデモートは、まことに示唆《しさ》に富《と》む、驚《おどろ》くべきことを言うておる。『**誰《だれ》よりも深く不死の道へと入《はい》り込《こ》んでいたこの俺様《おれさま》が**』とな。ヴォルデモートがそう言うたと、君が話してくれた。『**誰《だれ》よりも深く**』と。そして、死喰《しく》い人《びと》には理解《りかい》できなんじゃったろうが、わしはその意味がわかった。ヴォルデモートは分霊箱《ぶんれいばこ》のことを言うておったのじゃ。複数《ふくすう》の分霊箱《ぶんれいばこ》じゃよ、ハリー。ほかの魔法使《まほうつか》いにそのような前例はないじゃろう。しかし、つじつまが合う。ヴォルデモート卿《きょう》は、年月がたつにつれ、ますます人間離《にんげんばな》れした姿《すがた》になっていった。わしが思うに、そうした変身の道を説明できるのは、唯一《ゆいいつ》、あの者がその魂《たましい》を、我々《われわれ》が通常《つうじょう》の悪と呼《よ》ぶものを超《こ》えた領域《りょういき》にまで切り刻《きざ》んでいたということじゃ……」

「それじゃ、あいつは、ほかの人間を殺すことで、自分が殺されるのを不可能《ふかのう》にしたのですか？」

ハリーが聞いた。

「それほど不滅《ふめつ》になりたかったのなら、どうして自分で『賢者の石《けんじゃのいし》』を創《つく》るか、盗《ぬす》むかしなかったのでしょう？」

「いや、そうしようとしたことはわかっておる。五年前のことじゃ」ダンブルドアが言った。

「しかし、ヴォルデモート卿《きょう》にとって、『賢者《けんじゃ》の石《いし》』は分霊箱《ぶんれいばこ》ほど魅力《みりょく》がなかったのではないかと、わしは考えておる。それにはいくつか理由がある」

「『命《いのち》の霊薬《れいやく》』は確《たし》かに生命を延長《えんちょう》するものではあるが、不滅《ふめつ》の命を保《たも》つには、定期的に、永遠《えいえん》に飲み続けなければならない。さすれば、ヴォルデモートは、その霊薬《れいやく》に全面的に依存《いぞん》することになり、霊薬《れいやく》が切れたり不純《ふじゅん》なものになったりするか、または『石』が盗《ぬす》まれた場合は、ヴォルデモートはほかの者同様、死ぬことになるであろう。ヴォルデモートは、覚えておろうが、自分ひとりで事を為《な》したがる。依存《いぞん》するということは、たとえそれが霊薬《れいやく》への依存《いぞん》であろうとも、がまんならなかったのであろうと思う。もちろん、君を襲《おそ》ったあとに、あのように恐《おそ》ろしい半生命の状態《じょうたい》におとしめられ、そこから抜《ぬ》け出《だ》すためであれば霊薬《れいやく》を飲もうと思ったのであろう。しかし、それは肉体を取《と》り戻《もど》すためにのみじゃ。それ以後は、引き続き分霊箱《ぶんれいばこ》を信頼《しんらい》しようとしていたと、わしは確信《かくしん》しておる。それ以外には何も必要ではなかった。ただ人間としての形を取《と》り戻《もど》すことさえできれば。あの者はすでに不滅《ふめつ》だったのじゃから……もしくは、ほかの誰《だれ》も到達《とうたつ》できないほどに、不滅《ふめつ》に近かったのじゃから」

「しかし、ハリーよ、君が首尾《しゅび》よく手に入れてくれた、この肝心《かんじん》な記憶《きおく》という情報《じょうほう》が武器《ぶき》になり、我々《われわれ》はいまこそ、ヴォルデモート卿《きょう》を破滅《はめつ》させるための秘密《ひみつ》に、これまでの誰《だれ》よりも近づいておる。ハリー、あの者の言葉を聞いたじゃろう。『もっとたくさん分断《ぶんだん》するほうがより確《たし》かで、より強力になれるのではないでしょうか？……七という数は、一番強い魔法数字《まほうすうじ》ではないですか……？』。**七という数は、一番強い魔法数字《まほうすうじ》ではないですか**。さよう。七分断《ぶんだん》された魂《たましい》という考えが、ヴォルデモート卿《きょう》を強くひきつけたであろうと思うのじゃ」

「**七個《こ》の**分霊箱《ぶんれいばこ》を作ったのですか？」

ハリーは恐《おそ》ろしさに身震《みぶる》いし、壁《かべ》の肖像画《しょうぞうが》の何枚《なんまい》かも、同じように衝撃《しょうげき》と怒《いか》りの声を上げた。

「でも、その七個《こ》は、世界中のどこにだってありうる――隠《かく》して――埋《う》めたり、見えなくしたり――」

「問題の大きさに気づいてくれたのはうれしい」ダンブルドアが冷静に言った。「しかし、まず、ハリー、七個の分霊箱《ぶんれいばこ》ではない。六個《こ》じゃ。七個目《こめ》の魂《たましい》は、どのように損傷《そんしょう》されていようとも、よみがえった身体《からだ》の中に宿っておる。長年の逃亡中《とうぼうちゅう》、幽霊《ゆうれい》のような存在《そんざい》で生きていた部分じゃ。それなしでは、あの者に自己《じこ》というものはまったくない。その七番目の魂《たましい》こそ、ヴォルデモートを殺そうとする者が最後に攻撃《こうげき》しなければならない部分じゃ――ヴォルデモートの身体《からだ》の中に棲《す》む魂《たましい》のかけらじゃ」

「でも、それじゃ、六個《こ》の分霊箱《ぶんれいばこ》は」ハリーは絶望気味《ぜつぼうぎみ》に言った。「いったいどこを探《さが》せばよいのですか？」

「忘《わす》れておるようじゃの……君はすでにそのうちの一個《こ》を破壊《はかい》した。そしてわしももう一個《こ》を破壊《はかい》した」

「先生が？」ハリーは急《せ》き込《こ》んだ。

「いかにも」

ダンブルドアはそう言うと、黒く焼《や》け焦《こ》げたような手を挙げた。

「指輪じゃよ、ハリー。マールヴォロの指輪じゃ。それにも恐《おそ》ろしい呪《のろ》いがかけられておった。わしの並《なみ》はずれた術《じゅつ》と――謙譲《けんじょう》という美徳《びとく》に欠ける言い方を許《ゆる》しておくれ――さらに、著《いちじる》しく傷《きず》ついてホグワーツに戻《もど》ったときのスネイプ先生のすばやい処置《しょち》がなければ、わしは生きてこの話をすることができなかったことじゃろう。しかし、片手《かたて》がなえようとも、ヴォルデモートの七分の一の魂《たましい》と引《ひ》き換《か》えなら、理不尽《りふじん》ではないじゃろう。指輪はもはや分霊箱《ぶんれいばこ》ではない」

「でも、どうやって見つけたのですか？」

「そうじゃのう。もう君にもわかったじゃろうが、わしは長年、ヴォルデモートの過去《かこ》をできるだけつまびらかにすることを責務《せきむ》としてきた。ヴォルデモートがかつて知っておった場所を訪《たず》ねて、わしはあちこちを旅した。たまたま廃屋《はいおく》になったゴーントの家に、指輪が隠《かく》してあったのを見つけたのじゃ。その中に魂《たましい》の一部を首尾《しゅび》よく封《ふう》じ込《こ》めたあとは、ヴォルデモートはもう指輪をはめたくなかったのじゃな。先祖《せんぞ》がかつて住んでいた小屋に指輪を隠《かく》し、幾重《いくえ》にも強力な魔術《まじゅつ》を施《ほどこ》して指輪を護《まも》った――もちろん、モーフィンはすでにアズカバンに連れ去られておった――いつの日か、わしがわざわざその廃屋《はいおく》を訪《たず》ねるだろうとは、またわしが魔法《まほう》による秘匿《ひとく》の跡《あと》に目を光らせるだろうとは、夢《ゆめ》にも思わなかったことじゃろう」

「しかし、心から祝うわけにはいかぬ。君は日記を、わしは指輪を破壊《はかい》したが、魂《たましい》の七分断説《ぶんだんせつ》が正しいとすれば、あと四個《こ》の分霊箱《ぶんれいばこ》が残っておる」

「それはどんな形でもありうるのですね？」ハリーが言った。「古い缶詰《かんづめ》とか、えーと、からの薬瓶《くすりびん》とか……？」

「君が考えているのは、ハリー、移動キー《ポートキー》じゃ。それはあたりまえのもので、簡単《かんたん》に見落とされそうなものでなければならない。しかし、ヴォルデモート卿《きょう》が、自分の大切な魂《たましい》を護《まも》るのに、ブリキ缶《かん》や古い薬瓶《くすりびん》を使うと思うかね？　わしがこれまで君に見せたことを忘《わす》れているようじゃ。ヴォルデモート卿《きょう》は勝利のトロフィーを集めたがったし、強力な魔法《まほう》の歴史を持ったものを好んだ。自尊心《じそんしん》、自分の優位性《ゆういせい》に対する信仰《しんこう》、魔法史《まほうし》に驚《おどろ》くべき一角を占《し》めようとする決意。こうしたことから考えると、ヴォルデモートは分霊箱《ぶんれいばこ》をある程度慎重《ていどしんちょう》に選び、名誉《めいよ》にふさわしい品々を好んで選んだと思われる」

「日記はそれほど特別ではありませんでした」

「日記は、君自身が言うたように、ヴォルデモートがスリザリンの後継者《こうけいしゃ》であるという証《あかし》となるものじゃった。ヴォルデモートはそのことを、この上なく大切だと考えたにちがいない」

「それじゃ、ほかの分霊箱《ぶんれいばこ》は？」

ハリーが聞いた。

「先生、どういう品か、ご存《ぞん》じなのですか？」

「推量《すいりょう》するしかない」ダンブルドアが言った。

「いまも言うたような理由から、ヴォルデモート卿《きょう》は、品物自体がなんらかの意味で偉大《いだい》なものを好んだであろうと思う。そこでわしは、ヴォルデモートの過去《かこ》をくまなく探《さぐ》り、あの者の周囲で何か品物が紛失《ふんしつ》した形跡《けいせき》を見つけようとした」

「ロケットだ！」ハリーが大声を出した。

「ハッフルパフのカップ！」

「そうじゃ」ダンブルドアがほほえんだ。

「賭《か》けてもよいが——もう一方の手を賭《か》けるわけにはいかぬのう——指の一、二本ぐらいなら賭《か》けてもよいが、その二つの品が三番目と四番目の分霊箱《ぶんれいばこ》になった。残る二個《こ》は、全部で六個《こ》を作ったと仮定《かてい》しての話じゃが、もっと難《むずか》しい。しかし、当たるも八卦《はっけ》で言うならば、ハッフルパフとスリザリンの品を確保《かくほ》したあと、ヴォルデモートは、グリフィンドールとレイブンクローの所持品を探《さが》しはじめたであろう。四人の創始者《そうししゃ》の四つの品々は、ヴォルデモートの頭の中で、強い引力になっていたにちがいあるまい。はたしてレイブンクローの品を何か見つけたかどうか、わしは答えを持たぬが、しかし、グリフィンドール縁《ゆかり》の品として知られる唯一《ゆいいつ》のものは、いまだに無事じゃ」

ダンブルドアは黒焦《くろこ》げの指で背後《はいご》の壁《かべ》を指した。そこには、ルビーをちりばめた剣《つるぎ》が、ガラスケースに収《おさ》まっていた。

「先生、ヴォルデモートは、ほんとうはそれが目当てで、ホグワーツに戻《もど》ってきたかったのでしょうか？」

ハリーが言った。

「創始者《そうししゃ》の一人の品を何か見つけようとして?」

「わしもまさにそう思う」ダンブルドアが言った。

「しかし、残念ながら、そこから先はあまり説明できぬ。なぜなら、ヴォルデモートは学校の中を探索《たんさく》する機会もなく——とわしは信じておるのじゃが——門前払《もんぜんばら》いされてしもうたのじゃから。ヴォルデモートは、四人の創始者《そうししゃ》の品々を集めるという野望を満たすことができなかった、と結論《けつろん》せざるをえんじゃろう。まちがいなく二つは手に入れた——三つ見つけたかもしれぬ——いまはせいぜいそこまでしか考えられぬ」

「レイブンクローかグリフィンドールの品のどちらかを手に入れたとしても、まだ六番目の分霊箱《ぶんれいばこ》が残っています」

ハリーは指を折って数えながら言った。

「それとも、二つの品を両方とも手に入れたのでしょうか?」

「そうは思わぬ」ダンブルドアが言った。

「六番目が何か、わしにはわかるような気がする。わしが、蛇《へび》のナギニの行動にしばらく興味《きょうみ》を持っていたと打ち明けたら、君はどう思うかね?」

「あの蛇《へび》ですか?」ハリーはギクッとした。

「動物を分霊箱《ぶんれいばこ》に使えるのですか?」

「いや、賢明《けんめい》とは言えぬ」ダンブルドアが言った。「それ自身が考えたり動いたりできるものに、魂《たましい》の一部を預《あず》けるのは、当然危険《きけん》をともなう。しかし、わしの計算が正しければ、ヴォルデモートが君を殺そうとして、ご両親の家に侵入《しんにゅう》したとき、六個《こ》の分霊箱《ぶんれいばこ》という目標には、まだ少なくとも一個《こ》欠けておった」

「ヴォルデモートは、特に重大な者の死の時まで、分霊箱《ぶんれいばこ》を作る過程《かてい》を延期《えんき》していたようじゃ。君の場合は、紛《まぎ》れもなくそうした死の一つじゃったろう。ヴォルデモートは、君を殺せば、予言が示《しめ》した危機《きき》を打《う》ち砕《くだ》くことになると信じていた。自分を無敵《むてき》の存在《そんざい》にできると信じていた。君を殺して最後の分霊箱《ぶんれいばこ》を作ろうと考えていたと、わしは確信《かくしん》を持っておる」

「知ってのとおり、あの者はしくじった。しかし、何年かの後、ヴォルデモートはナギニを使って年老いたマグルの男を殺し、たぶんその時に、ナギニを最後の分霊箱《ぶんれいばこ》にすることを思いついたのじゃろう。ナギニはスリザリンとのつながりを際立《きわだ》たせるし、ヴォルデモート卿《きょう》の神秘的《しんぴてき》な雰囲気《ふんいき》を高める。ヴォルデモートが好きになれる何かがあるとするならば、おそらくそれはナギニじゃと思う。確《たし》かにナギニをそばに置きたがっておるし、いくら蛇語使《へびごつか》いじゃと言うても、異常《いじょう》なほどナギニを強く操《あやつ》っているようじゃ」

「すると」ハリーが言った。

「日記もなくなったし、指輪もなくなった。カップ、ロケット、それと蛇《へび》はまだ残っている。そして先生は、かつてレイブンクローかグリフィンドールのものだった品か何かが、分霊箱《ぶんれいばこ》になっているかもしれないとお考えなのですね？」

「見事に簡潔《かんけつ》で正確《せいかく》な要約じゃ。そのとおり」ダンブルドアは一礼しながら言った。

「それで……先生はまだ、そうしたものを探《さが》していらっしゃるのですね？　学校を留守《るす》になさったとき、そういう場所を訪《たず》ねていらっしゃったのですか？」

「そうじゃ」ダンブルドアが答えた。

「長いこと探《さが》しておった。たぶん……わしの考えでは……ほどなくもう一つ発見できるかもしれぬ。それらしい印がある」

「発見なさったら」ハリーが急いで言った。

「僕《ぼく》も一緒《いっしょ》に行って、それを破壊《はかい》する手伝いができませんか？」

ダンブルドアは一瞬《いっしゅん》、ハリーをじっと見つめ、やがて口を開いた。

「いいじゃろう」

「いいんですか？」

ハリーは、まさかの答えに衝撃《しょうげき》を受けた。

「いかにも」ダンブルドアはわずかにほほえんでいた。

「君はその権利《けんり》を勝ち取ったと思う」

ハリーは胸《むね》が高鳴った。初めて警告《けいこく》や庇護《ひご》の言葉を聞かされなかったのがうれしかった。周囲の歴代校長たちは、ダンブルドアの決断《けつだん》に、あまり感心しないようだった。ハリーには何人かが首を横に振《ふ》っているのが見えたし、フィニアス・ナイジェラスはフンと鼻を鳴らした。

「先生、ヴォルデモートは、分霊箱《ぶんれいばこ》が壊《こわ》されたとき、それがわかるのですか？　感じるのですか？」ハリーは肖像画《しょうぞうが》の反応《はんのう》を無視《むし》して尋《たず》ねた。

「非常《ひじょう》に興味《きょうみ》ある質問《しつもん》じゃよ、ハリー。答えは否《いな》じゃろう。ヴォルデモートはいまや、どっぷりと悪に染《そ》まっておるし、さらに自分自身の肝心《かんじん》な部分である分霊《ぶんれい》が、ずいぶん長いこと本体から切《き》り離《はな》されておるので、我々《われわれ》が感じるようには感じない。たぶん、自分が死ぬ時点で、あの者は失ったものに気づくのであろう……たとえば、ルシウス・マルフォイの口から真実を吐《は》かせるまで、あの者は日記が破壊《はかい》されてしまったことに気づかなんだ。日記がズタズタになり、そのすべての力を失ったと知ったとき、ヴォルデモートの怒《いか》りたるや、見るも恐《おそ》ろしいほどじゃったと聞きおよぶ」

「でも、ルシウス・マルフォイがホグワーツに日記を忍《しの》び込《こ》ませたのは、あいつがそう指示《しじ》したからでしょう？」

「いかにも。何年も前のことじゃが、あの者が複数《ふくすう》の分霊箱《ぶんれいばこ》を作れるという確信《かくしん》があったときにじゃ。しかしながら、ヴォルデモートの命令を待つ手はずじゃったルシウスは、その命令を受けることはなかった。日記をルシウスに預《あず》けてからまもなく、ヴォルデモートが消えたからじゃ。あの者は、ルシウスが分霊箱《ぶんれいばこ》をただ大切に護《まも》るじゃろうと思い、まさか、それ以外のことをするとは思わなかったにちがいない。しかし、ヴォルデモートは、ルシウスの恐怖心《きょうふしん》を過大《かだい》に考えておった。何年も姿《すがた》を消したままの、死んだと思われるご主人様に対して、ルシウスが持つ恐怖心《きょうふしん》のことじゃ。もちろん、ルシウスは日記の本性《ほんしょう》を知らなんだ。あの日記には巧《たく》みな魔法《まほう》がかけてあるので、『秘密《ひみつ》の部屋《へや》』をもう一度開かせるものになるだろうと、ヴォルデモートがルシウスに話しておいたのじゃろうと思う。ご主人様の魂《たましい》の一部が託《たく》されているものだと知っていたなら、ルシウスはまちがいなくあの日記を、もっとうやうやしく扱《あつか》ったことじゃろう——しかし、そうはせずに、ルシウスは、古いくわだてを自分自身の目的のために勝手に実行してしまった。アーサー・ウィーズリーの娘《むすめ》のもとに日記を忍《しの》び込《こ》ませることで、アーサーの信用を傷《きず》つけ、わしをホグワーツから追放させ、同時に自分にとって非常《ひじょう》に不利になる物証《ぶっしょう》を片《かた》づけるという、一石三鳥をねらったのじゃ。ああ、哀《あわ》れなルシウスよ……一つには、自らの利益《りえき》のために分霊箱《ぶんれいばこ》を捨《す》ててしもうたという事実、また一つには昨年の魔法省《まほうしょう》での大失態《だいしったい》で、ヴォルデモートの逆鱗《げきりん》に触《ふ》れてしもうた。現在《げんざい》はアズカバンに収監《しゅうかん》されているから安全じゃと、本人が内心喜んでいるとしても無理からぬことじゃ」

ハリーはしばらく考《かんが》え込《こ》み、やがて質問《しつもん》した。

「すると、分霊箱《ぶんれいばこ》を全部破壊《はかい》すれば、ヴォルデモートを殺すことが**可能**《かのう》なのですか？」

「そうじゃろうと思う」ダンブルドアが言った。

「分霊箱《ぶんれいばこ》がなければ、ヴォルデモートは切《き》り刻《きざ》まれて減少《げんしょう》した魂《たましい》を持つ、滅《めっ》すべき運命の存在《そんざい》じゃ。しかし、忘《わす》れるでない。あの者の魂《たましい》は、修復不能《しゅうふくふのう》なまでに損傷《そんしょう》されておるかもしれぬが、頭脳《ずのう》と魔力《まりょく》は無傷《むきず》じゃ。ヴォルデモートのような魔法使《まほうつか》いを殺すには、たとえ分霊箱《ぶんれいばこ》がなくなっても、非凡《ひぼん》な技《わざ》と力を要するじゃろう」

「でも、僕《ぼく》は非凡《ひぼん》な技《わざ》も力も持っていません」ハリーは思わず口走った。

「いや、持っておる」

ダンブルドアがきっぱりと言った。

「君はヴォルデモートが持ったことがない力を持っておる。君の力は――」

「わかっています！」

ハリーはいらいらしながら言った。

「僕《ぼく》は愛することができます！」

そのあとにもう一言、「それがどうした！」と言いたいのを、ハリーはやっとの思いでのみ込《こ》んだ。

「そうじゃよ、ハリー、君は愛することができる」

ダンブルドアは、ハリーがいまのみ込《こ》んだ言葉をはっきりと知っているかのような表情《ひょうじょう》で言った。

「これまで君の身に起こったさまざまな出来事を考えてみれば、それは偉大《いだい》なすばらしいものなのじゃ。ハリー、自分がどんなに非凡《ひぼん》な人間であるかを理解《りかい》するには、君はまだ若《わか》すぎる」

「それじゃ、予言で、僕《ぼく》が『闇《やみ》の帝王《ていおう》の知らぬ力』を持つと言っていたのは、ただ単なる――愛？」

ハリーは少し失望した。

「そうじゃ――単なる愛じゃ」ダンブルドアが言った。

「しかし、ハリー、忘《わす》れるでないぞ。予言が予言として意味を持つのは、ヴォルデモートがそのようにしたからなのじゃということを。先学年の終わりに君に話したが、ヴォルデモートは、自分にとって一番危険《きけん》になりうる人物として、君を選んだ――そうすることで、あの者は君を、自分にとって最も危険《きけん》な人物に**した**のじゃ！」

「でも、結局はおんなじことになる――」

「いや、同じにはならぬ！」

今度はダンブルドアがいらだった口調になった。黒くしなびた手でハリーを指しながら、ダンブルドアが言った。

「君は予言に重きを置きすぎておる」

「でも」ハリーは急《せ》き込《こ》んだ。

「でも先生は、予言の意味を――」

「ヴォルデモートがまったく予言を聞かなかったとしたら、予言は実現《じつげん》したじゃろうか？　予言に意味があったじゃろうか？　もちろん、ない！　『予言《よげん》の間《ま》』のすべての予言が現実《げんじつ》のものとなったと思うかね？」

「でも」ハリーは当惑《とうわく》した。

「でも先生は先学年の終わりにおっしゃいました。二人のうちどちらかが、もう一人を殺さなければならないと――」

「ハリー、ハリー、それはヴォルデモートが重大なまちがいを犯《おか》し、トレローニー先生の言葉に応《おう》じて行動したからじゃ！　ヴォルデモートが君の父君を殺さなかったら、君の心に燃《も》えるような復《ふく》讐《しゅう》の願いをかき立てたじゃろうか？　もちろん否《いな》じゃ！　ヴォルデモートが、君を護《まも》ろうとした母君を死に追いやらなかったら、あの者が侵入《しんにゅう》できぬほどの強い魔法《まほう》の護《まも》りを、君に与《あた》えることになったじゃろうか？　もちろん否《いな》じゃよ、ハリー！　わからぬか？　すべての暴君《ぼうくん》たる者がそうであるように、ヴォルデモート自身が、最大の敵《てき》を創《つく》り出《だ》したのじゃ！　暴君《ぼうくん》たる者が、自ら虐《しいた》げている民《たみ》をどんなに恐《おそ》れているか、わかるかね？　暴君《ぼうくん》は、多くの虐《しいた》げられた者の中から、ある日必ず誰《だれ》かが立ち上がり、反撃《はんげき》することを認識《にんしき》しておるのじゃ。ヴォルデモートとて例外ではない！　誰《だれ》かが自分に刃向《はむ》かうのを、常《つね》に警戒《けいかい》しておる。予言を聞いたヴォルデモートは、すぐさま行動した。その結果、自分を破滅《はめつ》させる可能性《かのうせい》の最も高い人物を自ら選んだばかりでなく、その者に無類の破壊的《はかいてき》な武器《ぶき》まで手渡《てわた》したのじゃ」

「でも――」

「君がこのことを理解《りかい》するのが肝心《かんじん》なのじゃ！」

ダンブルドアは立ち上がって、輝《かがや》くローブをひるがえしながら、部屋の中を大股《おおまた》で歩き回っていた。こんなに激《はげ》しく論《ろん》じるダンブルドアを、ハリーは初めて見た。

「君を殺そうとしたことで、ヴォルデモート自身が、非凡《ひぼん》なる人物を選び出した。その人物はわしの目の前におる。そしてその人物に、任務《にんむ》のための道具まで与《あた》えた！　君がヴォルデモートの考えや野心をのぞき見ることができ、あの者が命令する際《さい》に使う、蛇《へび》の言葉を理解《りかい》することさえできるようにしたのは、ヴォルデモートの失敗じゃった。しかも、ハリー、ヴォルデモートの世界を洞察《どうさつ》できるという、君の特権《とっけん》にもかかわらず――ついでながら、そのような才能《さいのう》を得《え》るためなら、死喰《しく》い人《びと》は殺人もいとわぬことじゃろう――君は一度たりとも闇《やみ》の魔術《まじゅつ》に誘惑《ゆうわく》されたことがない。けっして、一瞬《いっしゅん》たりとも、ヴォルデモートの従者《じゅうしゃ》になりたいという願望を、露《つゆ》ほども見せたことがない！」

「当然です！」

ハリーはいきどおった。

「あいつは僕《ぼく》の父さんと母さんを殺した！」

「つまり、君は、愛する力によって護《まも》られておるのじゃ！」ダンブルドアが声を張《は》り上《あ》げた。

「ヴォルデモートが持つ類《たぐい》の力の誘惑《ゆうわく》に抗《こう》する唯一《ゆいいつ》の護《まも》りじゃ！　あらゆる誘惑《ゆうわく》に耐《た》えなければならなかったにもかかわらず、あらゆる苦しみにもかかわらず、君の心は純粋《じゅんすい》なままじゃ。十一歳《さい》のとき、君の心の望みを映《うつ》す鏡を見つめていたときと変わらぬ純粋《じゅんすい》さじゃ。あの鏡が示《しめ》しておったのは、不滅《ふめつ》の命でも富《とみ》でもなく、ヴォルデモート卿《きょう》を倒《たお》す方法のみじゃった。ハリー、あの鏡に、君が見たと同じものを見る魔法使《まほうつか》いがいかに少ないか、わかっておるか？　ヴォルデモートはあの時に、自分が対峙《たいじ》しているものがなんなのかを知るべきじゃった。しかし、あの者は気づかなんだ！」

「しかし、あの者は、いまではそれを知っておる。君は自らをそこなうことなしに、ヴォルデモート卿《きょう》の心に舞《ま》い込《こ》むことができた。一方、あの者は、君に取《と》り憑《つ》こうとすれば、死ぬほどの苦しみに耐《た》えなければならないということに、魔法省《まほうしょう》で気づいたのじゃ。なぜそうなるのか、ハリー、あの者にはわかっておらぬと思う。あの者は、自らの魂《たましい》を分断《ぶんだん》することを急ぐあまり、汚《けが》れのない、全《まった》き魂《たましい》の比類《ひるい》なき力を理解《りかい》する間がなかったのじゃ」

「でも、先生」

ハリーは反論《はんろん》がましく聞こえないよう、けなげに努力しながら言った。

「結局は、すべて同じことなのではないですか？　僕《ぼく》はあいつを殺さなければならない。さもないと――」

「なければならない？」ダンブルドアが言った。

「もちろん、君はそうしなければならない！　しかし、予言のせいではない！　君が、君自身が、そうしなければ休まることがないからじゃ！　わしも、君もそれを知っておる！　頼《たの》む、しばしの間でよいから、あの予言を聞かなかったと思ってほしい！　さあ、ヴォルデモートについて、君はどう感じるかな？　考えるのじゃ！」

ハリーは、目の前を大股《おおまた》で往《い》ったり来たりしているダンブルドアを見つめながら、考えた。母親のこと、父親のこと、そしてシリウスのことを思った。セドリック・ディゴリーのことを思った。ヴォルデモート卿《きょう》の仕業《しわざ》であることがわかっている、あらゆる恐《おそ》ろしい行為《こうい》のことを思った。胸《むね》の中にメラメラと炎《ほのお》が燃《も》え上《あ》がり、のど元を焦《こ》がすような気がした。

「あいつを破滅《はめつ》させたい」

ハリーは静かに言った。

「そして、僕《ぼく》が、そうしてやりたい」

「もちろん君がそうしたいのじゃ！」ダンブルドアが叫《さけ》んだ。

「よいか。予言は君が何かを**しなければならない**という意味ではない！　しかし、予言は、ヴォルデモート卿《きょう》に、君を**自分に比肩《ひけん》する者として印《しる》す**ように仕向けた……つまり、君がどういう道を選ぼうと自由じゃ。予言に背《せ》を向けるのも自由なのじゃ！　しかしヴォルデモートは、いまでも予言を重要視《じゅうようし》しておる。君を追い続けるじゃろう……さすれば、確実《かくじつ》に、まさに――」

「一方が、他方の手にかかって死ぬ」ハリーが言った。「そうです」

ハリーはやっと、ダンブルドアが自分に言わんとしていたことがわかった。死に直面する戦いの場に引《ひ》きずり込《こ》まれるか、頭《こうべ》を高く上げてその場に歩み入るかのちがいなのだ、とハリーは思った。その二つの道の間には、選択《せんたく》の余地《よち》はほとんどないという人も、たぶんいるだろう。しかし、ダンブルドアは知っている――僕《ぼく》も知っている。そう思うと、誇《ほこ》らしさが一気に込《こ》み上《あ》げてきた。そして、僕《ぼく》の両親も知っていた――その二つの間は、天と地ほどにちがうのだということを。

第二十四章　セクタムセンプラ

夜更《よふ》けの授業《じゅぎょう》でつかれきっていたが、ハリーはうれしかった。翌朝《よくあさ》の「呪文学《じゅもんがく》」のクラスで、ハリーは、ロンとハーマイオニーに一部始終を話して聞かせた（その前に近くの生徒たちに「**耳《みみ》ふさぎ呪文《じゅもん》**」をかけておいた）。どんなふうにしてスラグホーンを乗せ、記憶《きおく》を引き出したかを聞いて、二人とも感心したので、ハリーは満足だった。ヴォルデモートの分霊箱《ぶんれいばこ》のことや、ダンブルドアが、次の一個《こ》を発見したらハリーを連れていくと約束した話をすると、二人は感服しておそれ入った。

「ウワー」

ハリーがやっとすべてを話し終えると、ロンが声をもらした。ロンは自分が何をやっているのかまったく意識《いしき》せず、なんとなく天井《てんじょう》に向けて杖《つえ》を振《ふ》っていた。

「ウワー、君、ほんとうにダンブルドアと一緒《いっしょ》に行くんだ……そして破壊《はかい》する……ウワー」

「ロン、あなた、雪を降《ふ》らせてるわよ」

ハーマイオニーがロンの手首をつかみ、杖《つえ》を天井《てんじょう》からそらせながら、やさしく言った。確《たし》かに、大きな雪片《せっぺん》が舞《ま》い落《お》ちはじめていた。目を真っ赤にしたラベンダー・ブラウンが、隣《となり》のテーブルからハーマイオニーをにらみつけているのに、ハリーは気がついた。ハーマイオニーもすぐにロンの腕《うで》を放した。

「ああ、ほんとだ」

ロンは驚《おどろ》いたような驚《おどろ》かないような顔で、自分の肩《かた》を見下ろした。

「ごめん……みんなひどいふけ症《しょう》になったみたいだな……」

ロンはにせの雪をハーマイオニーの肩《かた》からちょっと払《はら》った。ラベンダーが泣きだした。ロンは大いに申《もう》し訳《わけ》なさそうな顔になり、ラベンダーに背《せ》を向けた。

「僕《ぼく》たち、別れたんだ」

ロンは、ほとんど口を動かさずにハリーに言った。

「きのうの夜。ラベンダーは、僕《ぼく》がハーマイオニーと一緒《いっしょ》に寮《りょう》から出てくるのを見たんだ。当然、君の姿《すがた》は見えなかった。だから、ラベンダーは、二人きりだったと思《おも》い込《こ》んだよ」

「ああ」ハリーが言った。「まあね——だめになったって、いいんだろ?」

「うん」ロンが認《みと》めた。「あいつがわめいてた間は、相当まいったけど、少なくとも僕《ぼく》のほうからおしまいにせずにすんだ」

「弱虫」

そう言いながら、ハーマイオニーはおもしろがっているようだった。

「まあ、ロマンスにとってはいろいろと受難《じゅなん》の夜だったみたいね。ジニーとディーンも別れたわよ、ハリー」

ハリーは、ハーマイオニーがハリーにそう言いながら、わけ知り顔の目つきをしたような気がした。しかしまさか、ハリーの胸《むね》の中が、急にコンガを踊《おど》りだしたことまでは気づくはずがない。できるかぎり無表情《むひょうじょう》で、できるだけなにげない声で、ハリーは聞いた。

「どうして？」

「ええ、なんだかとってもバカバカしいこと……ジニーが言うには、肖像画《しょうぞうが》の穴《あな》を通るとき、まるでジニーがひとりで登れないみたいに、ディーンがいつも助けようとしたとか……でも、あの二人はずっと前から危《あや》うかったのよ」

ハリーは、教室の反対側にいるディーンをちらりと見た。確《たし》かに落《お》ち込《こ》んでいる。

「そうなると、もちろん、あなたにとってはちょっとしたジレンマね？」ハーマイオニーが言った。

「どういうこと？」ハリーがあわてて聞いた。

「クィディッチのチームのことよ」ハーマイオニーが言った。

「ジニーとディーンが口をきかなくなると……」

「あ——ああ、うん」ハリーが言った。

「フリットウィックだ」ロンが警報《けいほう》を出した。

呪文学《じゅもんがく》のちっちゃい先生が、三人のほうにひょこひょこやってきた。酢《す》をワインに変えおおせていたのはハーマイオニーだけで、そのフラスコは真紅《しんく》の液体《えきたい》で満たされていたが、ハリーとロンのフラスコの中身はにごった茶色だった。

「さあ、さあ、そこの二人」

フリットウィック先生がとがめるようにキーキー言った。

「おしゃべりを減《へ》らして、行動を増《ふ》やす……先生にやってみせてごらん……」

二人は一緒《いっしょ》に杖《つえ》を上げ、念力を集中させてフラスコに杖《つえ》を向けた。ハリーの酢《す》は氷に変わり、ロンのフラスコは爆発《ばくはつ》した。

「はい……宿題ね……」

机《つくえ》の下から再《ふたた》び姿《すがた》を現《あらわ》し、帽子《ぼうし》のてっぺんからガラスの破片《はへん》を取《と》り除《のぞ》きながら、フリットウィック先生が言った。

「**練習しなさい**」

呪文学《じゅもんがく》のあとは、めずらしく三人そろっての自由時間だったので、一緒《いっしょ》に談話室に戻《もど》った。ロンは、ラベンダーとの仲が終わったことで俄然《がぜん》、気楽になったようだったし、ハーマイオニーもなんだか機嫌《きげん》がよかった。ただ、どうしてニヤニヤしているのかと聞くと、ハーマイオニーは、「いい天気ね」と言っただけだった。二人とも、ハリーの頭の中で激《はげ》しい戦いがくり広げられていることに、気づかないようだった。

あの女《ひと》はロンの妹だ。

でもディーンを振《ふ》った！

それでもロンの妹だ。

僕《ぼく》はロンの親友だ！

だからますます悪い。

最初にロンに話せば――。

ロンは君をぶんなぐるぞ。

僕《ぼく》が気にしないと言ったら？

ロンは君の親友だぞ！

ハリーは、肖像画《しょうぞうが》の穴《あな》を乗《の》り越《こ》えて陽当《ひあ》たりのよい談話室に入っていたことに、自分ではほとんど気づかなかったし、七年生が小さな群《む》れを作っていることも、ハーマイオニーの声を聞くまではなんとなく意識《いしき》しただけだった。

「ケイティ！　帰ってきたのね！　大丈夫《だいじょうぶ》？」

ハリーは目を見張《みは》った。まちがいなくケイティ・ベルだった。完全に健康を取《と》り戻《もど》した様子のケイティを、友達が歓声《かんせい》を上げて取り囲んでいた。

「すっかり元気よ！」ケイティがうれしそうに言った。

「月曜日に聖《せい》マンゴから退院《たいいん》したんだけど、二、三日、パパやママと家で一緒《いっしょ》に過《す》ごして、今朝、戻《もど》ってきたの。ちょうどいま、リーアンが、マクラーゲンのことや、この間の試合のことを話してくれていたところよ。ハリー……」

「うん」ハリーが言った。

「まあ、君が戻《もど》ったし、ロンも好調だし、レイブンクローを打倒《だとう》するチャンスは充分《じゅうぶん》だ。つまり、まだ優勝杯《ゆうしょうはい》をねらえる。ところで、ケイティ……」

ハリーは、早速《さっそく》ケイティに聞かないではいられなかった。知りたさのあまり、ジニーのことさえ一時頭から吹《ふ》っ飛《と》んでいた。ケイティの友達が、どうやら「変身術《へんしんじゅつ》」の授業《じゅぎょう》に遅《おく》れそうになっているらしく、出かける準備《じゅんび》をしていたが、ハリーは声を落として聞いた。

「……あのネックレス……誰《だれ》が君に渡《わた》したのか、いま、思い出せるかい？」

「ううん」ケイティは残念そうに首を振《ふ》った。

「みんなに聞かれたんだけど、全然覚えていないの。最後に『三本の箒《ほうき》』の女子トイレに入ったことまでしか」

「それじゃ、まちがいなくトイレに入ったのね？」ハーマイオニーが聞いた。

「うーん、ドアを押《お》し開《あ》けたところまでは覚えがあるわ」ケイティが言った。

「だから、私《わたし》に『服従《ふくじゅう》の呪文《じゅもん》』をかけた誰《だれ》かは、ドアのすぐ後ろに立っていたんだと思う。そのあとは、二週間前に聖《せい》マンゴで目を覚ますまで、記憶《きおく》が真っ白。さあ、もう行かなくちゃ。帰ってきた最初の日だからって、反復《はんぷく》書《か》き取《と》り罰《ばつ》を免除《めんじょ》してくれるようなマクゴナガルじゃないしね……」

ケイティは鞄《かばん》と教科書類をつかみ、急いで友達のあとを追った。残されたハリー、ロン、ハーマイオニーは、窓際《まどぎわ》のテーブルに席を取り、ケイティがいま言ったことを考えた。

「ということは、ケイティにネックレスを渡《わた》したのは、女の子、または女性《じょせい》だったことになるわね」ハーマイオニーが言った。

「女子トイレにいたのなら」

「それとも、女の子か女性《じょせい》に見える誰《だれ》かだ」ハリーが言った。

「忘《わす》れないでくれよ。ホグワーツには大鍋《おおなべ》いっぱいの『ポリジュース薬』があるってこと。少し盗《ぬす》まれたこともわかってるんだ……」

ハリーは、クラッブとゴイルが何人もの女の子の姿《すがた》に変身して、踊《おど》り跳《は》ねながら行進していく姿《すがた》を、頭の中で思《おも》い浮《う》かべていた。

「もう一回『フェリックス』を飲もうかと思う」ハリーが言った。

「そして、もう一度『必要の部屋』に挑戦《ちょうせん》してみる」

「それは、まったくのむだづかいよ」

ハーマイオニーが、いま鞄《かばん》から取り出したばかりの『スペルマンのすっきり音節』をテーブルに置きながら、にべもなく言った。

「幸運には幸運の限界《げんかい》があるわ、ハリー。スラグホーンの場合は状況《じょうきょう》がちがうの。あなたにははじめからスラグホーンを説得《せっとく》する能力《のうりょく》があったのよ。あなたは、状況《じょうきょう》をちょっとつねってやる必要があっただけ。でも、強力な魔《ま》法《ほう》を破《やぶ》るには、幸運だけでは足りない。あの薬の残りをむだにしないで！　ダンブルドアがあなたを一緒《いっしょ》に連れていくときに、あらゆる幸運が必要になるわ……」

ハーマイオニーは声を落とし、ささやき声で言った。

「もっと煎《せん》じればどうだ？」

ロンはハーマイオニーを無視《むし》して、ハリーに言った。

「たくさんためておけたらいいだろうな……あの教科書を見てみろよ……」

ハリーは『上級魔法薬《じょうきゅうまほうやく》』の本を鞄《かばん》から引《ひ》っ張《ぱ》り出《だ》し、「フェリックス・フェリシス」を探《さが》した。

「驚《おどろ》いたなあ。マジで複雑《ふくざつ》だ」

材料のリストに目を走らせながら、ハリーが言った。

「それに、六か月かかる……煮込《にこ》まないといけない……」

「いっつもこれだもんな」ロンが言った。

ハリーが本を元に戻《もど》そうとしたそのとき、ページの端《はし》が折れているのに気づいた。そこを開けると、ハリーが数週間前に印をつけた、「**セクタムセンプラ**」の呪文《じゅもん》が見えた。「敵《てき》に対して」と見出しがついている。ハーマイオニーがそばにいるときに試《ため》すのは気が引けて、何をする呪文《じゅもん》なのか、まだわかっていなかった。しかし、この次にマクラーゲンの背後《はいご》に忍《しの》び寄《よ》ったときに、試《ため》してみようと考えていた。

ケイティ・ベルが帰ってきてうれしくなかったのは、ディーン・トーマスだけだった。チェイサーとしてケイティのかわりを務《つと》める必要がなくなるからだ。ハリーがそう告《つ》げたとき、ディーンはさばさばと打撃《だげき》を受け止め、ただうめいて肩《かた》をすくめただけだった。しかし、ハリーがそばを離《はな》れたとき、ディーンとシェーマスが、背後《はいご》で反抗的《はんこうてき》にブツクサつぶやく気配がはっきり感じ取れた。

それから二週間は、ハリーがキャプテンになって以来最高の練習が続いた。チーム全員が、マクラーゲンがいなくなったことを喜び、ケイティがやっと戻《もど》ってきたことがうれしくて、抜群《ばつぐん》の飛びっぷりだった。

ジニーは、ディーンと別れたことをちっとも気にかけていない様子で、それどころか、ジニーこそチームを楽しませる中心人物だった。クアッフルがロンに向かって猛進《もうしん》してきたとき、ロンがゴールポストの前で不安そうにピョコピョコする様子をまねしたり、ハリーがノックアウトされて気絶《きぜつ》する直前にマクラーゲンに向かって大声で命令するところをまねたり、ジニーはしょっちゅう全員を楽しませた。ハリーもみんなと一緒《いっしょ》に笑いながら、無邪気《むじゃき》な理由でジニーを見ていられるのがうれしかった。しかし、まともにスニッチを探《さが》していなかったせいで、練習中にまたもや数回ブラッジャーを食らってけがをした。

頭の中の戦いは相変わらず壮絶《そうぜつ》だった。ジニーかロンか？「ラベンダー後」のロンは、ハリーがジニーを誘《さそ》っても、あまり気にしないのではないかと、時にはそう思ったが、そのたびに、ジニーがディーンにキスしているところを目撃《もくげき》したときのロンの表情《ひょうじょう》を思い出した。ハリーがジニーの手を握《にぎ》っただけで、ロンはきっと、いやしい裏切《うらぎ》りだと考えるだろう……。

それでもハリーは、ジニーに話しかけたかったし、一緒《いっしょ》に笑いたかったし、練習のあとで一緒《いっしょ》に歩いて戻《もど》りたかった。どんなに良心がうずこうと、気がつくと、どうやったらジニーと二人きりになれるかを考えていた。スラグホーンがまた小宴会《しょうえんかい》を催《もよお》してくれれば理想的だったろう。ロンがそばにいないだろうから――しかし、残念なことに、スラグホーンはパーティをあきらめてしまった様子だった。

一度か二度、ハリーはハーマイオニーに助けてもらおうかと思ったが、わかっていたわよ、という顔をされるのはがまんできなかった。ハリーが、ジニーを見つめたり、ジニーの冗談《じょうだん》で笑っていたりするのを、ハーマイオニーが見つけてそういう表情《ひょうじょう》をするのを、ハリーはときどき見たような気がした。さらに問題を複雑《ふくざつ》にしたのは、自分が申《もう》し込《こ》まなければ、たちまち誰《だれ》かがジニーを誘《さそ》うにちがいないという心配が、ハリーを悩《なや》ませたことだった。ハリーもロンも、人気がありすぎるのはジニー本人のためによくないという認識《にんしき》では、少なくとも一致《いっち》していた。

結局のところ、もう一度「フェリックス・フェリシス」を飲みたいという誘惑《ゆうわく》が日増《ひま》しに強くなっていた。何しろこの件《けん》は、ハーマイオニーに言わせれば、確実《かくじつ》に「状況《じょうきょう》をちょっとつねる」に当たるのではないだろうか？

かぐわしい五月の日々がいつの間にか過《す》ぎていくのに、ハリーがジニーを目にするときには、なぜかロンが必ずハリーのすぐそばにいた。

ハリーは一滴《てき》の幸運を切望していた。ロンが、親友と妹が互《たが》いに好きになるのはこの上ない幸せなことだと気がついてほしい。そして、少しまとまった時間、ジニーと二人きりにしてくれるような幸運が欲《ほ》しい。しかし、シーズン最後のクィディッチの試合が近づいていたため、ロンは四六時中ハリーと戦術《せんじゅつ》を話したがり、それ以外はほとんど何も考えていなかったので、どちらのチャンスもめぐってきそうになかった。

ロンだけが何も特別なわけではなかった。学校中で、グリフィンドール対レイブンクローの試合への関心が、極限《きょくげん》まで高まっていた。この試合が、まだ混戦状態《こんせんじょうたい》の優勝杯《ゆうしょうはい》の行方《ゆくえ》を決定するはずだからだ。グリフィンドールがレイブンクローに三〇〇点差で勝てば（相当難《むずか》しいが、ハリーには自分のチームの飛びっぷりが、これまでで最高だとわかっていた）、それでグリフィンドールが優勝《ゆうしょう》する。三〇〇点を下回る得点差で勝った場合は、レイブンクローに次いで二位になる。一〇〇点差で負ければ、ハッフルパフより下位の三位になり、一〇〇点を超《こ》える得点差で負ければ四位だ。そうなれば、この二世紀来、初めてグリフィンドールを最下位に落としたキャプテンがハリーだと、みんなが、一生涯《いっしょうがい》思い出させてくれることだろう。

雌雄《しゆう》を決するこの試合への序盤戦《じょばんせん》は、お定まりの行事だった。対抗《たいこう》する寮《りょう》の生徒たちが、相手のチームを廊下《ろうか》で脅《おど》そうとしたり、選手が通《とお》り過《す》ぎるときには、それぞれの選手をいやみったらしく声高にはやしたてたりした。選手のほうは、肩《かた》で風を切って歩き、注目されることを楽しむか、授業《じゅぎょう》の合間にトイレに駆《か》け込《こ》んでゲーゲー吐《は》くかのどちらかだった。

なぜかハリーの頭の中では、試合の行方《ゆくえ》と、ジニーに対する自分の計画の成否《せいひ》とが密接《みっせつ》に関連していた。三〇〇点より多い得点差で勝てば、陶酔状態《とうすいじょうたい》と試合後のすてきな大騒《おおさわ》ぎのパーティが、「フェリックス・フェリシス」を思いきり飲んだと同じ効果《こうか》をもたらすような気がして、しかたがなかった。

いろいろと考えごとの多い中で、ハリーはもう一つの野心も捨《す》てていなかった。マルフォイが「必要の部屋」で何をしているかを知ることだ。ハリーは相変わらず忍《しの》びの地図《ちず》を調べていたし、マルフォイがしばしば地図から消えてしまうのは、「必要の部屋」で相当の時間を過《す》ごしているからだろうと推量《すいりょう》していた。首尾《しゅび》よくその部屋に入《はい》り込《こ》むという望みは失いかけていたものの、部屋の近くにいるときは、ハリーは必ず試《ため》してみた。しかし、どんなに言葉を変えて自分の必要を唱えてみても、壁《かべ》は頑《がん》として扉《とびら》を現《あらわ》さなかった。

レイブンクロー戦の数日前、ハリーは一人で談話室を出て、夕食に向かっていた。ロンは、またしてもゲーゲーやるのに近くのトイレに駆《か》け込《こ》み、ハーマイオニーは、前回の「数占《かずうらな》い」の授業《じゅぎょう》で提出《ていしゅつ》したレポートにまちがいが一つあったかもしれないと、ベクトル先生に会いに飛んでいった。ハリーはつい習慣《しゅうかん》で、いつものように回り道して八階の廊下《ろうか》に向かいながら、忍《しの》びの地図《ちず》をチェックした。ざっと見ても、どこにもマルフォイの姿《すがた》が見つからなかったので、また「必要の部屋」の中にちがいないと思ったが、その時ふと、マルフォイと記された小さな点が、下の階の男子トイレにたたずんでいるのが見えた。一緒《いっしょ》にいるのは、クラッブでもゴイルでもない。なんと「嘆《なげ》きのマートル」だった。

あまりにありえない組み合わせだったので、ハリーは地図から目を離《はな》せず、鎧《よろい》に正面衝突《しょうめんしょうとつ》してしまった。大きな衝突音《しょうとつおん》で我《われ》に返ったハリーは、フィルチが現《あらわ》れないうちにと急いでその場を離《はな》れ、大理石の階段《かいだん》を駆《か》け下《お》りて、下の階の廊下《ろうか》を走った。トイレの外でドアに耳を押《お》しつけたが、何も聞こえない。ハリーはそうっとドアを開けた。

ドラコ・マルフォイがドアに背《せ》を向けて立っていた。両手で洗面台《せんめんだい》の両端《りょうはし》を握《にぎ》り、プラチナ・ブロンドの頭を垂《た》れている。

「やめて」

感傷的《かんしょうてき》な「嘆《なげ》きのマートル」の声が、小部屋の一つから聞こえてきた。

「やめてちょうだい……困《こま》ってることを話してよ……私《わたし》が助けてあげる……」

「誰《だれ》にも助けられない」

マルフォイが言った。体中を震《ふる》わせていた。

「僕《ぼく》にはできない……できない……うまくいかない……それに、すぐにやらないと……あの人は僕《ぼく》を殺すって言うんだ……」

その時、ハリーは気がついた。あまりの衝撃《しょうげき》で、ハリーはその場に根が生えてしまったような気がした。マルフォイが泣いている――ほんとうに泣いている――涙《なみだ》が青白いほおを伝って、あかじみた洗面台《せんめんだい》に流れ落ちていた。マルフォイはあえぎ、ぐっと涙《なみだ》をこらえて身震《みぶる》いし、顔を上げてひび割《わ》れた鏡をのぞいた。そして、肩越《かたご》しにハリーが自分を見つめているのに気づいた。

マルフォイはくるりと振《ふ》り返《かえ》り、杖《つえ》を取り出した。ハリーも反射的《はんしゃてき》に杖《つえ》を引き出した。マルフォイの呪《のろ》いはわずかにハリーをそれ、そばにあった壁《かべ》のランプを粉々にした。ハリーは脇《わき》に飛びのき、「レビコーパス！　浮上《ふじょう》せよ！」と心で唱えて杖《つえ》を振《ふ》った。しかしマルフォイは、その呪《のろ》いを阻止《そし》し、次の呪《のろ》いをかけようと杖《つえ》を上げた――。

「だめ！　だめよ！　やめて！」

「嘆《なげ》きのマートル」がかん高い声を上げ、その声がタイル貼《ば》りのトイレに大きく反響《はんきょう》した。

「やめて！　**やめて！**」

バーンと大きな音とともに、ハリーの後ろのごみ箱が爆発《ばくはつ》した。ハリーは「足縛《あししば》りの呪《のろ》い」をかけたが、マルフォイの耳の後ろの壁《かべ》で跳《は》ね返《かえ》り、「嘆《なげ》きのマートル」の下の水槽《すいそう》タンクを破壊《はかい》した。マートルが大きな悲鳴を上げた。水が一面にあふれ出し、ハリーがすべった。マルフォイは顔をゆがめて叫《さけ》んだ。

「クルー――」

「セクタムセンプラ！」床《ゆか》に倒《たお》れながらも、ハリーは夢中《むちゅう》で杖《つえ》を振《ふ》り、大声で唱えた。

マルフォイの顔や胸《むね》から、まるで見えない刀で切られたように血が噴《ふ》き出《だ》した。マルフォイはよろよろとあとずさりして、水浸《みずびた》しの床《ゆか》にバシャッと倒《たお》れ、右手がだらりと垂《た》れて杖《つえ》が落ちた。

「そんな――」ハリーは息をのんだ。

すべったりよろめいたりしながら、ハリーはやっと立ち上がってマルフォイの脇《わき》に飛んだ。マルフォイの顔はもう血で真っ赤に光り、蒼白《そうはく》な両手が血染《ちぞ》めの胸《むね》をかきむしっていた。

「そんな——僕《ぼく》はそんな——」

ハリーは自分が何を言っているのかわからなかった。自分自身の血の海で、激《はげ》しく震《ふる》えているマルフォイの脇《わき》に、ハリーはがっくり両ひざをついた。「嘆《なげ》きのマートル」が、耳をつんざく叫《さけ》び声《ごえ》を上げた。

「**人殺し！　トイレで人殺し！　人殺し！**」

ハリーの背後《はいご》のドアがバタンと開いた。目を上げたハリーはぞっとした。スネイプが憤怒《ふんぬ》の形相で飛《と》び込《こ》んできていた。ハリーを荒々《あらあら》しく押《お》しのけ、スネイプはひざまずいてマルフォイの上にかがみ込《こ》み、杖《つえ》を取り出して、ハリーの呪《のろ》いでできた深い傷《きず》を杖《つえ》でなぞりながら、呪文《じゅもん》を唱えた。まるで歌うような呪文《じゅもん》だった。出血がゆるやかになったようだった。スネイプは、マルフォイの顔から残りの血をぬぐい、呪文《じゅもん》をくり返した。今度は傷口《きずぐち》がふさがっていくようだった。

ハリーは自分のしたことに愕然《がくぜん》として、自分も血と水とでぐしょぬれなことにはほとんど気づかず、ただ見つめ続けていた。頭上で「嘆《なげ》きのマートル」が、すすり上《あ》げ、むせび泣き続けている。スネイプは三度目の反対呪文《はんたいじゅもん》を唱え終わると、マルフォイを半分抱《かか》え上《あ》げて立たせた。

「医務室《いむしつ》に行く必要がある。多少傷痕《きずあと》を残すこともあるが、すぐにハナハッカを飲めばそれもさけられるだろう……来い……」

スネイプはマルフォイを支《ささ》えて、トイレのドアまで歩き、振《ふ》り返《かえ》って、冷たい怒《いか》りの声で言った。

「そして、ポッター……ここで我輩《わがはい》を待つのだ」

逆《さか》らおうなどとはこれっぽちも考えなかった。ハリーは震《ふる》えながらゆっくり立ち上がり、ぬれた床《ゆか》を見下ろした。床一面《ゆかいちめん》に、真紅《しんく》の花が咲《さ》いたように、血痕《けっこん》が浮《う》いていた。「嘆《なげ》きのマートル」は、相変わらず泣きわめいたりすすり上げたりして、だんだんそれを楽しんでいるのが明らかだったが、だまれという気力さえなかった。

十分後にスネイプが戻《もど》ってきた。トイレに入ってくるなり、スネイプはドアを閉《し》めた。

「去れ」

スネイプのひと声で、マートルはすぐに便器の中にスイーッと戻《もど》っていった。あとには痛《いた》いほどの静けさが残った。

「そんなつもりはありませんでした」

ハリーがすぐさま言った。冷たい水浸《みずびた》しの床《ゆか》に、ハリーの声が反響《はんきょう》した。

「あの呪文《じゅもん》がどういうものなのか、知りませんでした」

しかし、スネイプは無視《むし》した。

「我輩《わがはい》は、君を見くびっていたようだな、ポッター」スネイプが低い声で言った。

「君があのような闇《やみ》の魔術《まじゅつ》を知っていようとは、誰《だれ》が考えようか？　あの呪文《じゅもん》は誰《だれ》に習ったのだ？」

「僕《ぼく》――どこかで読んだんです」

「どこで？」

「あれは――図書館の本です」

ハリーは破《やぶ》れかぶれにでっち上げた。

「思い出せません。なんという本――」

「うそをつくな」

スネイプが言った。ハリーはのどがからからになった。スネイプが何をしようとしているかわかってはいたが、ハリーはこれまで一度もそれを防《ふせ》げなかった……。

トイレが目の前でゆらめいてきたようだった。すべての考えをしめ出そうと努力したが、もがけばもがくほど、プリンスの『上級魔法薬《じょうきゅうまほうやく》』の教科書が頭に浮《う》かび、ぼんやり漂《ただよ》った……。

そして次の瞬間《しゅんかん》、ハリーは壊《こわ》れてびしょぬれになったトイレで、再《ふたた》びスネイプを見つめていた。勝ち目はないと思いながらも、見られたくないものをスネイプが見なかったことを願いつつ、ハリーはスネイプの暗い目を見つめた。しかし――。

「学用品の鞄《かばん》を持ってこい」

スネイプが静かに言った。

「それと、教科書を全部だ。**全部**だぞ。ここに、我輩《わがはい》の所へ持ってくるのだ。いますぐ！」

議論《ぎろん》の余地《よち》はなかった。ハリーはすぐにきびすを返し、トイレからバシャバシャと出ていった。廊下《ろうか》まで出るやいなや、ハリーはグリフィンドール塔《とう》に向かって駆《か》けだした。ほとんどの生徒が反対方向に歩いていて、ぐっしょりぬれた血だらけのハリーをあぜんとして見つめたが、すれちがいざまに投げかけられる質問《しつもん》にもいっさい答えずに、ハリーは走った。

ハリーは衝撃《しょうげき》を受けていた。愛するペットが突然凶暴《とつぜんきょうぼう》になったような気持ちだった。あんな呪文《じゅもん》を教科書に書《か》き込《こ》むなんて、いったいプリンスは何を考えていたんだ？　スネイプがそれを見たら、いったいどうなるんだろう？　スラグホーンに言いつけるだろうか――ハリーは胃《い》がよじれる思いだった――ハリーが今学期中、「魔法薬《まほうやく》」であんなによい成績《せいせき》だったのはなぜかを、スラグホーンにばらすだろうか？　ハリーにこれほど多くのことを教えてくれた教科書を、スネイプは取り上げるのか破壊《はかい》してしまうのか……指南役でもあり、友達でもあったあの教科書を？　そんなことがあってはならない……そんなことはとても……。

「どこに行って――？　なんでそんなにぐしょぬれ――？　それ、**血じゃないのか？**」

ロンが階段《かいだん》の一番上に立って、当惑顔《とうわくがお》でハリーの姿《すがた》を見ていた。

「君の教科書が必要だ」

ハリーが息をはずませながら言った。

「君の『魔法薬《まほうやく》』の本。早く……僕《ぼく》に渡《わた》して……」

「でも、『プリンス』はどうするんだ？」

「あとで説明するから！」

ロンは自分の鞄《かばん》から『上級魔法薬《じょうきゅうまほうやく》』の本を引《ひ》っ張《ぱ》り出《だ》して、ハリーに渡《わた》した。ハリーはロンを置き去りにして走りだし、談話室に戻《もど》った。そこで鞄《かばん》を引っつかみ、夕食をすませた何人かの生徒が驚《おどろ》いて眺《なが》めているのを無視《むし》して、再《ふたた》び肖像画《しょうぞうが》の穴《あな》に飛《と》び込《こ》み、八階の廊下《ろうか》を矢のように走った。

踊《おど》るトロールのタペストリーの脇《わき》で急停止《きゅうていし》し、ハリーは両目をつむって歩きはじめた。

僕《ぼく》の本を隠《かく》す場所が必要だ……僕《ぼく》の本を隠《かく》す場所が必要だ……僕《ぼく》の本を隠《かく》す場所が必要だ……。

何もない壁《かべ》の前を、ハリーは三回往復《おうふく》した。目を開けると、ついにそこに扉《とびら》が現《あらわ》れていた。「必要の部屋」の扉《とびら》だ。ハリーはぐいと開けて中に飛《と》び込《こ》み、扉《とびら》をバタンと閉《し》めた。

ハリーは息をのんだ。急いでいる上に、無我夢中《むがむちゅう》だったし、トイレで恐怖《きょうふ》が待ち受けているにもかかわらず、ハリーは目の前の光景に威圧《いあつ》された。そこは、大聖堂《だいせいどう》ほどもある広い部屋だった。高《たか》窓《まど》からいく筋《すじ》もの光が射《さ》し込《こ》み、そびえ立つ壁《かべ》でできている都市のような空間を照らしていた。ホグワーツの住人が何世代にもわたって隠《かく》してきたものが、壁《かべ》のように積み上げられてできた都市だ。壊《こわ》れた家具が積まれ、ぐらぐらしながら立っているその山の間が、通路や隘路《あいろ》になっている。

家具類は、たぶんしくじった魔法《まほう》の証拠《しょうこ》を隠《かく》すためにしまい込《こ》んだか、城自慢《しろじまん》の屋敷《やしき》しもべ妖精《ようせい》たちが隠《かく》したかったのだろう。何千冊《さつ》、何万冊《さつ》という本もあった。明らかに禁書《きんしょ》か、書《か》き込《こ》みがしてあるか、盗品《とうひん》だろう。羽の生えたパチンコ、かみつきフリスビーなどは、まだ少し生気が残っているものもあり、山のような禁《きん》じられた品々の上を、なんとなくふわふわ漂《ただよ》っている。固まった薬の入った欠けた瓶《びん》やら、帽子《ぼうし》、宝石《ほうせき》、マントなど。さらに、ドラゴンの卵《たまご》の殻《から》のようなもの。コルク栓《せん》がしてある瓶《びん》の中身はまだまがまがしく光っている。さびた剣《つるぎ》が何振《なんふ》りかと、重い血染《ちぞ》めの斧《おの》が一本。

ハリーは、隠《かく》された宝物《たからもの》に囲まれているいく筋《すじ》もの隘路《あいろ》の一つに、急いで入《はい》り込《こ》んだ。巨大《きょだい》なトロールの剝製《はくせい》を通《とお》り過《す》ぎた所で右に曲がり、少し走って、壊《こわ》れた「姿《すがた》をくらますキャビネット棚《だな》」の所を左折した。去年モンタギューが押《お》し込《こ》められて姿《すがた》を消したキャビネット棚《だな》だ。最後に、酸《さん》をかけられたらしく、表面がボコボコになった大きな戸棚《とだな》の前でハリーは立ち止まった。

キーキーきしむ戸の一つを開けると、そこにはすでに、檻《おり》に入った何かが隠《かく》してあった。とっくに死んでいたが、骨《ほね》は五本足だった。ハリーは檻《おり》の陰《かげ》にプリンスの教科書を隠《かく》し、きっちり戸を閉《し》めた。

雑然《ざつぜん》とした廃物《はいぶつ》の山を眺《なが》めて、ハリーはしばらくそこにたたずんだ。心臓《しんぞう》が激《はげ》しく鼓動《こどう》している。……こんながらくたの中で、この場所をまた見つけることができるだろうか？　ハリーは、近くの木箱の上に置いてあった、年老いた醜《みにく》い魔法戦士《まほうせんし》の欠けた胸像《きょうぞう》を取り上げて、本を隠《かく》した戸棚《とだな》の上に置き、その頭にほこりだらけの古いかつらと黒ずんだティアラをのせて、さらに目立つようにした。それから、できるだけ急いでがらくたの隘路《あいろ》を駆《か》け戻《もど》り、廊下《ろうか》に出て扉《とびら》を閉《し》めた。扉《とびら》はたちまち元の石壁《いしかべ》に戻《もど》った。

ハリーは、下の階のトイレに全速力で戻《もど》った。走りながら、ロンの『上級魔法薬《じょうきゅうまほうやく》』の教科書を自分の鞄《かばん》に押《お》し込《こ》んだ。

一分後、ハリーはスネイプの面前に戻《もど》っていた。スネイプは一言も言わずにハリーの鞄《かばん》に手を差し出した。ハリーは息をはずませ、胸《むね》に焼けるような痛《いた》みを感じながら鞄《かばん》を手渡《てわた》して待った。

スネイプはハリーの本を一冊《さつ》ずつ引き出して調べた。最後に残った「魔法薬《まほうやく》」の教科書を、スネイプは入念に調べてから口をきいた。

「ポッター、これは君の『上級魔法薬《じょうきゅうまほうやく》』の教科書か？」

「はい」ハリーはまだ息をはずませていた。

「確《たし》かにそうか？　ポッター？」

「はい」ハリーは少し食ってかかるように言った。

「君がフローリシュ・アンド・ブロッツ書店から買った『上級魔法薬《じょうきゅうまほうやく》』の教科書か？」

「はい」ハリーはきっぱりと言った。

「それなれば、何故《なにゆえ》」スネイプが言った。「表紙の裏《うら》に、『ローニル・ワズリブ』と書いてあるのだ？」

ハリーの心臓《しんぞう》が、一拍《ぱく》すっ飛ばした。

「それは僕《ぼく》のあだ名です」

「君のあだ名」スネイプがくり返した。

「ええ……友達が僕《ぼく》をそう呼《よ》びます」

「あだ名がどういうものかは、知っている」

スネイプが言った。冷たい暗い目が、またしてもハリーの目をグリグリえぐった。ハリーはスネイプの目を見ないようにした。**心を閉《と》じるんだ……心を閉《と》じるんだ……**しかしハリーは、そのやり方をきちんと習得《しゅうとく》していなかった……。

「ポッター、我輩《わがはい》が何を考えているかわかるか？」

スネイプは極《きわ》めて低い声で言った。

「我輩《わがはい》は君がうそつきのペテン師《し》だと思う。そして、今学期いっぱい、土曜日に罰則《ばっそく》を受けるに値《あたい》すると考える。ポッター、君はどう思うかね？」

「僕《ぼく》――僕《ぼく》はそうは思いません。先生」

ハリーはまだスネイプの目を見ないようにしていた。

「ふむ。罰則《ばっそく》を受けたあとで君がどう思うか見てみよう」スネイプが言った。

「土曜の朝、十時だ。ポッター。我輩《わがはい》の研究室で」

「でも、先生……」ハリーは絶望的《ぜつぼうてき》になって顔を上げた。

「クィディッチが……最後の試合が――」

「十時だ」

スネイプは黄色い歯を見せてニヤリと笑いながら、ささやき声で言った。

「哀《あわ》れなグリフィンドールよ……今年は気の毒に、四位だろうな……」

スネイプはそれ以上一言も言わずに、トイレを出ていった。残されたハリーは、ロンでさえいままでに感じたことがないにちがいないほどの、ひどい吐《は》き気《け》をもよおしながら、割《わ》れた鏡を見つめていた。


「『だから注意したのに』、なんて言わないわ」

一時間後、談話室でハーマイオニーが言った。

「ほっとけよ、ハーマイオニー」ロンは怒《おこ》っていた。

ハリーは、結局夕食に行かなかった。まったく食欲《しょくよく》がなかった。ついいましがた、ロン、ハーマイオニー、ジニーに、何が起こったかを話して聞かせたところだったが、話す必要はなかったようだ。ニュースはすでにあっという間に広まっていた。どうやら「嘆《なげ》きのマートル」が、勝手に役目を引き受けて、城中《しろじゅう》のトイレにポコポコ現《あらわ》れてその話をしたらしい。パンジー・パーキンソンはとっくに医務室《いむしつ》に行ってマルフォイを見舞《みま》い、時を移《うつ》さず津々浦々《つつうらうら》を回って、ハリーをこき下ろしていた。そしてスネイプは、先生方に何が起こったかを仔細《しさい》に報告《ほうこく》していた。

ハリーはすでに談話室から呼《よ》び出《だ》され、マクゴナガル先生と差し向かいで、非常《ひじょう》に不ゆかいな十五分間を耐《た》え忍《しの》んだ。マクゴナガル先生は、ハリーが退学《たいがく》にならなかったのは幸運だと言い、今学期中すべての土曜日に罰則《ばっそく》というスネイプの処罰《しょばつ》を、全面的に支持《しじ》した。

「あのプリンスという人物はどこか怪《あや》しいって、言ったはずよ」

ハーマイオニーは、どうしてもそう言わずにはいられない様子だった。

「私《わたし》の言うとおりだったでしょ？」

「いいや、そうは思わない」ハリーは頑固《がんこ》に言《い》い張《は》った。

ハーマイオニーに説教されなくとも、ハリーはもう充分《じゅうぶん》につらい思いを味わっていた。土曜日の試合でプレーできない、と告《つ》げたときのグリフィンドール・チームの表情《ひょうじょう》が、最悪の罰《ばつ》だった。いまこそジニーが自分を見つめているのを感じたのに、目を合わせられなかった。ジニーの目に失望と怒《いか》りを見たくなかった。ハリーはたったいま、土曜日にはジニーがシーカーになり、ジニーのかわりにディーンがチェイサーを務《つと》めるようにと言ったばかりだった。試合に勝てば、もしかして試合後の陶酔感《とうすいかん》で、ジニーとディーンがよりを戻《もど》すかもしれない……その思いが、氷のナイフのようにハリーを刺《さ》した。

「ハリー」ハーマイオニーが言い返した。

「どうしてまだあの本の肩《かた》を持つの？　あんな呪文《じゅもん》が――」

「あの本のことを、くだくだ言うのはやめてくれ！」ハリーがかみついた。

「プリンスはあれを書き写しただけなんだ！　誰《だれ》かに使えってすすめていたのとはちがう！　そりゃ、断言《だんげん》はできないけど、プリンスは、自分に対して使われたやつを書きとめていただけかもしれないんだ！」

「信じられない」ハーマイオニーが言った。

「あなたが事実上弁護《べんご》してることって――」

「自分のしたことを弁護《べんご》しちゃいない！」ハリーは急いで言った。

「しなければよかったと思ってる。何も十数回分の罰則《ばっそく》を食らったからって、それだけで言ってるわけじゃない。たとえマルフォイにだって、僕《ぼく》はあんな呪文《じゅもん》は使わなかっただろう。だけどプリンスを責《せ》めることはできない。『これを使え、すごくいいから』なんて書いてなかったんだから――プリンスは自分のために書きとめておいただけなんだ。誰《だれ》かのためにじゃない……」

「ということは」ハーマイオニーが言った。

「戻《もど》るつもり――？」

「そして本を取《と》り戻《もど》す？　ああ、そのつもりだ」ハリーは力んだ。

「いいかい、プリンスなしでは、僕《ぼく》は『フェリックス・フェリシス』を勝ち取れなかっただろう。ロンが毒を飲んだとき、どうやって助けるかもわからなかったはずだ。それに、絶対《ぜったい》――」

「――『魔法薬《まほうやく》』にすぐれているという、身に余《あま》る評判《ひょうばん》も得《え》られなかった」

ハーマイオニーが意地悪く言った。

「ハーマイオニー、やめなさいよ！」ジニーが言った。

ハリーは驚《おどろ》きと感謝《かんしゃ》のあまり、つい目を上げた。

「話を聞いたら、マルフォイが『許《ゆる》されざる呪文《じゅもん》』を使おうとしていたみたいじゃない。ハリーが、いい切り札を隠《かく》していたことを喜ぶべきよ！」

「ええ、ハリーが呪《のろ》いを受けなかったのは、もちろんうれしいわ！」

ハーマイオニーは明らかに傷《きず》ついたようだった。

「でも、ジニー、『**セクタムセンプラ**』の呪文《じゅもん》がいい切り札だとは言えないわよ。結局ハリーはこんな目にあったじゃない！　せっかくの試合に勝てるチャンスが、おかげでどうなったかを考えたら、私《わたし》なら――」

「あら、いまさらクィディッチのことがわかるみたいな言い方をしないで」

ジニーがピシャリと言った。

「自分がメンツを失うだけよ」

ハリーもロンも目を見張《みは》った。ハーマイオニーとジニーは、これまでずっと、とても馬が合っていたのに、いまや二人とも腕組《うでぐ》みして座《すわ》り、互《たが》いにそっぽを向いてにらんでいる。ロンはそわそわとハリーを見て、それから適当《てきとう》な本をサッとつかんでその陰《かげ》に顔を隠《かく》した。

その夜は、それから誰《だれ》も互《たが》いに口をきかなかった。にもかかわらず、ハリーは、そんな気分になる資格《しかく》はないと思いながらも、急に信じられないほど陽気になっていた。

うきうき気分は長くは続かなかった。次の日、スリザリンのあざけりに耐《た》えなければならなかったし、それればかりか仲間のグリフィンドール生の怒《いか》りも大変だった。何しろ、寮《りょう》チームのキャプテンともあろう者が、シーズン最後の試合への、出場を禁《きん》じられるようなことをしでかしたというのが、どうにも気に入らなかったのだ。

ハーマイオニーには強気で言《い》い張《は》ったものの、土曜日の朝が来てみると、ハリーは、ロンやジニーやほかの選手たちと一緒《いっしょ》にクィディッチ競技場《きょうぎじょう》に行けるなら、世界中の「フェリックス・フェリシス」を、のしをつけて差し出してもいいほどの気持ちになっていた。みんながロゼットや帽子《ぼうし》を身につけ、旗やスカーフを振《ふ》りながら、太陽の下に出ていくというのに、自分だけが大勢《おおぜい》の流れに背《せ》を向け、石の階段《かいだん》を地下牢教室《ちかろうきょうしつ》に下りていくのは耐《た》えがたかった。遠くの群集《ぐんしゅう》の声が、やがてまったく聞こえなくなり、一言の解説《かいせつ》も、歓声《かんせい》も、うめき声も聞こえないだろうと、思い知らされるのはつらかった。

「ああ、ポッター」

ハリーが扉《とびら》をノックして入っていくと、スネイプが言った。不ゆかいな思い出の詰《つ》まったなじみ深い研究室は、スネイプが上の階で教えるようになっても、明《あ》け渡《わた》されていなかった。いつものように薄暗《うすぐら》く、以前と同じように、さまざまな色の魔法薬《まほうやく》の瓶《びん》が壁《かべ》いっぱいに並《なら》び、中にはどろりとした死骸《しがい》が浮遊《ふゆう》していた。明らかにハリーのために用意されているテーブルには、不吉《ふきつ》にもクモの巣だらけの箱が積み上げられ、たいくつで骨《ほね》が折れて、しかも無意味な作業だというオーラが漂《ただよ》っていた。

「フィルチさんが、この古い書類の整理をする者を探《さが》していた」

スネイプが猫《ねこ》なで声《ごえ》で言った。

「ご同類のホグワーツの悪童どもと、その悪行に関する記録だ。インクが薄《うす》くなっていたり、カードがネズミの害をこうむっている場合、犯罪《はんざい》と刑罰《けいばつ》を新たに書き写していただこう。さらに、アルファベット順に並《なら》べて、元の箱に収《おさ》めるのだ。魔法《まほう》は使うな」

「わかりました。先生」

ハリーは「先生」という言葉に、できるかぎりの軽蔑《けいべつ》を込《こ》めて言った。

「最初に取りかかるのは」

スネイプは、悪意たっぷりの笑《え》みを唇《くちびる》に浮《う》かべていた。

「千十二番から千五十六番までの箱がよろしかろう。いくつかおなじみの名前が見つかるだろうから、仕事がさらにおもしろくなるはずだ。それ……」

スネイプは、一番上にある箱の一つから、仰々《ぎょうぎょう》しく一枚《まい》のカードを取り出して読み上げた。

「『ジェームズ・ポッターとシリウス・ブラック。バートラム・オーブリーに対し、不法な呪《のろ》いをかけた廉《かど》で捕《つか》まる。オーブリーの頭は通常《つうじょう》の二倍。二倍の罰則《ばっそく》』」

スネイプがニヤリと笑った。

「死んでも偉業《いぎょう》の記録を残す……そう考えると、大いになぐさめになるだろうねえ」

ハリーのみずおちに、いつもの煮《に》えくり返るような感覚が走った。のどまで出かかった応酬《おうしゅう》の言葉をかみ殺し、ハリーは箱の山の前に腰《こし》かけ、箱を一つ手元に引《ひ》き寄《よ》せた。

予想したとおり、無益《むえき》でつまらない作業だった。ときどき(明らかにスネイプのねらいどおり)、父親やシリウスの名前を見つけて、胃《い》が揺《ゆ》さぶられる思いがした。たいてい二人でつるんで、些細《ささい》ないたずらをしていた。ときどきリーマス・ルーピンやピーター・ペティグリューの名前も一緒《いっしょ》に出てきた。どんな悪さでどんな罰《ばつ》を受けたかを写し取りながら、始まったばかりの試合はどうなっているのだろうと、ハリーは外のことを考えた……ジニーがシーカーとして、チョウと対決している……。

チクタクと時を刻《きざ》んでいる壁《かべ》の大時計に、ハリーは何度も目をやった。その時計は、普通《ふつう》の倍も時間をかけて動いているのではないかと思った。もしや、スネイプが魔法《まほう》で遅《おそ》くしたのでは？　まだ三十分しかたってないなんてありえない……まだ一時間……まだ一時間半……。

時計が十二時半を示《しめ》したとき、ハリーの腹時計《はらどけい》がグウグウ言いだした。作業の指示《しじ》を出してから一度も口をきかなかったスネイプが、一時十分過《す》ぎになってやっと顔を上げた。

「もうよかろう」スネイプが冷たく言った。

「どこまでやったか印をつけるのだ。次の土曜日、十時から先を続ける」

「はい、先生」

ハリーは、端《はし》を折ったカードを適当《てきとう》に箱に突《つ》っ込《こ》み、スネイプの気が変わらないうちに急いで部屋を出た。石段《いしだん》を駆《か》け上《あ》がりながら、ハリーは競技場《きょうぎじょう》からの物音に耳を澄《す》ましたが、まったく静かだった……もう、終わってしまったんだ……。

混《こ》み合《あ》った大広間の外で、ハリーは少し迷《まよ》ったが、やがて大理石の階段《かいだん》を駆《か》け上《あ》がった。グリフィンドールが勝っても負けても、選手が祝ったり相憐《あいあわ》れんだりするのは、通常《つうじょう》、寮《りょう》の談話室だ。

「何事やある？　クイッド　アジス？」

中で何が起こっているかと考えながら、ハリーは恐《おそ》る恐《おそ》る「太った婦人《レディ》」に呼《よ》びかけた。

「見ればわかるわ」と答えた婦人《レディ》の表情《ひょうじょう》からは、何も読み取れなかった。

婦人《レディ》がパッと扉《とびら》を開けた。

肖像画《しょうぞうが》の裏《うら》の穴《あな》から、祝いの大歓声《だいかんせい》が爆発《ばくはつ》した。ハリーの姿《すがた》を見つけて叫《さけ》び声《ごえ》を上げるみんなの顔を、ハリーはポカンと大口を開けて見つめた。何本もの手が、ハリーを談話室に引《ひ》き込《こ》んだ。

「勝ったぞ！」

ロンが目の前に躍《おど》り出《で》て、銀色の優勝杯《ゆうしょうはい》を振《ふ》りながら叫《さけ》んだ。

「勝ったんだ！　四五〇対一四〇！　勝ったぞ！」

ハリーはあたりを見回した。ジニーが駆《か》け寄《よ》ってきた。決然とした、燃《も》えるような表情《ひょうじょう》で、ジニーはハリーに抱《だ》きついた。ハリーは、何も考えず、何もかまえず、五十人もの目が注がれているのも気にせず、ジニーにキスした。

どのくらいたったのだろう……三十分だったかもしれない……太陽の輝《かがや》く数日間だったかもしれない——二人は離《はな》れた。部屋中がしんとなっていた。それから何人かが冷やかしの口笛を吹《ふ》き、あちこちでくすぐったそうな笑い声が湧《わ》き起《お》こった。

ジニーの頭越《ご》しに見ると、ディーン・トーマスが手にしたグラスを握《にぎ》りつぶし、ロミルダ・ベインは何かを投げつけたそうな顔をしていた。ハーマイオニーはニッコリしていた。しかし、ハリーはロンを目で探《さが》した。やっと見つけたロンは、優勝杯《ゆうしょうはい》を握《にぎ》ったまま、頭を棍棒《こんぼう》でなぐられたときにふさわしい表情《ひょうじょう》をしていた。一瞬《いっしゅん》、二人は顔を見合わせた。それからロンが、首を小さくクイッと傾《かたむ》けた。ハリーにはその意味がわかった。

「まあな——しかたないだろ」

ハリーの胸《むね》の中の生き物が、勝利に吠《ほ》えた。ハリーは、ジニーを見下ろしてニッコリ笑い、何も言わずに、肖像画《しょうぞうが》の穴《あな》から出ようと合図した。校庭をいつまでも歩きたかった。その間に——時間があればだが——試合の様子を話し合えるかもしれない。

第二十五章　盗聴《とうちょう》された予見者

ハリーがジニー・ウィーズリーとつき合っている。そのことは大勢《おおぜい》の、特に女の子の関心の的になっているようだった。しかし、それからの数週間、ハリーはうわさ話など、まったく気にならないほど幸せだった。ずいぶん長い間、こんなに幸福な気持ちになったことがなかったし、幸せなことで人の口に上るのは、闇《やみ》の魔術《まじゅつ》の恐《おそ》ろしい場面に巻《ま》き込《こ》まれてうわさになるばかりだったハリーにとって、すばらしい変化だった。

「ほかにもっとうわさ話のネタはあるでしょうに」

談話室の床《ゆか》に座《すわ》り、ハリーの脚《あし》に寄《よ》りかかって「日刊予言者新聞《にっかんよげんしゃしんぶん》」を読んでいたジニーが言った。

「この一週間で三件《けん》も吸魂鬼襲撃事件《きゅうこんきしゅうげきじけん》があったっていうのに、ロミルダ・ベインが私《わたし》に聞くことといったら、ハリーの胸《むね》にヒッポグリフの大きな刺青《いれずみ》があるというのはほんとうか、だって」

ロンとハーマイオニーが大笑いするのを、ハリーは無視《むし》した。

「なんて答えたんだい？」

「ハンガリー・ホーンテールだって言ってやったわ」

のんびりと新聞のページをめくりながら、ジニーが答えた。

「ずっとマッチョっぽいじゃない」

「ありがと」ハリーはニヤッと笑った。

「それで、ロンにはなんの刺青《いれずみ》があるって言ったんだい？」

「ピグミーパフ。でも、どこにあるかは言わなかったわ」

ハーマイオニーは笑い転げ、ロンはしかめっ面《つら》でにらんだ。

「気をつけろ」

ロンがハリーとジニーを指差して、警告《けいこく》するように言った。

「許可《きょか》を与《あた》えることは与《あた》えたけど、撤回《てっかい》しないとは言ってないぞ――」

「『**許可**《きょか》』？」ジニーがフンと言った。

「いつから私《わたし》のすることに、許可《きょか》を与《あた》えるようになったの？　どっちにしろ、マイケルやディーンなんかよりハリーだったらいいのにって言ったのは、あなた自身ですからね」

「ああ、そのほうがいいさ」ロンがしぶしぶ認《みと》めた。

「君たちが公衆《こうしゅう》の面前でイチャイチャしないかぎり――」

「偽善者《ぎぜんしゃ》もいいとこだわ！　ラベンダーとあなたのことは、どうなの？　あっちこっちで二匹《ひき》のうなぎみたいにジタバタのたうってたのは、どなた？」ジニーが食ってかかった。

六月に入ると、ロンのがまんの限界《げんかい》を試《ため》す必要もなくなっていた。ハリーとジニーが、二人一緒《いっしょ》に過《す》ごす時間がどんどん少なくなっていたのだ。O・W・L試験《ふくろうしけん》が近づいて、ジニーは夜遅《よるおそ》くまで勉強しなければならなかった。そんなある夜、ジニーが図書館にこもり、ハリーは談話室の窓際《まどぎわ》に腰《こし》かけて、「薬草学」の宿題を仕上げていた。しかし、それはうわべだけで、実は昼休みにジニーと湖のそばで過《す》ごした、この上なく幸せな時間を追想していたのだ。その時、ハーマイオニーが、何かふくむところがあるような顔で、ハリーとロンの間に座《すわ》った。

「ハリー、お話があるの」

「なんだい？」

ハリーは、いやな予感がしながら聞き返した。ついきのうも、ハーマイオニーは、ジニーは試験のために猛勉強《もうべんきょう》をしなければならないのだから、邪魔《じゃま》をしてはいけないと、ハリーに説教したばかりだった。

「いわゆる『半純血《はんじゅんけつ》のプリンス』のこと」

「またか」ハリーがうめいた。「頼《たの》むからやめてくれないか？」

ハリーは、教科書を取りに「必要の部屋」に戻《もど》る勇気がなかった。その結果、「魔法薬《まはうやく》」の成績《せいせき》が被害《ひがい》を受けた（ただし、スラグホーンは、お気に入りのジニーがハリーの相手だったので、恋《こい》の病のせいだとちゃかしてすました）。それでもハリーは、スネイプがプリンスの本を没収《ぼっしゅう》する望みをまだ捨《す》ててはいないと確信《かくしん》していたので、スネイプの目が光っているうちは、本をそのままにしておこうと決めていた。

「やめないわ」

ハーマイオニーがきっぱりと言った。

「あなたが私《わたし》の言うことをちゃんと聞くまではね。闇《やみ》の呪文《じゅもん》を発明する趣味《しゅみ》があるのは、どういう人なのか、私《わたし》、少し探《さぐ》ってみたの――」

「彼《かれ》は、趣味《しゅみ》でやったんじゃない――」

「彼《かれ》、彼《かれ》って――どうして男性《だんせい》なの？」

「前にも、同じやり取りをしたはずだ」ハリーがいらだった。

「**プリンス**だよ、ハーマイオニー、**プリンス！**」

「いいわ！」

ハーマイオニーのほおがパッと赤く燃《も》え上《あ》がった。ハーマイオニーはポケットからとびきり古い新聞の切《き》り抜《ぬ》きを引《ひ》っ張《ぱ》り出《だ》して、ハリーの目の前の机《つくえ》にバンとたたきつけた。

「見て！　この写真を見るのよ！」

ハリーはボロボロの紙切れを拾い上げ、セピア色に変色した動く写真を見つめた。ロンも体を曲げてのぞき込《こ》んだ。十五歳《さい》ぐらいの、やせた少女の写真だった。かわいいとは言えない。太く濃《こ》い眉《まゆ》に、青白い面長《おもなが》な顔は、いらいらしているようにも、すねているようにも見えた。写真の下にはこう書いてある。

アイリーン・プリンス。ホグワーツ・ゴブストーン・チームのキャプテン

「それで？」

写真に関係する短い記事にざっと目を通しながら、ハリーが言った。学校対抗試合《がっこうたいこうじあい》の、かなりつまらない記事だった。

「この人の名前はアイリーン・プリンスよ。ハリー、**プリンス**」

三人は顔を見合わせ、ハリーはハーマイオニーの言おうとしていることに気づいた。ハリーは笑いだした。

「ありえないよ」

「何が？」

「この**女の子**が『半純血《はんじゅんけつ》の……』？　いいかげんにしろよ」

「え？　どうして？　ハリー、魔法界《まほうかい》にはほんとうの王子なんていないのよ！　あだ名か、勝手にその肩書《かたが》きを名乗っているか、または実名かもしれないわ。そうでしょう？　いいから、よく聞いて！　もしこの女の子の父親が『プリンス』という姓《せい》で、母親がマグルなら、それで『半純血《はんじゅんけつ》のプリンス』になるわ！」

「ああ、独創的《どくそうてき》だよ、ハーマイオニー……」

「でも、そうなるわ！　この人はたぶん、自分が半分プリンスであることを誇《ほこ》りにしていたのよ！」

「いいかい、ハーマイオニー。女の子じゃないって、僕《ぼく》にはわかるんだ。とにかくわかるんだよ」

「ほんとうは、女の子がそんなに賢《かしこ》いはずはないって、そう思ってるんだわ」ハーマイオニーが怒《おこ》ったように言った。

「五年も君のそばにいた僕《ぼく》が、女の子が賢《かしこ》くないなんて思うはずないだろ？」ハリーは少し傷《きず》ついて反論《はんろん》した。

「書き方だよ。プリンスが男だってことが、とにかくわかるんだ。僕《ぼく》にはわかるんだよ。この女の子はなんの関係もない。どっから引《ひ》っ張《ぱ》り出《だ》してきたんだ？」

「図書館よ」

ハーマイオニーは予想どおりの答えを言った。

「古い『予言者新聞』が全部取ってあるの。さあ、私《わたし》、できればアイリーン・プリンスのことをもっと調べるつもりよ」

「どうぞご勝手に」ハリーがいらいらと言った。

「そうするわ」ハーマイオニーが言った。

「それに、最初に調べるのは――」ハーマイオニーは肖像画《しょうぞうが》の穴《あな》まで行き、ハリーに向かって語気鋭《するど》く言った。「昔の『魔法薬《まほうやく》』の表彰《ひょうしょう》の記録よ」

出ていくハーマイオニーを、ハリーはしばらくにらんでいたが、暗くなりかけた空を眺《なが》めながらまた思いにふけった。

「ハーマイオニーは、『魔法薬《まほうやく》』で、君が自分よりできるっていうのが、どうしてもがまんならないだけさ」ロンは『薬草とキノコ一〇〇〇種』をまた読みはじめながら言った。

「あの本を取《と》り戻《もど》したいって考える僕《ぼく》が、どうかしてると思うか？」

「思わないさ」ロンが力強く言った。「天才だよ。あのプリンスは。とにかく……ベゾアール石のヒントがなかったら……」

ロンは自分ののどをかき切る動作をした。

「生きてこんな話をすることができなかっただろ？　そりゃ、君がマルフォイに使った呪文《じゅもん》がすごいなんては言わないけど――」

「僕《ぼく》だって」ハリーは即座《そくざ》に言った。

「だけど、マルフォイはちゃんと治ったじゃないか？　たちまち回復《かいふく》だ」

「うん」ハリーが言った。確《たし》かにそのとおりだったが、やはり良心が痛《いた》んだ。「スネイプのおかげでね……」

「君、また次の土曜日にスネイプの罰則《ばっそく》か？」ロンが聞いた。

「うん。そのあとの土曜日も、またそのあとの土曜日もだ」

ハリーはため息をついた。

「それに、今学期中に全部の箱をやり終えないと、来学年も続けるなんてにおわせはじめてる」

ただでさえジニーと過《す》ごす時間が少ないのに、その上罰則《ばっそく》で時間を取られるのが、特にうんざりだった。最近ハリーは、スネイプが実は承知《しょうち》の上でそうしているのではないかと、しばしば疑《うたが》うようになっていた。というのも、スネイプが、せっかくのよい天気なのに、いろいろな楽しみを失うとは、などとひとり言のようにチクチクつぶやきながら、毎回だんだんハリーの拘束時間《こうそくじかん》を長くしていたからだ。

苦い思いをかみしめていたハリーは、ジミー・ピークスが急にそばに現《あらわ》れたのでビクッとした。ジミーは羊皮紙の巻紙《まきがみ》を差し出していた。

「ありがとう、ジミー……あっ、ダンブルドアからだ！」

ハリーは巻紙《まきがみ》を開いて目を走らせながら、興奮《こうふん》して言った。

「できるだけ早く、校長室に来てほしいって！」

ハリーは、ロンと顔を見合わせた。

「おっどろきー」ロンがささやくように言った。「もしかして……見つけたのかな……？」

「すぐ行ったほうがいいよね？」

ハリーは勢《いきお》いよく立ち上がった。

ハリーはすぐに談話室を出て、八階の廊下《ろうか》をできるだけ急いだ。途中《とちゅう》、ピーブズ以外には誰《だれ》とも会わなかった。ピーブズは決まり事のように、チョークのかけらをハリーに投げつけ、ハリーの防《ぼう》衛呪文《えいじゅもん》をかわして、高笑いしながらハリーと反対方向に飛び去った。ピーブズが消え去ったあとの廊下《ろうか》は、深閑《しんかん》としていた。夜間外出禁止時間《やかんがいしゅつきんしじかん》まであと十五分しかなかったので、大多数の生徒はもう談話室に戻《もど》っていた。

その時、悲鳴と衝撃音《しょうげきおん》が聞こえ、ハリーは足を止めて、耳を澄《す》ました。

「なんて――**失礼な**――あなた――ああああーっ！」

音は近くの廊下《ろうか》から聞こえてくる。ハリーは杖《つえ》をかまえて音に向かって駆《か》けだし、飛ぶように角を曲がった。トレローニー先生が、床《ゆか》に大の字に倒《たお》れていた。何枚《なんまい》も重なったショールの一枚《まい》が顔を覆《おお》い、そばにはシェリー酒の瓶《びん》が数本転がっていた。一本は割《わ》れている。

「先生――」

ハリーは急いで駆《か》け寄《よ》り、トレローニー先生を助け起こした。ピカピカのビーズ飾《かざ》りが何本か、めがねにからまっている。トレローニー先生は大きくしゃっくりしながら、髪《かみ》をなでつけ、ハリーの腕《うで》にすがって立ち上がった。

「先生、どうなさったのですか？」

「よくぞ聞いてくださったわ！」

先生がかん高い声で言った。

「あたくし、考えごとをしながら歩き回っておりましたの。あたくしがたまたまかいま見た、いくつかの闇《やみ》の前兆についてとか……」

しかし、ハリーはまともに聞いてはいなかった。いま立っている場所がどこなのかに気がついたからだ。右には踊《おど》るトロールのタペストリー、左一面は頑丈《がんじょう》な石壁《いしかべ》だ。その裏《うら》に隠《かく》れているのは――。

「先生、『必要の部屋』に入ろうとしていたのですか？」

「……あたくしに啓示《けいじ》された予兆についてとか――えっ？」

先生は急にそわそわしはじめた。

「『必要の部屋』です」

ハリーがくり返した。

「そこに入ろうとなさっていたのですか?」

「あたくし――あら――生徒が知っているとは、あたくし存《ぞん》じませんでしたわ――」

「全員ではありません」ハリーが言った。「でも、何があったのですか? 悲鳴を上げましたね……けがでもしたように聞こえましたけど……」

「あたくし――あの」

トレローニー先生は、身を護《まも》るかのようにショールを体に巻《ま》きつけ、拡大《かくだい》された巨大《きょだい》な目でハリーをじっと見下ろした。

「あたくし――あ――ちょっとしたものを――あン――個人的《こじんてき》なものをこの部屋に置いておこうと……」

それから先生は、「ひどい言いがかりですわ」のようなことをつぶやいた。

「そうですか」

ハリーは、シェリー酒の瓶《びん》をちらりと見下ろしながら言った。

「でも、中に入って隠《かく》すことができなかったのですね?」

変だ、とハリーは思った。「部屋」は、プリンスの本を隠《かく》したいと思ったとき、とうとうハリーのために開いてくれた。

「ええ、ちゃんと入りましたことよ」

トレローニー先生は壁《かべ》をにらみつけながら言った。

「でも、そこには先客がいましたの」

「誰《だれ》かが中に――？　誰《だれ》が？」ハリーが詰問《きつもん》した。

「そこには誰《だれ》がいたんです？」

「さっぱりわかりませんわ」

ハリーの緊迫《きんぱく》した声に少したじろぎながら、トレローニー先生が言った。

「『部屋』に入ったら、声が聞こえましたの。あたくし長年隠《かく》し――いえ、『部屋』を使ってきましたけれど――こんなことは初めて」

「声？　何を言っていたんです？」

「何かを言っていたのかどうか、わかりませんわ」

トレローニー先生が言った。

「ただ……歓声《かんせい》を上げていました」

「**歓声《かんせい》を？**」

「大喜びで」先生がうなずいた。

ハリーは先生をじっと見た。

「男でしたか？　女でしたか？」

「想像《そうぞう》ざますけど、男でしょう」トレローニー先生が言った。

「それで、喜んでいたのですか?」

「大喜びでしたわ」トレローニー先生は尊大《そんだい》に鼻を鳴らしながら言った。

「何かお祝いしているみたいに?」

「まちがいなくそうですわ」

「それから――?」

「それから、あたくし、呼《よ》びかけましたの。『そこにいるのは誰《だれ》?』と」

「聞かなければ、誰《だれ》がいるのかわからなかったんですか?」

ハリーは少しじりじりしながら聞いた。

「『内《うち》なる眼《め》』は――」

トレローニー先生は、ショールや何本ものキラキラするビーズ飾《かざ》りを整えながら、威厳《いげん》を込《こ》めて言った。

「歓声《かんせい》などの俗《ぞく》な世界より、ずっと超越《ちょうえつ》した事柄《ことがら》を見つめておりましたの」

「そうですか」

ハリーは早口で言った。トレローニー先生の「内《うち》なる眼《め》」については、すでにいやというほど聞かされていた。

「それで、その声は、そこに誰《だれ》がいるかを答えたのですか？」

「いいえ、答えませんでした。あたりが真っ暗になって、次に気がついたときには、頭から先に『部屋』から放り出されておりましたの！」

「それで、そういうことが起こるだろうというのは、見透《みとお》せなかったというわけですか？」

ハリーはそう聞かずにはいられなかった。

「いいえ。言いましたでございましょう。真っ暗――」

トレローニー先生は急に言葉を切り、何が言いたいのかと疑《うたが》うようにハリーをにらんだ。

「ダンブルドア先生にお話ししたほうがいいと思います」

ハリーが言った。

「ダンブルドア先生は知るべきなんです。マルフォイがお祝いしていたこと――いえ、誰《だれ》かが先生を『部屋』から放り出したことをです」

驚《おどろ》いたことに、トレローニー先生はハリーの意見を聞くと、気位高く背筋《せすじ》を伸《の》ばした。

「校長先生は、あたくしにあまり来てほしくないとほのめかしましたわ」

トレローニー先生は冷たく言った。

「あたくしがそばにいることの価値《かち》を評価《ひょうか》なさらない方に、無理にご一緒《いっしょ》願うようなあたくしではございませんわ。ダンブルドアが、カード占《うらな》いの警告《けいこく》を無視《むし》なさるおつもりなのでしたら――」

先生の骨《ほね》ばった手が、突然《とつぜん》ハリーの手首をつかんだ。

「何度も何度も、どんな並《なら》べ方《かた》をしても――」

そして先生は、ショールの下から仰々《ぎょうぎょう》しくトランプを一枚《まい》取り出した。

「――稲妻《いなずま》に撃《う》たれた塔《とう》」先生がささやいた。「災難《さいなん》。大惨事《だいさんじ》。刻々《こっこく》と近づいてくる……」

「そうですか」

ハリーはさっきと同じ答え方をした。

「えーと……それでもダンブルドアに、その声のことを話すべきだと思います。それに、真っ暗になって『部屋』から放り出されたことなんかも……」

「そう思いますこと?」

トレローニー先生はしばらく考慮《こうりょ》しているようだったが、ハリーには、先生がちょっとした冒険《ぼうけん》話《ばなし》を聞かせたがっていることが読み取れた。

「僕《ぼく》はいま、校長先生に会いにいくところです」ハリーが言った。「校長先生と約束があるんです。一緒《いっしょ》に行きましょう」

「あら、まあ、それでしたら」

トレローニー先生は、ほほえんだ。それからかがみ込《こ》んでシェリー酒の瓶《びん》を拾い集め、近くの壁《かべ》のくぼみに置いてあった青と白の大きな花瓶《かびん》に、無造作《むぞうさ》に投《な》げ捨《す》てた。

「ハリー、あなたがクラスにいないと、さびしいですわ」

一緒《いっしょ》に歩きながら、トレローニー先生が感傷的《かんしょうてき》に言った。

「あなたは大した『予見者』ではありませんでしたが……でも、すばらしい『対象者』でしたわ……」

ハリーは何も言わなかった。トレローニー先生の、絶《た》え間《ま》ない宿命予言の「対象者」にされるのには辟易《へきえき》していた。

「残念ながら」先生はしゃべり続けた。「あの駄馬《だば》は――あら、ごめんあそばせ。あのケンタウルスは――トランプ占《うらな》いを何も知りませんのよ。あたくし、質問《しつもん》しましたの――予見者同士としてざますけど――災難《さいなん》が近づいているという遠くの振動《しんどう》を、あなたも感じませんか？と。ところが、あのケンタウルスは、あたくしのことを、ほとんど滑稽《こっけい》だと思ったらしいんですの。そうです、滑《こっ》稽《けい》だと！」

トレローニー先生の声がヒステリー気味に高くなり、瓶《びん》はもう捨《す》ててきたはずなのに、ハリーは、シェリー酒のきついにおいをかぎ取った。

「たぶんあの馬は、あたくしが高祖母《こうそぼ》の才能《さいのう》を受《う》け継《つ》いでいない、などと誰《だれ》かが言うのを聞いたのですわ。そういううわさは、嫉妬深《しっとぶか》い人たちが、もう何年も前から言いふらしてきたことです。あたくしがそういう人たちになんと言ってやるか、ハリー、おわかり？　あたくしの才能《さいのう》はダンブルドアに充分証明済《じゅうぶんしょうめいず》みです。そうでなかったら、ダンブルドアはこの偉大《いだい》な学校で、あたくしに教えさせたかしら？　この長年の間、あたくしをこんなに信用なさったかしら？」

ハリーは、ゴニョゴニョと聞き取れない言葉をつぶやいた。

「最初のダンブルドアの面接《めんせつ》のことは、よく覚えていましてよ」

トレローニー先生は、かすれ声で話し続けた。

「ダンブルドアは、もちろん、とても感心しましたわ……。あたくしは、ホッグズ・ヘッドに泊《と》まっておりました。ところで、あそこはおすすめしませんわ――あなた、ベッドにはダニですのよ――でも、予算が少なかったの。ダンブルドアは、あたくしの部屋までわざわざお訪《たず》ねくださったわ。あたくしに質問《しつもん》なさった……白状《はくじょう》いたしますとね、はじめのうちはダンブルドアが『占《うらな》い学《がく》』をお気《き》に召《め》さないようだと思いましたわ……そして、あたくし、なんだかちょっと変な気分になりましてね。その日はあまり食べていませんでしたの……でも、それから……」

ハリーは、いま初めてまともに傾聴《けいちょう》していた。その時何が起こったかを知っていたからだ。トレローニー先生は、ハリーとヴォルデモートに関する予言をし、それがハリーの全人生を変えてしまったのだ。

「……でも、その時、セブルス・スネイプが、無礼にも邪魔《じゃま》をしたのです！」

「えっ？」

「そうです。扉《とびら》の外で騒《さわ》ぎがあって、ドアがパッと開いて、そこにかなり粗野《そや》なバーテンが、スネイプと一緒《いっしょ》に立っていたのです。スネイプは、まちがえて階段《かいだん》を上がってきたとか、たわ言を並《なら》べ立《た》てていましたわ。でも、あたくしはむしろ、ダンブルドアとあたくしの面接《めんせつ》を盗《ぬす》み聞《ぎ》きしているところを捕《つか》まったのだろうと思いましたわ――だって、スネイプは、あの時、職《しょく》を求めていましたもの。まちがいなく、面接《めんせつ》のコツを探《さぐ》り出《だ》そうとしたのですわ！　そう、そのあとで、おわかりでございましょ、ダンブルドアはあたくしを採用《さいよう》なさることにずっと乗り気になったようでしたわ。ですから、ハリー、あたくしとしては、ダンブルドアには、気取らず才能《さいのう》をひけらかさないあたくしと、鍵穴《かぎあな》から盗《ぬす》み聞《ぎ》きするような、押《お》しつけがましい図々《ずうずう》しい若《わか》い男との、明らかな相違《そうい》がおわかりになったのだと、そう考えざるをえませんわ――あら、ハリー？」

トレローニー先生は、ハリーが脇《わき》にいないことにやっと気づいて、振《ふ》り返《かえ》った。ハリーは足を止め、二人の間は三メートルも開いていた。

「ハリー？」トレローニー先生は、いぶかしげにもう一度呼《よ》びかけた。

おそらく、ハリーの顔が蒼白《そうはく》だったのだろう。先生はギョッとして、心配そうな顔になった。ハリーは身動きもせずに突《つ》っ立《た》っていた。衝撃《しょうげき》が波のように打《う》ち寄《よ》せては砕《くだ》けた。次々と押《お》し寄《よ》せる波が、長年自分には秘密《ひみつ》にされてきたこの情報《じょうほう》以外《いがい》のすべてのものを、意識《いしき》からかき消していた……。

予言を盗《ぬす》み聞《ぎ》きしたのはスネイプだった。スネイプが、その予言をヴォルデモートに知らせた。

スネイプとピーター・ペティグリューとがグルになって、ヴォルデモートがリリーとジェームズ、そしてその息子《むすこ》を追跡《ついせき》するように仕向けたのだ……。

ハリーには、もはや、ほかの事はどうでもよくなっていた。

「ハリー？」

トレローニー先生がもう一度声をかけた。

「ハリー――一緒《いっしょ》に校長先生にお目にかかりにいくのじゃなかったかしら？」

「ここにいてください」ハリーはまひした唇《くちびる》の間から言葉をしぼり出した。

「でも、あなた……あたくしは、『部屋』で襲《おそ》われたことを校長先生に申し上げるつもりで――」

「ここにいてください！」

ハリーが怒《おこ》ったようにくり返した。

ハリーがトレローニー先生の前を駆《か》け抜《ぬ》け、ダンブルドアの部屋に通じる廊下《ろうか》に向かって角を曲がっていくのを、トレローニー先生はあぜんとして見ていた。廊下《ろうか》には怪獣像《ガーゴイル》が見張《みは》りに立っていた。ハリーは怪獣像《ガーゴイル》に向かって合言葉をどなり、動く螺旋階段《らせんかいだん》を、一度に三段《だん》ずつ駆《か》け上《あ》がった。ダンブルドアの部屋の扉《とびら》を軽くノックするのではなく、ガンガンたたいた。すると静かな声が答えた。

「お入り」

しかし、ハリーは、すでに部屋に飛《と》び込《こ》んでいた。

不死鳥のフォークスが振《ふ》り返《かえ》った。フォークスの輝《かがや》く黒い目が、窓《まど》の外に沈《しず》む夕日の金色を映《うつ》して光っていた。ダンブルドアは、旅行用の長い黒マントを両腕《りょううで》にかけ、窓《まど》から校庭を眺《なが》めて立っていた。

「さて、ハリー、君を一緒《いっしょ》に連れていくと約束したのう」

ほんの一瞬《いっしゅん》、ハリーは何を言われているのかわからなかった。トレローニーとの会話が、ほかのことをいっさい頭から追い出してしまい、脳《のう》みその動きがとても鈍《にぶ》いような気がした。

「一緒《いっしょ》に……先生と……？」

「もちろん、もし君がそうしたければじゃが」

「もし僕《ぼく》が……」

そして、ハリーは、もともとどうしてダンブルドアの校長室に急いでいたかを思い出した。

「見つけたのですか？　分霊箱《ぶんれいばこ》を見つけたのですか？」

「そうじゃろうと思う」

怒《いか》りと恨《うら》みの心が、衝撃《しょうげき》と興奮《こうふん》の気持ちと戦った。しばらくの間、ハリーは口がきけなかった。

「恐《おそ》れを感じるのは当然じゃ」ダンブルドアが言った。

「怖《こわ》くありません！」ハリーは即座《そくざ》に答えた。

ほんとうのことだった。恐怖《きょうふ》という感情《かんじょう》だけはまったく感じていなかった。

「どの分霊箱《ぶんれいばこ》ですか？　どこにあるのですか？」

「どの分霊箱《ぶんれいばこ》かは定《さだ》かではない――ただし、蛇《へび》だけは除外《じょがい》できるじゃろう――ここから何キロも離《はな》れた海岸の洞窟《どうくつ》に隠《かく》されているらしい。その洞窟《どうくつ》がどこにあるかを、わしは長い間探《さが》しておった。トム・リドルが、かつて年に一度の孤児院《こじいん》の遠足で、二人の子供《こども》を脅《おど》した洞窟《どうくつ》じゃ。覚えておるかの？」

「はい」ハリーが答えた。「どんなふうに護《まも》られているのですか？」

「わからぬ。こうではないかと思うことはあるが、まったくまちごうておるかもしれぬ」

ダンブルドアは躊躇《ちゅうちょ》したが、やがてこう言った。

「ハリー、わしは君に一緒《いっしょ》に来てよいと言うた。そして、約束は守る。しかし、君に警告《けいこく》しないのは大きなまちがいじゃろう。今回は極《きわ》めて危険《きけん》じゃ」

「僕《ぼく》、行きます」

ハリーはダンブルドアの言葉が終わらないうちに答えていた。スネイプへの怒《いか》りが沸騰《ふっとう》し、何か命がけの危険《きけん》なことをしたいという願いが、この数分で十倍にふくれ上がっていた。それがハリーの顔に表れたらしい。ダンブルドアは窓際《まどぎわ》を離《はな》れ、銀色の眉根《まゆね》にかすかにしわを寄《よ》せて、ハリーをさらにしっかりと見つめた。

「何があったのじゃ？」

「なんにもありません」ハリーは即座《そくざ》にうそをついた。

「なぜ気が動転しておるのじゃ？」

「動転していません」

「ハリー、君はよい閉心術者《へいしんじゅつしゃ》とは――」

その言葉が、ハリーの怒《いか》りに点火した。

「スネイプ！」

ハリーは大声を出した。フォークスが二人の背後《はいご》で、小さくギャッと鳴いた。

「何かありましたとも！　スネイプです！　あいつが、ヴォルデモートに予言を教えたんだ。**あいつだった**んだ。扉《とびら》の外で聞いていたのは、**あいつ**だった。トレローニーが教えてくれた！」

ダンブルドアは表情《ひょうじょう》を変えなかった。しかし、沈《しず》む太陽に赤く映《は》えるその顔の下で、ダンブルドアがすっと血の気を失ったと、ハリーは思った。しばらくの間、ダンブルドアは無言だった。

「いつ、それを知ったのじゃ？」

しばらくして、ダンブルドアが聞いた。

「たったいまです！」

ハリーが言った。叫《さけ》びたいのを抑《おさ》えるのがやっとだった。しかし、突然《とつぜん》、もうがまんできなくなった。

「それなのに、先生はあいつにここで教えさせた。そしてあいつは、ヴォルデモートに僕《ぼく》の父と母を追うように言った！」

まるで戦いの最中のように、ハリーは息を荒《あら》らげていた。眉根《まゆね》一つ動かさないダンブルドアに背《せ》を向け、ハリーは部屋を往《い》ったり来たりしながら拳《こぶし》をさすり、あたりのものをなぐり倒《たお》したい衝動《しょうどう》を、必死で抑《おさ》えた。ダンブルドアに向かって怒《いか》りをぶつけ、どなり散らしたかった。しかし同時に、ダンブルドアと一緒《いっしょ》に分霊箱《ぶんれいばこ》を破壊《はかい》しにいきたかった。ダンブルドアに向かって、スネイプを信用するなんて、ばかな老人のすることだと言ってやりたかった。しかし、一方で自分が怒《いか》りを抑《よく》制《せい》しなければ、ダンブルドアが一緒《いっしょ》に連れていってくれないことも恐《おそ》れた……。

「ハリー」ダンブルドアが静かに言った。「わしの言うことをよく聞きなさい」

動き回るのをやめるのも、叫《さけ》びたいのをこらえると同じぐらい難《むずか》しかった。ハリーは唇《くちびる》をかんで立ち止まり、しわの刻《きざ》まれたダンブルドアの顔を見た。

「スネイプ先生はひどいまちが――」

「まちがいを犯《おか》したなんて、言わないでください。先生、あいつは扉《とびら》のところで盗聴《とうちょう》してたんだ！」

「最後まで言わせておくれ」

ダンブルドアは、ハリーがそっけなくうなずくまで待った。

「スネイプ先生はひどいまちがいを犯《おか》した。トレローニー先生の予言の前半を聞いたあの夜、スネイプ先生はまだヴォルデモート卿《きょう》の配下だった。当然、ご主人様に、自分が聞いたことを急いで伝えた。それが、ご主人様に深く関わる事柄《ことがら》だったからじゃ。しかし、スネイプ先生は知らなかった――知る由《よし》もなかったのじゃ――ヴォルデモートがそのあと、どこの男の子を獲物《えもの》にするのかも知らず、ヴォルデモートの残忍《ざんにん》な追求の末に殺される両親が、スネイプ先生の知っている人々だとは、知らなかったのじゃ。それが君の父君、母君だとは――」

ハリーは、うつろな笑い声を上げた。

「あいつは僕《ぼく》の父さんもシリウスも、同じように憎《にく》んでいた！　先生、気がつかないんですか？　スネイプが憎《にく》んだ人間は、なぜか死んでしまう」

「ヴォルデモート卿《きょう》が予言をどう解釈《かいしゃく》したのかに気づいたとき、スネイプ先生がどんなに深い自責《じせき》の念にかられたか、君には想像《そうぞう》もつかないじゃろう。人生最大の後悔《こうかい》だったじゃろうと、わしはそう信じておる。それ故《ゆえ》に、スネイプ先生は戻《もど》ってきた――」

「でも、先生、**あいつこそ**、とてもすぐれた閉心術者《へいしんじゅつしゃ》じゃないんですか？」

平静に話そうと努力することで、ハリーの声は震《ふる》えていた。

「それに、ヴォルデモートは、いまでも、スネイプが自分の味方だと信じているのではないですか？　先生……スネイプがこっちの味方だと、なぜ**確信《かくしん》して**いらっしゃるのですか？」

ダンブルドアは、一瞬沈黙《いっしゅんちんもく》した。何事かに関して、意思を固めようとしているかのようだった。

しばらくしてダンブルドアは口を開いた。

「わしは確信《かくしん》しておる。セブルス・スネイプを完全に信用しておる」

ハリーは自分を落ち着かせようと、しばらく深呼吸《しんこきゅう》した。しかし、むだだった。

「でも、僕《ぼく》はちがいます！」

ハリーはまた大声を出していた。

「あいつは、いまのいま、ドラコ・マルフォイと一緒《いっしょ》に何かたくらんでる。先生の目と鼻の先で。それでも先生はまだ――」

「ハリー、このことはもう話し合ったじゃろう」

ダンブルドアは再《ふたた》び厳《きび》しい口調に戻《もど》った。

「わしの見解《けんかい》はもう君に話した」

「先生は今夜、学校を離《はな》れる。それなのに、先生はきっと、考えたこともないんでしょうね、スネイプとマルフォイが何かするかもしれないなんて――」

「何をするというのじゃ？」

ダンブルドアは眉《まゆ》を吊《つ》り上《あ》げた。

「具体的に、二人が何をすると疑《うたが》っておるのじゃ？」

「僕《ぼく》は……あいつらは何かたくらんでるんだ！」

そう言いながら、ハリーは拳《こぶし》を固めていた。

「トレローニー先生がいま『必要の部屋』に入って、シェリー酒の瓶《びん》を隠《かく》そうとしていたんです。そしたら、マルフォイが何かを祝って喜んでいる声を聞いたんです！　あの部屋で、マルフォイは何か危険《きけん》なものを修理《しゅうり》しようとしていた。きっと、とうとう修理《しゅうり》が終わったんです。それなのに、先生は、学校を出ていこうとしている。なんにもせず――」

「もうよい」

ダンブルドアの声はとても静かだったが、ハリーはすぐにだまった。ついに見えない線を踏《ふ》み越《こ》えてしまったと気づいたのだ。

「今学年になって、わしの留守中《るすちゅう》に、学校を無防備《むぼうび》の状態《じょうたい》で放置したことが、一度たりともあると思うか？　否《いな》じゃ。今夜、わしがここを離《はな》れるときには、再《ふた》び追加的な保護策《ほごさく》が施《ほどこ》されるであろう。ハリー、わしが生徒たちの安全を真剣《しんけん》に考えていないなどと、仮初《かりそめ》にも言うではないぞ」

「そんなつもりでは――」

ハリーは少し恥《は》じ入《い》って、口ごもったが、ダンブルドアがその言葉をさえぎった。

「このことは、これ以上話したくはない」

ハリーは、返す言葉をのみ込《こ》んだ。言いすぎて、ダンブルドアと一緒《いっしょ》に行く機会をだめにしてしまったのではないかと恐《おそ》れたが、ダンブルドアは言葉を続けた。

「今夜は、わしと一緒《いっしょ》に行きたいか？」

「はい」ハリーは即座《そくざ》に答えた。

「よろしい。それでは、よく聞くのじゃ」

ダンブルドアは背筋《せすじ》を正し、威厳《いげん》に満ちた姿《すがた》で言った。

「連れていくには、一つ条件《じょうけん》がある。わしが与《あた》える命令には、すぐに従《したが》うことじゃ。しかも質問《しつもん》することなしにじゃ」

「もちろんです」

「ハリー、よく理解《りかい》するのじゃ。わしは、どんな命令にも従《したが》うように言うておる。たとえば、『逃《に》げよ』、『隠《かく》れよ』、『戻《もど》れ』などの命令もじゃ。約束できるか？」

「僕《ぼく》――はい、もちろんです」

「わしが隠《かく》れるように言うたら、そうするか？」

「はい」

「わしが逃《に》げよと言うたら、従《したが》うか？」

「はい」

「わしを置き去りにせよ、自らを助けよと言うたら、言われたとおりにするか？」

「僕《ぼく》――」

「ハリー？」

二人は一瞬《いっしゅん》見つめ合った。

「はい、先生」

「よろしい。それでは、戻《もど》って透明《とうめい》マントを取ってくるのじゃ。五分後に正面玄関《しょうめんげんかん》で落ち合うこととする」

ダンブルドアは後ろを向き、真っ赤に染《そ》まった窓《まど》から外を見た。太陽がいまやルビーのように赤々と、地平線に沈《しず》もうとしていた。ハリーは急いで校長室を出て、螺旋階段《らせんかいだん》を下りた。不思議にも、急に頭がさえざえとしてきた。何をなすべきかがわかっていた。

ハリーが談話室に戻《もど》ったとき、ロンとハーマイオニーは一緒《いっしょ》に座《すわ》っていた。

「ダンブルドアはなんのご用だったの？」

ハーマイオニーが間髪《かんはつ》を容《い》れずに聞いた。

「ハリー、あなた、大丈夫《だいじょうぶ》？」

ハーマイオニーは心配そうに聞いた。

「大丈夫《だいじょうぶ》だ」

ハリーは足早に二人のそばを通《とお》り過《す》ぎながら、短く答えた。階段《かいだん》を駆《か》け上《あ》がり、寝室《しんしつ》に入り、トランクを勢《いきお》いよく開けて忍《しの》びの地図《ちず》と丸めたソックスを一足引《ひ》っ張《ぱ》り出《だ》した。それから、また急いで階段《かいだん》を下りて談話室に戻《もど》り、ぼうぜんと座《すわ》ったままのロンとハーマイオニーの所まで駆《か》け戻《もど》って急停止《きゅうていし》した。

「時間がないんだ」

ハリーは息をはずませて言った。

「ダンブルドアは、僕《ぼく》が透明《とうめい》マントを取りに戻《もど》ったと思ってる。いいかい……」

ハリーは、どこへなんのために行くのかを、二人にかいつまんで話した。ハーマイオニーが恐怖《きょうふ》に息をのんでも、ロンが急いで質問《しつもん》しても、ハリーは話を中断《ちゅうだん》しなかった。細かいことはあとで二人で考えることができるだろう。

「……だから、どういうことかわかるだろう？」

ハリーは、最後までまくし立てた。

「ダンブルドアは今夜ここにいない。だからマルフォイは、何をたくらんでいるにせよ、邪魔《じゃま》が入らないいいチャンスなんだ。**いいから、聞いてくれ！**」

ロンとハーマイオニーが口をはさみたくてたまらなそうにしたので、ハリーはかみつくように言った。

「『必要の部屋』で歓声《かんせい》を上げていたのはマルフォイだってことが、僕《ぼく》にはわかっているんだ。さあ――」

ハリーは忍《しの》びの地図《ちず》をハーマイオニーの手に押《お》しつけた。

「マルフォイを見張《みは》らないといけない。それにスネイプも見張《みは》らないといけない。ほかに誰《だれ》でもいいから、DAのメンバーをかき集められるだけ集めてくれ。ハーマイオニー、ガリオン金貨の連絡《れんらく》網《もう》はまだ使えるね？　ダンブルドアは学校に追加的な保護《ほご》策《さく》を施《ほどこ》したっていうけど、スネイプがからんでいるのなら、ダンブルドアの保護《ほご》措置《そち》のことも、回避《かいひ》の方法も知られている――だけど、スネイプは、君たちが監視《かんし》しているとは思わないだろう？」

「ハリ――」ハーマイオニーは恐怖《きょうふ》に目を見開いて、何か言いかけた。

「議論《ぎろん》している時間がない」ハリーはそっけなく言った。

「これも持っていて――」

ハリーは、ロンの両手にソックスを押《お》しつけた。

「ありがと」ロンが言った。「あ――どうしてソックスが必要なんだ？」

「その中にくるまっているものが必要なんだ。『フェリックス・フェリシス』だ。君たちとジニーとで飲んでくれ。ジニーに、僕《ぼく》からのさよならを伝えてくれ。もう行かなきゃ。ダンブルドアが待ってる――」

「だめよ！」

ロンが、畏敬《いけい》の念《ねん》に打たれたような顔で、ソックスの中から小さな金色の薬が入った瓶《びん》を取り出したとき、ハーマイオニーが言った。

「私《わたし》たちはいらない。あなたが飲んで。これから何があるかわからないでしょう?」

「僕《ぼく》は大丈夫《だいじょうぶ》だ。ダンブルドアと一緒《いっしょ》だから」ハリーが言った。

「僕《ぼく》は、君たちが無事だと思っていたいんだ……そんな顔しないで、ハーマイオニー。あとでまた会おう……」

そして、ハリーはその場を離《はな》れて肖像画《しょうぞうが》の穴《あな》をくぐり、正面玄関《しょうめんげんかん》へと急いだ。

ダンブルドアは玄関《げんかん》の樫《かし》の扉《とびら》の脇《わき》で待っていた。ハリーが息せき切って、脇腹《わきばら》を押《お》さえながら、石段《いしだん》の最上段《さいじょうだん》にすべり込《こ》むと、ダンブルドアが振《ふ》り向《む》いた。

「マントを着てくれるかの」

ダンブルドアはそう言うと、ハリーがマントをかぶるのを待った。

「よろしい。では参ろうか」

ダンブルドアはすぐさま石段《いしだん》を下りはじめた。夏の夕凪《ゆうなぎ》で、ダンブルドアの旅行用マントはちらりとも動かなかった。ハリーは透明《とうめい》マントに隠《かく》れ、並《なら》んで急ぎながらまだ息をはずませ、かなり汗《あせ》をかいていた。

「でも、先生、先生が出ていくところを見たら、みんなはどう思うでしょう?」

ハリーは、マルフォイとスネイプのことを考えながら聞いた。

「わしが、ホグズミードに一杯《ぱい》飲みにいったと思うじゃろう」

ダンブルドアは気軽に言った。

「ときどきわしは、ロスメルタの得意客《とくいきゃく》になるし、さもなければホッグズ・ヘッドに行くのじゃ……もしくは、そのように見えるのじゃ。ほんとうの目的地を隠《かく》すには、それが一番の方法なのじゃよ」

黄昏《たそがれ》の薄明《うすあ》かりの中、二人は馬車道を歩いた。草いきれ、湖の水のにおい、ハグリッドの小屋からの薪《まき》の煙《けむり》のにおいがあたりを満たしていた。これから危険《きけん》な、恐《おそ》ろしいものに向かっていくことなど、信じられなかった。

「先生」

馬車道が尽《つ》きる所に校門が見えてきたとき、ハリーがそっと聞いた。

「『姿《すがた》あらわし』するのですか?」

「そうじゃ」ダンブルドアが言った。

「君はもう、できるのじゃったな?」

「ええ」ハリーが言った。

「でも、まだ免許状《めんきょじょう》をもらっていません」

正直に話すのが一番いいと思った。目的地から二百キロも離《はな》れた所に現《あらわ》れて、すべてがだいなしになったら？

「心配ない」ダンブルドアが言った。

「わしがまた介助《かいじょ》しようぞ」

校門を出ると、二人は人気《ひとけ》のない夕暮《ゆうぐ》れの道を、ホグズミードに向かった。道々、夕闇《ゆうやみ》が急速に濃《こ》くなり、ハイストリート通りに着いたときには、とっぷりと暮《く》れていた。店の二階の窓々から、チラチラと灯《あか》りが見える。「三本の箒《ほうき》」に近づいたとき、騒々《そうぞう》しいわめき声が聞こえてきた。

「——出ておいき！」

マダム・ロスメルタが、むさくるしい魔法使《まほうつか》いを押《お》し出《だ》しながら叫《さけ》んだ。

「あら、アルバス、こんばんは……遅《おそ》いおでかけね……」

「こんばんは、ロスメルタ、ご機嫌《きげん》よう……すまぬが、ホッグズ・ヘッドに行くところじゃ……悪く思わんでくだされ。今夜は少し静かな所に行きたい気分でのう……」

ほどなく二人は、横道に入った。風もないのに、ホッグズ・ヘッドの看板《かんばん》がキーキーと小さくきしんでいた。「三本の箒《ほうき》」と対照的に、このパブはまったくからっぽのようだった。

「中に入る必要はなかろう」

ダンブルドアは、あたりを見回してつぶやいた。

「我々《われわれ》が消えるのを、誰《だれ》にも目撃《もくげき》されないかぎり……さあ、ハリー、片手《かたて》をわしの腕《うで》に置くがよい。強く握《にぎ》る必要はないぞ。君を導《みちび》くだけじゃからのう。三つ数えて――一……二……三……」

ハリーは回転した。たちまち、太いゴム管の中に押《お》し込《こ》められているような、いやな感覚に襲《おそ》われた。息ができない。体中のありとあらゆる部分が、がまんできないほどに圧縮《あっしゅく》され、そして、窒息《ちっそく》すると思ったその瞬間《しゅんかん》、見えないバンドがはちきれたようだった。

ハリーは冷たい暗闇《くらやみ》の中に立ち、胸《むね》いっぱいに新鮮《しんせん》な潮風《しおかぜ》を吸《す》い込《こ》んでいた。

第二十六章　洞窟《どうくつ》

潮《しお》の香《か》と、打《う》ち寄《よ》せる波の音がした。月光に照らされた海と、星を散りばめた空を眺《なが》めるハリーの髪《かみ》を、肌寒《はだざむ》い風が軽く乱《みだ》した。ハリーは、海から高く突《つ》き出《で》た、黒々とした岩の上に立っていた。眼下《がんか》に、海が泡立《あわだ》ち渦巻《うずま》いている。振《ふ》り返《かえ》ると、見上げるような崖《がけ》が、のっぺりした岩肌《いわはだ》を見せて黒々とそそり立っていた。ハリーとダンブルドアが立っている岩と同じような大岩がいくつか、いつか昔に崖《がけ》が割《わ》れて離《はな》れてしまったかのような姿《すがた》で立っている。荒涼《こうりょう》たる光景だ。海にも岩にも、厳《きび》しさをやわらげる草も木も、砂地《すなち》さえもない。

「どう思うかの？」

ダンブルドアが聞いた。ピクニックをするのによい場所かどうか、ハリーの意見を聞いたのかもしれない。

「孤児院《こじいん》の子供《こども》たちを、ここに連れてきたのですか？」

遠足に来るにはこれほど不適切《ふてきせつ》な場所はないだろうと思いながら、ハリーが聞いた。

「正確《せいかく》にはここではない」ダンブルドアが言った。

「後ろの崖沿《がけぞ》いに半分ほど行った所に、村らしきものがある。孤児《こじ》たちは海岸の空気を吸《す》い、海の波を見るためにそこに連れていかれたのじゃろう。この場所そのものを訪《おとず》れたのは、トム・リドルと幼《おさな》い犠牲者《ぎせいしゃ》たちだけじゃと思う。並《なみ》はずれた登山家でもなければ、マグルはこの岩にたどり着くことはできぬし、船も崖《がけ》には近づけぬ。この周りの海は危険《きけん》すぎるのでな。リドルは崖《がけ》を下りてきたのじゃろう。魔法《まほう》が、ロープより役に立ったことじゃろうな。そして、小さな子供《こども》を二人連れてきた。おそらく脅《おど》す楽しみのためじゃ。連れてくるだけで、目的は充分《じゅうぶん》はたされたと思うが、どうじゃな？」

ハリーはもう一度崖《がけ》を見上げ、鳥肌《とりはだ》が立つのを覚えた。

「しかし、リドルの最終目的地は――我々《われわれ》の目的地でもあるが――もう少し先じゃ。おいで」

ダンブルドアは、ハリーを岩の先端《せんたん》に招《まね》き寄《よ》せた。そこからギザギザのくぼみが足場になって、崖《がけ》により近い、いくつかの大岩のほうへと下降《かこう》していた。半分海に沈《しず》んでいる、いくつかの大岩までの危《あぶ》なっかしい岩場を、片手《かたて》がなえているせいもあって、ダンブルドアはゆっくり下りていった。下のほうの岩は、海水ですべりやすくなっている。ハリーは、冷たい波しぶきが顔を打つのを感じた。

「ルーモス、光よ」

崖《がけ》に一番近い大岩に近づき、ダンブルドアが唱えた。金色の光が、ダンブルドアが身をかがめている所から数十センチ下の暗い海面に反射《はんしゃ》し、何千という光の玉がきらめいた。ダンブルドアの横の黒い岩壁《がんぺき》も照らし出された。

「見えるかの？」

ダンブルドアが杖《つえ》を少し高く掲《かか》げて、静かに言った。崖《がけ》の割《わ》れ目《め》に、黒い水が渦《うず》を巻《ま》いて流《なが》れ込《こ》んでいるのが見えた。

「多少ぬれてもかまわぬか？」

「はい」ハリーが答えた。

「それでは、透明《とうめい》マントを脱《ぬ》ぐがよい――いまは必要がない――ではひと泳ぎしようぞ」

ダンブルドアは、突然若者《とつぜんわかもの》のような敏捷《びんしょう》さで大岩からすべり降《お》りて海に入り、崖《がけ》の割《わ》れ目《め》を目指し、灯《あか》りのついた杖《つえ》を口にくわえて完璧《かんぺき》な平泳ぎで泳ぎはじめた。ハリーは透明《とうめい》マントを脱《ぬ》ぎ、ポケットに入れてあとを追った。

海は氷のように冷たかった。水を吸《す》い込《こ》んだ服が体に巻《ま》きつき、ハリーは重みで沈《しず》みがちだった。大きく呼吸《こきゅう》すると、潮《しお》の香《か》と海草のにおいがツンと鼻をついた。崖《がけ》の奥《おく》へと入《はい》り込《こ》んでいく杖《つえ》灯《あか》りが、チラチラとだんだん小さくなっていくのを追って、ハリーは抜《ぬ》き手《て》を切った。

割《わ》れ目《め》のすぐ奥《おく》は、暗いトンネルになっていたが、満潮時《まんちょうじ》には水没《すいぼつ》する所だろうと察しがついた。両壁《りょうかべ》の間隔《かんかく》は一メートルほどしかなく、ぬめぬめした岩肌《いわはだ》が、ダンブルドアの杖灯《つえあか》りに照らされるたびに、ぬれたタールのように光る。少し入《はい》り込《こ》むとトンネルは左に折れ、崖《がけ》のずっと奥《おく》まで伸《の》びているのがハリーの目に入った。ハリーはダンブルドアの後ろを泳ぎ続けた。かじかんだ指先が、ぬれたあらい岩肌《いわはだ》をこすった。

やがて、先のほうで、ダンブルドアが水から上がるのが見えた。銀色の髪《かみ》と黒いローブがかすかに光っている。ハリーがそこにたどり着くと、大きな洞穴《ほらあな》に続く階段《かいだん》が見えた。ぐっしょりぬれた服から水を滴《したた》らせながら、ハリーは階段《かいだん》を這《は》い上《のぼ》り、ガチガチ震《ふる》えながら、凍《こお》りつくような冷たい静寂《せいじゃく》の中に出た。

ダンブルドアは洞穴《ほらあな》の真ん中に立っていた。その場でゆっくり回りながら、杖《つえ》を高く掲《かか》げて壁《かべ》や天井《てんじょう》を調べている。

「さよう。ここがその場所じゃ」ダンブルドアが言った。

「どうしてわかるのですか?」ハリーはささやき声で聞いた。

「魔法《まほう》を使った形跡《けいせき》がある」ダンブルドアはそれだけしか言わなかった。

体の震《ふる》えが、骨《ほね》も凍《こお》るような寒さのせいなのか、その魔法《まほう》を認識《にんしき》したからなのか、ハリーにはわからなかった。ダンブルドアが、ハリーには見えない何かに神経《しんけい》を集中しているのは明らかだったた。ハリーは、その場を回り続けているダンブルドアを見つめていた。

「ここは、入口の小部屋にすぎない」

しばらくしてダンブルドアが言った。

「内奥《ないおう》に入《はい》り込《こ》む必要がある……これからは、自然の作り出す障害《しょうがい》ではなく、ヴォルデモート卿《きょう》の罠《わな》が行く手をはばむ……」

ダンブルドアは洞穴《ほらあな》の壁《かべ》に近づき、ハリーには理解《りかい》できない不思議な言葉を唱えながら、黒ずんだ指先でなでた。ダンブルドアは、洞穴《ほらあな》を二度めぐり、ゴツゴツした岩のできるだけ広い範囲《はんい》に触《ふ》れた。ときどき歩を止めては、その場所で指を前後に走らせていたが、ついにある場所で岩壁《がんぺき》にぴったり手のひらを押《お》しつけ、ダンブルドアは立ち止まった。

「ここじゃ」ダンブルドアが言った。

「ここを通《とお》り抜《ぬ》ける。入口が隠《かく》されておる」

どうしてわかるのかと、ハリーは質問《しつもん》しなかった。こんなふうにただ見たり触《さわ》ったりするだけで、物事を解決《かいけつ》する魔法使《まほうつか》いを見たことがなかったが、派手《はで》な音や煙《けむり》は経験《けいけん》の豊《ゆた》かさを示《しめ》すものではなく、むしろ無能力《むのうりょく》の印だということを、ハリーはとっくに学び取っていた。

ダンブルドアは壁《かべ》から離《はな》れ、杖《つえ》を岩壁《がんぺき》に向けた。アーチ形の輪郭線《りんかくせん》が現《あらわ》れ、すきまのむこう側に強烈《きょうれつ》な光があるかのように、一瞬《いっしゅん》カッと白く輝《かがや》いた。

「先生、やりましたね！」

歯をガチガチ言わせながら、ハリーが言った。しかし、その言葉が終わらないうちに、輪郭線《りんかくせん》は消え、なんの変哲《へんてつ》もない元の固い岩に戻《もど》った。ダンブルドアが振《ふ》り返《かえ》った。

「ハリー、すまなかった。忘《わす》れておった」

ダンブルドアがハリーに杖《つえ》を向けると、燃《も》え盛《さか》るたき火の前で干《ほ》したように、たちまち服が温かくなり乾《かわ》いていた。

「ありがとうございます」

ハリーは礼を言ったが、ダンブルドアはすでに、固い岩壁《がんぺき》に再《ふたた》び注意を向けていた。もはや魔法《まほう》は使わず、ダンブルドアはただたたずんで、じっと壁《かべ》を見つめていた。まるでそこに、とても興味《きょうみ》深《ぶか》いことが書かれているかのようだった。ハリーは身動きもせずだまっていた。ダンブルドアの集中をさまたげたくなかった。

するとかっきり二分後に、ダンブルドアが静かに言った。

「ああ、まさかそんなこととは。なんと幼稚《ようち》な」

「先生、なんですか？」

「わしの考えでは」

ダンブルドアは傷《きず》ついていないほうの手をローブに入れて、銀の小刀を取り出した。ハリーが魔《ま》法薬《ほうやく》の材料を刻《きざ》むのに使うナイフのようなものだった。

「通行料を払《はら》わねばならぬらしい」

「通行料？」ハリーが聞き返した。

「扉《とびら》に、何かやらないといけないんですか？」

「そうじゃ」ダンブルドアが言った。

「血じゃ。わしがそれほどまちごうておらぬなら」

「**血？**」

「幼稚《ようち》だと言ったじゃろう」

ダンブルドアは軽蔑《けいべつ》したようでもあり、ヴォルデモートがダンブルドアの期待する水準《すいじゅん》に達しなかったことに、むしろ失望したような言い方だった。

「君にも推測《すいそく》できたことと思うが、進入する敵《てき》は、自らその力を弱めなければならないという考えじゃ。またしてもヴォルデモート卿《きょう》は、肉体的損傷《にくたいてきそんしょう》よりも、はるかに恐《おそ》ろしいものがあることを、把握《はあく》しそこねておる」

「ええ、でも、さけられるのでしたら……」

痛《いた》みなら充分《じゅうぶん》に経験済《けいけんず》みのハリーは、わざわざこれ以上痛《いた》い思いをしたいとは思わなかった。

「しかし、時にはさけられぬこともある……」

ダンブルドアはローブのそでを振《ふ》ってたくし上げ、傷《きず》ついたほうの手の前腕《ぜんわん》を出した。

「先生！」

ダンブルドアが小刀を振《ふ》り上《あ》げたので、ハリーはあわてて飛び出して止めようとした。

「僕《ぼく》がやります。僕《ぼく》なら――」

ハリーはなんと言ってよいかわからなかった――若《わか》いから？　元気だから？　しかし、ダンブルドアはほほえんだだけだった。銀色の光が走り、真っ赤な色がほとばしった。岩の表面に黒く光る血が点々と飛び散った。

「ハリー、気持ちはうれしいが」

ダンブルドアは、自分で腕《うで》につけた深い傷《きず》を、杖先《つえさき》でなぞりながら言った。スネイプがマルフォイの傷《きず》を治したと同じように、ダンブルドアの傷《きず》はたちまち癒《い》えた。

「しかし君の血は、わしのよりも貴重《きちょう》じゃや。ああ、これで首尾《しゅび》よくいったようじゃな」

岩肌《いわはだ》に、銀色に燃《も》えるアーチ形の輪郭《りんかく》が再《ふた》び現《あらわ》れた。今度は消えなかった。輪郭《りんかく》の中の、血痕《けっこん》のついた岩がサッと消え、そこから先は真《ま》っ暗闇《くらやみ》のように見えた。

「あとからおいで」

ダンブルドアがアーチ形の入口を通った。ハリーはそのすぐあとについて歩きながら、急いで自分の杖《つえ》に灯《あか》りをともした。

目の前に、この世のものとも思えない光景が現《あらわ》れた。二人は巨大《きょだい》な黒い湖のほとりに立っていた。むこう岸が見えない、広い湖だ。洞穴《ほらあな》は天井《てんじょう》も見えないほど高い。遠く湖の真ん中と思《おぼ》しきあたりに、緑色にかすんだ光が見える。光は、さざ波一つない湖に反射《はんしゃ》していた。ビロードのような暗闇《くらやみ》を破《やぶ》るものは、緑がかった光と二つの杖灯《つえあか》りだけだ。しかし、杖灯《つえあか》りは、ハリーが思ったほど遠くまでは届《とど》かなかった。この暗闇《くらやみ》は、なぜか普通《ふつう》の闇《やみ》よりも濃《こ》かった。

「歩こうかのう」

ダンブルドアが静かに言った。

「水に足を入れぬように気をつけるのじゃ。わしのそばを離《はな》れるでないぞ」

ダンブルドアは、湖の縁《ふち》を歩きはじめた。ハリーは、ぴったりとそのあとについて歩いた。湖を囲んでいる狭《せま》い岩縁《いわべり》を踏《ふ》む二人の足音が、ピタピタと反響《はんきょう》した。二人は延々《えんえん》と歩いたが、光景にはなんの変化もなかった。二人の横にはゴツゴツした岩壁《がんぺき》があり、反対側には鏡のようになめらかな湖が、はてしなく黒々と広がっていた。その真ん中に、神秘的《しんぴてき》な緑色の光がある。この場所、そしてこの静けさは、ハリーにとって重苦しく、言い知れぬ不安をかき立てた。

「先生？」

とうとうハリーが口をきいた。

「分霊箱《ぶんれいばこ》はここにあるのでしょうか？」

「ああ、いかにも」

ダンブルドアが答えた。

「あることは確《たし》かじゃ。問題は、どうすればそれにたどりつけるのか？」

「もしかしたら……『呼《よ》び寄《よ》せ呪文《じゅもん》』を使ってみてはどうでしょう？」

愚《おろ》かな提案《ていあん》だとは思った。しかし、できるだけ早くこの場所から出たいという思いが、自分でも認《みと》めたくないほどに強かった。

「確《たし》かに、使ってみることはできる」

ダンブルドアが急に立ち止まったので、ハリーはぶつかりそうになった。

「君がやってみてはどうかな？」

「僕《ぼく》が？　あ……はい……」

こんなことになるとは思わなかったが、ハリーは咳払《せきばら》いをして、杖《つえ》を掲《かか》げ、大声で叫《さけ》んだ。

「アクシオ、ホークラックス！　分霊箱《ぶんれいばこ》よ、来い！」

爆発音《ばくはつおん》のような音とともに、何か大きくて青白いものが、五、六メートル先の暗い水の中から噴《ふ》き出《だ》した。ハリーが見定める間もなく、それは恐《おそ》ろしい水音を上げ、鏡のような湖面に大きな波紋《はもん》を残して再《ふたた》び水中に消えた。ハリーは驚《おどろ》いて飛びすさり、岩壁《がんぺき》にぶつかった。動悸《どうき》が止まらないまま、ハリーはダンブルドアのほうを見た。

「なんだったのですか？」

「たぶん、分霊箱《ぶんれいばこ》を取ろうとする者を待ちかまえていた、何かじゃな」

ハリーは振《ふ》り返《かえ》って湖を見た。湖面は再《ふたた》び鏡のように黒く輝《かがや》いていた。波紋《はもん》は不自然なほど早く消えていたが、ハリーの心臓《しんぞう》は、まだ波立っていた。

「先生は、あんなことが起こると予想していらっしゃったのですか？」

「分霊箱《ぶんれいばこ》にあからさまに手出しをしようとすれば、**何かが**起こるとは考えておった。ハリー、非常《ひじょう》によい考えじゃった。我々《われわれ》が向かうべき相手を知るには、最も単純《たんじゅん》な方法じゃ」

「でも、あれはなんだったのか、わかりません」

ハリーは不気味に静まり返った湖面を見ながら言った。

「**あれら**、と言うべきじゃろう」

ダンブルドアが言った。

「あれ一つだけ、ということはなかろう。もう少し歩いてみようかの？」

「先生？」

「なんじゃね？　ハリー？」

「湖の中に入《はい》らないといけないのでしょうか？」

「中に？　非常《ひじょう》に不運な場合のみじゃな」

「分霊箱《ぶんれいばこ》は、湖の底にはないのでしょうか？」

「いやいや……分霊箱《ぶんれいばこ》は**真ん中**にあるはずじゃ」

ダンブルドアは湖の中心にある、緑色のかすんだ光を指した。

「それじゃ、手に入れるには、湖を渡《わた》らなければならないのですか？」

「そうじゃろうな」

ハリーはだまっていた。頭の中でありとあらゆる怪物《かいぶつ》が渦巻《うずま》いていた。水中の怪物《かいぶつ》、大海蛇《おおうみへび》、魔物《まもの》、水魔《すいま》、妖怪《ようかい》……。

「おう」

ダンブルドアがまた急に立ち止まった。今度こそ、ハリーはぶつかってしまった。一瞬《いっしゅん》、ハリーは暗い水際《みずぎわ》に倒《たお》れかけたが、ダンブルドアが傷《きず》ついていないほうの手で、ハリーの腕《うで》をしっかりとつかみ、引《ひ》き戻《もど》した。

「ハリー、まことにすまなんだ。前もって注意するべきじゃったのう。壁側《かべがわ》に寄《よ》っておくれ。しかるべき場所を見つけたと思うのでな」

ハリーはダンブルドアが何を言っているのかさっぱりわからなかった。ハリーの見るかぎり、この場所は、ほかの暗い岸辺とまったく同じように見えた。しかし、ダンブルドアは、何か特別なものを見つけたようだった。今度は岩肌《いわはだ》に手を這《は》わせるのではなく、何か見えないものを探《さが》してつかもうとするように、ダンブルドアは空中を手探《てさぐ》りした。

「ほほう」

数秒後、ダンブルドアがうれしそうに声を上げた。ハリーには見えなかったが、空中で何かをつかんでいる。ダンブルドアは水辺に近づいた。ダンブルドアの留《と》め金《がね》つきの靴《くつ》の先が岩の一番端《はし》にかかるのを、ハリーはハラハラしながら見つめていた。空中でしっかり手を握《にぎ》りながら、ダンブルドアはもう片方《かたほう》の手で杖《つえ》を上げ、握《にぎ》り拳《こぶし》を杖先《つえさき》で軽くたたいた。

とたんに、赤みを帯びた緑色の太い鎖《くさり》がどこからともなく現《あらわ》れた。鎖《くさり》は湖の深みからダンブルドアの拳《こぶし》へと伸《の》び、ダンブルドアが鎖《くさり》をたたくと、握《にぎ》り拳《こぶし》を通って蛇《へび》のようにすべりだした。ガチャガチャという音を岩壁《がんぺき》にうるさく反響《はんきょう》させながら、鎖《くさり》はひとりでに岩の上にとぐろを巻《ま》き、黒い水の深みから何かを引《ひ》っ張《ぱ》り出《だ》した。ハリーは息をのんだ。小舟《こぶね》の舳先《へさき》が水面を割《わ》って幽霊《ゆうれい》のごとく現《あらわ》れ、鎖《くさり》と同じ緑色の光を発しながらさざ波も立てずに漂《ただよ》って、ハリーとダンブルドアのいる岸辺に近づいてきた。

「あんなものがそこにあるって、どうしておわかりになったのですか?」

ハリーは驚愕《きょうがく》して聞いた。

「魔法《まほう》は常《つね》に跡《あと》を残すものじゃ」

小舟《こぶね》が軽い音を立てて岸辺にぶつかったとき、ダンブルドアが言った。

「時には非常《ひじょう》に顕著《けんちょ》な跡《あと》をな。トム・リドルを教えたわしじゃ。あの者のやり方はわかっておる」

「この……この小舟《こぶね》は安全ですか？」

「ああ、そのはずじゃ。ヴォルデモートは、自分自身が分霊箱《ぶんれいばこ》に近づいたり、またはそれを取り除《とのぞ》いたりしたい場合には、湖の中に自ら配置したものの怒《いか》りを買うことなしに、この湖を渡《わた》る必要があったのじゃ」

「それじゃ、ヴォルデモートの舟《ふね》で渡《わた》れば、水の中にいる何かは僕《ぼく》たちに手を出さないのですね？」

「どこかの時点で、我々《われわれ》がヴォルデモート卿《きょう》ではないことに気づくであろうのう。そのことは覚悟《かくご》せねばなるまい。しかしこれまでは首尾《しゅび》よくいった。連中は我々《われわれ》が小舟《こぶね》を浮上《ふじょう》させるのを許《ゆる》した」

「でも、どうして許《ゆる》したんでしょう？」

岸辺が見えないほど遠くまで進んだとたん、黒い水の中から何本もの触手《しょくしゅ》が伸《の》びてくる光景を、ハリーは頭から振《ふ》り払《はら》うことができなかった。

「よほど偉大《いだい》な魔法使《まほうつか》いでなければ、小舟《こぶね》を見つけることはできぬと、ヴォルデモートには相当な自信があったのじゃろう」

ダンブルドアが言った。

「あの者の考えでは、自分以外の者が舟《ふね》を発見する可能性《かのうせい》は、ほとんどありえなかった。しかも、あの者しか突破《とっぱ》できない別の障害物《しょうがいぶつ》も、この先に仕掛《しか》けてあるじゃろうから、確率《かくりつ》の極《きわ》めて低い危《き》険性《けんせい》なら許容《きょよう》してもよかったのじゃろう。その考えが正しかったかどうか、いまにわかる」

ハリーは小舟《こぶね》を見下ろした。ほんとうに小さな舟《ふね》だった。

「二人用に作られているようには見えません。二人とも乗れるでしょうか？　一緒《いっしょ》だと重すぎはしませんか？」

ダンブルドアはクスクス笑った。

「ヴォルデモートは重さではなく、自分の湖を渡《わた》る魔法力《まほうりょく》の強さを気にしたことじゃろう。わしはむしろ、この小舟《こぶね》には、一度に一人の魔法使《まほうつか》いしか乗れないように、呪文《じゅもん》がかけられているのではないかと思う」

「そうすると――？」

「ハリー、君は数に入らぬじゃろう。未成年で資格《しかく》がない。ヴォルデモートは、まさか十六歳《さい》の若《わか》者《もの》がここにやってくるとは、思いもつかなかったことじゃろう。わしの力と比《くら》べれば、君の力が考《こう》慮《りょ》されることはありえぬ」

ダンブルドアの言葉は、ハリーの士気《しき》を高めるものではなかった。ダンブルドアにもたぶんそれがわかったのか、言葉をつけ加えた。

「ヴォルデモートの過《あやま》ちじゃ、ハリー、ヴォルデモートの過《あやま》ちじゃよ……年をとった者は愚《おろ》かで忘《わす》れっぽくなり、若者《わかもの》をあなどってしまうことがあるものじゃ……さて、今度は先に行くがよい。水に触《ふ》れぬよう注意するのじゃ」

ダンブルドアが一歩下がり、ハリーは慎重《しんちょう》に舟《ふね》に乗った。ダンブルドアも乗り込《の》み《こ》、鎖《くさり》を舟《ふね》の中に巻《ま》き取《と》った。二人で乗ると窮屈《きゅうくつ》だった。ハリーはゆったり座《すわ》ることができず、ひざを小舟《こぶね》の縁《へり》から突《つ》き出《だ》すようにうずくまった。小舟《こぶね》はすぐに動きだした。舳先《へさき》が水を割《わ》る衣《きぬ》ずれのような音以外は、何も聞こえない。小舟《こぶね》は、ひとりでに真ん中の光のほうに、見えない綱《つな》で引かれるように進んだ。まもなく、洞窟《どうくつ》の壁《かべ》が見えなくなった。波はないものの、二人は海原《うなばら》に出たかのようだった。

下を見ると、ハリーの杖灯《つえあか》りが水面に反射《はんしゃ》して、舟《ふね》が通るときに黒い水が金色にきらめくのが見えた。小舟《こぶね》は鏡のような湖面に深い波紋《はもん》を刻《きざ》み、暗い鏡に溝《みぞ》を掘《ほ》っていく……。

その時、ハリーの目に飛《と》び込《こ》んできたのは、湖面のすぐ下を漂《ただよ》っている、大理石のように白いものだった。

「先生！」ハリーの驚愕《きょうがく》した声が、静まり返った水面に大きく響《ひび》いた。

「なんじゃ？」

「水の中に手が見えたような気がします——人の手が！」

「さよう、見えたことじゃろう」

ダンブルドアが落ち着いて言った。

消えた手を探《さが》して湖面に目を凝《こ》らしながら、ハリーはいまにも吐《は》きそうになった。

「それじゃ、水から飛び上がったあれは――?」

ダンブルドアの答えを待つまでもなかった。杖灯《つえあか》りが別の湖面を照らしだしたとき、水面のすぐ下に、今度は仰向《あおむ》けの男の死体が横たわっているのが見えたのだ。見開いた両目はクモの巣で覆《おお》われたように曇《くも》り、髪《かみ》や衣服が身体《からだ》の周りに煙《けむり》のように渦巻《うずま》いている。

「死体がある!」ハリーの声は、上ずって、自分の声のようではなかった。

「そうじゃ」ダンブルドアは平静だった。「しかし、いまはそのことを心配する必要はない」

「いまは?」

やっとのことで水面から目をそらし、ダンブルドアを見つめながらハリーが聞き返した。

「死体が下のほうで、ただ静かに漂《ただよ》っているうちは大丈夫《だいじょうぶ》じゃ」ダンブルドアが言った。「ハリー、屍《しかばね》を恐《おそ》れることはない。暗闇《くらやみ》を恐《おそ》れる必要がないのと同じことじゃ。もちろん、その両方を密《ひそ》かに恐《おそ》れておるヴォルデモート卿《きょう》は、意見を異《こと》にするがのう。しかし、あの者は、またしても自らの無知を暴露《ばくろ》した。我々《われわれ》が、死や暗闇《くらやみ》に対して恐《おそ》れを抱《いだ》くのは、それらを知らぬからじゃ。それ以外の何物でもない」

ハリーは無言だった。反論《はんろん》したいとは思わなかったが、周りに死体が浮《う》かび、自分の下を漂《ただよ》っていると思うとぞっとしたし、それよりも何よりも、死体が危険《きけん》ではないとは思えなかった。

「でも一つ飛び上がりました」

ハリーは、ダンブルドアと同じように平静な声で言おうと努力した。

「分霊箱《ぶんれいばこ》を呼《よ》び寄《よ》せようとしたとき、湖から死体が飛び上がりました」

「そうじゃ」ダンブルドアが言った。

「我々《われわれ》が分霊箱《ぶんれいばこ》を手に入れたときには、死体は静かではなくなるじゃろう。しかし、冷たく暗い所に棲《す》む生き物の多くがそうなのじゃが、死体は光と温かさを恐《おそ》れる。じゃから、必要となれば、我々《われわれ》はそうしたものを味方にするのじゃハリー、火じゃよ」

ハリーが戸惑《とまど》った顔をしていたので、ダンブルドアは、最後の言葉をほほえみながらつけ加えた。

「あ……はい……」

あわてて返事し、ハリーは、小舟《こぶね》が否応《いやおう》なく近づいていく先に目を向けた。緑がかった輝《かがや》きが見える。怖《こわ》くないふりは、もうできなかった。広大な黒い湖は死体であふれている……トレローニー先生に出会ったのも、ロンとハーマイオニーに「フェリックス・フェリシス」を渡《わた》したのも、何時間も前だったような気がする……突然《とつぜん》、二人に、もっときちんと別れを告《つ》げればよかったと思った……それに、ジニーには会いもしなかった……。

「もうすぐじゃ」

ダンブルドアが楽しげに言った。

確《たし》かに、緑がかった光は、いよいよ大きくなったように見えた。そして数分後、小舟《こぶね》は何かに軽くぶつかって止まった。はじめはよく見えなかったが、ハリーが杖灯《つえあか》りを掲《かか》げて見ると、湖の中央にある、なめらかな岩でできた小島に着いていた。

「水に触《ふ》れぬよう、気をつけるのじゃ」

ハリーが小舟《こぶね》から降《お》りるとき、ダンブルドアが再《ふたた》び注意した。

小島はせいぜいダンブルドアの校長室ほどの大きさで、平らな黒い石の上に立っているのは、あの緑がかった光の源《みなもと》だけだった。近くで見るとずっと明るく見えた。ハリーは目を細めて光を見た。最初はランプのようなものかと思ったが、よく見ると、光はむしろ「憂《うれ》いの篩《ふるい》」のような石の水盆《すいぼん》から発していた。水盆《すいぼん》は台座《だいざ》の上に置かれている。

ダンブルドアが台座《だいざ》に近づき、ハリーもあとに続いた。二人は並《なら》んで中をのぞき込《こ》んだ。水盆《すいぼん》は、燐光《りんこう》を発するエメラルド色の液体《えきたい》で満たされていた。

「なんでしょう？」ハリーが小声で聞いた。

「よくわからぬ」ダンブルドアが言った。

「ただし、血や死体よりも、もっと懸念《けねん》すべきものじゃ」

ダンブルドアはけがしたほうの手のローブのそでをたくし上げ、液体《えきたい》の表面に焼《や》け焦《こ》げた指先を伸《の》ばした。

「先生、やめて！　さわらないで――！」

「触《ふ》れることはできぬ」

ダンブルドアはほほえんだ。

「ごらん。これ以上は近づくことができぬ。やってみるがよい」

ハリーは目を見張《みは》り、水盆《すいぼん》に手を入れて液体《えきたい》に触《ふ》れようとしたが、液面《えきめん》から二、三センチの所で見えない障壁《しょうへき》にはばまれた。どんなに強く押《お》しても、指に触《ふ》れるのは硬《かた》くてびくともしない空気のようなものだけだった。

「ハリー、離《はな》れていなさい」ダンブルドアが言った。

ダンブルドアは杖《つえ》をかざし、液体《えきたい》の上で複雑《ふくざつ》に動かしながら、無言で呪文《じゅもん》を唱えた。何事も起こらない。ただ、液体《えきたい》が少し明るく光ったような気がしただけだった。ダンブルドアが術《じゅつ》をかけている間、ハリーはだまっていたが、しばらくしてダンブルドアが杖《つえ》を引いたとき、もう話しかけても大丈夫《だいじょうぶ》だと思った。

「先生、分霊箱《ぶんれいばこ》はここにあるのでしょうか？」

「ああ、ある」

ダンブルドアは、さらに目を凝《こ》らして水盆《すいぼん》をのぞいた。ハリーには、緑色の液体《えきたい》の表面に、ダンブルドアの顔が逆《さか》さまに映《うつ》るのが見えた。

「しかし、どうやって手に入れるか？　この液体《えきたい》は手では突《つ》き通《とお》せぬ。『消失呪文《しょうしつじゅもん》』も効《き》かぬし、分けることも、すくうことも、吸《す》い上《あ》げることもできぬ。さらに、『変身呪文《へんしんじゅもん》』やそのほかの呪文《じゅもん》でも、いっさいこの液体《えきたい》の正体を変えることができぬ」

ダンブルドアは、ほとんど無意識《むいしき》に再《ふたた》び杖《つえ》を上げて空中でひとひねりし、どこからともなく現《あらわ》れたクリスタルのゴブレットをつかんだ。

「結論《けつろん》はただ一つ、この液体《えきたい》は飲《の》み干《ほ》すようになっておる」

「ええっ？」ハリーが口走った。「だめです！」

「さよう、そのようじゃ。飲《の》み干《ほ》すことによってのみ、水盆《すいぼん》の底にあるものを見ることができるのじゃ」

「でも、もし――もし劇薬《げきやく》だったら？」

「いや、そのような効果《こうか》を持つものではなかろう」

ダンブルドアは気軽に言った。

「ヴォルデモート卿《きょう》は、この島にたどり着くほどの者を、殺したくはないじゃろう」

ハリーは信じられない思いだった。またしても、誰《だれ》に対しても善良《ぜんりょう》さを認《みと》めようとする、ダンブルドアの異常《いじょう》な信念なのだろうか？

「先生」ハリーは理性的《りせいてき》に聞こえるように努力した。「先生、相手は**ヴォルデモート**なのですよ――」

「言葉が足りなかったようじゃ、ハリー。こう言うべきじゃった。ヴォルデモートは、この島にたどり着くほどの者を、**すぐさま**殺したいとは思わぬじゃろう」

ダンブルドアが言いなおした。

「ヴォルデモートは、その者が、いかにしてここまで防衛線《ぼうえいせん》を突破《とっぱ》しおおせたかがわかるまでは、生かしておきたいじゃろうし、最も重要なことじゃが、その者がなぜ、かくも熱心に水盆《すいぼん》をからにしたがっているのかを知りたいことじゃろう。忘《わす》れてならぬのは、ヴォルデモート卿《きょう》が、分霊箱《ぶんれいばこ》のことは自分しか知らぬと信じておることじゃ」

ハリーはまた何か言おうとしたが、今度はダンブルドアが静かにするようにと手で制《せい》し、明らかに考えをめぐらしている様子で、少し顔をしかめながらエメラルドの液体《えきたい》を見た。

「まちがいない」

ダンブルドアがやっと口をきいた。

「この薬は、わしが分霊箱《ぶんれいばこ》を奪《うば》うのを阻止《そし》する働きをするにちがいない。わしをまひさせるか、なぜここにいるのかを忘《わす》れさせるか、気をそらさざるをえないほどの苦しみを与《あた》えるか、もしくはそのほかのやり方で、わしの能力《のうりょく》を奪《うば》うじゃろう。そうである以上、ハリー、君の役目は、わしに飲み続けさせることじゃ。わしの口が抗《あらが》い、君が無理に薬を流《なが》し込《こ》まなければならなくなってもじゃ。わかったかな？」

水盆《すいぼん》をはさんで、二人は見つめ合った。不可思議《ふかしぎ》な緑の光を受けて、二人の顔は青白かった。ハリーは無言だった。一緒《いっしょ》に連れてこられたのは、このためだったのだろうか――ダンブルドアに耐《た》えがたい苦痛《くつう》を与《あた》えるかもしれない薬を、無理やり飲ませるためだったのだろうか？

「覚えておるじゃろうな？」ダンブルドアが言った。「君を一緒《いっしょ》に連れてくる条件《じょうけん》を」

ハリーはダンブルドアの目を見つめながら、躊躇《ちゅうちょ》した。ダンブルドアの青い目が水盆《すいぼん》の光を映《うつ》して緑色になっていた。

「でも、もし――？」

「誓《ちか》ったはずじゃな？　わしの命令には従《したが》うと」

「はい、でも――」

「警告《けいこく》したはずじゃな？　危険《きけん》がともなうかもしれぬと」

「はい」ハリーが言った。「でも――」

「さあ、それなら」

ダンブルドアはそう言うと、再《ふたた》びそでをたくし上げ、からのゴブレットを掲《かか》げた。

「わしの命令じゃ」

「僕《ぼく》がかわりに飲んではいけませんか？」

ハリーは絶望的《ぜつぼうてき》な思いで聞いた。

「いや、わしのほうが年寄《としよ》りで、より賢《かしこ》く、ずっと価値《かち》がない」

ダンブルドアが言った。

「一度だけ聞く。わしが飲み続けるよう、君は全力を尽《つ》くすと誓《ちか》えるか？」

「どうしても――？」

「誓《ちか》えるか？」

「でも――」

「誓《ちか》うのじゃ、ハリー」

「僕《ぼく》は――はい、でも――」

ハリーがそれ以上抗議《こうぎ》できずにいるうちに、ダンブルドアはクリスタルのゴブレットを下ろし、薬の中に入れた。一瞬《いっしゅん》、ハリーは、ゴブレットが薬に触《ふ》れることができないようにと願った。しかし、ほかのものとはちがって、ゴブレットは液体《えきたい》の中に沈《しず》み込《こ》んだ。縁《ふち》までなみなみと液体《えきたい》を満たし、ダンブルドアはそれを口元に近づけた。

「君の健康を願って、ハリー」

そして、ダンブルドアはゴブレットを飲《の》み干《ほ》した。ハリーは指先の感覚がなくなるほどギュッと水盆《すいぼん》の縁《ふち》を握《にぎ》りしめ、こわごわ見守った。

「先生？」

ダンブルドアがからのゴブレットを口から離《はな》したとき、ハリーが呼《よ》びかけた。気が気ではなかった。

「大丈夫《だいじょうぶ》ですか？」

ダンブルドアは目を閉《と》じて首を振《ふ》った。ハリーは苦しいのではないだろうかと心配だった。ダンブルドアは目を閉《と》じたまま水盆《すいぼん》にゴブレットを突《つ》っ込《こ》み、また飲んだ。

ダンブルドアは無言で、三度ゴブレットを満たして飲《の》み干《ほ》した。四杯目《はいめ》の途中《とちゅう》で、ダンブルドアはよろめき、前かがみに倒《たお》れて水盆《すいぼん》に寄《よ》りかかった。目は閉《と》じたままで、息づかいが荒《あら》かった。

「ダンブルドア先生？」

ハリーの声が緊張《きんちょう》した。

「僕《ぼく》の声が聞こえますか？」

ダンブルドアは答えなかった。深い眠《ねむ》りの中で、恐《おそ》ろしい夢《ゆめ》を見ているかのように、顔がけいれんしていた。ゴブレットを握《にぎ》った手がゆるみ、薬がこぼれそうになっている。ハリーは手を伸《の》ばしてクリスタルのゴブレットをつかみ、しっかりと支《ささ》えた。

「先生、聞こえますか？」

ハリーは大声でくり返した。声が洞窟《どうくつ》にこだました。

ダンブルドアはあえぎ、ダンブルドアの声とは思えない声を発した。ダンブルドアが恐怖《きょうふ》にかられた声を出すのを、ハリーはいままで聞いたことがなかったのだ。

「やりたくない……わしにそんなことを……」

ダンブルドアの顔は蒼白《そうはく》だった。よく見知っているはずのその顔と曲がった鼻、半月めがねをハリーはじっと見つめたが、どうしてよいのかわからなかった。

「……いやじゃ……やめたい……」ダンブルドアがうめいた。

「先生……やめることはできません、先生」ハリーが言った。

「飲み続けなければならないんです。そうでしょう？　先生が僕《ぼく》に、飲み続けなければならないっておっしゃいました。さあ……」

自分自身を憎《にく》み、自分のやっていることを嫌悪《けんお》しながら、ハリーはゴブレットを無理やりダンブルドアの口元に戻《もど》し、傾《かたむ》け、中に残っている薬を飲《の》み干《ほ》させた。

「だめじゃ……」

ハリーがダンブルドアにかわってゴブレットを水盆《すいぼん》に入れ、薬で満たしているとき、ダンブルドアがうめくように言った。

「いやじゃ……いやなのじゃ……行かせてくれ……」

「先生、大丈夫《だいじょうぶ》ですから」

ハリーの手が震《ふる》えていた。

「大丈夫《だいじょうぶ》です。僕《ぼく》がついていますー――」

「やめさせてくれ。やめさせてくれ」ダンブルドアがうめいた。

「ええ……さあ、これでやめさせられます」

ハリーはうそをついて、ゴブレットの液体《えきたい》をダンブルドアの開いている口に流《なが》し込《こ》んだ。

ダンブルドアが叫《さけ》んだ。その声は真っ黒な死の湖面を渡《わた》り、茫洋《ぼうよう》とした洞穴《ほらあな》に響《ひび》き渡《わた》った。

「だめじゃ、だめ、だめ……だめじゃ……わしにはできん……できん。させないでくれ。やりたくない……」

「大丈夫《だいじょうぶ》です。先生。大丈夫《だいじょうぶ》ですから！」

ハリーは大声で言った。手が激《はげ》しく震《ふる》え、六杯目《ぱいめ》の薬をまともにすくうことができないほどだった。水盆《すいぼん》はいまや半分からになっていた。

「なんにも起こっていません。先生は無事です。夢《ゆめ》を見ているんです。絶対《ぜったい》に現実《げんじつ》のことではありませんから――さあ、これを飲んで。飲んで……」

するとダンブルドアは、ハリーが差し出しているのが解毒剤《げどくざい》であるかのように、従順《じゅうじゅん》に飲んだ。しかし、ゴブレットを飲み干《ほ》したとたん、がっくりとひざをつき、激《はげ》しく震《ふる》えだした。

「わしのせいじゃ。わしのせいじゃ」

ダンブルドアはすすり泣いた。

「やめさせてくれ。わしが悪かったのじゃ。ああ、どうかやめさせてくれ。わしはもう二度と、けっして……」

「先生、これでやめさせられます」ハリーが言った。

七杯目《はいめ》の薬をダンブルドアの口に流《なが》し込《こ》みながら、ハリーは涙声《なみだごえ》になっていた。

ダンブルドアは、目に見えない拷問者《ごうもんしゃ》に囲まれているかのように、身を縮《ちぢ》めはじめ、うめきながら手を振《ふ》り回《まわ》して、薬を満たしたゴブレットを、ハリーの震《ふる》える手から払《はら》い落《お》としそうになった。

「あの者たちを傷《きず》つけないでくれ、頼《たの》む。お願いだ。わしが悪かった。かわりにわしを傷《きず》つけてくれ……」

「さあ、これを飲んで。飲んで。大丈夫《だいじょうぶ》ですから」

ハリーが必死でそう言うと、ダンブルドアは目を固く閉《と》じたままで、全身震《ふる》えてはいたが、再《ふた》び従順《じゅうじゅん》に口を開いた。

今度は、ダンブルドアは前のめりに倒《たお》れ、ハリーが九杯目《はいめ》を満たしているとき、拳《こぶし》で地面をたたきながら悲鳴を上げた。

「頼《たの》む。お願いだ。お願いだ。だめだ……それはだめだ。それはだめだ。わしがなんでもするから……」

「先生、いいから飲んで。飲んで……」

ダンブルドアは、渇《かわ》きで死にかけている子供《こども》のように飲んだ。しかし、飲み終わるとまたしても、内臓《ないぞう》に火がついたような叫《さけ》び声《ごえ》を上げた。

「もうそれ以上は、お願いだ、もうそれ以上は……」

ハリーは十杯目《ぱいめ》の薬をすくい上げた。ゴブレットが水盆《すいぼん》の底をこするのを感じた。

「もうすぐです。先生。これを飲んで。飲んでください……」

ハリーはダンブルドアの肩《かた》を支《ささ》えた。そしてダンブルドアはまたしてもゴブレットを飲《の》み干《ほ》した。ハリーはまた立ち上がり、ゴブレットを満たした。ダンブルドアは、これまで以上に激《はげ》しい苦《く》痛《つう》の声を上げはじめた。

「わしは死にたい！　やめさせてくれ！　やめさせてくれ！　死にたい！」

「飲んでください。先生、これを飲んでください……」

ダンブルドアが飲んだ。そして飲《の》み干《ほ》すやいなや、叫《さけ》んだ。

「**殺してくれ！**」

「これで——これでそうなります！」

ハリーはあえぎながら言った。

「飲むんです……終わりますから……全部終わりますから！」

ダンブルドアはゴブレットをぐいと傾《かたむ》け、最後の一滴《いってき》まで飲《の》み干《ほ》した。そして、ガラガラと大きく最後の息を吐《は》き、転がってうつ伏《ぶ》せになった。

「先生！」

立ち上がってもう一度薬を満たそうとしていたハリーは、ゴブレットを水盆《すいばん》に落とし、叫《さけ》びながらダンブルドアの脇《わき》にひざをつき、力いっぱい抱《だ》きかかえて仰向《あおむ》けにした。ダンブルドアのめがねがはずれ、口はぱっくり開き、目は閉《と》じられていた。

「先生」

ハリーはダンブルドアを揺《ゆ》すった。

「しっかりして。死んじゃだめです。先生は毒薬《どくやく》じゃないって言った。目を覚ましてください。目を覚まして――リナベイト！　蘇生《そせい》せよ！」

ハリーは杖《つえ》をダンブルドアの胸《むね》に向けて叫《さけ》んだ。赤い光が走ったが、なんの変化もなかった。

「リナベイト、蘇生《そせい》せよ――先生――お願いです――」

ダンブルドアのまぶたがかすかに動いた。ハリーは心が躍《おど》った。

「先生、大丈夫《だいじょうぶ》――？」

「水」

ダンブルドアがかすれ声で言った。

「水――」ハリーはあえいだ。「――はい――」

ハリーははじかれたように立ち上がり、水盆《すいばん》に落としたゴブレットをつかんだ。その下に丸まっている金色のロケットに、ハリーはほとんど気づかなかった。

「アグアメンティ！　水よ！」

ハリーは杖《つえ》でゴブレットをつつきながら叫《さけ》んだ。

清らかな水がゴブレットを満たした。ハリーはダンブルドアの脇《わき》にひざまずいて、頭を起こし、唇《くちびる》にゴブレットを近づけた――ところが、からっぽだった。ダンブルドアはうめき声を上げ、あえぎだした。

「でも、さっきは――待ってください――アグアメンティ！　水よ！」ハリーは再《ふたた》び唱えた。もう一度、澄《す》んだ水が、一瞬《いっしゅん》ゴブレットの中でキラキラ光った。しかし、ダンブルドアの唇《くちびる》に近づけると、再《ふたた》び水は消えてしまった。

「先生、僕《ぼく》、がんばってます。がんばってるんです！」

ハリーは絶望的《ぜつぼうてき》な声を上げた。しかし聞こえているとは思えなかった。ダンブルドアは転がって横になり、ゼイゼイと苦しそうに末期《まつご》の息を吐《は》いていた。

「アグアメンティ――水よ――アグアメンティ！」

ゴブレットはまた満ちて、またからになった。ダンブルドアはいまや虫の息だった。頭の中はパニック状態《じょうたい》で目まぐるしく動いていたが、ハリーには直感的に、水を得《え》る最後の手段《しゅだん》がわかっていた。ヴォルデモートがそのように仕組んでいたはずだ……。

ハリーは、身を投げ出すようにして岩の端《はし》からゴブレットを湖に突《つ》っ込《こ》み、冷たい水をいっぱいに満たした。水は消えなかった。

「先生――さあ！」

叫《さけ》びながらダンブルドアに飛びつき、ハリーは不器用にゴブレットを傾《かたむ》けて、ダンブルドアの顔に水をかけた。

やっとの思いで、ハリーができたのはそれだけだった。ゴブレットを持っていないほうの腕《うで》にヒヤリとするものを感じたのは、水の冷たさが残っていたわけではなかった。ぬめぬめした白い手がハリーの手首をつかみ、その手の先にある何者かが、岩の上のハリーをゆっくりと引《ひ》きずり戻《もど》していた。湖面はもはやなめらかな鏡のようではなく、激《はげ》しく揺《ゆ》れ動《うご》いていた。ハリーの目が届《とど》くかぎり、暗い水から白い頭や手が突《つ》き出《で》ている。男、女、子供《こども》。落ちくぼんだ見えない目が岩場に向かって近づいてくる。黒い水から立ち上がった、死人の軍団《ぐんだん》だ。

「ペトリフィカス　トタルス！　石になれ！」

ぬれてすべすべした小島の岩にしがみつこうともがきながら、ハリーは腕《うで》をつかんでいる「亡《もう》者《じゃ》」に杖《つえ》を向けて叫《さけ》んだ。亡者《もうじゃ》の手が離《はな》れ、のけぞって、水しぶきを上げながら倒《たお》れた。ハリーは足をもつれさせながら立ち上がった。しかし、亡者《もうじゃ》はうじゃうじゃと、つるつるした岩に骨《ほね》ばった手をかけて這《は》い上《あ》がってきた。うつろなにごった目をハリーに向け、水浸《みずびた》しのボロを引きずりながら、落ちくぼんだ顔に不気味な薄笑《うすわら》いを浮《う》かべている。

「ペトリフィカス　トタルス！　石になれ！」

あとずさりしながら杖《つえ》を大きく振《ふ》り下《お》ろし、ハリーが再《ふた》び叫《さけ》んだ。七、八体の亡者《もうじゃ》がくずおれた。しかし、あとからあとから、ハリーめがけてやってくる。

「インペディメンタ！　妨害《ぼうがい》せよ！　インカーセラス！　縛《しば》れ！」

何体かが倒《たお》れた。一、二体が縄《なわ》で縛《しば》られた。しかし、次々と岩場に登ってくる亡者《もうじゃ》は、倒《たお》れた死体を無造作《むぞうさ》に踏《ふ》みつけ、乗《の》り越《こ》えてやってくる。杖《つえ》で空《くう》を切りながら、ハリーは叫《さけ》び続けた。

「セクタムセンプラ！　切《き》り裂《さ》け！　セクタムセンプラ！」

水浸《みずびた》しのボロと、氷のような肌《はだ》がざっくりと切《き》り裂《さ》かれはしたが、亡者《もうじゃ》は流すべき血を持たなかった。何も感じない様子で、しなびた手をハリーに向けて伸《の》ばしながら歩き続けた。さらにあとずさりしたとき、ハリーは背後《はいご》からいくつもの腕《うで》でしめつけられるのを感じた。死のように冷たく、やせこけた薄《うす》っぺらな腕《うで》が、ハリーを吊《つ》るし上《あ》げ、ゆっくりと、そして確実《かくじつ》に水辺に引《ひ》きずり込《こ》んでいった。逃《のが》れる道はない、とハリーは覚悟《かくご》した。自分はおぼれ、引《ひ》き裂《さ》かれたヴォルデモートの魂《たましい》のひとかけらを護衛《ごえい》する、死人の一人になるのか……。

その時、暗闇《くらやみ》の中から火が燃《も》え上《あ》がった。紅《くれない》と金色《こんじき》の炎《ほのお》の輪が岩場を取り囲み、ハリーをあれほどがっしりとつかんでいた亡者《もうじゃ》どもは、転び、ひるみ、火をかいくぐって湖に戻《もど》ることさえできない。亡者《もうじゃ》はハリーを放した。地べたに落ちたハリーは岩ですべって転び、両腕《りょううで》をすりむいたが、なんとか立ち上がり、杖《つえ》をかまえてあたりに目を凝《こ》らした。

ダンブルドアが再《ふた》び立ち上がっていた。顔色こそ包囲している亡者《もうじゃ》と同じく青白かったが、背《せ》の高いその姿《すがた》はすっくと抜《ぬ》きん出《で》ていた。瞳《ひとみ》に炎《ほのお》を躍《おど》らせ、杖《つえ》を松明《たいまつ》のように掲《かか》げている。杖先《つえさき》から噴出《ふんしゅつ》する炎《ほのお》が、巨大《きょだい》な投《な》げ縄《なわ》のように周囲のすべてを熱く取り囲んでいた。

亡者《もうじゃ》は、炎《ほのお》の包囲から逃《のが》れようとぶつかり合い、やみくもに逃《に》げ惑《まど》っていた……。

ダンブルドアは水盆《すいぼん》の底からロケットをすくい上げ、ローブの中にしまい込《こ》み、無言のままハリーを自分のそばに招《まね》き寄《よ》せた。炎《ほのお》に攪乱《かくらん》された亡者《もうじゃ》どもは、獲物《えもの》が去っていくのにも気づかない。ダンブルドアはハリーを小舟《こぶね》へといざない、炎《ほのお》の輪も二人を取《と》り巻《ま》いて水辺へと移動《いどう》した。うろたえた亡者《もうじゃ》どもは水際《みずぎわ》までついてきて、そこから暗い水の中へと我先《われさき》にすべり落ちていった。

体中震《ふる》えながらも、ハリーは一瞬《いっしゅん》、ダンブルドアが自力で小舟《こぶね》に乗れないのではないかと思った。乗《の》り込《こ》もうとして、ダンブルドアはわずかによろめいた。持てる力のすべてを、二人を囲む炎《ほのお》の輪の護《まも》りを維持《いじ》するために注《そそ》ぎ込《こ》んでいるように見えた。ハリーはダンブルドアを支《ささ》え、小舟《こぶね》に乗るのを助けた。二人が再《ふた》びしっかり乗り込《の》《こ》むと、小舟《こぶね》は小島を離《はな》れ、炎《ほのお》の輪《わ》に囲まれたまま黒い湖を戻《もど》りはじめた。下のほうにうようよしている亡者《もうじゃ》どもは、どうやら二度と浮上《ふじょう》できないらしい。

「先生」ハリーはあえぎながら言った。

「先生、僕《ぼく》、忘《わす》れていました――炎《ほのお》のことを――亡者《もうじゃ》に襲《おそ》われて、僕《ぼく》、パニックになってしまって――」

「当然のことじゃ」

ダンブルドアがつぶやくように言った。その声があまりに弱々しいのに、ハリーは驚《おどろ》いた。

軽い衝撃《しょうげき》とともに、小舟《こぶね》は岸に着いた。ハリーは飛《と》び降《お》り、急いでダンブルドアを介助《かいじょ》した。岸に降《お》り立《た》ったとたん、ダンブルドアの杖《つえ》を掲《かか》げた手が下がり、炎《ほのお》の輪が消えた。しかし、亡者《もうじゃ》は二度と水から現《あらわ》れはしなかった。小舟《こぶね》は再《ふたた》び水中に沈《しず》んだ。鎖《くさり》もガチャガチャ音を立てながら湖の中にすべり込《こ》んでいった。ダンブルドアは大きなため息をつき、洞窟《どうくつ》の壁《かべ》に寄《よ》りかかった。

「わしは弱った……」ダンブルドアが言った。

「大丈夫《だいじょうぶ》です、先生」

ハリーが即座《そくざ》に言った。真っ青で疲労困憊《ひろうこんぱい》しているダンブルドアが心配だった。

「大丈夫《だいじょうぶ》です。僕《ぼく》が先生を連れて帰ります……先生、僕《ぼく》に寄《よ》りかかってください……」

そしてハリーは、ダンブルドアの傷《きず》ついていないほうの腕《うで》を肩《かた》に回し、その重みをほとんど全部背負《せお》って湖の縁《ふち》を歩き、もと来た場所へと校長先生を導《みちび》いた。

「防御《ぼうぎょ》は……最終的には……たくみなものじゃった」

ダンブルドアが弱々しく言った。

「一人ではできなかったであろう……君はよくやった。ハリー、非常《ひじょう》によくやった……」

「いまはしゃべらないでください」

ダンブルドアの言葉があまりに不明瞭《ふめいりょう》で、足取りがあまりに弱々しいのが、ハリーには心配でならなかった。

「おつかれになりますから……もうすぐここを出られます……」

「入口のアーチはまた閉《と》じられているじゃろう……わしの小刀を……」

「その必要はありません。僕《ぼく》が岩で傷《きず》を負いましたから」

ハリーがしっかりと言った。

「どこなのかだけ教えてください……」

「ここじゃ……」

ハリーはすりむいた腕《うで》を、岩にこすりつけた。血の貢《みつ》ぎ物《もの》を受け取ったアーチの岩は、たちまち再《ふたた》び開いた。二人は外側の洞窟《どうくつ》を横切り、ハリーはダンブルドアを支《ささ》え、崖《がけ》の割《わ》れ目《め》を満たしている氷のような海水に入った。

「先生、大丈夫《だいじょうぶ》ですよ」

ハリーは何度も声をかけた。弱々しい声も心配だったが、それよりダンブルドアが無言のままでいるほうがもっと心配だった。

「もうすぐです……僕《ぼく》が一緒《いっしょ》に『姿《すがた》あらわし』します……心配しないでください……」

「わしは心配しておらぬ、ハリー」

凍《こお》るような海中だったが、ダンブルドアの声がわずかに力強くなった。

「君と一緒《いっしょ》じゃからのう」

第二十七章
稲妻《いなずま》に撃《う》たれた塔《とう》

星空の下に戻《もど》ると、ハリーはダンブルドアを一番近くの大岩の上に引《ひ》っ張《ぱ》り上《あ》げ、抱《だ》きかかえて立たせた。ぐしょぬれで震《ふる》えながら、ダンブルドアの重みを支《ささ》え、ハリーはこんなに集中したことはないと思われるほど真剣《しんけん》に、目的地を念じた。ホグズミードだ。目を閉《と》じ、ダンブルドアの腕《うで》をしっかり握《にぎ》り、ハリーは押《お》しつぶされるような恐《おそ》ろしい感覚の中に踏《ふ》み入《い》った。

目を開ける前から、ハリーは成功したと思った。潮《しお》の香《か》も潮風《しおかぜ》も消えていた。ダンブルドアと二人、ハリーはホグズミードのハイストリート通りの真ん中に、水を滴《したた》らせ、震《ふる》えながら立っていた。一瞬《いっしゅん》、店の周辺からまたしても亡者《もうじゃ》たちが忍《しの》び寄《よ》ってくるような恐《おそ》ろしい幻覚《げんかく》を見たが、瞬《まばた》きしてみると、何もうごめいてはいなかった。すべてが静まり返り、わずかな街灯と何軒《なんげん》かの二階の窓《まど》の明かりのほかは、真っ暗だった。

「やりました、先生！」

ハリーはささやくのがやっとだった。急にみずおちに刺《さ》し込《こ》むような痛《いた》みを覚えた。

「やりました！　分霊箱《ぶんれいばこ》を手に入れました！」

ダンブルドアがぐらりとハリーに倒《たお》れかかった。一瞬《いっしゅん》、自分の未熟《みじゅく》な「姿《すがた》あらわし」のせいで、ダンブルドアがバランスを崩《くず》したのではないかと思ったが、次の瞬間《しゅんかん》、遠い街灯の明かりに照らされたダンブルドアの顔が、いっそう青白く衰弱《すいじゃく》しているのが見えた。

「先生、大丈夫《だいじょうぶ》ですか？」

「最高とは言えんのう」

ダンブルドアの声は弱々しかったが、唇《くちびる》の端《はし》がヒクヒク動いた。

「あの薬は……健康ドリンクではなかったでのう……」

そして、ダンブルドアは地面にくずおれた。ハリーは戦慄《せんりつ》した。

「先生――大丈夫《だいじょうぶ》です。きっとよくなります。心配せずに――」

ハリーは助けを求めようと必死の思いで周りを見回したが、人影《ひとかげ》はない。ハリーは、ダンブルドアをなんとかして早く医務室《いむしつ》に連れていかなければならない、ということしか思いつかなかった。

「先生を学校に連れて帰らなければなりません……マダム・ポンフリーが……」

「いや」ダンブルドアが言った。

「必要なのは……スネイプ先生じゃ……しかし、どうやら……いまのわしは遠くまでは歩けぬ……」

「わかりました――先生、いいですか――僕《ぼく》がどこかの家のドアをたたいて、先生が休める所を見つけます――それから走っていって、連れてきます。マダム――」

「セブルスじゃ」ダンブルドアがはっきりと言った。

「セブルスが必要じゃ……」

「わかりました。それじゃスネイプを――でも、しばらく先生をひとりにしないと――」

しかし、ハリーが行動を起こさないうちに、誰《だれ》かの走る足音が聞こえた。ハリーは心が躍《おど》った。誰《だれ》かが見つけてくれた。助けが必要なことに気づいてくれた――見回すと、マダム・ロスメルタが暗い通りを小走りに駆《か》けてくるのが見えた。かかとの高いふわふわした室内ばきをはき、ドラゴンの刺繍《ししゅう》をした絹《きぬ》の部屋着を着ている。

「寝室《しんしつ》のカーテンを閉《し》めようとしていたら、あなたが『姿《すがた》あらわし』するのが見えたの！　よかった、よかったわ。どうしたらいいのかわからなくて――まあ、アルバスに何かあったの？」

マダム・ロスメルタは息を切らしながら立ち止まり、目を見開いてダンブルドアを見下ろした。

「けがをしてるんです」ハリーが言った。

「マダム・ロスメルタ、僕《ぼく》が学校に行って助けを呼《よ》んでくるまで、先生を『三本の箒《ほうき》』で休ませてくれますか？」

「ひとりで学校に行くなんてできないわ！　わからないの――？　見なかったの――？」

「一緒《いっしょ》に先生を支《ささ》えてくだされば」ハリーは、ロスメルタの言ったことを聞いていなかった。

「中まで運べると思います――」

「何があったのじゃ？」ダンブルドアが聞いた。「ロスメルタ、何かあったのか？」

「や――『闇《やみ》の印《しるし》』よ、アルバス」

そして、マダム・ロスメルタはホグワーツの方角の空を指差した。その言葉で背筋《せすじ》がぞっと寒くなり、ハリーは振《ふ》り返《かえ》って空を見た。

学校の上空に、確《たし》かにあの印があった。蛇《へび》の舌《した》を出した緑色のどくろが、ギラギラ輝《かがや》いている。死喰《しく》い人《びと》が侵入《しんにゅう》したあとに残す印だ……誰《だれ》かを殺したときに残す印だ……。

「いつ現《あらわ》れたのじゃ？」

ダンブルドアが聞いた。立ち上がろうとするダンブルドアの手が、ハリーの肩《かた》に痛《いた》いほど食《く》い込《こ》んだ。

「数分前にちがいないわ。猫《ねこ》を外に出したときにはありませんでしたもの。でも二階に上がったときに――」

「すぐに城《しろ》に戻《もど》らねばならぬ」

ダンブルドアが言った。少しよろめきはしたが、しっかり事態《じたい》を掌握《しょうあく》していた。

「ロスメルタ、輸送手段《ゆそうしゅだん》が必要じゃ――箒《ほうき》が――」

「バーのカウンターの裏《うら》に、二、三本ありますわ」ロスメルタはおびえていた。

「行って取ってきましょうか――?」

「いや、ハリーに任《まか》せられる」

ハリーは、すぐさま杖《つえ》を上げた。

「アクシオ、ロスメルタの箒《ほうき》よ、来い」

たちまち大きな音がして、パブの入口の扉《とびら》がパッと開き、箒《ほうき》が二本、勢《いきお》いよく表に飛び出した。

箒《ほうき》は抜《ぬ》きつ抜《ぬ》かれつハリーの脇《わき》まで飛んできて、かすかに振動《しんどう》しながら、腰《こし》の高さでぴたりと止まった。

「ロスメルタ、魔法省《まほうしょう》への連絡《れんらく》を頼《たの》んだぞ」

ダンブルドアは自分に近いほうの箒《ほうき》にまたがりながら言った。

「ホグワーツの内部の者は、まだ異変《いへん》に気づいておらぬやもしれぬ……ハリー、透明《とうめい》マントを着るのじゃ」

ハリーはポケットからマントを取り出してかぶってから、箒《ほうき》にまたがった。ハリーとダンブルドアが地面を蹴《け》って空に舞《ま》い上《あ》がったときには、マダム・ロスメルタは、すでにハイヒールの室内ばきでよろけながらパブに向かって小走りに駆《か》けだしていた。

城《しろ》を目指して速度を上げながら、ハリーは、ダンブルドアが落ちるようなことがあればすぐさま支《ささ》えられるようにと、ちらちら横を見た。しかし、「闇《やみ》の印《しるし》」はダンブルドアにとって、刺激剤《しげきざい》のような効果《こうか》をもたらしたらしい。印を見すえて、長い銀色の髪《かみ》とひげとを夜空になびかせながら、ダンブルドアは箒《ほうき》に低くかがみ込《こ》んでいた。ハリーも前方のどくろを見すえた。恐怖《きょうふ》が泡立《あわだ》つ毒のように肺《はい》をしめつけ、ほかのいっさいの苦痛《くつう》を念頭から追い出してしまった……。

二人は、どのくらいの時間、留守《るす》にしていたのだろう。ロンやハーマイオニー、ジニーの幸運は、もう効《き》き目《め》が切れたのだろうか？　学校の上空にあの印が上がったのは、三人のうちの誰《だれ》かに何かあったからなのだろうか、それともネビルかルーナか？　DAのメンバーの誰《だれ》かではないだろうか？　そしてもしそうなら……廊下《ろうか》をパトロールしろと言ったのは自分だ。ベッドにいれば安全なのに、ベッドを離《はな》れるように頼《たの》んだのは自分だ……またしても僕《ぼく》のせいで、友人が死んだのだろうか？

出発のときに歩いた、曲がりくねった暗い道の上空を飛びながら、耳元で鳴る夜風のヒューヒューという音の合間に、ハリーは、ダンブルドアがまたしても不可解《ふかかい》な言葉を唱えるのを聞いた。校庭に入る境界線《きょうかいせん》を飛《と》び越《こ》えた瞬間《しゅんかん》、箒《ほうき》が振動《しんどう》するのを感じた理由が、ハリーにはわかった。ダンブルドアは、自分が城《しろ》にかけた呪文《じゅもん》を解除《かいじょ》し、二人が高速で突破《とっぱ》できるようにしていたのだ。「闇《やみ》の印《しるし》」は、城《しろ》で一番高い天文台の塔《とう》の真上で光っていた。そこで殺人があったのだろうか？

ダンブルドアは、塔《とう》の屋上の、銃眼《じゅうがん》つきの防壁《ぼうへき》をすでに飛《と》び越《こ》え、箒《ほうき》から降《お》りるところだった。

ハリーもすぐあとからそのそばに降《お》り、あたりを見回した。

防壁《ぼうへき》の内側には人影《ひとかげ》がない。城《しろ》の内部に続く螺旋階段《らせんかいだん》の扉《とびら》は閉《し》まったままだ。争いの跡《あと》も、死闘《しとう》がくり広げられた形跡《けいせき》もなく、死体すらない。

「どういうことでしょう？」

ハリーは、頭上に不気味に光る蛇舌《へびじた》のどくろを見上げながら、ダンブルドアに問いかけた。

「あれはほんとうの印でしょうか？　誰《だれ》かがほんとうに――先生？」

印が放つかすかな緑の光で、黒ずんだ手で胸《むね》を押《お》さえているダンブルドアが見えた。

「セブルスを起こしてくるのじゃ」

ダンブルドアはかすかな声で、しかしはっきりと言った。

「何があったかを話し、わしの所へ連れてくるのじゃ。ほかには何もするでないぞ。ほかの誰《だれ》にも話をせず、透明《とうめい》マントを脱《ぬ》がぬよう。わしはここで待っておる」

「でも――」

「わしに従《したが》うと誓《ちか》ったはずじゃ、ハリー――行くのじゃ！」

ハリーは螺旋階段《らせんかいだん》の扉《とびら》へと急いだ。しかし扉《とびら》の鉄の輪に手が触《ふ》れたとたん、扉《とびら》の内側から誰《だれ》かが走ってくる足音が聞こえた。振《ふ》り返《かえ》ると、ダンブルドアは退却《たいきゃく》せよと身振《みぶ》りで示《しめ》していた。ハリーは杖《つえ》をかまえながらあとずさりした。

扉《とびら》が勢《いきお》いよく開き、誰《だれ》かが飛び出して叫《さけ》んだ。

「エクスペリアームス！　武器《ぶき》よ去れ！」

ハリーはたちまち体が硬直《こうちょく》して動かなくなり、まるで不安定な銅像《どうぞう》のように倒《たお》れて、塔《とう》の防壁《ぼうへき》に支《ささ》えられるのを感じた。動くことも口をきくこともできない。どうしてこんなことになったのか、ハリーにはわからなかった——「**エクスペリアームス**」は「凍結呪文《とうけつじゅもん》」とはちがうのに——。

その時、「闇《やみ》の印《しるし》」の明かりで、ダンブルドアの杖《つえ》が弧《こ》を描《えが》いて防壁《ぼうへき》の端《はし》を越《こ》えて飛んでいくのが見え、事態《じたい》がのみ込《こ》めた……ダンブルドアが無言でハリーを動けなくしたのだ。その術《じゅつ》をかける一瞬《いっしゅん》のせいで、ダンブルドアは自分を護《まも》るチャンスを失ったのだ。

血の気の失《う》せた顔で、防壁《ぼうへき》を背《せ》にして立ちながらも、ダンブルドアには恐怖《きょうふ》や苦悩《くのう》の影《かげ》すらない。自分の武器《ぶき》を奪《うば》った相手に目をやり、ただ一言こう言った。

「こんばんは、ドラコ」

マルフォイが進み出た。すばやくあたりに目を配り、ダンブルドアと二人きりかどうかを確《たし》かめた。二本目の箒《ほうき》に目が走った。

「ほかに誰《だれ》かいるのか？」

「わしのほうこそ聞きたい。君一人の行動かね？」

「闇《やみ》の印《しるし》」の緑の光で、マルフォイの薄《うす》い色の目がダンブルドアに視線《しせん》を戻《もど》すのが見えた。

「ちがう」マルフォイが言った。「援軍《えんぐん》がある。今夜この学校には死喰《しく》い人《びと》がいるんだ」

「ほう、ほう」

ダンブルドアはまるで、マルフォイががんばって仕上げた宿題を見ているような言い方をした。

「なかなかのものじゃ。君が連中を導《みちび》き入れる方法を見つけたのかね？」

「そうだ」マルフォイは息を切らしていた。

「校長の目と鼻の先なのに、気がつかなかったろう！」

「よい思いつきじゃ」ダンブルドアが言った。

「しかし……失礼ながら……その連中はいまどこにいるのかね？　君の援軍《えんぐん》とやらは、いないようだが」

「そっちの護衛《ごえい》に出くわしたんだ。下で戦ってる。追っつけ来るだろう……僕《ぼく》は先に来たんだ。僕《ぼく》には——僕《ぼく》にはやるべきことがある」

「おう、それなら、疾《と》くそれに取りかからねばなるまいのう」ダンブルドアがやさしく言った。

沈黙《ちんもく》が流れた。ハリーは自分の体に閉《と》じ込《こ》められ、身動きもできず、姿《すがた》を隠《かく》したまま二人を見つめ、遠くに死喰《しく》い人《びと》の戦いの音が聞こえはしないかと、耳を研《と》ぎ澄《す》ましていた。ハリーの目の前で、ドラコ・マルフォイはアルバス・ダンブルドアをただ見つめていた。ダンブルドアは、なんと、ほほえんだ。

「ドラコ、ドラコ、君には人は殺せぬ」

「わかるもんか」ドラコが切り返した。

その言い方がいかにも子供《こども》っぽいと自分でも気づいたらしく、ハリーはドラコが顔を赤らめるのを、緑の明かりの下で見た。

「僕《ぼく》に何ができるかなど、校長にわかるものか」

マルフォイは前より力強く言った。

「これまで僕《ぼく》がしてきたことだって知らないだろう！」

「いやいや、知っておる」ダンブルドアがおだやかに言った。

「君はケイティ・ベルとロナルド・ウィーズリーを危《あや》うく殺すところじゃった。この一年間、君はわしを殺そうとして、だんだん自暴自棄《じぼうじき》になっていた。失礼じゃが、ドラコ、全部中途半端《ちゅうとはんぱ》な試みじゃったのう……あまりに生半可《なまはんか》なので、正直言うて君が本気なのかどうか、わしは疑《うたご》うた……」

「本気だった！」マルフォイが激《はげ》しい口調で言った。

「この一年、僕《ぼく》はずっと準備《じゅんび》してきた。そして今夜――」

城《しろ》のずっと下のほうから、押《お》し殺《ころ》したような叫《さけ》び声《ごえ》がハリーの耳に入ってきた。マルフォイは、ぎくりと体をこわばらせて後ろを振《ふ》り返《かえ》った。

「誰《だれ》かが善戦《ぜんせん》しているようじゃの」

ダンブルドアは茶飲み話でもしているようだった。

「しかし、君が言いかけておったのは……おう、そうじゃ、死喰《しく》い人《びと》を、この学校に首尾《しゅび》よく案内してきたということじゃのう。それは、さすがにわしも不可能《ふかのう》じゃと思うておったのじゃが……どうやったのかね？」

しかしマルフォイは答えなかった。下のほうで何事か起こっているのに耳を澄《す》ましたまま、ほとんどハリーと同じぐらい体を硬直《こうちょく》させていた。

「君一人で、やるべきことをやらねばならぬかもしれんのう」ダンブルドアがうながした。

「わしの護衛《ごえい》が、君の援軍《えんぐん》をくじいてしまったとしたらどうなるかの？　たぶん気づいておろうが、今夜ここには、『不死鳥《ふしちょう》の騎士団《きしだん》』の者たちも来ておる。それに、いずれにせよ、君には援護《えんご》など必要ない……わしはいま、杖《つえ》を持たぬ……自衛《じえい》できんのじゃ」

マルフォイは、ダンブルドアを見つめただけだった。

「なるほど」

マルフォイが、しゃべりもせず動きもしないので、ダンブルドアがやさしく言った。

「みんなが来るまで、怖《こわ》くて行動できないのじゃな」

「怖《こわ》くない！」

マルフォイが唸《うな》った。しかし、まだまったくダンブルドアを傷《きず》つける様子がない。

「そっちこそ怖《こわ》いはずだ！」

「なぜかね？　ドラコ、君がわしを殺すとは思わぬ。無垢《むく》な者にとって、人を殺すことは、思いのほか難《むずか》しいものじゃ……それでは、君の友達が来るまで、聞かせておくれ……どうやって連中を潜入《せんにゅう》させたのじゃね？　準備《じゅんび》が整うまで、ずいぶんと時間がかかったようじゃが」

マルフォイは、叫《さけ》びだしたい衝動《しょうどう》か、突《つ》き上《あ》げる吐《は》き気《け》と戦っているかのようだった。ダンブルドアの心臓《しんぞう》にぴたりと杖《つえ》を向けてにらみつけながら、マルフォイはゴクリとつばを飲み、数回深呼《しんこ》吸《きゅう》した。それからこらえきれなくなったように口を開いた。

「壊《こわ》れて、何年も使われていなかった『姿《すがた》をくらますキャビネット棚《だな》』を直さなければならなかったんだ。去年、モンタギューがその中で行方不明《ゆくえふめい》になったキャビネットだ」

「あぁぁー」

ダンブルドアのため息は、うめきのようでもあった。ダンブルドアはしばらく目を閉《と》じた。

「賢《かしこ》いことじゃ……確《たし》か、対《つい》になっておったのう？」

「もう片方《かたほう》は、『ボージン・アンド・バークス』の店だ」マルフォイが言った。

「二つの間に通路のようなものができるんだ。モンタギューが、ホグワーツにあったキャビネット棚《だな》に押《お》し込《こ》まれたとき、どっちつかずに引っかかっていたけど、ときどき学校で起こっていることが聞こえたし、ときどき店の出来事も聞こえたと話してくれた。まるで棚《たな》が二か所の間を往《い》ったり来たりしているみたいに。しかし自分の声は誰《だれ》にも届《とど》かなかったって……結局あいつは、試験にはパスしていなかったけど、無理やり『姿《すがた》あらわし』したんだ。おかげで死にかけた。みんなは、おもしろいでっち上げ話だと思っていたけど、僕《ぼく》だけはその意味がわかった——ボージンでさえ知らなかった——壊《こわ》れたキャビネット棚《だな》を修理《しゅうり》すれば、それを通ってホグワーツに入る方法があるだろうと気づいたのは、この僕《ぼく》だ」

「見事じゃ」ダンブルドアがつぶやいた。「それで、死喰《しく》い人《びと》たちは、君の応援《おうえん》に、『ボージン・アンド・バークス』からホグワーツに入《はい》り込《こ》むことができたのじゃな……賢《かしこ》い計画じゃ、実に賢《かしこ》い……それに、君も言うたように、わしの目と鼻の先じゃ……」

「そうだ」

マルフォイは、ダンブルドアにほめられたことで、皮肉にも勇気となぐさめを得《え》たようだった。

「そうなんだ!」

「しかし、時には——」ダンブルドアが言葉を続けた。「キャビネット棚《だな》を修理《しゅうり》できないのではないかと思ったこともあったのじゃろうな?　そこで、粗雑《そざつ》で軽率《けいそつ》な方法を使おうとしたのう。どう考えてもほかの者の手に渡《わた》ってしまうのに、呪《のろ》われたネックレスをわしに送ってみたり……わしが飲む可能性《かのうせい》はほとんどないのに、蜂蜜酒《はちみつしゅ》に毒を入れてみたり……」

「そうだ。だけど、それでも誰《だれ》が仕組んだのか、わからなかったろう?」

マルフォイがせせら笑った。ダンブルドアの体が、防壁《ぼうへき》にもたれたままわずかにずり落ちた。足の力が弱ってきたにちがいない。ハリーは自分を縛《しば》っている呪文《じゅもん》に抗《あらが》って、声もなくむなしくもがいた。

「実はわかっておった」ダンブルドアが言った。「君にまちがいないと思っておった」

「じゃ、なぜ止めなかった?」マルフォイが詰《つ》め寄《よ》った。

「そうしようとしたのじゃよ、ドラコ。スネイプ先生が、わしの命《めい》を受けて、君を見張《みは》っておった――」

「あいつは**校長**の命令で動いていたんじゃない。僕《ぼく》の母上に約束して――」

「もちろん、ドラコ、スネイプ先生は、君にはそう言うじゃろう。しかし――」

「あいつは二重スパイだ。あんたも老いぼれたものだ。あいつは校長のために動いていたんじゃない。あんたがそう思《おも》い込《こ》んでいただけだ!」

「その点は、意見がちがうと認《みと》め合《あ》わねばならんのう、ドラコ。わしは、スネイプ先生を信じておるのじゃ――」

「それじゃ、あんたには事態《じたい》がわかってないってことだ!」マルフォイがせせら笑った。

「あいつは僕《ぼく》を助けたいとさんざん持ちかけてきた――全部自分の手柄《てがら》にしたかったんだ――一枚《いちまい》

加わりたかったんだ――『何をしておるのかね？　君がネックレスを仕掛《しか》けたのか？　あれは愚《おろ》かしいことだ。全部だいなしにしてしまったかもしれん――』。だけど僕《ぼく》は、『必要の部屋』で何をしているのか、あいつに教えなかった。あした、あいつが目を覚ましたときには全部終わっていて、もうあいつは、闇《やみ》の帝王《ていおう》のお気に入りじゃなくなるんだ。僕《ぼく》に比《くら》べればあいつは何者でもなくなる。ゼロだ！」

「満足じゃろうな」

ダンブルドアがおだやかに言った。

「誰《だれ》でも、一生懸命《いっしょうけんめい》やったことをほめてほしいものじゃ、もちろんのう……しかし、それにしても君には共犯者《きょうはんしゃ》がいたはずじゃ……ホグズミードの誰《だれ》かが。ケイティにこっそりあれを手渡《てわた》す――あれを――あぁぁ……」

ダンブルドアは再《ふたた》び目を閉《と》じてこくりとうなずいた。まるでそのまま眠《ねむ》り込《こ》むかのようだった。

「……もちろん……ロスメルタじゃ。いつから『服従《ふくじゅう》の呪文《じゅもん》』にかかっておるのじゃ？」

「やっとわかったようだな」マルフォイがあざけった。

下のほうから、また叫《さけ》び声《ごえ》が聞こえた。今度はもっと大きい声だった。マルフォイはびくっとしてまた振《ふ》り返《かえ》ったが、すぐダンブルドアに視線《しせん》を戻《もど》した。ダンブルドアは言葉を続けた。

「それでは、哀《あわ》れなロスメルタが、店のトイレで待《ま》ち伏《ぶ》せして、一人でトイレにやってくるホグワーツの学生の誰《だれ》かにネックレスを渡《わた》すよう、命令されたというわけじゃな？　それに毒入り蜂蜜《はちみつ》酒《しゅ》……ふむ、当然ロスメルタなら、わしへのクリスマスプレゼントだと信じて、スラグホーンにボトルを送る前に、君にかわって毒を盛《も》ることもできた……実に鮮《あざ》やかじゃ……実に……哀《あわ》れむべきフィルチさんは、ロスメルタのボトルを調べようなどとは思うまい……どうやってロスメルタと連《れん》絡《らく》を取っていたか、話してくれるかの？　学校に出入りする通信手段《つうしんしゅだん》は、すべて監視《かんし》されていたはずじゃが」

「コインに呪文《じゅもん》をかけた」

杖《つえ》を持った手がひどく震《ふる》えていたが、マルフォイは、話し続けずにはいられないかのようにしゃべった。

「僕《ぼく》が一枚《まい》、あっちがもう一枚《まい》だ。それで僕《ぼく》が命令を送ることができた――」

「『ダンブルドア軍団《ぐんだん》』というグループが先学期に使った、秘密《ひみつ》の伝達手段《でんたつしゅだん》と同じものではないかな？」

ダンブルドアが聞いた。気軽な会話をしているような声だったが、ハリーは、ダンブルドアがそう言いながらまた二、三センチずり落ちるのに気がついた。

「ああ、あいつらからヒントを得《え》たんだ」

マルフォイはゆがんだ笑いを浮《う》かべた。

「蜂蜜酒《はちみつしゅ》に毒を入れるヒントも、『穢《けが》れた血《ち》』のグレンジャーからもらった。図書館であいつが、フィルチは毒物を見つけられないと話しているのを聞いたんだ」

「わしの前で、そのような侮蔑的《ぶべつてき》な言葉は使わないでほしいものじゃ」

ダンブルドアが言った。マルフォイが残忍《ざんにん》な笑い声を上げた。

「いまにも僕《ぼく》に殺されるというのに、この僕《ぼく》が、『穢《けが》れた血《ち》』と言うのが気になるのか?」

「気になるのじゃよ」ダンブルドアが言った。

まっすぐ立ち続けようと踏《ふ》んばって、ダンブルドアの両足が床《ゆか》を上すべりするのを、ハリーは見た。

「しかし、いまにもわしを殺すということについては、ドラコよ、すでに数分という長い時間がたったし、ここには二人しかおらぬ。わしはいま丸腰《まるごし》で、君が夢《ゆめ》にも思わなかったほど無防備《むぼうび》じゃ。にもかかわらず、君はまだ行動を起こさぬ……」

ひどく苦いものを口にしたかのように、マルフォイの口が思わずゆがんだ。

「さて、今夜のことじゃが」ダンブルドアが続けた。

「どのように事が起こったのか、わしには少しわからぬところがある……君はわしが学校を出たことを知っていたのかね?　いや、なるほど」

ダンブルドアは、自分で自分の質問《しつもん》に答えた。

「ロスメルタが、わしが出かけるところを見て、君の考えたすばらしいコインを使って、君に知らせたのじゃ。そうにちがいない……」

「そのとおりだ」マルフォイが言った。

「だけど、ロスメルタは校長が一杯《ぱい》飲みに出かけただけで、すぐ戻《もど》ってくると言った……」

「なるほど、確《たし》かにわしは飲み物を飲んだのう……そして、戻《もど》ってきた……かろうじてじゃが」

ダンブルドアがつぶやくように言った。

「それで君は、わしを罠《わな》にかけようとしたわけじゃの？」

「僕《ぼく》たちは、『闇《やみ》の印《しるし》』を塔《とう》の上に出して、誰《だれ》が殺されたのかを調べに、校長が急いでここに戻《もど》るようにしようと決めたんだ」マルフォイが言った。「そして、うまくいった！」

「ふむ……そうかもしれぬし、そうでないかもしれぬ……」ダンブルドアが言った。

「それでは、殺された者はおらぬと考えていいのじゃな？」

「誰《だれ》かが死んだ」マルフォイの声が、一オクターブ高くなったように思われた。

「そっちの誰《だれ》かだ……誰《だれ》かわからなかった。暗くて……僕《ぼく》が死体をまたいだ……僕《ぼく》は校長が戻《もど》ったときに、ここで待ちかまえているはずだった。ただ、『不死鳥』のやつらが邪魔《じゃま》して……」

「さよう。そういうくせがあるでのう」ダンブルドアが言った。

下から聞こえる騒《さわ》ぎや叫《さけ》び声《ごえ》が、一段《いちだん》と大きくなった。今度は、ダンブルドア、マルフォイ、ハリーのいる屋上に直接《ちょくせつ》つながる螺旋階段《らせんかいだん》で戦っているような音だった。ハリーの心臓《しんぞう》は、透明《とうめい》の胸《むね》の中で誰《だれ》にも聞こえはしなかったが、雷《かみなり》のようにとどろいた……誰《だれ》かが死んだ……マルフォイが死体をまたいだ……誰《だれ》だったんだ？

「いずれにせよ時間がない」ダンブルドアが言った。

「君の選択肢《せんたくし》を話し合おうぞ、ドラコ」

「**僕の**選択肢《せんたくし》！」マルフォイが大声で言った。

「僕《ぼく》は杖《つえ》を持ってここに立っている——校長を殺そうとしている——」

「ドラコよ、もう虚仮威《こけおど》しはおしまいにしようぞ。わしを殺すつもりなら、最初にわしを『武装解除《ぶそうかいじょ》』したときにそうしていたじゃろう。方法論《ほうほうろん》をあれこれと楽しくおしゃべりして、時間を費《つい》やすことはなかったじゃろう」

「僕《ぼく》には選択肢《せんたくし》なんかない！」

マルフォイが言った。そして突然《とつぜん》、ダンブルドアと同じぐらい蒼白《そうはく》になった。

「僕《ぼく》はやらなければならないんだ！　あの人が僕《ぼく》を殺す！　僕《ぼく》の家族を皆殺《みなごろ》しにする！」

「君の難《むずか》しい立場はよくわかる」ダンブルドアが言った。

「わしがいままで君に対抗《たいこう》しなかった理由が、それ以外にあると思うかね？　わしが君を疑《うたが》っていると、ヴォルデモート卿《きょう》に気づかれてしまえば、君は殺されてしまうと、わしにはわかっていたのじゃ」

マルフォイはその名を聞いただけでひるんだ。

「君に与《あた》えられた任務《にんむ》のことは知っておったが、それについて君と話をすることができなんだ。あの者が君に対して『開心術《かいしんじゅつ》』を使うかもしれぬからのう」

ダンブルドアが語り続けた。

「しかしいまやっと、お互《たが》いに率直《そっちょく》な話ができる……何も被害《ひがい》はなかった。君は誰《だれ》をも傷《きず》つけてはおらぬ。もっとも予期せぬ犠牲者《ぎせいしゃ》たちが死ななかったのは、君にとって非常《ひじょう》に幸運なことではあったのじゃが……ドラコ、わしが助けてしんぜよう」

「できっこない」

マルフォイの杖《つえ》を持った手が激《はげ》しく震《ふる》えていた。

「誰《だれ》にもできない。あの人が僕《ぼく》にやれと命じた。やらなければ殺される。僕《ぼく》にはほかに道がない」

「ドラコ、我々《われわれ》の側に来るのじゃ。我々《われわれ》は、君の想像《そうぞう》もつかぬほど完璧《かんぺき》に、君をかくまうことができるのじゃ。その上、わしが今夜『騎士団《きしだん》』の者を母上のもとにつかわして、母上をもかくまうことができる。父上のほうは、いまのところアズカバンにいて安全じゃ……時が来れば、父上も我々《われわれ》が保護《ほご》しよう……正しいほうにつくのじゃ、ドラコ……君は殺人者ではない……」

マルフォイはダンブルドアをじっと見つめた。

「だけど、僕《ぼく》はここまでやりとげたじゃないか」ドラコがゆっくりと言った。

「僕《ぼく》が途中《とちゅう》で死ぬだろうと、みんながそう思っていた。だけど、僕《ぼく》はここにいる……そして校長は僕《ぼく》の手中にある……杖《つえ》を持っているのは僕《ぼく》だ……あんたは僕《ぼく》のお情《なさ》けで……」

「いや、ドラコ」

ダンブルドアが静かに言った。

「いま大切なのは、君の情《なさ》けではなく、わしの情《なさ》けなのじゃ」

マルフォイは無言だった。口を開け、杖《つえ》を持つ手がまだ震《ふる》えていた。ハリーには、心なしかマルフォイの杖《つえ》がわずかに下がったように見えた――。

しかし、突然《とつぜん》、階段《かいだん》を踏《ふ》み鳴《な》らして駆《か》け上《あ》がってくる音がして、次の瞬間《しゅんかん》、マルフォイは、屋上に躍《おど》り出《で》た黒いローブの四人に押《お》しのけられた。身動きできず、瞬《まばた》きできない目を見開いて、恐怖《きょうふ》にかられながら、ハリーは四人の侵入者《しんにゅうしゃ》を見つめた。階下の戦いは、死喰《しく》い人《びと》が勝利したらしい。

ずんぐりした男が、奇妙《きみょう》に引きつった薄《うす》ら笑《わら》いを浮《う》かべながら、グググッと笑った。

「ダンブルドアを追《お》い詰《つ》めたぞ！」

男は、妹かと思われるずんぐりした小柄《こがら》な女のほうを振《ふ》り向《む》きながら言った。女は勢《いきお》い込《こ》んでニヤニヤ笑っていた。

「ダンブルドアには杖《つえ》がない。一人だ！　よくやった、ドラコ、よくやった！」

「こんばんは、アミカス」

ダンブルドアはまるで茶会に客を迎《むか》えるかのように、落ち着いて言った。

「それにアレクトもお連れくださったようじゃな……ようおいでくだされた……」

女は怒《おこ》ったように、小さく忍《しの》び笑《わら》いをした。

「死の床《とこ》で、冗談《じょうだん》を言えば助かると思っているのか？」女があざけった。

「冗談《じょうだん》とな？　いや、いや、礼儀《れいぎ》というものじゃ」ダンブルドアが答えた。

「殺《や》れ」

ハリーの一番近くに立っていた、もつれた灰色《はいいろ》の髪《かみ》の、大柄《おおがら》で手足の長い男が言った。動物のような口ひげが生えている。死喰い人《しくいびと》の黒いローブがきつすぎて、着心地が悪そうだった。ハリーが聞いたこともない種類の、神経《しんけい》を逆《さか》なでするような吠《ほ》え声《ごえ》だ。泥《どろ》と汗《あせ》、それにまちがいなく血のにおいがまじった強烈《きょうれつ》な悪臭《あくしゅう》がハリーの鼻をついた。汚《きたな》らしい両手に長い黄ばんだ爪《つめ》が伸《の》びている。

「フェンリールじゃな？」ダンブルドアが聞いた。

「そのとおりだ」男がしわがれ声で言った。

「会えてうれしいか、ダンブルドア？」

「いや、そうは言えぬのう……」

フェンリール・グレイバックは、とがった歯を見せてニヤリと笑った。血をたらたらとあごに滴《したた》らせ、グレイバックはゆっくりといやらしく唇《くちびる》をなめた。

「しかしダンブルドア、俺《おれ》が子供好《こどもず》きだということを知っているだろうな」

「いまでは満月を待たずに襲《おそ》っているということかな？ 異常《いじょう》なことじゃ……毎月一度では満足できぬほど、人肉が好きになったのか？」

「そのとおりだ」グレイバックが言った。

「驚《おどろ》いたかね、え？ ダンブルドア？ 怖《こわ》いかね？」

「はてさて、多少嫌悪感《けんおかん》を覚えるのを隠《かく》すことはできまいのう」ダンブルドアが言った。

「それに、確《たし》かに驚《おどろ》いたのう。このドラコが、友人の住むこの学校に、よりによって君のような者を招待《しょうたい》するとは……」

「僕《ぼく》じゃない」

マルフォイが消え入るように言った。グレイバックから目をそむけ、ちらりとでも見たくないという様子だった。

「こいつが来るとは知らなかったんだ――」

「ダンブルドア、俺《おれ》はホグワーツへの旅行を逃《のが》すようなことはしない」

グレイバックがしわがれ声で言った。

「食《く》い破《やぶ》るのどがいくつも待っているというのに……うまいぞ、うまいぞ……」

グレイバックは、ダンブルドアに向かってニタニタ笑いながら、黄色い爪《つめ》で前歯の間をほじった。

「おまえをデザートにいただこうか。ダンブルドア」

「だめだ」

四人目の死喰《しく》い人《びと》が鋭《するど》く言った。厚《あつ》ぼったい野蛮《やばん》な顔をした男だ。

「我々《われわれ》は命令を受けている。ドラコがやらねばならない。さあ、ドラコ、急げ」

マルフォイはいっそう気がくじけ、おびえた目でダンブルドアの顔を見つめていた。ダンブルドアはますます青ざめ、防壁《ぼうへき》に寄《よ》りかかった体がさらにずり落ちたせいで、いつもより低い位置に顔があった。

「俺《おれ》に言わせりゃ、こいつはどうせもう長い命じゃない！」

ゆがんだ顔の男が言うと、妹がググッと笑ってあいづちを打った。

「なんてざまだ——いったいどうしたんだね、ダンビー？」

「ああ、アミカス、抵抗力《ていこうりょく》が弱り、反射神経《はんしゃしんけい》が鈍《にぶ》くなってのう」ダンブルドアが言った。

「要するに、年じゃよ……そのうち、おそらく、君も年を取る……君が幸運ならばじゃが……」

「何が言いたいんだ？　え？　何が言いたいんだ？」男は急に乱暴《らんぼう》になった。

「相変わらずだな、え？　ダンビー。口ばかりで何もしない。なんにも。闇《やみ》の帝王《ていおう》が、なぜわざわざおまえを殺そうとするのか、わからん！　さあ、ドラコ、やれ！」

しかしその時、またしても下から、気ぜわしく動く音、大声で叫《さけ》ぶ声が聞こえた。

「**連中が階段《かいだん》を封鎖《ふうさ》した**――レダクト！　粉々！　レダクト！」

ハリーは心が躍《おど》った。この四人が相手を全滅《ぜんめつ》させたわけじゃない。戦いを抜《ぬ》け出《だ》して塔《とう》の屋上に来ただけだ。そしてどうやら、背後《はいご》に障壁《しょうへき》を作ってきたらしい――。

「さあ、ドラコ、早く！」野蛮《やばん》な顔の男が、怒《おこ》ったように言った。

しかし、マルフォイの手はどうしようもなく震《ふる》え、ねらいさえ定められなかった。

「俺《おれ》がやる」

グレイバックが両手を突《つ》き出《だ》し、牙《きば》をむいて唸《うな》りながら、ダンブルドアに向かっていった。

「だめだと言ったはずだ！」

野蛮《やばん》な顔の男が叫《さけ》んだ。閃光《せんこう》が走り、狼男《おおかみおとこ》が吹《ふ》き飛《と》ばされた。グレイバックは防壁《ぼうへき》に衝突《しょうとつ》し、憤怒《ふんぬ》の形相でよろめいた。ハリーの胸《むね》は激《はげ》しく動悸《どうき》していた。ダンブルドアの呪文《じゅもん》に閉《と》じ込《こ》められてそこにいる自分の気配を、そばの誰《だれ》かが聞きつけないはずはないと思われた――動けさえしたら、透明《とうめい》マントの下から呪《のろ》いをかけられるのに――。

「ドラコ、殺《や》るんだよ。さもなきゃ、おどき。かわりに誰《だれ》かが――」

女がかん高い声で言った。ちょうどその時、屋上への扉《とびら》が再《ふたた》びパッと開き、スネイプが杖《つえ》を引っさげて現《あらわ》れた。暗い目がすばやくあたりを見回し、防壁《ぼうへき》に力なく寄《よ》りかかっているダンブルドアから、怒《いか》り狂《くる》った狼男《おおかみおとこ》をふくむ四人の死喰《しく》い人《びと》、そしてマルフォイへと、スネイプの目が走った。

「スネイプ、困《こま》ったことになった」

ずんぐりしたアミカスが、目と杖《つえ》でダンブルドアをしっかりとらえたまま言った。

「この坊主《ぼうず》にはできそうもない――」

その時、誰《だれ》かほかの声が、スネイプの名をひっそりと呼《よ》んだ。

「セブルス……」

その声は、今夜のさまざまな出来事の中でも、一番ハリーをおびえさせた。初めて、ダンブルドアが懇願《こんがん》している。

スネイプは無言で進み出て、荒々しくマルフォイを押《お》しのけた。三人の死喰《しく》い人《びと》は一言も言わずに後ろに下がった。狼男《おおかみおとこ》でさえおびえたように見えた。

スネイプは一瞬《いっしゅん》、ダンブルドアを見つめた。その非情《ひじょう》な顔のしわに、嫌悪《けんお》と憎《にく》しみが刻《きざ》まれていた。

「セブルス……頼《たの》む……」

スネイプは杖《つえ》を上げ、まっすぐにダンブルドアをねらった。

「アバダ　ケダブラ！」

緑の閃光《せんこう》がスネイプの杖先《つえさき》からほとばしり、ねらいたがわずダンブルドアの胸《むね》に当たった。ハリーの恐怖《きょうふ》の叫《さけ》びは、声にならなかった。沈黙《ちんもく》し、動くこともできず、ハリーはダンブルドアが空中に吹《ふ》き飛《と》ばされるのを見ているほかなかった。ほんのわずかの間、ダンブルドアは光るどくろの下に浮《う》いているように見えた。それから、仰向《あおむ》けにゆっくりと、大きなやわらかい人形のように、ダンブルドアは屋上の防壁《ぼうへき》のむこう側に落ちて、姿《すがた》が見えなくなった。

第二十八章　プリンスの逃《とう》亡《ぼう》

ハリーは自分も空を飛んでいるような気がした。**ほんとうのことじゃない……ほんとうのことであるはずがない……**。

「ここから出るのだ。早く」スネイプが言った。

スネイプはマルフォイの襟首《えりくび》をつかみ、真っ先に扉《とびら》から押《お》し出《だ》した。グレイバックと、ずんぐりした兄妹《きょうだい》がそのあとに続いた。二人とも興奮《こうふん》に息をはずませている。三人がいなくなったとき、ハリーはもう体が動かせることに気づいた。まひしたまま防壁《ぼうへき》に寄《よ》りかかっているのは、魔法《まほう》のせいではなく、恐怖《きょうふ》とショックのせいだった。残忍《ざんにん》な顔の死喰《しく》い人《びと》が、最後に塔《とう》の屋上から扉《とびら》のむこうに消えようとした瞬間《しゅんかん》、ハリーは透明《とうめい》マントをかなぐり捨《す》てた。

「ペトリフィカス　トタルス！　石になれ！」

四人目の死喰《しく》い人《びと》はろう人形のように硬直《こうちょく》し、背中《せなか》を硬《かた》いもので打たれたかのように、ばったりと倒《たお》れた。その体が倒《たお》れるか倒《たお》れないうちに、ハリーはもう、その死喰《しく》い人《びと》を乗《の》り越《こ》え、暗い階段《かいだん》を駆《か》け下《お》りていた。

恐怖《きょうふ》がハリーの心臓《しんぞう》を引《ひ》き裂《さ》いた……ダンブルドアの所へ行かなければならないし、スネイプを捕《と》らえなければならない……二つのことがなぜか関連していた……二人を一緒《いっしょ》にすれば、起こってしまった出来事をくつがえせるかもしれない……ダンブルドアが死ぬはずはない……。

ハリーは螺旋階段《らせんかいだん》の最後の十段《だん》をひと飛びに飛《と》び下《お》り、杖《つえ》をかまえてその場に立ち止まった。薄《うす》暗《ぐら》い廊下《ろうか》はもうもうとほこりが立っていた。天井《てんじょう》の半分は落ち、ハリーの目の前で戦いがくり広げられていた。しかし、誰《だれ》が誰《だれ》と戦っているのかを見極《みきわ》めようとしたその時、あの憎《にく》むべき声が叫《さけ》んだ。

「**終わった。行くぞ！**」

スネイプの姿《すがた》が廊下《ろうか》の向《む》こう端《はし》から、角を曲がって消えようとしていた。スネイプとマルフォイは、無傷《むきず》のままで戦いからの活路を見出《みいだ》したらしい。ハリーがそのあとを追いかけて突進《とっしん》したとき、誰《だれ》かが乱闘《らんとう》から離《はな》れてハリーに飛びかかった。狼男《おおかみおとこ》のグレイバックだった。ハリーが杖《つえ》を掲《かか》げる間もなく、グレイバックがのしかかってきた。ハリーは仰向《あおむ》けに倒《たお》れた。汚《きたな》らしいもつれた髪《かみ》がハリーの顔にかかり、汗《あせ》と血の悪臭《あくしゅう》が鼻とのどを詰《つ》まらせ、血に飢《う》えた熱い息がハリーののど元に――。

「ペトリフィカス　トタルス！　石になれ！」

ハリーは、グレイバックが自分の体の上に倒《たお》れ込《こ》むのを感じた。満身の力でハリーは狼男《おおかみおとこ》を押《お》しのけ、床《ゆか》に転がした。その時、緑の閃光《せんこう》がハリーめがけて飛んできた。ハリーはそれをかわして、乱闘《らんとう》の中に頭から突《つ》っ込《こ》んでいった。床《ゆか》に転がっていた何かグニャリとしたすべりやすいものに、ハリーは足を取られて倒《たお》れた。二つの死体が血の海にうつ伏《ぶ》せになっている。しかし、調べているひまはない。今度は目の前で炎《ほのお》のように舞《ま》っている赤毛が目に入った。ジニーが、ずんぐりした死喰《しく》い人《びと》のアミカスとの戦いに巻《ま》き込《こ》まれている。アミカスが次々と投げつける呪詛《じゅそ》を、ジニーがかわしていた。アミカスはグッグッと笑いながら、スポーツでも楽しむようにからかっていた。

「クルーシオ、苦しめ――クルーシオ――いつまでも踊《おど》っちゃいられないよ、お嬢《じょう》ちゃん――」

「インペディメンタ！　妨害《ぼうがい》せよ！」ハリーが叫《さけ》んだ。

呪《のろ》いはアミカスの胸《むね》に当たった。キーッと豚《ぶた》のような悲鳴を上げて吹《ふ》っ飛《と》んだアミカスは、反対側の壁《かべ》に激突《げきとつ》して壁伝《かべづた》いにずるずるとずり落ち、ロン、マクゴナガル先生、ルーピンの背後《はいご》に姿《すがた》を消した。三人も、それぞれ死喰《しく》い人《びと》との一騎打《いっきう》ちの最中だ。そのむこうで、トンクスが巨大《きょだい》なブロンドの魔法使《まほうつか》いと戦っているのが見えた。その男の、所かまわず飛ばす呪文《じゅもん》が、周りの壁《かべ》に跳《は》ね返《かえ》って石を砕《くだ》き、近くの窓《まど》を粉々にしている――。

「ハリー、どこから出てきたの？」

ジニーが叫《さけ》んだが、それに答えている間はなかった。ハリーは頭を低くし、先を急いで走った。

頭上で何かが炸裂《さくれつ》するのを、ハリーは危《あや》うくかわしたが、壊《こわ》れた壁《かべ》があたり一面に降《ふ》り注《そそ》いだ。スネイプを逃《に》がすわけにはいかない。スネイプに追いつかなければならない――。

「**これでもか！**」マクゴナガル先生が叫《さけ》んだ。

ハリーがちらと目をやると、死喰《しく》い人《びと》のアレクトが両腕《りょううで》で頭を覆《おお》いながら、廊下《ろうか》を走り去るところだった。兄の死喰《しく》い人《びと》がそのすぐあとを走っている。ハリーは二人を追いかけようとした。ところが、何かにつまずき、次の瞬間《しゅんかん》、ハリーは誰《だれ》かの足の上に倒《たお》れていた。見回すと、ネビルの丸顔が、蒼白《そうはく》になって床《ゆか》に張《は》りついているのが目に入った。

「ネビル、大丈《だいじょう》――？」

「だいじょぶ」

ネビルは、腹《はら》を押《お》さえながらつぶやくように言った。

「ハリー……スネイプとマルフォイが……走っていった……」

「わかってる。任《まか》せておけ！」

ハリーは、倒《たお》れた姿勢《しせい》のままで、一番派手《はで》に暴《あば》れまわっている巨大《きょだい》なブロンドの死喰《しく》い人《びと》めがけて呪詛《じゅそ》をかけた。呪《のろ》いが顔に命中して、男は苦痛《くつう》の吠《ほ》え声《ごえ》を上げ、よろめきながらくるりと向きを変えて、兄妹《きょうだい》のあとからドタバタと逃《に》げ出《だ》した。

ハリーは急いで立ち上がり、背後《はいご》の乱闘《らんとう》の音を無視《むし》して廊下《ろうか》を疾走《しっそう》した。戻《もど》れと叫《さけ》ぶ声にも耳をかさず、床《ゆか》に倒《たお》れたまま生死もわからない人々の無言の呼《よ》びかけにも応《こた》えず……。

曲がり角でスニーカーが血ですべり、ハリーは横すべりした。スネイプはとっくの昔にここを曲がった——すでに「必要の部屋」のキャビネット棚《だな》に入ってしまったということもありうるだろうか？　それとも「騎士団《きしだん》」が棚《たな》を確保《かくほ》する措置《そち》を取って、死喰《しく》い人《びと》の退路《たいろ》を断《た》っただろうか？

聞こえる音といえば、曲がり角から先の、人気《ひとけ》のない廊下《ろうか》を走る自分の足音と、ドキドキという心臓《しんぞう》の鼓動《こどう》だけだ。その時、血染《ちぞ》めの足跡《あしあと》を見つけた。少なくとも逃走中《とうそうちゅう》の死喰《しく》い人《びと》の一人は、正《しょう》面玄関《めんげんかん》に向かったのだ——「必要の部屋」はほんとうに閉鎖《へいさ》されたのかもしれない——。

次の角をまた横すべりしながら曲がったとき、呪《のろ》いがハリーのかたわらをかすめて飛んできた。鎧《よろい》の陰《かげ》に飛《と》び込《こ》むと、鎧《よろい》が爆発《ばくはつ》した。兄妹《きょうだい》の死喰《しく》い人《びと》が、行く手の大理石の階段《かいだん》を駆《か》け下《お》りていくのが見え、ハリーは二人をねらって呪《のろ》いをかけたが、踊《おど》り場《ば》にかかった絵に描《か》かれている、かつらをつけた魔女《まじょ》の何人かに当たっただけだった。肖像画《しょうぞうが》の主たちは、悲鳴を上げて隣《となり》の絵に逃《に》げ込《こ》んだ。壊《こわ》れた鎧《よろい》を乗《の》り越《こ》えて飛び出したとき、ハリーはまたしても叫《さけ》び声《ごえ》や悲鳴を聞いた。城《しろ》の中のほかの人々が目を覚ましたらしい……。

兄妹《きょうだい》に追いつきたい、スネイプとマルフォイを追《お》い詰《つ》めたいと、ハリーは近道の一つへと急いだ。スネイプたちはまちがいなくもう、校庭に出てしまったはずだ。隠《かく》れた階段《かいだん》の真ん中あたりにある、消える一段《だん》を忘《わす》れずに飛《と》び越《こ》し、ハリーは階段《かいだん》の一番下にあるタペストリーをくぐって外の廊下《ろうか》に飛び出した。そこには、とまどい顔のハッフルパフ生が大勢《おおぜい》、パジャマ姿《すがた》で立っていた。

「ハリー！　音が聞こえたんだ。誰《だれ》かが『闇《やみ》の印《しるし》』のことを言ってた――」

アーニー・マクミランが話しかけてきた。

「どいてくれ！」

ハリーは叫《さけ》びながら男の子を二人突《つ》き飛《と》ばして、大理石の階段《かいだん》の踊《おど》り場《ば》に向かって疾走《しっそう》し、そこからまた階段《かいだん》を駆《か》け下《お》りた。樫《かし》の正面扉《しょうめんとびら》は吹《ふ》き飛《と》ばされて開いていた。敷石《しきいし》には血痕《けっこん》が見える。おびえた生徒たちが数人、壁《かべ》を背《せ》に身を寄《よ》せ合《あ》って立ち、その中の一人、二人は両腕《りょううで》で顔を覆《おお》って、かがみ込《こ》んだままだった。巨大《きょだい》なグリフィンドールの砂時計《すなどけい》が呪《のろ》いで打《う》ち砕《くだ》かれ、中のルビーがゴロゴロと大きな音を立てながら、敷石《しきいし》の上を転がっている……。

ハリーは、玄関《げんかん》ホールを飛ぶように横切り、暗い校庭に出た。三つの影《かげ》が芝生《しばふ》を横切って校門に向かうのを、ハリーはようやっと見分けることができた。校門から出れば、「姿《すがた》くらまし」ができる――影《かげ》から判断《はんだん》して、巨大《きょだい》なブロンドの死喰《しく》い人《びと》と、それより少し先に、スネイプとマルフォイだ……。

三人を追って矢のように走るハリーの肺《はい》を、冷たい夜気が切《き》り裂《さ》いた。遠くでパッとひらめいた光が、ハリーの追う姿《すがた》の輪郭《りんかく》を一瞬《いっしゅん》浮かび上《あ》がらせた。なんの光か、ハリーにはわからなかったが、かまわず走り続けた。まだ呪《のろ》いでねらいを定められる距離《きょり》にまで近づいていない――。

もう一度閃光《せんこう》が走り、叫《さけ》び声《ごえ》と光の応酬《おうしゅう》――そしてハリーは事態《じたい》をのみ込《こ》んだ。ハグリッドが小屋から現《あらわ》れ、死喰《しく》い人《びと》たちの逃亡《とうぼう》を阻止《そし》しようとしていたのだ。息をするたびに胸《むね》が裂《さ》け、みぞおちは燃《も》えるように熱かったが、ハリーはますます速く走った。頭の中で勝手に声がした……**ハグリッドまでも……ハグリッドだけはどうか……**。

何かが背後《はいご》からハリーの腰《こし》を強打した。ハリーは前のめりに倒《たお》れ、顔を打って鼻血が流れ出した。杖《つえ》をかまえて転がりながら、相手が誰《だれ》なのかはもうわかっていた。ハリーが近道を使っていったん追《お》い越《こ》した兄妹《きょうだい》が、後ろから迫《せま》ってきたのだ……。

「インペディメンタ！　妨害《ぼうがい》せよ！」

もう一度転がり、暗い地面に伏《ふ》せながら、ハリーは叫《さけ》んだ。呪文《じゅもん》が奇跡的《きせきてき》に一人に命中し、相手がよろめいて倒《たお》れ、もう一人をつまずかせた。ハリーは急いで立ち上がり、駆《か》けだした。スネイプを追って……。

雲の切れ目から突然現《とつぜんあらわ》れた三日月に照らされ、今度はハグリッドの巨大《きょだい》な輪郭《りんかく》が見えた。ブロンドの死喰《しく》い人《びと》が、森番めがけて矢継《やつ》ぎ早《ばや》に呪《のろ》いをかけていたが、ハグリッドの並《なみ》はずれた力と、巨《きょ》人《じん》の母親から受《う》け継《つ》いだ堅固《けんご》な皮膚《ひふ》とが、ハグリッドを護《まも》っているようだった。しかし、スネイプとマルフォイは、まだ走り続けていた。もうすぐ校門の外に出てしまう。そして「姿《すがた》くらまし」ができる――。

ハリーは、ハグリッドとその対戦相手の脇《わき》を猛烈《もうれつ》な勢《いきお》いで駆《か》け抜《ぬ》け、スネイプの背中《せなか》をねらって叫《さけ》んだ。

「ステューピファイ！　まひせよ！」

はずれた。赤い閃光《せんこう》はスネイプの頭上を通《とお》り過《す》ぎた。スネイプが叫《さけ》んだ。

「ドラコ、走るんだ！」

そしてスネイプが振《ふ》り向《む》いた。二十メートルの間をはさみ、スネイプとハリーはにらみ合い、同時に杖《つえ》をかまえた。

「クルーシ――」

しかしスネイプは呪《のろ》いをかわし、ハリーは、呪詛《じゅそ》を言い終えないうちに仰《あお》向《む》けに吹《ふ》き飛《と》ばされた。一回転して立ち上がったその時、巨大《きょだい》な死《し》喰《く》い人《びと》が背後《はいご》で叫《さけ》んだ。

「インセンディオ！　燃《も》えよ！」

バーンという爆発音《ばくはつおん》がハリーの耳に聞こえ、あたり一面にオレンジ色の光が踊《おど》った。ハグリッドの小屋が燃《も》えていた。

「ファングが中にいるんだぞ。この悪党《あくとう》め――！」ハグリッドが大声で叫《さけ》んだ。

「クルーシ――」

踊《おど》る炎《ほのお》に照らされた目の前の姿《すがた》に向かって、ハリーは再《ふたた》び叫《さけ》んだ。しかしスネイプは、またしても呪文《じゅもん》を阻止《そし》した。薄《うす》ら笑《わら》いを浮《う》かべているのが見えた。

「ポッター、おまえには『許《ゆる》されざる呪文《じゅもん》』はできん！」

炎《ほのお》が燃《も》え上《あ》がる音、ハグリッドの叫《さけ》ぶ声、閉《と》じ込《こ》められたファングがキャンキャンと激《はげ》しく吠《ほ》える声を背後《はいご》に、スネイプが叫《さけ》んだ。

「おまえにはそんな度胸《どきょう》はない。その能力《のうりょく》も――」

「インカーセ――」

ハリーは、吠《ほ》えるように唱えた。しかしスネイプは、わずらわしげに、わずかに腕《うで》を動かしただけで、呪文《じゅもん》を軽くいなした。

「戦え！」ハリーが叫《さけ》んだ。

「戦え、臆病者《おくびょうもの》――」

「臆病者《おくびょうもの》？　ポッター、我輩《わがはい》をそう呼《よ》んだか？」スネイプが叫《さけ》んだ。

「おまえの父親は、四対一でなければ、けっして我輩《わがはい》を攻撃《こうげき》しなかったものだ。そういう父親を、いったいどう呼《よ》ぶのかね？」

「ステューピ――」

「また防《ふせ》がれたな。ポッター、おまえが口を閉《と》じ、心を閉《と》じることを学ばぬうちは、何度やっても同じことだ」

スネイプはまたしても呪文《じゅもん》をそらせながら、冷笑《れいしょう》した。

「さあ、**行くぞ！**」

スネイプはハリーの背後《はいご》にいる巨大《きょだい》な死喰《しく》い人《びと》に向かって叫《さけ》んだ。

「もう行く時間だ。魔法省《まほうしょう》が現《あらわ》れぬうちに――」

「インペディ――」

しかし、呪文《じゅもん》を唱え終わらないうちに、死ぬほどの痛《いた》みがハリーを襲《おそ》った。ハリーはがっくりと芝生《しばふ》にひざをついた。誰《だれ》かが叫《さけ》んでいる。僕《ぼく》はこの苦しみできっと死ぬ。スネイプが僕《ぼく》を、死ぬまで、そうでなければ気が狂《くる》うまで拷問《ごうもん》するつもりなんだ――。

「やめろ！」

スネイプの吠《ほ》えるような声がして、痛《いた》みは、始まったときと同じように突然《とつぜん》消えた。ハリーは杖《つえ》を握《にぎ》りしめ、あえぎながら、暗い芝生《しばふ》に丸くなって倒《たお》れていた。どこか上のほうでスネイプが叫《さけ》んでいた。

「命令を忘《わす》れたのか？　ポッターは、闇《やみ》の帝王《ていおう》のものだ――手出しをするな！　行け！　行くんだ！」

兄妹《きょうだい》と巨大《きょだい》な死喰《しく》い人《びと》が、その言葉に従《したが》って校門めがけて走りだし、地面が振動《しんどう》するのをハリーは顔の下に感じた。怒《いか》りのあまり、ハリーは言葉にならない言葉をわめいた。その瞬間《しゅんかん》、ハリーは、自分が生きようが死のうがどうでもよかった。やっとの思いで立ち上がり、よろめきながら、ハリーはひたすらスネイプに近づいていった。いまやヴォルデモートと同じぐらい激《はげ》しく憎《にく》むその男に——。

「セクタム——」

スネイプは軽く杖《つえ》を振《ふ》り、またしても呪《のろ》いをかわした。しかし、いまやほんの二、三メートルの距離《きょり》まで近づいていたハリーは、ついにスネイプの顔をはっきりと見た。赤々と燃《も》える炎《ほのお》が照らし出したその顔には、もはや冷笑《れいしょう》も嘲笑《ちょうしょう》もなく、怒《いか》りだけが見えた。あらんかぎりの力で、ハリーは念力を集中させた。

「レビ——」

「やめろ、ポッター！」スネイプが叫《さけ》んだ。

バーンと大きな音がして、ハリーはのけぞって吹《ふ》っ飛《と》び、またしても地面にたたきつけられた。今度は杖《つえ》が手を離《はな》れて飛んでいった。スネイプが近づいてきて、ダンブルドアと同じように杖《つえ》もなく丸腰《まるごし》で横たわっているハリーを見下ろした。ハグリッドの叫《さけ》び声《ごえ》とファングの吠《ほ》え声《ごえ》が聞こえた。燃《も》え上《あ》がる小屋の明かりに照らされた、青白いスネイプの顔は、ダンブルドアに呪《のろ》いをかける直前と同じく、憎《にく》しみに満ち満ちていた。

「我輩《わがはい》の呪文《じゅもん》を本人に対してかけるとは、ポッター、どういう神経《しんけい》だ？　そういう呪文《じゅもん》の数々を考え出したのは、この我輩《わがはい》だ――我輩《わがはい》こそ『半純血《はんじゅんけつ》のプリンス』だ！　我輩《わがはい》の発明したものを、汚《けが》らわしいおまえの父親と同じように、この我輩《わがはい》に向けようというのか？　そんなことはさせん……**許《ゆる》さん！**」

ハリーは自分の杖《つえ》に飛びついたが、スネイプの発した呪《のろ》いで、杖《つえ》は数メートル吹《ふ》っ飛《と》んで、暗闇《くらやみ》の中に見えなくなった。

「それなら殺せ」

ハリーがあえぎながら言った。恐《おそ》れはまったくなく、スネイプへの怒《いか》りと侮蔑《ぶべつ》しか感じなかった。

「先生を殺したように、僕《ぼく》も殺せ、この臆病《おくびょう》――」

「**我輩《わがはい》を――**」

スネイプが叫《さけ》んだ。その顔が突然《とつぜん》、異常《いじょう》で非人間的《ひにんげんてき》な形相になった。あたかも、背後《はいご》で燃《も》え盛《さか》る小屋に閉《と》じ込《こ》められて、キャンキャン吠《ほ》えている犬と同じ苦しみを味わっているような顔だった。

「**――臆病者《おくびょうもの》と呼《よ》ぶな！**」

スネイプが空《くう》を切った。ハリーは顔面を白熱した鞭《むち》のようなもので打たれるように感じ、仰向《あおむ》けに地面にたたきつけられた。目の前にチカチカ星が飛び、一瞬《いっしゅん》、体中から息が抜《ぬ》けていくような気がした。その時、上のほうで羽音がした。何か巨大《きょだい》なものが星空を覆《おお》った。バックビークがスネイプに襲《おそ》いかかっていた。かみそりのように鋭《するど》い爪《つめ》に飛びかかられ、スネイプはのけぞってよろめいた。いましがた地面にたたきつけられたときの衝撃《しょうげき》でくらくらしながら、ハリーが上半身を起こしたとき、スネイプが必死で走っていくのを見た。バックビークが、巨大《きょだい》な翼《つばさ》を羽ばたかせてかん高い鳴き声を上げながら、そのあとを追っていた。ハリーがこれまでに聞いたことがないようなバックビークの鳴き声だった——。

ハリーはやっとのことで立ち上がり、ふらふらしながら杖《つえ》を探《さが》した。追跡《ついせき》を続けたいとは思ったが、指で芝生《しばふ》を探《さぐ》り小枝《こえだ》を投《な》げ捨《す》てながら、ハリーにはもう遅《おそ》すぎるとわかっていた。思ったとおり、杖《つえ》を見つけ出して振《ふ》り返《かえ》ったときには、ヒッポグリフが校門の上で輪を描《えが》いて飛んでいる姿《すがた》が見えただけだった。スネイプはすでに境界線《きょうかいせん》のすぐ外で「姿《すがた》くらまし」しおおせていた。

「ハグリッド」

まだぼうっとした頭で、ハリーはあたりを見回しながらつぶやいた。

「**ハグリッド？**」

もつれる足で燃《も》える小屋のほうに歩いていくと、背中《せなか》にファングを背負《せお》った巨大《きょだい》な姿《すがた》が、炎《ほのお》の中からぬっと現《あらわ》れた。安堵《あんど》の声を上げながら、ハリーはがっくりとひざを折った。手足はガクガク震《ふる》え、体中が痛《いた》んで、荒《あら》い息をするたびに痛《いた》みが走った。

「大丈夫《だいじょうぶ》か、ハリー？　だいじょぶか？　何かしゃべってくれ、ハリー……」

ハグリッドのでかいひげ面《づら》が、星空を覆《おお》い隠《かく》して、ハリーの顔の上で揺《ゆ》れていた。木材と犬の毛の焼《や》け焦《こ》げたにおいがした。ハリーは手を伸《の》ばし、そばで震《ふる》えているファングの生きた温かみを感じて安心した。

「僕《ぼく》は大丈夫《だいじょうぶ》だ」ハリーがあえいだ。

「ハグリッドは？」

「ああ、俺《おれ》はもちろんだ……あんなこっちゃ、やられはしねえ」

ハグリッドは、ハリーのわきの下に手を入れて、ぐいと持ち上げた。ハリーの足が一瞬《いっしゅん》、地面を離《はな》れるほどの怪力《かいりき》で抱《だ》き上《あ》げてから、ハグリッドはハリーをまたまっすぐに立たせてくれた。ハグリッドの片目《かため》の下に深い切《き》り傷《きず》があり、それがどんどん腫《は》れ上《あ》がって血が滴《したた》っているのが見えた。

「小屋の火を消そう」ハリーが言った。「呪文《じゅもん》は、**アグアメンティ、水よ……**」

「そんなようなもんだったな」

ハグリッドがもそもそ言った。そしてくすぶっているピンクの花柄《はながら》の傘《かさ》をかまえて唱えた。

「アグアメンティ！　水よ！」

傘《かさ》の先から水がほとばしり出た。ハリーも杖《つえ》を上げたが、腕《うで》は鉛《なまり》のように重かった。ハリーも
「アグアメンティ」と唱えた。ハリーとハグリッドは一緒《いっしょ》に小屋に放水し、やっと火を消した。

「たいしたこたあねえ」

数分後、焼け落ちて煙《けむり》を上げている小屋を眺《なが》めながら、ハグリッドが楽観的に言った。

「この程度《ていど》ならダンブルドアが直せる……」

その名を聞いたとたん、ハリーは胃《い》に焼けるような痛《いた》みを感じた。沈黙《ちんもく》と静寂《せいじゃく》の中で、恐怖《きょうふ》が込《こ》み上《あ》げてきた。

「ハグリッド……」

「ボウトラックルを二匹《ひき》、肢《あし》を縛《しば》っちょるときに、連中がやってくるのが聞こえたんだ」

ハグリッドは焼け落ちた小屋を眺《なが》めながら、悲しそうに言った。

「あいつら、焼けて小枝《こえだ》と一緒《いっしょ》くたになっちまったにちげえねえ。かわいそうになあ……」

「ハグリッド……」

「しかし、ハリー、何があったんだ？　俺《おれ》は、死喰《しく》い人《びと》が城《しろ》から走り出してくるのを見ただけだ。だけんど、いってぇスネイプは、あいつらと一緒《いっしょ》に何をしてたんだ？　スネイプはどこに行っちまった――？　連中を追っかけていったのか？」

「スネイプは……」ハリーは咳払《せきばら》いした。パニックと煙《けむり》で、のどがからからだった。

「ハグリッド、スネイプが殺した……」

「殺した？」

ハグリッドが大声を出して、ハリーをのぞき込《こ》んだ。

「スネイプが殺した？　ハリー、おまえさん、何を言っちょる？」

「ダンブルドアを」ハリーが言った。「スネイプが殺した……ダンブルドアを」

ハグリッドはただハリーを見ていた。わずかに見えている顔の部分が、飲《の》み込《こ》めずにポカンとしていた。

「ハリー、ダンブルドアがどうしたと?」

「死んだんだ。スネイプが殺した……」

「何を言っちょる」ハグリッドが声を荒《あら》らげた。

「スネイプがダンブルドアを殺した――バカな、ハリー。なんでそんなことを言うんだ?」

「この目で見た」

「まさか」

「ハグリッド、僕《ぼく》、見たんだ」

ハグリッドが首を振《ふ》った。信じていない。かわいそうにという表情《ひょうじょう》だった。ハリーは頭を打って混乱《こんらん》しちょる、もしかしたら呪文《じゅもん》の影響《えいきょう》が残っているのかもしれねえ……ハグリッドがそう考えているのが、ハリーにはわかった。

「つまり、こういうこった。ダンブルドアがスネイプに、死喰《しく》い人《びと》と一緒《いっしょ》に行けと命じなさったにちげぇねえ」

ハグリッドが自信たっぷりに言った。

「スネイプがバレねえようにしねえといかんからな。さあ、学校まで送っていこう。ハリー、おいで……」

ハリーは反論《はんろん》も説明もしなかった。まだ、どうしようもなく震《ふる》えていた。ハグリッドにはすぐわかるだろう。あまりにもすぐに……。城《しろ》に向かって歩いていくと、いまはもう多くの窓《まど》に灯《あか》りがついているのが見えた。ハリーには城内《じょうない》の様子がはっきり想像《そうぞう》できた。部屋から部屋へと人が行《ゆ》き交《か》い、話をしているだろう。死喰《しく》い人《びと》が侵入《しんにゅう》した、「闇《やみ》の印《しるし》」がホグワーツの上に輝《かがや》いている、誰《だれ》かが殺されたにちがいない……。

行く手に正面玄関《しょうめんげんかん》の樫《かし》の扉《とびら》が開かれ、馬車道と芝生《しばふ》に灯《あか》りがあふれ出していた。ゆっくり、恐《おそ》る恐《おそ》る、ガウン姿《すがた》の人々が階段《かいだん》を下りてきて、夜の闇《やみ》へと逃亡《とうぼう》した死喰《しく》い人《びと》がまだそのへんにいるのではないかと、こわごわあたりを見回していた。しかしハリーの目は、一番高い塔《とう》の下の地面に釘《くぎ》づけになっていた。その芝生《しばふ》に横たわっている、黒く丸まった姿《すがた》が見えるような気がしたが、現実《げんじつ》には遠すぎて、見えるはずがなかった。ダンブルドアのなきがらが横たわっているはずの場所を、ハリーが声もなく見つめているその間にも、人々はそのほうに向かって動いていた。

「みんな、何を見ちょるんだ？」

ぴったりあとについているファングを従《したが》えて、城《しろ》の玄関《げんかん》に近づいたハグリッドが言った。

「芝生《しばふ》に横たわっているのは、ありゃ、なんだ？」

ハグリッドは鋭《するど》くそう言うなり、今度は人だかりがしている天文台の塔《とう》の下に向かって歩きだした。

「ハリー、見えるか？　塔《とう》の真下だが？　『闇《やみ》の印《しるし》』の下だ……まさか……誰《だれ》か、上から放り投げられたんじゃあ――？」

ハグリッドがだまり込《こ》んだ。口に出すさえ恐《おそ》ろしい考えだったにちがいない。並《なら》んで歩きながら、ハリーはこの半時間の間に受けたさまざまな呪《のろ》いで、顔や両脚《りょうあし》が痛《いた》むのを感じていた。しかし、そばにいる別の人間が痛《いた》みを感じているような、奇妙《きみょう》に他人事《ひとごと》のような感覚だった。現実《げんじつ》の、そして逃《のが》れようもない感覚は、胸《むね》を強くしめつけている苦しさだ……。

ハリーとハグリッドは、何かつぶやいている人群《ひとむ》れの中を通って、夢遊病者《むゆうびょうしゃ》のように一番前まで進んだ。そこにぽっかりと空いた空間を、学生や先生たちがぼうぜんとして取《と》り巻《ま》いていた。

ハグリッドの、苦痛《くつう》と衝撃《しょうげき》にうめく声が聞こえた。しかし、ハリーは立ち止まらなかった。ゆっくりとダンブルドアが横たわっているそばまで進み、そこにうずくまった。

ダンブルドアにかけられた「金縛《かなしば》りの術《じゅつ》」が解《と》けたときから、ハリーはもう望みがないことを知っていた。術者《じゅつしゃ》が死んだからこそ、術《じゅつ》が解《と》けたにちがいない。しかし、こうして骨《ほね》が折れ、大の字に横たわるその姿《すがた》を目にする心の準備《じゅんび》は、まだできていなかった。これまでも、そしてこれから先も、ハリーにとって最も偉大《いだい》な魔法使《まほうつか》いの姿《すがた》が、そこにあった。

ダンブルドアは目を閉《と》じていた。手足が不自然な方向に向いていることを除《のぞ》けば、眠《ねむ》っているかのようだった。ハリーは手を伸《の》ばし、半月めがねを曲がった鼻にかけなおし、口から流れ出たひと筋《すじ》の血を自分のそでで ぬぐった。それからハリーは、年齢《ねんれい》を刻《きざ》んだその聡明《そうめい》な顔をじっと見下ろし、とほうもない、理解《りかい》を超《こ》えた真実をのみ込《こ》もうと努力した。ダンブルドアはもう二度と再《ふた》びハリーに語りかけることはなく、二度と再《ふた》びハリーを助けることもできないのだという真実を……。背後《はいご》の人垣《ひとがき》がざわめいた。長い時間がたったような気がしたが、ふと、ハリーは自分が何か固いものの上にひざまずいていることに気づいて、見下ろした。

もう何時間も前に、ダンブルドアと二人でやっと手に入れたロケットが、ダンブルドアのポケットから落ちていた。おそらく地面に落ちた衝撃《しょうげき》のせいで、ロケットのふたが開いていた。いまのハリーには、もうこれ以上なんの衝撃《しょうげき》も、恐怖《きょうふ》や悲しみも感じることはできなかったが、ロケットを拾い上げたとき、何かがおかしいと気づいた……。

ハリーは、手の中でロケットを裏返《うらがえ》した。「憂《うれ》いの篩《ふるい》」で見たロケットほど大きくないし、なんの刻印《こくいん》もない。スリザリンの印とされるS字の飾《かざ》り文字《もじ》もどこにもない。しかも、中には何もなく、肖像《しょうぞう》画《が》が入っているはずの場所に、羊皮紙の切《き》れ端《はし》が折りたたんで押《お》し込《こ》んであるだけだった。

自分が何をしているか考えもせず、ハリーは無意識《むいしき》に羊皮紙を取り出して開き、背後《はいご》にともっているたくさんの杖灯《つえあか》りに照らしてそれを読んだ。

闇《やみ》の帝王《ていおう》へ
あなたがこれを読むころには、私《わたし》はとうに死んでいるでしょう。

しかし、私《わたし》があなたの秘密《ひみつ》を発見したことを知ってほしいのです。

ほんとうの分霊箱《ぶんれいばこ》は私《わたし》が盗《ぬす》みました。できるだけ早く破壊《はかい》するつもりです。

死に直面する私《わたし》が望むのは、あなたが自らに比肩《ひけん》する相手に見《まみ》えたそのときに、もう一度、死ぬべき存在《そんざい》となることです。

R・A・B

この書きつけが何を意味するのか、ハリーにはわからなかったし、どうでもよかった。ただ一つのことだけが重要だった。これは分霊箱《ぶんれいばこ》ではなかった。ダンブルドアはむだにあの恐《おそ》ろしい毒を飲み、自らを弱めたのだ。ハリーは羊皮紙を手の中で握《にぎ》りつぶした。ハリーの後ろでファングがワオーンと遠吠《とおぼ》えし、ハリーの目は、涙《なみだ》で焼けるように熱くなった。

第二十九章　不死鳥の嘆《なげ》き

「行こう、ハリー……」

「いやだ」

「ずっとここにいるわけにはいかねえ。ハリー……さあ、行こう……」

「いやだ」

ハリーはダンブルドアのそばを離《はな》れたくなかった。どこにも行きたくなかった。ハリーの肩《かた》でハグリッドの手が震《ふる》えていた。その時、別の声が言った。

「ハリー、行きましょう」

もっと小さくて、もっと温かい手が、ハリーの手を包み、引き上げた。ハリーはほとんど何も考えずに、引かれるままにその手に従《したが》った。人混《ひとご》みの中を、無意識《むいしき》に歩きながら、漂《ただよ》ってくる花のような香《かお》りで、自分の手を引いて城《しろ》に向かっているのがジニーだと、ハリーは初めて気がついた。言葉にならない声々がハリーの心を打ちのめし、すすり泣きや泣《な》き叫《さけ》ぶ声が夜を突《つ》き刺《さ》した。ジニーとハリーはただ歩き続け、玄関《げんかん》ホールに入る階段《かいだん》を上った。ハリーの目の端《はし》に、人々の顔がぼんやりと見えた。ハリーを見つめ、ささやき、いぶかっている。二人が大理石の階段《かいだん》に向かうと、床《ゆか》に転がっているグリフィンドールのルビーが、滴《したた》った血のように光った。

「医務室《いむしつ》に行くのよ」ジニーが言った。

「けがはしてない」ハリーが言った。

「マクゴナガルの命令よ」ジニーが言った。

「みんなもそこにいるわ。ロンもハーマイオニーも、ルーピンも、みんな――」

恐怖《きょうふ》が再《ふたた》びハリーの胸《むね》をかき乱《みだ》した。置き去りにしてきた、ぐったりと動かない何人かのことを忘《わす》れていた。

「ジニー、ほかに誰《だれ》が死んだの？」

「心配しないで。私《わたし》たちは大丈夫《だいじょうぶ》」

「でも、『闇《やみ》の印《しるし》』が――マルフォイが誰《だれ》かの死体をまたいだと言った――」

「ビルをまたいだのよ。だけど、大丈夫《だいじょうぶ》。生きてるわ」

しかし、ジニーの声のどこかに、ハリーは不吉《ふきつ》なものを感じ取った。

「ほんとに？」

「もちろんほんとうよ……ビルは、ちょっと――ちょっと面倒《めんどう》なことになっただけ。グレイバックに襲《おそ》われたの。マダム・ポンフリーは、ビルが――いままでと同じ顔じゃなくなるだろうって……」

ジニーの声が少し震《ふる》えた。

「どんな後遺症《こういしょう》があるか、はっきりとはわからないの――つまり、グレイバックは狼人間《おおかみにんげん》だし、でも、襲《おそ》ったときは変身していなかったから」

「でも、ほかのみんなは……ほかにも死体が転がっていた……」

「ネビルが入院しているけど、マダム・ポンフリーは、完全に回復《かいふく》するだろうって。それからフリットウィック先生がノックアウトされたけど、でも大丈夫《だいじょうぶ》。ちょっとくらくらしているだけ。レイブンクロー生の様子を見にいくって、言《い》い張《は》っていたわ。死喰《しく》い人《びと》が一人死んだけど、大きなブロンドのやつがあたりかまわず発射《はっしゃ》していた『死《し》の呪文《じゅもん》』に当たったのよ――ハリー、あなたの『フェリックス薬』を飲んでいなかったら、私《わたし》たち全員死んでいたと思うわ。でも、全部すれすれにそれていったみたい――」

医務室《いむしつ》に着いて扉《とびら》を押《お》し開《ひら》くと、ネビルが扉近《とびらちか》くのベッドに横になっているのが目に入った。眠《ねむ》っているのだろう。ロン、ハーマイオニー、ルーナ、トンクス、ルーピンが、医務室《いむしつ》の一番奥《おく》にあるもう一つのベッドを囲んでいた。扉《とびら》が開く音で、みんないっせいに顔を上げた。ハーマイオニーが駆《か》け寄《よ》って、ハリーを抱《だ》きしめた。ルーピンも心配そうな顔で近寄《ちかよ》ってきた。

「ハリー、大丈夫《だいじょうぶ》か？」

「僕《ぼく》は大丈夫《だいじょうぶ》……ビルはどうですか？」

誰《だれ》も答えなかった。ハーマイオニーの背中越《せなかご》しにベッドを見ると、ビルが寝《ね》ているはずの枕《まくら》の上に、見知らぬ顔があった。ひどく切《き》り裂《さ》かれて不気味な顔だった。マダム・ポンフリーが、きついにおいのする緑色の軟膏《なんこう》を傷口《きずぐち》に塗《ぬ》りつけていた。マルフォイの「**セクタムセンプラ**」の傷《きず》を、スネイプが杖《つえ》でやすやすと治したことを、ハリーは思い出した。

「呪文《じゅもん》か何かで、傷《きず》を治せないんですか？」ハリーが校医に聞いた。

「この傷《きず》にはどんな呪文《じゅもん》も効《き》きません」マダム・ポンフリーが言った。「知っている呪文《じゅもん》は全部試《ため》してみましたが、狼人間《おおかみにんげん》のかみ傷《きず》には治療法《ちりょうほう》がありません」

「だけど、満月のときにかまれたわけじゃない」

ロンが、見つめる念力でなんとか治そうとしているかのように、兄の顔をじっと見ながら言った。

「グレイバックは変身してなかった。だから、ビルは絶対《ぜったい》にほ――本物の――？」

ロンがとまどいがちにルーピンを見た。

「ああ、ビルは本物の狼人間《おおかみにんげん》にはならないと思うよ」ルーピンが言った。

「しかし、まったく汚染《おせん》されないということではない。呪《のろ》いのかかった傷《きず》なんだ。完全には治らないだろう。そして――そしてビルはこれから、なんらかの、狼的《おおかみてき》な特徴《とくちょう》を持つことになるだろう」

「でも、ダンブルドアなら、何かうまいやり方を知ってるかもしれない」ロンが言った。

「ダンブルドアはどこだい？　ビルはダンブルドアの命令で、あの狂《くる》ったやつらと戦ったんだ。ダンブルドアはビルに借りがある。ビルをこんな状態《じょうたい》で放ってはおけないはずだ――」

「ロン――ダンブルドアは死んだわ」ジニーが言った。

「まさか！」

ハリーが否定《ひてい》してくれることを望むかのように、ルーピンの目がジニーからハリーへと激《はげ》しく移《い》動《どう》した。しかしハリーが否定《ひてい》しないことがわかると、ビルのベッド脇《わき》の椅子《いす》にがっくりと座《すわ》り込《こ》み、両手で顔を覆《おお》った。ハリーはルーピンが取《と》り乱《みだ》すのを初めて見た。見てはいけない個人《こじん》の傷《きず》を見てしまったような気がして、ハリーはルーピンから目をそらし、ロンを見た。だまってロンと目を見交《みか》わすことで、ハリーは、ジニーの言葉のとおりだと伝えた。

「どんなふうにお亡《な》くなりになったの？」

トンクスが小声で聞いた。

「どうしてそうなったの？」

「スネイプが殺した」ハリーが言った。

「僕《ぼく》はその場にいた。僕《ぼく》は見たんだ。僕《ぼく》たちは、『闇《やみ》の印《しるし》』が上がっていたので、天文台の塔《とう》に戻《もど》った……ダンブルドアは病気で、弱っていた。でも、階段《かいだん》を駆《か》け上《あ》がってくる足音を聞いたとき、ダンブルドアはそれが罠《わな》だとわかったんだと思う。ダンブルドアは僕《ぼく》を金縛《かなしば》りにしたんだ。僕《ぼく》はなんにもできなかった。透明《とうめい》マントをかぶっていたんだ――そしたらマルフォイが扉《とびら》から現《あらわ》れて、ダンブルドアを『武装解除《ぶそうかいじょ》』した――」

ハーマイオニーが両手で口を覆《おお》った。ロンはうめき、ルーナの唇《くちびる》が震《ふる》えた。

「――次々に死喰《しく》い人《びと》がやってきた――そして、スネイプが――それで、スネイプがやった。『アバダ　ケダブラ』を」

ハリーはそれ以上続けられなかった。

マダム・ポンフリーがワッと泣きだした。誰《だれ》も校医のポンフリーに気を取られなかったが、ジニーだけがそっと言った。

「シーッ！　だまって聞いて！」

マダム・ポンフリーは嗚咽《おえつ》をのみ込《こ》み、指を口に押《お》し当《あ》ててこらえながら、目を見開いた。暗闇《くらやみ》のどこかで、不死鳥が鳴いていた。ハリーが初めて聞く、恐《おそ》ろしいまでに美しい、打ちひしがれた嘆《なげ》きの歌だった。そしてハリーは、以前に不死鳥の歌を聞いて感じたと同じように、その調べを自分の外にではなく、内側に感じた。ハリー自身の嘆《なげ》きが不思議にも歌になり、校庭を横切り、城《しろ》の窓《まど》を貫《つらぬ》いて響《ひび》き渡《わた》っていた。

全員がその場にたたずんで、歌に聞き入った。どのくらいの時間がたったのだろう。ハリーにはわからなかった。自分たちの追悼《ついとう》の心を映《うつ》した歌を聞くことで、痛《いた》みが少しやわらいでいくのはなぜなのかもわからなかった。しかし、医務室《いむしつ》の扉《とびら》が再《ふた》び開いたときには、ずいぶん長い時間がたったような気がした。マクゴナガル先生が入ってきた。みんなと同じように、マクゴナガル先生にも戦いの痕《あと》が残り、顔がすりむけ、ローブは破《やぶ》れていた。

「モリーとアーサーがここへ来ます」

その声で音楽の魔力《まりょく》が破《やぶ》られた。全員が夢《ゆめ》から醒《さ》めたように、再《ふた》びビルを振《ふ》り返《かえ》ったり、目をこすったり、首を振《ふ》ったりした。

「ハリー、何が起こったのですか？　ハグリッドが言うには、あなたが、ちょうど――ちょうどそのことが起こったとき、ダンブルドア校長と一緒《いっしょ》だったということですが。ハグリッドの話では、スネイプ先生が何かに関わって――」

「スネイプが、ダンブルドアを殺しました」ハリーが言った。

一瞬《いっしゅん》ハリーを見つめたあと、マクゴナガル先生の体がぐらりと揺《ゆ》れた。すでに立ち直っていたマダム・ポンフリーが走り出て、どこからともなく椅子《いす》を取り出し、マクゴナガルの体の下に押《お》し込《こ》んだ。

「スネイプ」

椅子《いす》に腰《こし》を落としながら、マクゴナガル先生が弱々しくくり返した。

「私《わたし》たち全員が怪《あや》しんでいました……しかし、ダンブルドアは信じていた……いつも……。**スネイプが**……信じられません……」

「スネイプは熟達《じゅくたつ》した閉心術士《へいしんじゅつし》だ」

ルーピンが似《に》つかわしくない乱暴《らんぼう》な声で言った。

「そのことはずっとわかっていた」

「しかしダンブルドアは、スネイプは誓《ちか》って私《わたし》たちの味方だと言ったわ！」

トンクスが小声で言った。

「私《わたし》たちの知らないスネイプの何かを、ダンブルドアは知っているにちがいないって、私《わたし》はいつもそう思っていた……」

「スネイプを信用するに足る鉄壁《てっぺき》の理由があると、ダンブルドアは常々《つねづね》そうほのめかしていました」

マクゴナガルは、タータンの縁取《ふちど》りのハンカチを目頭《めがしら》に当て、あふれる涙《なみだ》を押《お》さえながらつぶやいた。

「もちろん……スネイプは、過去《かこ》が過去《かこ》ですから……当然みんなが疑《うたが》いました……しかしダンブルドアが私《わたくし》にはっきりと、スネイプの悔恨《かいこん》は絶対《ぜったい》に本物だとおっしゃいました……スネイプを疑《うたが》う言葉は、一言も聞こうとなさらなかった！」

「ダンブルドアを信用させるのに、スネイプが何を話したのか、知りたいものだわ」トンクスが言った。

「僕《ぼく》は知ってる」ハリーが言った。

全員が振《ふ》り返《かえ》ってハリーを見つめた。

「スネイプがヴォルデモートに流した情報《じょうほう》のおかげで、ヴォルデモートは僕《ぼく》の父さんと母さんを追《お》い詰《つ》めたんだ。そしてスネイプはダンブルドアに、自分は何をしたのかわかっていなかった、自分がやったことを心から後悔《こうかい》している、二人が死んだことを申《もう》し訳《わけ》なく思っているって、そう言ったんだ」

「それで、ダンブルドアはそれを信じたのか？」

ルーピンが信じられないという声で言った。

「ダンブルドアは、スネイプがジェームズの死をすまなく思っていると言うのを信じた？　スネイプはジェームズを**憎《にく》んでいた**のに……」

「それにスネイプは、僕《ぼく》の母さんのことも、これっぽっちも価値《かち》があるなんて思っちゃいなかった」ハリーが言った。

「だって、母さんはマグル生まれだ……『穢《けが》れた血《ち》』って、スネイプは母さんのことをそう呼《よ》んだ……」

ハリーがどうしてそんなことを知っているのか、誰《だれ》も尋《たず》ねなかった。全員が恐《おそ》ろしい衝撃《しょうげき》を受け、すでに起きてしまったとほうもない現実《げんじつ》を消化しきれずに、ぼうぜんとしているようだった。

「全部私《わたくし》の責任《せきにん》です」

突然《とつぜん》マクゴナガル先生が言った。ぬれたハンカチを両手でねじりながら、マクゴナガル先生は混《こん》乱《らん》した表情《ひょうじょう》だった。

「私《わたくし》が悪いのです。今夜、フィリウスにスネイプを迎《むか》えにいかせました。応援《おうえん》に来てくれるようにと、私《わたくし》がスネイプを迎《むか》えにいかせたのです！　危険《きけん》な事態《じたい》を知らせなければ、スネイプが死喰《しく》い人《びと》に加勢《かせい》することもなかったでしょうに。フィリウスの知らせを受けるまでは、スネイプは、死《し》喰《く》い人《びと》があの場所に来ているとは知らなかったと思います。そういう予定だとは知らなかったと思います」

「あなたの責任《せきにん》ではない、ミネルバ」ルーピンがきっぱりと言った。

「我々全員《われわれぜんいん》が、もっと援軍《えんぐん》が欲《ほ》しかった。スネイプが駆《か》けつけてくると思って、みんな喜んだ……」

「それじゃ、戦いの場に着いたとき、スネイプは死喰《しく》い人《びと》の味方についたんですか？」

ハリーは、スネイプの二枚舌《にまいじた》も破廉恥《はれんち》な行為《こうい》も、残らずくわしく知りたかった。スネイプを憎《にく》み、復讐《ふくしゅう》を誓《ちか》う理由をもっと集めたいと熱くなった。

「何が起こったのか、私《わたくし》にははっきりわかりません」

マクゴナガル先生は、気持ちが乱《みだ》れているようだった。

「わからないことだらけです……ダンブルドアは、数時間学校を離《はな》れるから念のため廊下《ろうか》の巡回《じゅんかい》をするようにとおっしゃいました……リーマス、ビル、ニンファドーラを呼《よ》ぶようにと……そしてみんなで巡回《じゅんかい》しました。まったく静かなものでした。校外に通じる秘密《ひみつ》の抜《ぬ》け道《みち》は、全部警備《けいび》されていましたし、誰《だれ》も空から侵入《しんにゅう》できないこともわかっていました。城《しろ》に入るすべての入口には強力な魔法《まほう》がかけられていました。いったい死喰《しく》い人《びと》がどうやって侵入《しんにゅう》したのか、私《わたくし》にはいまだにわかりません……」

「僕《ぼく》は知っています」

ハリーが言った。そして「姿《すがた》をくらますキャビネット棚《だな》」が対《つい》になっていること、魔法《まほう》の通路が二つの棚《たな》を結ぶことを簡単《かんたん》に説明した。

「それで連中は、『必要の部屋』から入《はい》り込《こ》んだんです」

そんなつもりはなかったのに、ハリーは、ロンとハーマイオニーをちらりと見た。二人とも打ちのめされたような顔だった。

「ハリー、僕《ぼく》、しくじった」ロンが沈《しず》んだ声で言った。

「僕《ぼく》たち、君に言われたとおりにしたんだ。忍《しの》びの地図《ちず》を調べたら、マルフォイが地図では見つからなかったから、『必要の部屋』にちがいないと思って、僕《ぼく》とジニーとネビルが見張《みは》りにいったんだ……だけど、マルフォイに出《だ》し抜《ぬ》かれた」

「見張《みは》りを始めてから一時間ぐらいで、マルフォイがそこから出てきたの」ジニーが言った。

「一人で、あの気持ちの悪いしなびた手を持って――」

「あの『輝《かがや》きの手《て》』だ」ロンが言った。

「ほら、持っている者だけに明かりが見えるってやつだ。覚えてるか？」

「とにかく」

ジニーが続けた。

「マルフォイは、死喰《しく》い人《びと》を外に出しても安全かどうかを偵察《ていさつ》に出てきたにちがいないわ。だって、私《わたし》たちを見たとたん、何かを空中に投げて、そしたらあたりが真っ暗になって――」

「――ペルー製《せい》の『インスタント煙幕《えんまく》』だ」ロンが苦々しく言った。

「フレッドとジョージの。相手を見て物を売れって、あいつらに一言、言ってやらなきゃ」

「私《わたし》たち、何もかも全部やってみたわ――『**ルーモス**』、『**インセンディオ**』」ジニーが言った。

「何をやっても暗闇《くらやみ》を破《やぶ》れなかった。廊下《ろうか》から手探《てさぐ》りで抜《ぬ》け出《だ》すことしかできなかったわ。その間に、誰《だれ》かが急いでそばを通《とお》り過《す》ぎる音がした。当然マルフォイは、あの『手』のおかげで見えたから、連中を誘導《ゆうどう》してたんだわ。でも私《わたし》たちは、仲間に当たるかもしれないと思うと、呪文《じゅもん》も何も使えやしなかった。明るい廊下《ろうか》に出たときには、連中はもういなかった」

「幸いなことに」

ルーピンがかすれ声で言った。

「ロン、ジニー、ネビルは、それからすぐあとに我々《われわれ》と出会って、何があったかを話してくれた。数分後に我々《われわれ》は、天文台の塔《とう》に向かっていた死喰《しく》い人《びと》を見つけた。マルフォイは、ほかにも見張《みは》りの者がいるとは、まったく予想していなかったらしい。いずれにせよ『インスタント煙幕《えんまく》』は尽《つ》きていたらしい。戦いが始まり、連中は散らばって、我々《われわれ》が追った。ギボンが一人抜《ぬ》け出《だ》して、塔《とう》に上がる階段《かいだん》に向かった——」

「『闇《やみ》の印《しるし》』を打ち上げるため？」ハリーが聞いた。

「ギボンが打ち上げたにちがいない。そうだ。連中は『必要の部屋』を出る前に、示《しめ》し合《あ》わせたにちがいない」ルーピンが言った。

「しかしギボンは、そのままとどまって、一人でダンブルドアを待ち受ける気にはならなかったのだろう。階下に駆《か》け戻《もど》って、また戦いに加わったのだから。そして、私《わたし》をわずかにそれた『死《し》の呪《のろ》い』に当たった」

「それじゃ、ロンが、ジニーやネビルと一緒《いっしょ》に『必要の部屋』を見張《みは》っていたのなら」

ハリーはハーマイオニーのほうを向いた。

「君は——？」

「スネイプの部屋の前、そうよ」

ハーマイオニーは目に涙《なみだ》を光らせながら、小声で言った。

「ルーナと一緒《いっしょ》に。ずいぶん長いことそこにいたんだけど、何も起こらなかった……上のほうで何が起こっているのかわからなかったの。ロンが忍《しの》びの地図《ちず》を持っていたし……フリットウィック先生が地下牢《ちかろう》に走ってきたのは、もう真夜中近くだった。死喰《しく》い人《びと》が城《しろ》の中にいるって、叫《さけ》んでいたわ。私《わたし》とルーナがそこにいることには、全然気がつかなかったのじゃないかと思う。まっすぐにスネイプの部屋に飛《と》び込《こ》んで、スネイプに自分と一緒《いっしょ》に来て加勢《かせい》してくれと言っているのが聞こえたわ。それからドサッという大きな音がして、スネイプが部屋から飛び出してきたの。そして私《わたし》たちのことを見て――そして――」

「どうしたんだ？」ハリーは先をうながした。

「私《わたし》、ばかだったわ、ハリー！」

ハーマイオニーが上ずった声でささやくように言った。

「スネイプは、フリットウィック先生が気絶《きぜつ》したから、私《わたし》たちで面倒《めんどう》を見なさいって言った。そして自分は――自分は死喰《しく》い人《びと》との戦いの加勢《かせい》に行くからって――」

ハーマイオニーは恥《は》じて顔を覆《おお》い、指の間から話し続けたので声がくぐもっていた。

「私《わたし》たち、フリットウィック先生を助けようとして、スネイプの部屋に入ったの。そしたら、先生が気を失って床《ゆか》に倒《たお》れていて……ああ、いまならはっきりわかるわ。スネイプがフリットウィックに『失神呪文《しっしんじゅもん》』をかけたのよ。でも気がつかなかった。ハリー、私《わたし》たち、気がつかなかったの。スネイプを、みすみす行かせてしまった！」

「君の責任《せきにん》じゃない」

ルーピンがきっぱりと言った。

「ハーマイオニー、スネイプの言うことに従《したが》わなかったり、邪魔《じゃま》をしたりしたら、あいつはおそらく君もルーナも殺していただろう」

「それで、スネイプは上階に来た」

ハリーは頭の中で、スネイプの動きを追っていた。スネイプはいつものように黒いローブをなびかせ、大理石の階段《かいだん》を駆《か》け上《あ》がりながらマントの下から杖《つえ》を取り出す。

「そして、みんなが戦っている場所を見つけた……」

「私《わたし》たちは苦戦していて、形勢不利《けいせいふり》だった」トンクスが低い声で言った。

「ギボンは死んだけれど、ほかの死喰《しく》い人《びと》は、死ぬまで戦う覚悟《かくご》のようだった。ネビルが傷《きず》つき、ビルはグレイバックにかみつかれた……真っ暗だった……呪《のろ》いがそこら中に飛《と》び交《か》って……マルフォイが姿《すがた》を消した。すり抜《ぬ》けて塔《とう》への階段《かいだん》を上ったにちがいない……ほかの死喰《しく》い人《びと》も、マルフォイのあとから次々階段《かいだん》を駆《か》け上《あ》がった。そのうちの一人がなんらかの呪文《じゅもん》を使って、上ったあとの階段《かいだん》に障壁《しょうへき》を作った……ネビルが突進《とっしん》して、空中に放り投げられた――」

「僕《ぼく》たち、誰《だれ》も突破《とっぱ》できなかった」ロンが言った。

「それに、あのでっかい死喰《しく》い人《びと》のやつが、相変わらず、あたりかまわず呪詛《じゅそ》を飛ばしていて、それがあちこちの壁《かべ》に跳《は》ね返《かえ》ってきたけど、きわどいところで僕《ぼく》たちには当たらなかった……」

「そしたらそこにスネイプがいた」トンクスが言った。

「そして、すぐいなくなった――」

「スネイプがこっちに向かってくるところを見たわ。でも、そのすぐあとに、大男の死喰《しく》い人《びと》の呪《じゅ》詛《そ》が飛んできて、危《あや》うく私《わたし》に当たるところだった。それで私《わたし》、ヒョイとかわしたとたんに、何もかも見失ってしまったの」ジニーが言った。

「私《わたし》は、あいつが、呪《のろ》いの障壁《しょうへき》などないかのように、まっすぐ突《つ》っ込《こ》んでいくのを見た」ルーピンが言った。

「私《わたし》もそのあとに続こうとしたのだが、ネビルと同じように跳《は》ね返《かえ》されてしまった……」

「スネイプは、私《わたくし》たちの知らない呪文《じゅもん》を知っていたにちがいありません」

マクゴナガルがつぶやくように言った。

「何しろ――スネイプは『闇《やみ》の魔術《まじゅつ》に対《たい》する防衛術《ぼうえいじゅつ》』の先生なのですから……私《わたくし》は、スネイプが、塔《とう》に逃《に》げ込《こ》んだ死喰《しく》い人《びと》を追いかけるのに急いでいるのだとばかり思っていたのです……」

「追いかけてはいました」ハリーは激怒《げきど》していた。

「でも阻止《そし》するためでなく、加勢《かせい》するためです……それに、その障壁《しょうへき》を通《とお》り抜《ぬ》けるには、きっと『闇《やみ》の印《しるし》』を持っていないといけないにちがいない――それで、スネイプが下に戻《もど》ってきたときは、何があったんですか？」

「ああ、大男の死喰《しく》い人《びと》の呪詛《じゅそ》で、天井《てんじょう》の半分が落下してきたところだった。おかげで階段《かいだん》の障壁《しょうへき》の呪《のろ》いも破《やぶ》れた」ルーピンが言った。

「我々《われわれ》全員が駆《か》けだした――とにかく、まだ立てる者はそうした――するとスネイプと少年が、ほこりの中から姿《すがた》を現《あらわ》した――当然、我々《われわれ》は二人を攻撃《こうげき》しなかった――」

「二人を通してしまったんだ」トンクスがうつろな声で言った。

「死喰《しく》い人《びと》に追われているのだと思って――そして、気がついたら、ほかの死喰《しく》い人《びと》とグレイバックが戻《もど》ってきていて、また戦いが始まった――スネイプが何か叫《さけ》ぶのを聞いたように思ったけど、なんと言っているのかわからなかった――」

「あいつは、『終わった』って叫《さけ》んだ」ハリーが言った。

「やろうとしていたことを、やりとげたんだ」

全員がだまり込《こ》んだ。フォークスの嘆《なげ》きが、暗い校庭の上にまだ響《ひび》き渡《わた》っていた。夜の空気を震《ふる》わせるその音楽を聞きながら、ハリーの頭に、望みもしない、考えたくもない思いが忍《しの》び込《こ》んできた……ダンブルドアのなきがらは、もう塔《とう》の下から運び出されたのだろうか？　それからどうなるのだろう？　どこに葬《ほうむ》られるのだろう？　ハリーはポケットの中で拳《こぶし》をギュッと握《にぎ》りしめた。右手の指の関節に、偽《にせ》の分霊箱《ぶんれいばこ》のひんやりとした小さい塊《かたまり》を感じた。

医務室《いむしつ》の扉《とびら》が勢《いきお》いよく開きみんなを飛び上がらせた。ウィーズリー夫妻《ふさい》が急ぎ足で入ってきた。そのすぐ後ろに、美しい顔を恐怖《きょうふ》にこわばらせたフラーの姿《すがた》があった。

「モリー――アーサー――」

マクゴナガル先生が飛び上がって、急いで二人を迎《むか》えた。

「お気の毒です――」

「ビル」

めちゃめちゃになったビルの顔を見るなり、ウィーズリー夫人はマクゴナガル先生のそばを走《はし》り過《す》ぎ、小声で呼《よ》びかけた。

「ああ、**ビル！**」

ルーピンとトンクスが急いで立ち上がり、身を引いて、ウィーズリー夫妻《ふさい》がベッドに近寄《ちかよ》れるようにした。ウィーズリー夫人は、息子《むすこ》に覆《おお》いかぶさり、血だらけの額《ひたい》に口づけした。

「息子《むすこ》はグレイバックに襲《おそ》われたとおっしゃいましたかね？」

ウィーズリー氏が、気がかりでたまらないように、マクゴナガル先生に聞いた。

「しかし、変身してはいなかったのですね？　すると、どういうことなのでしょう？　ビルはどうなりますか？」

「まだわからないのです」マクゴナガル先生は、助けを求めるようにルーピンを見た。

「アーサー、おそらく、なんらかの汚染《おせん》はあるだろう」ルーピンが言った。

「めずらしいケースだ。おそらく例がない……ビルが目を覚ましたとき、どういう行動に出るかはわからない……」

ウィーズリー夫人は、マダム・ポンフリーからいやなにおいの軟膏《なんこう》を受け取り、ビルの傷《きず》に塗《ぬ》り込《こ》みはじめた。

「そして、ダンブルドアは……」ウィーズリー氏が言った。

「ミネルバ、ほんとうかね……ダンブルドアはほんとうに……？」

マクゴナガル先生がうなずいたとき、ハリーは、ジニーが自分のそばで身動きするのを感じて、ジニーを見た。ジニーは少し目を細めて、フラーを凝視《ぎょうし》していた。フラーは凍《こお》りついたような表情《ひょうじょう》でビルを見下ろしていた。

「ダンブルドアが逝《い》ってしまった」

ウィーズリー氏がつぶやくように言った。しかし、ウィーズリー夫人の目は、長男だけを見ていた。すすり泣きはじめたウィーズリー夫人の涙《なみだ》が、ズタズタになったビルの顔にポトポト落ちた。

「もちろん、どんな顔になったってかまわないわ……そんなことは……どうでもいいことだわ……

でもこの子はとってもかわいい、ちっ――ちっちゃな男の子だった……いつでもとってもハンサムだった……それに、もうすぐ結《けっ》――結婚《けっこん》するはずだったのに！」

「それ、どーいう意味でーすか？」

突然《とつぜん》フラーが大きな声を出した。

「どーいう意味でーすか？　このいとが結婚《けっこん》する**あーずだった？**」

ウィーズリー夫人が、驚《おどろ》いたように涙《なみだ》にぬれた顔を上げた。

「でも――ただ――」

「ビルがもう、わたしと結婚《けっこん》したくなーいと思うのでーすか？」フラーが問《と》い詰《つ》めた。

「こんなかみ傷《きず》のせーいで、このいとがもう、わたしを愛さなーいと思いまーすか？」

「いいえ、そういうことではなくて――」

「だって、このいとは、わたしを愛しまーす！」

フラーはすっと背筋《せすじ》を伸《の》ばし、長い豊《ゆた》かなブロンドの髪《かみ》をサッと後ろに払《はら》った。

「狼人間《おおかみにんげん》なんかが、ビルに、わたしを愛することをやめさせられませーん！」

「まあ、ええ、きっとそうでしょう」ウィーズリー夫人が言った。

「でも、もしかしたら――もうこんな――この子がこんな――」

「わたしが、このいとと結婚《けっこん》したくなーいだろうと思ったのでーすか？　それとも、もしかして、そうなっておしいと思いまーしたか？」

フラーは鼻の穴《あな》をふくらませた。

「このいとがどんな顔でも、わたしが気にしまーすか？　わたしだけで充分《じゅうぶん》ふーたりぶん美しいと思いまーす！　傷痕《きずあと》は、わたしのアズバンドが勇敢《ゆうかん》だという印でーす！　それに、それはわたしがやりまーす！」

フラーは激《はげ》しい口調でそう言うなり、軟膏《なんこう》を奪《うば》ってウィーズリー夫人を押《お》しのけた。ウィーズリー夫人は、夫に倒《たお》れかかり、フラーがビルの傷《きず》をぬぐうのを、なんとも奇妙《きみょう》な表情《ひょうじょう》で見つめていた。誰《だれ》も何も言わなかった。ハリーは身動きすることさえ遠慮《えんりょ》した。みんなと同じように、ハリーもドカーンと爆発《ばくはつ》が来る時を待っていた。

「大おばのミュリエルが――」

長い沈黙《ちんもく》のあと、ウィーズリー夫人が口を開いた。

「とても美しいティアラを持っているわ――小鬼製《ゴブリンせい》のよ――あなたの結婚式《けっこんしき》に貸《か》していただけるように、大おばを説得できると思うわ。大おばはビルが大好きなの。それにあのティアラは、あなたの髪《かみ》にとても似合《にあ》うと思いますよ」

「ありがとう」フラーが硬《かた》い口調で言った。

「それは、きーっと、美しいでしょう」

そして――ハリーには、どうしてそうなったのかよくわからなかったが――二人の女性《じょせい》は抱《だ》き合って泣きだした。何がなんだかまったくわからず、いったい世の中はどうなっているんだろうといぶかりながら、ハリーは振《ふ》り返《かえ》った。ロンもハリーと同じ気持ちらしく、ポカンとしていたし、ジニーとハーマイオニーは、あっけに取られて顔を見合わせていた。

「わかったでしょう！」

張《は》り詰《つ》めた声がした。トンクスがルーピンをにらんでいた。

「フラーはそれでもビルと結婚《けっこん》したいのよ。かまれたというのに！　そんなことはどうでもいいのよ！」

「次元がちがう」

ルーピンはほとんど唇《くちびる》を動かさず、突然表情《とつぜんひょうじょう》がこわばっていた。

「ビルは完全な狼人間《おおかみにんげん》にはならない。事情《じじょう》がまったく――」

「でも、わたしも気にしないわ。気にしないわ！」

トンクスは、ルーピンのローブの胸元《むなもと》をつかんで揺《ゆ》すぶった。

「百万回も、あなたにそう言ったのに……」

トンクスの守護霊《しゅごれい》やくすんだ茶色の髪《かみ》の意味、誰《だれ》かがグレイバックに襲《おそ》われたといううわさを聞きつけてダンブルドアに会いに駆《か》けつけた理由――ハリーには突然《とつぜん》、そのすべてがはっきりわかった。トンクスが愛したのは、シリウスではなかったのだ……。

「私《わたし》も、**君に**百万回も言った」

ルーピンはトンクスの目をさけて、床《ゆか》を見つめながら言った。

「私《わたし》は君にとって、年を取りすぎているし、貧乏《びんぼう》すぎる……危険《きけん》すぎる……」

「リーマス、あなたのそういう考え方はばかげているって、私《わたし》は最初からそう言ってますよ」

ウィーズリー夫人が、抱《だ》き合《あ》ったフラーの背中《せなか》を軽くたたきながら、フラーの肩越《かたご》しに言った。

「ばかげてはいない」

ルーピンがしっかりした口調で言った。

「トンクスには、誰《だれ》か若《わか》くて健全な人がふさわしい」

「でも、トンクスは君がいいんだ」

ウィーズリー氏が、小さくほほえみながら言った。

「それに、結局のところ、リーマス、若《わか》くて健全な男が、ずっとそのままだとはかぎらんよ」

ウィーズリー氏は、二人の間に横たわっている息子《むすこ》のほうを悲しそうに見た。

「いまは……そんなことを話す時じゃない」

ルーピンは、落ち着かない様子で周りを見回し、みんなの目をさけながら言った。

「ダンブルドアが死んだんだ……」

「世の中に、少し愛が増《ふ》えたと知ったら、ダンブルドアは誰《だれ》よりもお喜びになったでしょう」

マクゴナガル先生がそっけなく言った。

その時、扉《とびら》が再《ふたた》び開いて、ハグリッドが入ってきた。

ひげや髪《かみ》に埋《う》もれてわずかしか見えない顔が、泣《な》き腫《は》らしてぐしょぬれだった。巨大《きょだい》な水玉模様《みずたまもよう》のハンカチを握《にぎ》りしめ、ハグリッドは全身を震《ふる》わせて泣いていた。

「す……すませました、先生」ハグリッドは声を詰《つ》まらせた。

「俺《おれ》が、は——運びました。スプラウト先生は子供《こども》たちをベッドに戻《もど》しました。フリットウィック先生は横になっちょりますが、すーぐよくなるっちゅうとります。スラグホーン先生は、魔法省《まほうしょう》に連絡《れんらく》したと言っちょります」

「ありがとう、ハグリッド」

マクゴナガル先生はすぐさま立ち上がり、ビルの周りにいる全員を見た。

「私《わたくし》は、魔法省《まほうしょう》が到着《とうちゃく》したときに、お迎《むか》えしなければなりません。ハグリッド、寮監《りょうかん》の先生方に——スリザリンはスラグホーンが代表すればよいでしょう——ただちに私《わたくし》の事務室《じむしつ》に集まるようにと知らせてください。あなたも来てください」

ハグリッドがうなずいて向きを変え、重い足取りで部屋を出ていった。その時、マクゴナガル先生がハリーを見下ろして言った。

「寮監《りょうかん》たちに会う前に、ハリー、あなたとちょっとお話があります。一緒《いっしょ》に来てください……」

ハリーは立ち上がって、ロン、ハーマイオニー、ジニーに「あとでね」とつぶやくように声をかけ、マクゴナガル先生に従《したが》って医務室《いむしつ》を出た。外の廊下《ろうか》は人気《ひとけ》もなく、聞こえる音と言えば、遠くの不死鳥の歌声だけだった。しばらくしてハリーは、マクゴナガル先生の事務室《じむしつ》ではなく、ダンブルドアの校長室に向かっていることに気がついた。一瞬《いっしゅん》、間を置いて、ハリーはやっと気づいた。そうだ、マクゴナガル先生は副校長だった……当然いまは、校長になったのだ……怪獣像《ガーゴイル》の護《まも》る部屋は、いまやマクゴナガル先生の部屋だった……。

二人はだまって動く螺旋階段《らせんかいだん》を上り、円形の校長室に入った。校長室は変わってしまったかもしれないと、ハリーは漠然《ばくぜん》と考えていた。もしかしたら黒い幕《まく》で覆《おお》われているかもしれないし、ダンブルドアのなきがらが横たわっているかもしれない。しかし、その部屋は、ほんの数時間前、ハリーとダンブルドアが出発したときとほとんど変わっていないように見えた。銀の小道具類は、華奢《きゃしゃ》な脚《あし》のテーブルの上でくるくる回り、ポッポッと煙《けむり》を上げていたし、グリフィンドールの剣《つるぎ》は、ガラスのケースの中で月光を受けて輝《かがや》き、組分《くみわ》け帽子《ぼうし》は机《つくえ》の後ろの棚《たな》にのっていた。しかし、フォークスの止まり木はからっぽだった。不死鳥は校庭に向かって嘆《なげ》きの歌をうたい続けている。そして、ホグワーツの歴代の校長の肖像画《しょうぞうが》に、新しい一枚《まい》が加わっていた……ダンブルドアが机《つくえ》を見下ろす金の額縁《がくぶち》の中でまどろんでいる。半月めがねを曲がった鼻にのせ、おだやかでなごやかな表情《ひょうじょう》だ。

その肖像画《しょうぞうが》を一瞥《いちべつ》したあと、マクゴナガル先生は自分に活を入れるかのような、見慣《みな》れない動作をした。それから机《つくえ》のむこう側に移動《いどう》し、ハリーと向き合った。くっきりとしわが刻《きざ》まれた、張《は》り詰《つ》めた顔だった。

「ハリー」先生が口を開いた。

「ダンブルドア先生と一緒《いっしょ》に学校を離《はな》れて、今夜何をしていたのかを知りたいものです」

「お話しできません、先生」

ハリーが言った。聞かれることを予想し、答えを準備《じゅんび》していた。ここで、この部屋で、ダンブルドアは、ロンとハーマイオニー以外には、授業《じゅぎょう》の内容《ないよう》を打ち明けるなとハリーに言ったのだ。

「ハリー、重要なことかもしれませんよ」マクゴナガル先生が言った。

「そうです」ハリーが答えた。

「とても重要です。でも、ダンブルドア先生は誰《だれ》にも話すなとおっしゃいました」

マクゴナガル先生は、ハリーをにらみつけた。

「ポッター」

呼《よ》び方《かた》が変わったことにハリーは気がついた。

「ダンブルドア校長がお亡《な》くなりになったことで、事情《じじょう》が少し変わったことはわかるはずだと思いますが──」

「そうは思いません」ハリーは肩《かた》をすくめた。

「ダンブルドア先生は、自分が死んだら命令に従《したが》うのをやめろとはおっしゃいませんでした」

「しかし──」

「でも、魔法省《まほうしょう》が到着《とうちゃく》する前に、一つだけお知らせしておいたほうがよいと思います。マダム・ロスメルタが『服従《ふくじゅう》の呪文《じゅもん》』をかけられています。マルフォイや死喰《しく》い人《びと》の手助けをしていました。だからネックレスや蜂蜜酒《はちみつしゅ》が──」

「ロスメルタ？」

マクゴナガル先生は信じられないという顔だった。しかしそれ以上何も言わないうちに、扉《とびら》をノックする音がして、スプラウト、フリットウィック、スラグホーン先生が、ぞろぞろと入ってきた。そのあとから、ハグリッドが巨体《きょたい》を悲しみに震《ふる》わせ、涙《なみだ》をぼろぼろ流しながら入ってきた。

「スネイプ！」

一番ショックを受けた様子のスラグホーンが、青い顔に汗《あせ》をにじませ、吐《は》き捨《す》てるように言った。

「スネイプ！　わたしの教え子だ！　あいつのことは知っているつもりだった！」

しかし、誰《だれ》もそれに反応《はんのう》しないうちに、壁《かべ》の高い所から、鋭《するど》い声がした。短い黒い前髪《まえがみ》を垂《た》らした土気色《つちけいろ》の顔の魔法使《まほうつか》いが、からの額縁《がくぶち》に戻《もど》ってきたところだった。

「ミネルバ、魔法大臣《まほうだいじん》はまもなく到着《とうちゃく》するだろう。大臣は魔法省《まほうしょう》から、いましがた『姿《すがた》くらまし』した」

「ありがとう、エバラード」

マクゴナガル先生は礼を述《の》べ、急いで寮監《りょうかん》の先生方のほうを向いた。

「大臣が着く前に、ホグワーツがどうなるかをお話ししておきたいのです」

マクゴナガル先生が早口に言った。

「私個人《わたくしこじん》としては、来年度も学校を続けるべきかどうか、確信《かくしん》がありません。一人の教師《きょうし》の手にかかって校長が亡《な》くなったのは、ホグワーツの歴史にとって、とんでもない汚点《おてん》です。恐《おそ》ろしいことです」

「ダンブルドアはまちがいなく、学校の存続《そんぞく》をお望みだったろうと思います」

スプラウト先生が言った。

「たった一人でも学びたい生徒がいれば、学校はその生徒のために存続《そんぞく》すべきでしょう」

「しかし、こういうことのあとで、一人でも生徒が来るだろうか？」

スラグホーンが、シルクのハンカチを額《ひたい》の汗《あせ》に押《お》し当《あ》てながら言った。

「親が子供《こども》を家に置いておきたいと望むだろうし、そういう親を責《せ》めることはできない。個人的《こじんてき》には、ホグワーツがほかと比《くら》べてより危険《きけん》だとは思わんが、母親たちもそのように考えるとは期待できないでしょう。家族をそばに置きたいと願うでしょうな。自然なことだ」

「私《わたくし》も同感です」

マクゴナガル先生が言った。

「それに、いずれにしても、ダンブルドアがホグワーツ閉校《へいこう》という状況《じょうきょう》を一度も考えたことがないというのは、正しくありません。『秘密《ひみつ》の部屋《へや》』が再《ふたた》び開かれたとき、ダンブルドアは学校閉鎖《がっこうへいさ》を考えられました――それに、私《わたくし》にとっては、ダンブルドアが殺されたことのほうが、スリザリンの怪物《かいぶつ》が城《しろ》の内奥《ないおう》に隠《かく》れ棲《す》んでいることよりも、おだやかならざることです……」

「理事たちと相談しなくてはなりませんな」

フリットウィック先生が小さなキーキー声で言った。額《ひたい》に大きな青あざができていたが、スネイプの部屋で倒《たお》れたときの傷《きず》は、それ以外にないようだった。

「定められた手続きに従《したが》わねばなりません。拙速《せっそく》に決定すべきことではありませんぞ」

「ハグリッド、何も言わないですね」マクゴナガル先生が言った。

「あなたはどう思いますか。ホグワーツは存続《そんぞく》すべきですか？」

先生方のやり取りを、大きな水玉模様《みずたまもよう》のハンカチを当てて泣きながら、だまって聞いていたハグリッドが、真っ赤に泣《な》き腫《は》らした目を上げて、かすれ声で言った。

「俺《おれ》にはわかんねえです、先生……寮監《りょうかん》と校長が決めるこってす……」

「ダンブルドア校長は、いつもあなたの意見を尊重《そんちょう》しました」

マクゴナガル先生がやさしく言った。

「私《わたくし》もそうです」

「そりゃ、俺《おれ》はとどまります」

ハグリッドが言った。大粒《おおつぶ》の涙《なみだ》が目の端《はし》からぼろぼろこぼれ続け、もじゃもじゃひげに滴《したた》り落ちていた。

「俺《おれ》の家です。十三歳《さい》のときから俺《おれ》の家だったです。俺《おれ》に教えてほしいっちゅう子供《こども》がいれば、俺《おれ》は教える。だけんど……俺《おれ》にはわからねえです……ダンブルドアのいねえホグワーツなんて……」

ハグリッドはゴクリとつばを飲《の》み込《こ》み、またハンカチで顔を隠《かく》した。みんながだまり込《こ》んだ。

「わかりました」

マクゴナガル先生は窓《まど》から校庭をちらりと眺《なが》め、大臣がもうやってくるかどうかを確《たし》かめた。

「では、私《わたくし》はフィリウスと同意見です。理事会にかけるのが正当であり、そこで最終的な結論《けつろん》が出るでしょう」

「さて、学生を家に帰す件《けん》ですが……一刻《いっこく》も早いほうがよいという意見があります。必要とあらば、明日にもホグワーツ特急を手配できます――」

「ダンブルドアの葬儀《そうぎ》はどうするんですか？」ハリーはついに口を出した。

「そうですね……」

マクゴナガル先生の声が震《ふる》え、きびきびした調子が少しかげった。

「私《わたくし》――私《わたくし》は、ダンブルドアが、このホグワーツに眠《ねむ》ることを望んでおられたのを知っていま す――」

「それなら、そうなりますね？」ハリーが激《はげ》しく言った。

「魔法省《まほうしょう》がそれを適切《てきせつ》だと考えるならです」マクゴナガル先生が言った。

「ただ、これまで、ほかのどの校長もそのようには――」

「ダンブルドアほどこの学校にお尽《つ》くしなさった校長は、ほかに誰《だれ》もいねえ」ハグリッドがうめくように言った。

「ホグワーツこそ、ダンブルドアの最後の安息の地になるべきです」フリットウィック先生が言った。

「そのとおり」スプラウト先生が言った。

「それなら」ハリーが言った。「葬儀《そうぎ》が終わるまでは、生徒を家に帰すべきではありません。みんなもきっと――」

最後の言葉がのどに引っかかった。しかし、スプラウト先生が引き取って続けた。

「お別れを言いたいでしょう」

「よくぞ言った」

フリットウィック先生がキーキー言った。

「よくぞ言ってくれた！　生徒たちは敬意《けいい》を表すべきだ。それがふさわしい。家に帰す列車は、そのあとで手配できる」

「賛成《さんせい》」スプラウト先生が大声で言った。

「わたしも……まあ、そうですな……」

スラグホーンがかなり動揺《どうよう》した声で言った。ハグリッドは、押《お》し殺《ころ》したすすり泣きのような声で賛成《さんせい》した。

「大臣が来ます」

校庭を見つめながら、突然《とつぜん》マクゴナガル先生が言った。

「大臣は……どうやら代表団《だいひょうだん》を引き連れています……」

「先生、もう行ってもいいですか？」ハリーがすぐさま聞いた。

今夜はルーファス・スクリムジョールに会いたくもないし、質問《しつもん》されるのもいやだった。

「よろしい」マクゴナガル先生が言った。「それに、お急ぎなさい」

マクゴナガル先生はつかつかと扉《とびら》まで歩いていって、ハリーのために扉《とびら》を開けた。ハリーは急いで螺旋階段《らせんかいだん》を下り、人気《ひとけ》のない廊下《ろうか》に出た。透明《とうめい》マントは天文台の塔《とう》の上に置きっ放しにしてしまったが、なんの問題もなかった。ハリーが通《とお》り過《す》ぎるのを見ている人は、誰《だれ》もいない。フィルチも、ミセス・ノリスも、ピーブズさえもいなかった。グリフィンドールの談話室に向かう通路に出るまで、ハリーは誰《だれ》にも出会わなかった。

「ほんとうなの？」

ハリーが近づくと、「太った婦人《レディ》」が小声で聞いた。

「ほんとうにそうなの？　ダンブルドアが——死んだって？」

「ほんとうだ」ハリーが言った。

「太った婦人《レディ》」は声を上げて泣き、合言葉を待たずに入口を開けてハリーを通した。

ハリーが思ったとおり、談話室は人でいっぱいだった。ハリーが肖像画《しょうぞうが》の穴《あな》を登って入っていくと、部屋中がしんとなった。近くに座《すわ》っているグループの中に、ディーンとシェーマスがいるのが見えた。寝室《しんしつ》には誰《だれ》もいないか、またはそれに近い状態《じょうたい》にちがいない。ハリーは誰《だれ》とも口をきかず、誰《だれ》とも目を合わさずにまっすぐ談話室を横切って、男子寮《だんしりょう》へのドアを通り寝室《しんしつ》に行った。

期待どおり、ロンがハリーを待っていた。服を着たままでベッドに腰《こし》かけていた。ハリーも自分の四本柱のベッドにかけ、しばらくは、ただ互《たが》いに見つめ合うだけだった。

「学校の閉鎖《へいさ》のことを話しているんだ」ハリーが言った。

「ルーピンがそうだろうって言ってた」ロンが言った。

しばらく沈黙《ちんもく》が続いた。

「それで？」

家具が聞き耳を立てているとでも思ったのか、ロンが声をひそめて聞いた。

「見つけたのか？　手に入れたのか？　あれを――分霊箱《ぶんれいばこ》を？」

ハリーは首を横に振《ふ》った。黒い湖で起こったすべてのことが、いまでは昔の悪夢《あくむ》のように思われた。ほんとうに起こったことだろうか？　ほんの数時間前に？

「手に入らなかった？」ロンはがっくりしたように言った。「そこにはなかったのか？」

「いや」ハリーが言った。「誰《だれ》かに盗《と》られたあとで、かわりに偽物《にせもの》が置いてあった」

「もう**盗《と》られてた**――？」

ハリーは、だまって偽物《にせもの》のロケットをポケットから取り出し、開いてロンに渡《わた》した。くわしい話はあとでいい……今夜はどうでもいいことだ……最後の結末以外は。意味のない冒険《ぼうけん》の末、ダンブルドアの生命がはてたこと以外は……。

「R・A・B」ロンがつぶやいた。「でも、誰《だれ》なんだ？」

「さあ」

ハリーは服を着たままベッドに横になり、ぼんやりと上を見つめた。「R・A・B」には、なんの興味《きょうみ》も感じなかった。何に対しても、二度と再《ふたた》び興味《きょうみ》など感じることはないのかもしれない。横たわっていると、突然《とつぜん》、校庭が静かなのに気がついた。フォークスが歌うのをやめていた。なぜそう思ったのかはわからないが、ハリーは不死鳥が去ってしまったことを悟《さと》った。永久《えいきゅう》にホグワーツから去ってしまったのだ。ダンブルドアが学校を去り、この世を去ったと同じように……ハリーから去ってしまったと同じように。

第三十章　白い墓《はか》

授業《じゅぎょう》はすべて中止され、試験は延期《えんき》された。何人かの生徒たちが、それから二日のうちに、急いで両親にホグワーツから連れ去られた——双子《ふたご》のパチル姉妹は、ダンブルドアが亡《な》くなった次の日の朝食の前にいなくなったし、ザカリアス・スミスは、気位の高そうな父親に護衛《ごえい》されて城《しろ》から連れ出された。一方シェーマス・フィネガンは、母親と一緒《いっしょ》に帰ることを真っ向から拒否《きょひ》した。二人は玄関《げんかん》ホールでどなり合ったが、結局、母親が折れて、シェーマスは葬儀《そうぎ》が終わるまで学校に残ることになった。ダンブルドアに最後のお別れを告《つ》げようと、魔法使《まほうつか》いや魔女《まじょ》たちがホグズミード村に押《お》し寄《よ》せたため、母親がホグズミードに宿を取るのに苦労したと、シェーマスはハリーとロンに話した。

葬儀《そうぎ》の前日の午後《ごご》遅《おそ》く、家一軒《けん》ほどもある大きなパステル・ブルーの馬車が、十二頭の巨大《きょだい》なパロミノの天馬に引かれて空から舞《ま》い降《お》り、禁《きん》じられた森《もり》の端《はし》に着陸した。それを初めて目にした低

学年の生徒たちが、ちょっとした興奮状態《こうふんじょうたい》になった。小麦色の肌《はだ》に黒髪《くろかみ》の、きりりとした巨大《きょだい》な女性《せい》が馬車から降《お》り立《た》ち、待ち受けていたハグリッドの腕《うで》の中に飛《と》び込《こ》んだのを、ハリーは窓《まど》から見た。一方、魔法大臣率《まほうだいじんひき》いる魔法省《まほうしょう》の役人たちは、城《しろ》の中に泊《と》まった。ハリーは、その誰《だれ》とも顔を合わせないように細心の注意を払《はら》っていた。遅《おそ》かれ早かれ、ダンブルドアが最後にホグワーツから外出したときの話をしろと、また言われるにちがいないからだ。

ハリー、ロン、ハーマイオニー、そしてジニーは、ずっと一緒《いっしょ》に過《す》ごした。四人の気持ちとは裏《うら》腹《はら》の、よい天気だった。ダンブルドアが生きていたなら、ジニーの試験も終わり、宿題の重荷から解放《かいほう》されたこの学期末の時間を、どんなにちがう気持ちで過《す》ごせたことか……。

ハリーにはどうしても言わなければならないこと、そうするのが正しいとわかっていることがあったが、容易《ようい》には切り出せず、先のばしにしていた。自分にとって一番の心の安らぎになっているものを失うのは、あまりにもつらかったからだ。

四人は一日に二度、医務室《いむしつ》に見舞《みま》いにいった。ネビルは退院《たいいん》したが、ビルはまだマダム・ポンフリーの手当てを受けていた。傷痕《きずあと》は相変わらずひどかった。実のところ、はっきりとマッドーアイ・ムーディに似《に》た顔になっていたが、幸い両目と両脚《りょうあし》はついていた。しかし、人格《じんかく》は前と変わりないようだった。一つだけ変わったと思われるのは、ステーキのレアを好むようになったことだ。

「……それで、このいとがわたしと結婚《けっこん》するのは、とーてもラッキーなことでーすね」

フラーは、ビルの枕《まくら》をなおしながらうれしそうに言った。

「なぜなら、イギリース人、お肉を焼きすーぎます。わたし、いーつもそう言ってましたね」

「ビルがまちがいなくあの女《ひと》と結婚《けっこん》するんだってこと、受け入れるしかないみたいね」

その夜、四人でグリフィンドールの談話室の窓際《まどぎわ》に座《すわ》り、開け放した窓《まど》から夕暮《ゆうぐ》れの校庭を見下ろしながら、ジニーがため息をついた。

「そんなに悪い人じゃないよ」ハリーが言った。「ブスだけどね」ジニーが眉《まゆ》を吊《つ》り上《あ》げたので、ハリーがあわててつけ加えると、ジニーはしかたなしにクスクス笑った。

「そうね、ママががまんできるなら、私《わたし》もできると思うわ」

「ほかに誰《だれ》か知ってる人が死んでないか？」

「夕刊予言者新聞《ゆうかんよげんしゃしんぶん》」に目を通していたハーマイオニーに、ロンが聞いた。ハーマイオニーは、無理に強がっているようなロンの声の調子にたじろいだ。

「いいえ」新聞をたたみながら、ハーマイオニーがたしなめるように言った。

「スネイプを追っているけど、まだなんの手がかりも……」

「そりゃ、ないだろう」

この話題が出るたびに、ハリーは腹《はら》を立てていた。

「ヴォルデモートを見つけるまでは、スネイプも見つからないさ。それに魔法省《まほうしょう》の連中は、いままで一度だって見つけたためしがないじゃないか……」

「もう寝《ね》るわ」ジニーがあくびしながら言った。

「私《わたし》、あまりよく寝《ね》てないの……あれ以来……少し眠《ねむ》らなくちゃ」

ジニーはハリーにキスして（ロンはあてつけがましくそっぽを向いた）、あとの二人におやすみと手を振《ふ》り、女子寮《じょしりょう》に帰っていった。寮《りょう》のドアが閉《し》まったとたん、ハーマイオニーが、いかにもハーマイオニーらしい表情《ひょうじょう》で、ハリーのほうに身を乗り出した。

「ハリー、私《わたし》、発見したことがあるの。今朝、図書館で……」

「R・A・B？」ハリーが椅子《いす》に座《すわ》りなおした。

これまでのハリーなら、興奮《こうふん》したり好奇心《こうきしん》にかられたり、謎《なぞ》の奥底《おくそこ》が知りたくて、もどかしい思いをしたものだったが、もはやそのようには感じられなくなっていた。まず本物の分霊箱《ぶんれいばこ》に関する真実を知るのが任務《にんむ》だ、ということだけはわかっていた。それができたとき初めて、目の前に伸《の》びる曲折した暗い道を、少しは先に進むことができるだろう。ハリーが、ダンブルドアと一緒《いっしょ》に歩きだした道のりだ。その旅をひとりで続けなければならないのだということを、ハリーはいま、思い知っていた。あと四個《こ》もの分霊箱《ぶんれいばこ》が、どこかにある。その一つ一つを探《さが》し出《だ》して消滅《しょうめつ》させなければ、ヴォルデモート自身を殺す可能性《かのうせい》さえない。ハリーは、分霊箱《ぶんれいばこ》の名前を列挙することで、それを手の届《とど》く所に持ってくることができるかのように、何度も復唱《ふくしょう》していた。ロケット……カップ……蛇《へび》……グリフィンドールかレイブンクロー縁《ゆかり》の品……ロケット……カップ……蛇《へび》……グリフィンドールかレイブンクロー縁《ゆかり》の品……。

このマントラのような呪文《じゅもん》は、ハリーが眠《ねむ》り込《こ》むときに、頭の中で脈打《みゃくう》ちはじめるらしい。カップやロケットや謎《なぞ》の品々がびっしりと夢《ゆめ》に現《あらわ》れ、しかもどうしても近づけない。ダンブルドアが縄《なわ》ばしごを出して助けようとするが、ハリーがはしごを上りはじめたとたんにはしごは何匹《なんびき》もの蛇《へび》に変わってしまう……。

ダンブルドアが亡《な》くなった次の朝、ハリーは、ロケットの中のメモをハーマイオニーに見せていた。ハーマイオニーも、その時は、これまで読んだ本に出てきた、あまり有名でない魔《ま》法使《ほうつか》いの中に、その頭文字《かしらもじ》に当てはまる人物を思いつかなかった。しかしそれ以来、ハーマイオニーは、何も宿題がない生徒にしてはやや必要以上に足しげく、図書館に通っていたのだ。

「ちがうの」ハーマイオニーは悲しそうに答えた。

「努力してるのよ、ハリー。でも、なんにも見つからない……同じ頭文字《かしらもじ》で、そこそこ名前の知れている魔法使《まほうつか》いは二人いるわ——ロザリンド・アンチゴーネ・バングズ……『斧振《おのふ》り男』ルパート・ブルックスタントン……でも、この二人はまったく当てはまらないみたい。あのメモから考えると、分霊箱《ぶんれいばこ》を盗《ぬす》んだ人物は、ヴォルデモートを知っていたらしいけど、バングズも『斧振《おのふ》り男』も、ヴォルデモートとはまったく関係がないの……。そうじゃなくて、実は、あのね……スネイプのことなの」

ハーマイオニーは、その名前を口にすることさえ過敏《かびん》になっているようだった。

「あいつがどうしたって？」ハリーはまた椅子《いす》に沈《しず》み込《こ》んで、重苦しく聞いた。

「ええ、ただね、『半純血《はんじゅんけつ》のプリンス』について、ある意味では私《わたし》が正しかったの」

ハーマイオニーは遠慮《えんりょ》がちに言った。

「ハーマイオニー、蒸《む》し返《かえ》す必要があるのかい？　僕《ぼく》がいま、どんな思いをしているかわかってるのか？」

「ううん――ちがうわ――ハリー、そういう意味じゃないの！」

あたりを見回して、誰《だれ》にも聞かれていないかどうかを確《たし》かめながら、ハーマイオニーがあわてて言った。

「あの本が、一度はアイリーン・プリンスの本だったたっていう私《わたし》の考えが、正しかったたっていうだけ。あのね……アイリーンはスネイプの母親だったの！」

「あんまり美人じゃないと思ってたよ」ロンが言ったが、ハーマイオニーは無視《むし》した。

「ほかの古い『予言者新聞《よげんしゃしんぶん》』を調べていたら、アイリーン・プリンスがトビアス・スネイプっていう人と結婚《けっこん》したという、小さなお知らせがのっていたの。それからしばらくして、またお知らせがあって、アイリーンが出産したって――」

「――殺人者をだろ」ハリーが吐《は》き捨《す》てるように言った。

「ええ……そうね」ハーマイオニーが言った。

「だから……私《わたし》がある意味では正しかったわけ。スネイプは『半分プリンス』であることを誇《ほこ》りにしていたにちがいないわ。わかる？『**予言者新聞**《よげんしゃしんぶん》』によれば、トビアス・スネイプはマグルだったわ」

「ああ、それでぴったり当てはまる」ハリーが言った。

「スネイプは、ルシウス・マルフォイとか、ああいう連中に認《みと》められようとして、純血《じゅんけつ》の血筋《ちすじ》だけを誇張《こちょう》したんだろう……ヴォルデモートと同じだ。純血《じゅんけつ》の母親、マグルの父親……純血《じゅんけつ》の血統《けっとう》が半分しかないのを恥《は》じて、『闇《やみ》の魔術《まじゅつ》』を使って自分を恐《おそ》れさせようとしたり、自分で仰々《ぎょうぎょう》しい新しい名前をつけたり――ヴォルデモート『**卿**《きょう》』――半純血《はんじゅんけつ》の『**プリンス**』――ダンブルドアはどうしてそれに気づかなかったんだろう――？」

ハリーは言葉をとぎらせ、窓《まど》の外に目をやった。ダンブルドアがスネイプに対して、許《ゆる》しがたいほどの信頼《しんらい》を置いていたということが、どうしても頭から振《ふ》り払《はら》えない……しかし、ハリー自身が同じような思《おも》い込《こ》みをしていたことを、ハーマイオニーがいま、期せずして思い出させてくれた……走り書きの呪文《じゅもん》がだんだん悪意のこもったものになってきていたのに、ハリーは、あんなに自分を助けてくれた、あれほど賢《かしこ》い男の子が悪人のはずはないと、かたくなにそう考えていた。

自分を助けてくれた……いまになってみれば、それは耐《た》えがたい思いだった……。

「あの本を使っていたのに、スネイプがどうして君を突《つ》き出《だ》さなかったのか、わかんないなあ」

ロンが言った。

「君がどこからいろいろ引《ひ》っ張《ぱ》り出《だ》してくるのか、わかってたはずなのに」

「あいつはわかってたさ」ハリーは苦い思いで言った。

「僕《ぼく》が『**セクタムセンプラ**』を使ったとき、あいつにはわかっていたんだ。『開心術《かいしんじゅつ》』を使う必要なんかなかった……それより前から知っていたかもしれない。スラグホーンが、『魔法薬学《まほうやくがく》』で僕《ぼく》がどんなに優秀《ゆうしゅう》かを吹聴《ふいちょう》していたから……自分の使った古い教科書を、棚《たな》の奥《おく》に置きっ放しになんか、しておくべきじゃなかったんだ。そうだろう？」

「だけど、どうして君を突《つ》き出《だ》さなかったんだろう？」

「あの本との関係を、知られたくなかったんじゃないかしら」ハーマイオニーが言った。

「ダンブルドアがそれを知ったら、不快《ふかい》に思われたでしょうから。それに、スネイプが自分のものじゃないってしらを切っても、スラグホーンはすぐに筆跡《ひっせき》を見破《みやぶ》ったでしょうね。とにかく、あの本は、スネイプの昔の教室に置き去りになっていたものだし、ダンブルドアは、スネイプの母親が『プリンス』という名前だったことを知っていたはずよ」

「あの本を、ダンブルドアに見せるべきだった」ハリーが言った。

「ヴォルデモートは、学生のときでさえ邪悪《じゃあく》だったと、ダンブルドアがずっと僕《ぼく》に教えてくれていたのに。そして僕《ぼく》は、スネイプも同じだったという証拠《しょうこ》を手にしていたのに――」

「『邪悪《じゃあく》』という言葉は強《つよ》すぎるわ」ハーマイオニーが静かに言った。

「あの本が危険《きけん》だって、さんざん言ったのは君だぜ！」

「私《わたし》が言いたいのはね、ハリー、あなたが自分を責《せ》めすぎているということなの。『プリンス』がひねくれたユーモアのセンスの持ち主だとは思ったけど、殺人者になりうるなんて、まったく思わなかったわ……」

「誰《だれ》も想像《そうぞう》できなかったよ。スネイプが、ほら……あんなことをさ」ロンが言った。

それぞれの思いに沈《しず》みながら、三人ともだまり込《こ》んだ。しかしハリーは、二人とも自分と同じことを考えているのを知っていた。明日の朝、ダンブルドアのなきがらが葬《ほうむ》られるのだということを。ハリーは、葬儀《そうぎ》というものに参列したことがなかった。シリウスが死んだときは、埋葬《まいそう》するなきがらがなかった。何が行われるのか予想できず、ハリーは何を目にするのか、どういう気持ちになるのかが、少し心配だった。葬儀《そうぎ》が終われば、ダンブルドアの死が自分にとって、もっと現実的《げんじつてき》なものになるのだろうか。ときどき、その恐《おそ》ろしい事実が自分を押《お》しつぶしそうになるときはあった。しかし、ハリーの心には、何も感じられない空白の時間が広がっていて、城《しろ》の中で誰《だれ》もそれ以外の話はしていないにもかかわらず、その空白の時間の中では、ダンブルドアがいなくなったことがいまだに信じられなかった。確《たし》かに、シリウスのときとはちがい、何か抜《ぬ》け穴《あな》はないか、なんとかダンブルドアが戻《もど》ってくる道はないかと、必死で探《さが》したりはしなかった……ハリーは、ポケットの中の偽《にせ》の分霊箱《ぶんれいばこ》の、冷たい鎖《くさり》をまさぐった。お守りとしてではなく、それがどれほどの代償《だいしょう》を払《はら》ったものなのか、これから何をなすべきなのかを思い出させてくれるものとして、ハリーはどこに行くにもこれを持ち歩いていた。

次の日、ハリーは荷造《にづく》りのため早く起きた。ホグワーツ特急は、葬儀《そうぎ》の一時間後に出発することになっていた。一階に下りていくと、大広間は沈痛《ちんつう》な雰囲気《ふんいき》に包まれていた。全員が式服を着て、誰《だれ》もが食欲《しょくよく》を失っているようだった。マクゴナガル先生は、教職員《きょうしょくいん》テーブルの中央にある王座《おうざ》のような椅子《いす》を、空席のままにしていた。ハグリッドの椅子《いす》も空席だった。たぶん、朝食など見る気もしないのだろうと、ハリーは思った。しかしスネイプの席には、ルーファス・スクリムジョールが無造作《むぞうさ》に座《すわ》っていた。その黄ばんだ目が大広間を見渡《みわた》したとき、ハリーは視線《しせん》を合わせないようにした。スクリムジョールが自分を探《さが》している気がして、落ち着かなかった。スクリムジョールの随《ずい》行者《こうしゃ》の中に、赤毛で縁角《つのぶち》めがねのパーシー・ウィーズリーがいるのを、ハリーは見つけた。ロンは、パーシーに気づいた様子を見せなかったが、やたらと憎《にく》しみを込《こ》めてニシンの燻製《くんせい》を突《つ》き刺《さ》した。

スリザリンのテーブルでは、クラッブとゴイルがヒソヒソ話をしていた。図体《ずうたい》の大きな二人なのに、その間でいばり散らしている背《せ》の高い青白い顔のマルフォイがいないと、奇妙《きみょう》にしょんぼりしているように見えた。ハリーは、マルフォイのことをあまり考えていなかった。もっぱら、スネイプだけを憎悪《ぞうお》していた。しかし、塔《とう》の屋上でマルフォイの声が恐怖《きょうふ》に震《ふる》えたことも、ほかの死喰《しく》い人《びと》がやってくる前に杖《つえ》を下ろしたことも忘《わす》れてはいなかった。ハリーには、マルフォイが、ダンブルドアを殺しただろうとは思えなかった。マルフォイが、闇《やみ》の魔術《まじゅつ》のとりこになったことは嫌悪《けんお》していたが、いまではその気持ちに、ほんのわずかの哀《あわ》れみがまじっていた。マルフォイは、いまどこにいるのだろう。ヴォルデモートは、マルフォイも両親をも殺すと脅《おど》して、マルフォイに何をさせようとしているのだろう？

考えにふけっていたハリーは、ジニーに脇腹《わきばら》をこづかれて、我《われ》に返った。マクゴナガル先生が立ち上がっていた。大広間の悲しみに沈《しず》んだざわめきが、たちまちやんだ。

「まもなく時間です」マクゴナガル先生が言った。

「それぞれの寮監《りょうかん》に従《したが》って、校庭に出てください。グリフィンドール生は、私《わたくし》についておいでなさい」

全員がほとんど無言で、各寮《かくりょう》のベンチから立ち上がり、ぞろぞろと行列して歩きだした。スリザリンの列の先頭に立つスラグホーンを、ハリーがちらりと見ると、銀色の刺繍《ししゅう》を施《ほどこ》した、豪華《ごうか》なエメラルド色の長いローブをまとっていた。ハッフルパフの寮監《りょうかん》であるスプラウト先生がこんなにこざっぱりしているのを、ハリーは見たことがなかった。帽子《ぼうし》にはただの一つも継《つ》ぎはぎがない。玄《げん》関《かん》ホールに出ると、マダム・ピンスが、ひざまで届《とど》く分厚《ぶあつ》い黒ベールをかぶって、フィルチの脇《わき》に立っていた。フィルチのほうは、樟脳《しょうのう》のにおいがプンプンする、古くさい黒の背広《せびろ》にネクタイ姿《すがた》だった。

正面扉《しょうめんとびら》から石段《いしだん》に踏《ふ》み出したとき、ハリーは全員が湖に向かっているのがわかった。太陽が、温かくハリーの顔をなでた。マクゴナガル先生のあとから黙々《もくもく》と歩き、何百という椅子《いす》が何列も並《なら》んでいる場所に着いた。中央に一本の通路が走り、正面に大理石の台がしつらえられて、椅子《いす》は全部その台に向かって置かれている。あくまでも美しい夏の日だった。

椅子《いす》の半分ほどがすでに埋《う》まり、質素《しっそ》な身なりから格式《かくしき》ある服装《ふくそう》まで、老若男女《ろうにゃくなんにょ》、ありとあらゆる種類の追悼者《ついとうしゃ》が着席していた。ほとんどが見知らぬ参列者たちだったが、わずかに「不死鳥《ふしちょう》の騎《き》士団《しだん》」のメンバーをふくむ、何人かは見分けられた。キングズリー・シャックルボルト、マッドーアイ・ムーディ、不思議なことに髪《かみ》が再《ふた》びショッキング・ピンクになったトンクスは、リーマス・ルーピンと手をつないでいる。ウィーズリー夫妻《ふさい》、フラーに支《ささ》えられたビル、その後ろには、黒いドラゴン革《がわ》の上着を着たフレッドとジョージがいた。さらに、一人で二人半分の椅子《いす》を占領《せんりょう》しているマダム・マクシーム、「漏《も》れ鍋《なべ》」の店主のトム、ハリーの近所に住んでいるスクイブのアラベラ・フィッグ、「妖女《ようじょ》シスターズ」の毛深いベース奏者《そうしゃ》、「夜の騎士《ナイト》バス」の運転手のアーニー・プラング、ダイアゴン横丁で洋装店《ようそうてん》を営《いとな》むマダム・マルキン。ハリーが、顔だけは知っている人たちも参列している。「ホッグズ・ヘッド」の店主、ホグワーツ特急で車内販売《しゃないはんばい》のカートを押《お》している魔女《まじょ》などだ。城《しろ》のゴーストたちも、まぶしい太陽光の中ではほとんど見えなかったが、動いたときだけ、きらめく空気の中でおぼろげに光るつかみ所のない姿《すがた》が見えた。

ハリー、ロン、ハーマイオニー、ジニーの四人は、横並《よこなら》びの列の一番端《はし》で、湖の際《きわ》の席に並《なら》んで座《すわ》った。参列者が互《たが》いにささやき合う声が、芝生《しばふ》を渡《わた》るそよ風のような音を立てていたが、鳥の声のほうがずっとはっきりと聞こえた。参列者はどんどん増《ふ》え続《つづ》けた。ネビルがルーナに支《ささ》えられて席に着くのを見て、ハリーは二人に対する熱い思いが一度に込《こ》み上《あ》げてきた。ダンブルドアが亡《な》くなったあの夜、DAのメンバーの中で、ハーマイオニーの呼《よ》びかけに応《こた》えたのは、この二人だけだった。ハリーは、それがなぜなのかを知っていた。DAがなくなったことを、一番さびしく思っていたのがこの二人だ……たぶん、再開《さいかい》されることを願って、しょっちゅうコインを見ていたのだろう……。

コーネリウス・ファッジが、みじめな表情《ひょうじょう》で四人のそばを通《とお》り過《す》ぎ、いつものようにライムグリーンの山高帽《やまたかぼう》をくるくる回しながら、列の前方に歩いていった。ハリーは、リータ・スキーターにも気づいたが、鉤爪《かぎづめ》を真っ赤に塗《ぬ》った手に、メモ帳をがっちりつかんでいるのには向《む》かっ腹《ぱら》が立った。さらに、ドローレス・アンブリッジを見つけて、腸《はらわた》が煮《に》えくり返《かえ》る思いがした。ガマガエル顔に見え透《みす》いた悲しみを浮《う》かべて、黒いビロードのリボンを灰色《はいいろ》の髪《かみ》のカールのてっぺんに結んでいる。ケンタウルスのフィレンツェが、衛兵《えいへい》のように湖のほとりに立っている姿《すがた》を目にしたアンブリッジは、ぎくりとして、そこからずっと離《はな》れた席までおたおたと走っていった。

最後に先生方が着席した。最前列のスクリムジョールが、マクゴナガル先生の隣《となり》で厳粛《げんしゅく》な、威厳《いげん》たっぷりの顔をしているのが見えた。ハリーは、スクリムジョールにしても、そのほかのお偉方《えらがた》にしても、ダンブルドアが死んだことをほんとうに悲しんでいるのだろうかと疑《うたが》った。その時、音楽が聞こえてきた。不思議な、この世のものとも思えない音楽だ。ハリーは魔法省《まほうしょう》に対する嫌悪感《けんおかん》も忘《わす》れて、どこから聞こえてくるのかとあたりを見回した。ハリーだけではなく、ドキリと驚《おどろ》いたような大勢《おおぜい》の顔が、音の源《みなもと》を探《さが》してあちこちを見ていた。

「あそこだわ」ジニーがハリーの耳にささやいた。

陽《ひ》の光を受けて緑色に輝《かがや》く、澄《す》んだ湖面の数センチ下に、ハリーはその姿《すがた》を見た。突然《とつぜん》、亡者《もうじゃ》を思い出してぞっとしたが、それは水中人《すいちゅうじん》《マーピープル》たちが合唱する姿《すがた》だった。青白い顔を水中にゆらめかせ、紫《むらさき》がかった髪《かみ》をその周りにゆらゆらと広げて、ハリーの理解《りかい》できない不思議な言葉で歌っている。首筋《くびすじ》がザワザワするような音楽だったが、不ゆかいな音ではなかった。別れと悲嘆《ひたん》の気持ちを雄弁《ゆうべん》に伝える歌だ。歌う水中人の荒々しい顔を見下ろしながら、ハリーは、少なくとも水中人はダンブルドアの死を悲しんでいる、という気がした。その時、ジニーがまたハリーをこづき、振《ふ》り返《かえ》らせた。

椅子《いす》の間に設《もう》けられたひと筋《すじ》の通路を、ハグリッドがゆっくりと歩いてくるところだった。顔中を涙《なみだ》で光らせ、ハグリッドは声を出さずに泣いていた。その両腕《りょううで》に抱《だ》かれ、金色の星をちりばめた紫《むらさき》のビロードに包まれているのが、それとわかるダンブルドアのなきがらだ。のど元に熱いものが込《こ》み上《あ》げてきた。不思議な音楽に加えて、ダンブルドアのなきがらがこれほど身近にあるという思いが、一瞬《いっしゅん》、その日の温かさをすべて奪《うば》い去ってしまったような気がした。ロンは衝撃《しょうげき》を受けたように蒼白《そうはく》な顔だった。ジニーとハーマイオニーのひざに、ぼろぼろと大粒《おおつぶ》の涙《なみだ》がこぼれ落ちた。

正面で何が行われているのか、四人にはよく見えなかったが、ハグリッドがなきがらを台の上にそっとのせたようだった。それからハグリッドは、トランペットを吹《ふ》くような大きな音を立てて鼻をかみながら通路を引き返した。とがめるような目をハグリッドに向けた何人かの中に、ドローレス・アンブリッジがいるのをハリーは見た……ダンブルドアならちっとも気にしなかったにちがいないと、ハリーにはわかっていた。ハグリッドがそばを通ったとき、ハリーは親しみを込《こ》めて合図を送ってみたが、ハグリッドの泣き腫《は》らした目では、自分の行き先が見えていることさえ不思議だった。ハグリッドが向かっていく先の後列の席をちらりと見たハリーは、ハグリッドが何に導《みちび》かれているのかがわかった。そこに、ちょっとしたテントほどの大きさの上着とズボンとを身に着けた、巨人《きょじん》のグロウプがいた。醜《みにく》い大岩のような頭を下げ、おとなしく、ほとんど普通《ふつう》の人間のように座《すわ》っている。ハグリッドが異父弟《いふてい》のグロウプの隣《となり》に座《すわ》ると、グロウプはハグリッドの頭をポンポンとたたいたが、その強さにハグリッドの座《すわ》った椅子《いす》の脚《あし》が地中にめり込《こ》んだ。ハリーはほんの一瞬《いっしゅん》、ゆかいになり、笑いだしたくなった。しかしその時、音楽がやみ、ハリーはまた正面に向きなおった。

黒いローブの喪服《もふく》を着た、ふさふさした髪《かみ》の、小さな魔法使《まほうつか》いが立ち上がり、ダンブルドアのなきがらの前に進み出た。何を言っているのか、ハリーには聞き取れなかった。とぎれとぎれの言葉が、何百という頭の上を通過《つうか》して後方の席に流れてきた。「高貴《こうき》な魂《たましい》」……「知的な貢献《こうけん》」……「偉大《いだい》な精神《せいしん》」……あまり意味のない言葉だった。ハリーの知っているダンブルドアとは、ほとんど無縁《むえん》の言葉だった。ダンブルドアが二言三言をどう考えていたかを、ハリーは突然《とつぜん》思い出した。

――そーれ、わっしょい、こらしょい、どっこらしょい――。

またしても込《こ》み上《あ》げてくる笑いを、ハリーはこらえなければならなかった……こんな時だというのに、僕《ぼく》はいったいどうしたんだろう？

ハリーの左のほうで軽い水音がして、水中人が水面に姿《すがた》を現《あらわ》し、聞き入っているのが見えた。二年前、ダンブルドアが水辺にかがみ込《こ》み、マーミッシュ語で水中人の女長《おんなおさ》と話をしていたことを、ハリーは思い出した。いまハリーが座《すわ》っている場所の、すぐ近くだった。ダンブルドアは、どこでマーミッシュ語を習ったのだろう。

ついにダンブルドアに聞かずじまいになってしまったことが、あまりにも多い。ハリーが話さずじまいになってしまったことが、あまりにも多い……。

そのとたん、まったく突然《とつぜん》に、恐《おそ》ろしい真実が、これまでになく完璧《かんぺき》に、否定《ひてい》しようもなくハリーを打ちのめした。ダンブルドアは死んだ。逝《い》ってしまった……冷たいロケットを、ハリーは痛《いた》いほど強く握《にぎ》りしめた。それでも熱い涙《なみだ》がこぼれ落ちるのを止めることはできなかった。ハリーは、ジニーやほかのみんなから顔をそむけて湖を見つめ、禁《きん》じられた森《もり》に目をやった。喪服《もふく》の小柄《こがら》な魔法使《まほうつか》いは、単調な言葉をくり返している……木々の間に何かが動いた。ケンタウルスたちもまた、最後の別れを惜《お》しみに出てきたのだ。ケンタウルスたちが人目に触《ふ》れる所には姿《すがた》を現《あらわ》さず、弓を脇《わき》に抱《かか》え、半ば森影《もりかげ》に隠《かく》れてじっと立《た》ち尽《つ》くしたまま参列者を見つめているのが見える。最初に禁《きん》じられた森《もり》に入《はい》り込《こ》んだときの悪夢《あくむ》のような経験《けいけん》を、ハリーは思い出した。

あの当時の仮《かり》の姿《すがた》のヴォルデモートと初めて遭遇《そうぐう》したこと、ヴォルデモートとの対決のこと、そして、そのあとまもなく、勝ち目のない戦いについて、ダンブルドアと話し合ったことを思い出した。ダンブルドアは言った。何度も何度も戦って、戦い続けることが大切だと。そうすることで初めて、たとえ完全に根絶《こんぜつ》できなくとも、悪を食い止めることが可能《かのう》なのだと……。

熱い太陽の下に座《すわ》りながら、ハリーははっきりと気づいた。ハリーを愛した人々が、一人、また一人とハリーの前で敵《てき》に立ちはだかり、あくまでもハリーを護《まも》ろうとしたのだ。父さん、母さん、名付け親、そしてついにダンブルドアまでも。しかし、いまやそれは終わった。自分とヴォルデモートの間に、もうほかの誰《だれ》をも立たせるわけにはいかない。両親の腕《うで》に護《まも》られ、自分を傷《きず》つけるものは何もないなどという幻想《げんそう》は、未来永劫《みらいえいごう》捨《す》て去《さ》らなければならない。一歳《さい》のときにすでに捨《す》てるべきだった。もはやハリーはこの悪夢《あくむ》から醒《さ》めることはないし、「ほんとうは安全なのだ、すべては思《おも》い込《こ》みにすぎないのだ」と闇《やみ》の中でささやくなぐさめの声もない。最後の、そして最も偉大《いだい》な庇護者《ひごしゃ》が死んでしまった。そしてハリーは、これまでより、もっとひとりぼっちだった。

喪服《もふく》の小柄《こがら》な魔法使《まほうつか》いが、やっと話すのをやめて席に戻《もど》った。ほかの誰《だれ》かが立ち上がるのを、ハリーは待った。おそらく魔法大臣《まほうだいじん》の弔辞《ちょうじ》などが続くのだろうと思った。しかし、誰《だれ》も動かなかった。

やがて何人かが悲鳴を上げた。ダンブルドアのなきがらとそれをのせた台の周りに、まばゆい白い炎《ほのお》が燃《も》え上《あ》がった。炎《ほのお》はだんだん高く上がり、なきがらがおぼろにしか見えなくなった。白い煙《けむり》が渦《うず》を巻《ま》いて立《た》ち昇《のぼ》り、不思議な形を描《えが》いた。ほんの一瞬《いっしゅん》、青空に楽しげに舞《ま》う不死鳥の姿《すがた》を見たような気がして、ハリーは心臓《しんぞう》が止まる思いがした。しかし次の瞬間《しゅんかん》、炎《ほのお》は消え、そのあとには、ダンブルドアのなきがらと、なきがらをのせた台とを葬《ほうむ》った、白い大理石の墓《はか》が残されていた。

天から雨のように矢が降《ふ》り注《そそ》ぎ、再《ふたた》び衝撃《しょうげき》の悲鳴が上がった。しかし矢は参列者からはるかに離《はな》れた所に落ちた。それがケンタウルスの死者への表敬《ひょうけい》の礼なのだと、ハリーにはわかった。ケンタウルスは参列者にしっぽを向け、すずしい木々の中へと戻《もど》っていった。同じく水中人も、緑色の湖の中へとゆっくり沈《しず》んでいき、姿《すがた》が見えなくなった。

ハリーは、ジニー、ロン、ハーマイオニーを見た。ロンは太陽がまぶしいかのように顔をくしゃくしゃにしかめていた。ハーマイオニーの顔は涙《なみだ》で光っていたが、ジニーはもう泣いてはいなかった。ハリーの視線《しせん》を、ジニーは燃《も》えるような強いまなざしで受け止めた。ハリーが出場しなかったクィディッチ優勝戦《ゆうしょうせん》で勝ったあと、ハリーに抱《だ》きついたときにジニーが見せた、あのまなざしだった。その瞬間《しゅんかん》ハリーは、二人が完全に理解《りかい》し合《あ》ったことを知った。ハリーがいま何をしようとしているかを告《つ》げても、ジニーは「気をつけて」とか「そんなことをしないで」とは言わず、ハリーの決意を受け入れるだろう。なぜなら、ジニーがハリーに期待しているのは、それ以外の何物でもないからだ。ダンブルドアが亡《な》くなって以来ずっと、言わなければならないとわかっていたことをついに言おうと、ハリーは自分を奮《ふる》い立《た》たせた。

「ジニー、話があるんだ……」

ハリーはごく静かな声で言った。周囲のざわめきがだんだん大きくなり、参列客が立ち上がりはじめていた。

「君とはもう、つき合うことができない。もう会わないようにしないといけない。一緒《いっしょ》にはいられないんだ」

「何かばかげた気高い理由のせいね。そうでしょう?」ジニーは奇妙《きみょう》にゆがんだ笑顔《えがお》で言った。

「君と一緒《いっしょ》だったこの数週間は、まるで……まるで誰《だれ》かほかの人の人生を生きていたような気がする」ハリーが言った。

「でも僕《ぼく》はもう……僕《ぼく》たちはもう……。僕《ぼく》にはいま、ひとりでやらなければならないことがあるんだ」

ジニーは泣かなかった。ただハリーを見つめていた。

「ヴォルデモートは、敵《てき》の親しい人たちを利用する。すでに君をおとりにしたことがある。しかもその時は、僕《ぼく》の親友の妹というだけで。僕《ぼく》たちの関係がこのまま続けば、君がどんなに危険《きけん》な目にあうか、考えてみてくれ。あいつはかぎつけるだろう。あいつにはわかってしまうだろう。あいつは君を使って僕《ぼく》をくじこうとするだろう」

「私《わたし》が気にしないって言ったら？」ジニーが、激《はげ》しい口調で言った。

「僕《ぼく》が気にする」ハリーが言った。

「これが君の葬儀《そうぎ》だったら、僕《ぼく》がどんな思いをするか……それが僕《ぼく》のせいだったら……」

ジニーは目をそらし、湖を見た。

「私《わたし》、あなたのことを完全にあきらめたことはなかった」ジニーが言った。

「完全にはね。想《おも》い続けていたわ……ハーマイオニーが、私《わたし》は私《わたし》の人生を生きてみなさいって言ってくれたの。誰《だれ》かほかの人とつき合って、あなたのそばにいるとき、もう少し気楽にしていたらどうかって。だって、あなたが同じ部屋にいるだけで、私《わたし》が口もきけなかったことを、覚えてるでしょう？　だからハーマイオニーは、私《わたし》がもう少し——私《わたし》らしくしていたら、あなたが少しは気づいてくれるかもしれないって、そう考えたの」

「賢《かしこ》い人だよ、ハーマイオニーは」ハリーはほほえもうと努力しながら言った。

「もっと早く君に申《もう》し込《こ》んでいればよかった。そうすれば長い間……何か月も……もしかしたら何年も……」

「でもあなたは、魔法界《まほうかい》を救うことで大忙《おおいそが》しだった」ジニーは半分笑いながら言った。

「そうね……私《わたし》、驚《おどろ》いたわけじゃないの。結局はこうなると、私《わたし》にはわかっていた。あなたは、ヴォルデモートを追っていなければ満足できないだろうって、私《わたし》にはわかっていた。たぶん、私《わたし》はそんなあなたが大好きなのよ」

　ハリーは、こうした言葉を聞くのが耐《た》えがたいほどつらかった。このままジニーのそばに座《すわ》っていたら、自分の決心が鈍《にぶ》らないという自信はなかった。ロンを見ると、高い鼻の先から涙《なみだ》を滴《したた》らせながら、自分の肩《かた》に顔をうずめてすすり泣くハーマイオニーを抱《だ》き、その髪《かみ》をなでていた。ハリーは、みじめさを体中ににじませて立ち上がり、ジニーとダンブルドアの墓《はか》に背《せ》を向けて、湖に沿《そ》って歩きだした。だまって座《すわ》っているより、動いているほうが耐《た》えやすいような気がした。同じように、すぐにでも分霊箱《ぶんれいばこ》を追跡《ついせき》し、ヴォルデモートを殺すほうが、それを待っていることより耐《た》えやすい……。

「ハリー！」

振《ふ》り返《かえ》ると、ルーファス・スクリムジョールだった。ステッキにすがって足を引きずりながら、岸辺の道を大急ぎでハリーに近づいてくるところだった。

「君と一言話がしたかった……少し一緒《いっしょ》に歩いてもいいかね？」

「ええ」ハリーは気のない返事をして、また歩きだした。

「ハリー、今回のことは、恐《おそ》ろしい悲劇《ひげき》だった」スクリムジョールが静かに言った。

「知らせを受けて、私《わたし》がどんなに愕然《がくぜん》としたか、言葉には表せない。ダンブルドアは偉大《いだい》な魔法使《まほうつか》いだった。君も知っているように、私《わたし》たちには意見の相違《そうい》もあったが、しかし、私《わたし》ほどよく知る者はほかに――」

「なんの用ですか？」ハリーはぶっきらぼうに聞いた。

スクリムジョールはむっとした様子だったが、前のときと同じように、すぐに表情《ひょうじょう》を取りつくろい、悲しげな物わかりのよい顔になった。

「君は、当然だが、ひどいショックを受けている」スクリムジョールが言った。

「君がダンブルドアと非常《ひじょう》に親しかったことは知っている。おそらく君は、ダンブルドアの一番のお気に入りだったろう。二人の間の絆《きずな》は――」

「なんの用ですか？」ハリーは、立ち止まってくり返した。

スクリムジョールも立ち止まってステッキに寄《よ》りかかり、今度は抜《ぬ》け目《め》のない表情《ひょうじょう》でハリーをじっと見た。

「ダンブルドアが死んだ夜のことだが、君と一緒《いっしょ》に学校を抜《ぬ》け出《だ》したと言う者がいてね」

「誰《だれ》が言ったのですか？」ハリーが言った。

「ダンブルドアが死んだあと、塔《とう》の屋上で何者かが、死喰《しく》い人《びと》の一人に『失神呪文《しっしんじゅもん》』をかけた。それに、その場に箒《ほうき》が二本あった。ハリー、魔《ま》法省《ほうしょう》はその二つを足すことぐらいできる」

「それはよかった」ハリーが言った。

「でも、僕《ぼく》がダンブルドアとどこに行こうと、二人が何をしようと、僕《ぼく》にしか関わりのないことです。ダンブルドアはほかの誰《だれ》にも知られたくなかった」

「それほどまでの忠誠心《ちゅうせいしん》は、もちろん称賛《しょうさん》すべきだ」

スクリムジョールは、いらいらを抑《おさ》えるのが難《むずか》しくなってきているようだった。

「しかし、ハリー、ダンブルドアはいなくなった。もういないのだ」

「ここに、誰一人《だれひとり》としてダンブルドアに忠実《ちゅうじつ》な者がいなくなったとき、ダンブルドアは初めてこの学校からほんとうにいなくなるんです」

ハリーは思わずほほえんでいた。

「君、君……ダンブルドアといえども、まさかよみがえることは――」

「できるなんて言ってません。あなたにはわからないでしょう。でも、僕《ぼく》には何もお話しすることはありません」

スクリムジョールは躊躇《ちゅうちょ》していたが、やがて、気づかいのこもった調子を装《よそお》って言った。

「魔法省《まほうしょう》としては、いいかね、ハリー、君にあらゆる保護《ほご》を提供《ていきょう》できるのだよ。私《わたし》の闇祓《やみばら》いを二人、喜んで君のために配備《はいび》しよう――」

ハリーは笑った。

「ヴォルデモートは、自分自身で僕《ぼく》を手にかけたいんだ。闇祓《やみばら》いがいたって、それが変わるわけじゃない。ですから、お申し出はありがたいですが、お断《ことわ》りします」

「では」スクリムジョールは、いまや冷たい声になっていた。

「クリスマスに、私《わたし》が君に要請《ようせい》したことは――」

「なんの要請《ようせい》ですか？　ああ、そうか……あなたがどんなにすばらしい仕事をしているかを、僕《ぼく》が世の中に知らせる。そうすれば――」

「――みんなの気持ちが高揚《こうよう》する！」

スクリムジョールがかみつくように言った。ハリーはしばらく、スクリムジョールをじっと観察した。

「スタン・シャンパイクを、もう解放《かいほう》しましたか？」

スクリムジョールの顔色が険悪《けんあく》な紫色《むらさきいろ》に変わり、いやでもバーノンおじさんを彷彿《ほうふつ》とさせた。

「なるほど。君は──」

「骨《ほね》の髄《ずい》までダンブルドアに忠実《ちゅうじつ》」ハリーが言った。「そのとおりです」

スクリムジョールは、しばらくハリーをにらみつけていたが、やがてきびすを返し、足を引きずりながら、それ以上一言も言わずに去っていった。パーシーと魔法省《まほうしょう》の一団《いちだん》が、席に座《すわ》ったまますすり泣いているハグリッドとグロウプを、不安げにちらちら見ながら、大臣を待っているのが見えた。ロンとハーマイオニーが急いでハリーのほうにやってくる途中《とちゅう》、スクリムジョールとすれちがった。ハリーはみんなに背《せ》を向け、二人が追いつきやすいようにゆっくり歩きだした。ブナの木の下で、二人が追いついた。何事もなかった日々には、その木陰《こかげ》に座《すわ》って三人で楽しく過《す》ごしたものだった。

「スクリムジョールは、何が望みだったの？」

ハーマイオニーが小声で聞いた。

「クリスマスのときと同じことさ」ハリーは肩《かた》をすくめた。

「ダンブルドアの内部情報《ないぶじょうほう》を教えて、魔法省《まほうしょう》のために新しいアイドルになれってさ」

ロンは、一瞬《いっしゅん》自分と戦っているようだったが、やがてハーマイオニーに向かって大声で言った。

「いいか、僕《ぼく》は戻《もど》って、パーシーをぶんなぐる！」

「だめ」ハーマイオニーは、ロンの腕《うで》をつかんできっぱりと言った。

「僕《ぼく》の気持ちがすっきりする！」

ハリーは笑った。ハーマイオニーもちょっとほほえんだが、城《しろ》を見上げながらその笑顔《えがお》が曇《くも》った。

「もうここには戻《もど》ってこないなんて、耐《た》えられないわ」ハーマイオニーがそっと言った。

「ホグワーツが閉鎖《へいさ》されるなんて、どうして？」

「そうならないかもしれない」ロンが言った。

「家にいるよりここのほうが危険《きけん》だなんて言えないだろう？　どこだっていまは同じさ。僕《ぼく》はむしろ、ホグワーツのほうが安全だって言うな。この中のほうが、護衛《ごえい》している魔法使《まほうつか》いがたくさんいる。ハリー、どう思う？」

「学校が再開《さいかい》されても、僕《ぼく》は戻《もど》らない」ハリーが言った。

ロンはポカンとしてハリーを見つめた。ハーマイオニーが悲しそうに言った。

「そう言うと思ったわ。でも、それじゃあなたは、どうするつもりなの？」

「僕《ぼく》はもう一度ダーズリーの所に帰る。それがダンブルドアの望みだったから」ハリーが言った。

「でも、短い期間だけだ。それから僕《ぼく》は永久《えいきゅう》にあそこを出る」

「でも、学校に戻《もど》ってこないなら、どこに行くの？」

「ゴドリックの谷に、戻《もど》ってみようと思っている」ハリーがつぶやくように言った。

ダンブルドアが死んだ夜から、ハリーはずっとそのことを考えていた。

「僕《ぼく》にとって、あそこがすべての出発点だ。あそこに行く必要があるという気がするんだ。そうすれば、両親の墓《はか》に詣《もう》でることができる。そうしたいんだ」

「それからどうするんだ？」ロンが聞いた。

「それから、残りの分霊箱《ぶんれいばこ》を探《さが》し出《だ》さなければならないんだ」

ハリーは、むこう岸の湖に映《うつ》っている、ダンブルドアの白い墓《はか》に目を向けた。

「僕《ぼく》がそうすることを、ダンブルドアは望んでいた。だからダンブルドアは、僕《ぼく》に分霊箱《ぶんれいばこ》のすべてを教えてくれたんだ。ダンブルドアが正しければ――僕《ぼく》はそうだと信じているけど――あと四個《こ》の分霊箱《ぶんれいばこ》がどこかにある。探《さが》し出《だ》して破壊《はかい》しなければならないんだ。それから七個目《こめ》を追わなければならない。まだヴォルデモートの身体《からだ》の中にある魂《たましい》だ。そして、あいつを殺すのは僕《ぼく》なんだ。もしその途上《とじょう》でセブルス・スネイプに出会ったら」

ハリーは言葉を続けた。

「僕《ぼく》にとってはありがたいことで、あいつにとっては、ありがたくないことになる」

長い沈黙《ちんもく》が続いた。参列者はもうほとんどいなくなって、取り残された何人かが、ハグリッドに寄《よ》り添《そ》って抱《だ》きかかえている小山のようなグロウプから、できるだけ遠ざかっていた。ハグリッドの吠《ほ》えるような哀切《あいせつ》の声はまだやまず、湖面に響《ひび》き渡《わた》っていた。

「僕《ぼく》たち、行くよ、ハリー」ロンが言った。

「え？」

「君のおじさんとおばさんの家に」ロンが言った。

「それから君と一緒《いっしょ》に行く。どこにでも行く」

「だめだ――」

ハリーが即座《そくざ》に言った。そんなことは期待していなかった。この危険極《きけんきわ》まりない旅に、自分はひとりで出かけるのだということを、二人に理解《りかい》してもらいたかったのだ。

「あなたは、前に一度こう言ったわ」ハーマイオニーが静かに言った。

「私《わたし》たちがそうしたいなら、引き返す時間はあるって。その時間はもう充分《じゅうぶん》にあったわ、ちがう？」

「何があろうと、僕《ぼく》たちは君と一緒《いっしょ》だ」ロンが言った。

「だけど、おい、何をするより前に、僕《ぼく》のパパとママの所に戻《もど》ってこないといけないぜ。ゴドリックの谷より前に」

「どうして？」

「ビルとフラーの結婚式《けっこんしき》だ。忘《わす》れたのか？」

ハリーは驚《おどろ》いてロンの顔を見た。結婚式《けっこんしき》のようなあたりまえのことがまだ存在《そんざい》しているなんて、信じられなかった。しかしすばらしいことだった。

「ああ、そりゃあ、僕《ぼく》たち、見逃《みのが》せないな」しばらくしてハリーが言った。

ハリーは、我知《われし》らず偽《にせ》の分霊箱《ぶんれいばこ》を握《にぎ》りしめていた。いろいろなことがあるけれど、目の前に暗く曲折した道が伸《の》びてはいるけれど、一か月後か、一年後か、十年後か、やがてはヴォルデモートとの最後の対決の日が来ると、わかってはいるけれど、ロンやハーマイオニーと一緒《いっしょ》に過《す》ごせる、最後の平和な輝《かがや》かしい一日がまだ残されていると思うと、ハリーは心が浮《う》き立《た》つのを感じた。

作者紹介

J.K.ローリング

「ハリー・ポッター」シリーズで数々の文学賞を受賞し、多くの記録を打ち立てた作家。世界中の読者を夢中にさせ、80以上の言語に翻訳されて5億部を売り上げるベストセラーとなったこの物語は、8 本の映画も大ヒット作となった。また、副読本として『クィディッチ今昔』『幻の動物とその生息地』(ともにコミックリリーフに寄付)、『吟遊詩人ビードルの物語』(ルーモスに寄付)の3作品をチャリティのための本として執筆しており、『幻の動物とその生息地』から派生した映画の脚本も手掛けている。この映画はその後5部作シリーズとなる。さらに、舞台『ハリー・ポッターと呪の子 第一部・第二部』の共同制作に携わり、2016 年の夏にロンドンのウエストエンドを皮切りに公演がスタート。2018年にはブロードウェイでの公演も始まった。2012 年に発足したウェブサイト会社「ポッターモア」では、ファンはニュースや特別記事、ローリングの新作などを楽しむことができる。また、大人向けの小説『カジュアル・ベイカンシー　突然の空席』、さらにロバート・ガルブレイスのペンネームで書かれた犯罪小説「私立探偵コーモラン・ストライク」シリーズの著者でもある。児童文学への貢献によりOBE(大英帝国勲章)を受けたほか、コンパニオン・オブ・オーダーズ勲章、フランスのレジオンドヌール勲章など、多くの名誉章を授与され、国際アンデルセン賞をはじめ数多くの賞を受賞している。

訳者紹介
松岡 佑子（まつおか・ゆうこ）
翻訳家。国際基督教大学卒、モントレー国際大学院大学国際政治学修士。日本ペンクラブ会員。スイス在住。訳書に「ハリー・ポッター」シリーズ全7巻のほか、「少年冒険家トム」シリーズ全3巻、『ブーツをはいたキティのおはなし』、『ファンタスティック・ビーストと魔法使いの旅』、『とても良い人生のために』（以上静山社）がある。

ハリー・ポッターと謎《なぞ》のプリンス　下

2020年5月20日　第1刷発行

著者　J.K.ローリング
訳者　松岡佑子
発行者　松岡佑子
発行所　株式会社静山社
〒102-0073　東京都千代田区九段北1-15-15
電話・営業　03-5210-7221
https://www.sayzansha.com

日本語版デザイン　坂川栄治+鳴田小夜子（坂川事務所）
日本語版装画・挿画　佐竹美保
組版　アジュール
印刷・製本　中央精版印刷株式会社

Published by Say-zan-sha Publications, Ltd.
ISBN978-4-86389-528-7 Printed in Japan